에로티카

IO TI GUARDO

에디션 D 시리즈
11

에 로 티 카

베 네 치 아

IO TI GUARDO

———

이레네 카오 지음 · 이현경 옮김

내 동생, 마누엘에게

햇빛을 흡수한 노란색이 오렌지 빛으로 떨리다가 타오
르는 불길 같은 새빨간 색으로 변한다. 상처가 난 것처럼, 예
리하게 갈라진 부분에서 반짝이는 자주색의 작은 알갱이들
이 언 듯 보인다. 나는 몇 시간 전부터 이 석류알에서 눈을 떼
지 못하고 있다. 물론 아주 작은 부분에 불과하지만 프레스
코 벽화의 핵심이기도 하다.

납치되는 페르세포네를 그린 그림이다. 지하세계의 무
시무시한 왕 플루토가 호숫가에서 커다란 석류를 따고 있는
페르세포네를 자신의 옷과 같은 진홍색 구름으로 감싸고 그
녀의 허리를 잡아 납치하는 바로 그 순간이다.

프레스코 벽화에는 서명이 없어서 화가의 정체는 신비
의 베일에 가려져 있다. 18세기에 살았다는 것만 알고 있는
데 구도와 색상, 미묘하고 섬세하게 살린 명암들을 보면 진
짜 천재였던 게 틀림없다. 그가 붓 터치 하나하나를 고심했기
에 나는 완벽에 도달하려던 그의 노력을 배신하지 않으려고

애쓴다. 수백 년 전 이 벽화를 그린 화가의 창조적인 행위를 해석하고 내 식으로 되살리는 게 내가 하는 복원작업이다.

이 벽화 복원작업은 처음으로 온전히 나 혼자 진행하고 있다. 스물아홉 살의 나에게는 막중한 책임이 느껴지는 일이지만 자랑스럽기도 하다. 대학을 졸업하고 기회를 기다려왔는데 이제 그 기회가 찾아왔으니 놓치지 않도록 최선을 다해야지.

그래서 지금 갈색 단발머리를 빨간 두건으로 감싸고—하지만 말을 안 듣는 앞머리 몇 가닥이 삐져나와 눈을 가린다—방수 작업복을 입고 몇 시간째 사다리에서 벽을 뚫어지게 보고 있다. 주위에 거울이 없어 다행이다. 틀림없이 눈 밑이 거무스름하게 푹 꺼진 피곤한 얼굴일 테니. 하지만 그런 건 중요하지 않다. 결연한 내 마음을 보여주는 흔적들이기 때문이다.

나는 잠시 외부에서 나 자신을 본다. 베네치아 한가운데, 오래전부터 사람이 살지 않는 오래된 팔라초(르네상스 시기의 귀족들이 살던 저택을 일컫는 이탈리아어—옮긴이)의 넓은 현관에 혼자 있는 나, 엘레나 볼페를. 바로 여기가 내가 원하는 곳이다.

프레스코 벽화를 닦아내는 데 한 주를 다 바쳤고 오늘처음으로 물감을 사용하려 한다. 일주일은 상당히 긴 시간이었다. 시간을 너무 많이 썼는지도 모르지만 나는 모험을 원치 않는다. 최대한 조심스럽게 진행해야 한다. 터치 한 번만 잘못해도 작업을 모두 망칠 수 있으므로. 교수님 말씀처럼 "클리닝을 잘하면 이미 작업의 반을 한 거나 마찬가지"다.

벽화의 어떤 부분들은 완전히 파손되어서 어쩔 수 없이 새롭게 석회를 발라야만 한다. 돌이나 나무, 벽돌을 가리지 않고 어디든 스며드는 베네치아의 습기 때문이다. 하지만 손상을 입은 부분이라도 여전히 원래의 눈부신 색깔을 그대로 간직하고 있는 곳도 있다.

오늘 아침 사다리에 오르면서 혼자 말했다. "석류에 적당한 색조를 찾기 전에는 내려오지 않을 거야." 어쩌면 너무 낙관적이었는지도 모르겠다……. 몇 시간이나 지났는지도 모른다. 만족스러운 성과를 올리지도 못한 채 사다리 위에서 빨강, 주황, 노란색 들을 시험해보고 있다. 안료와 물 약간, 그리고 혼합물을 밀도 있게 만들기 위해 작은 컵에 기름 몇 방울을 넣어 만든 여덟 번째 시험용 물감을 벌써 다 버렸다. 아홉 번째 물감을 시도해보려고 할 때 전화벨 소리가 들린다. 작업복 주머니에서 울리는 소리다. 안타깝게도. 무시해보려 했으나 소용이 없다. 땅에 거의 떨어질 뻔하다가 아슬아슬하게 휴대전화를 잡고 화면에 쉴 새 없이 깜빡이는 이름을 확인한다.

제일 친한 친구 가이아다.

"엘레, 어떻게 지내? 나 산타 마르게리타 광장이야. 카페 로소에 있는데 와서 차 한잔 할래? 오늘은 보통 때보다 사람이 더 많아. 굉장해, 너 와야 해!" 그녀는 일에 방해가 된 건 아닌지, 내가 전화를 받을 상황인지 묻지도 않은 채 단숨에 말해버린다.

가이아는 벌써 개인 시간을 완전히 즐기고 있다. 그녀는 주로 이벤트와 VIP의 파티를 기획하는데, 베네치아와 베네토 주의 고급 레스토랑과 함께 일한다. 오후 4시에 일을 시작해서 밤늦게까지 쉬지 않고 일한다. 가이아에게 그 일은 단순한 직업이 아니라 진정으로 좋아하는 일이다. 단언하건대 그녀는 보수를 받지 못한다 해도 그 일을 할 것이다.

"미안한데…… 지금 몇 시야?" 산사태같이 쏟아지는 그녀의 말을 막아보려 묻는다.

"6시 30분이야. 어때, 올 거야?"

카페 로소는 한가한 베네치아 젊은이들, 가이아처럼 바로 그날 저녁을 어떻게 보낼지 결정해야 하는 그런 사람들이 모이는 카페다.

맙소사, 벌써 그렇게 된 건가? 시간이 나도 모르는 사이 쏜살같이 지나가 버렸다.

"어머, 엘레…… 듣고 있는 거야? 괜찮아? 뭐라고 좀 해봐, 이런……." 가이아가 소리를 질러서 귀청이 찢어질 것 같다. "너 정말 프레스코 벽화에 완전 빠져버렸구나……. 당장

이리 와! 명령이야."

"있잖아, 가이아. 30분 뒤에 끝낼 거야, 꼭." 나는 숨을 길게 내쉰다. "그런데 집에 갈래. 미안, 화내지 마."

"어떻게 화가 안 나, 너 정말 짜증난다!" 그녀가 화를 낸다.

고전적이다. 우리들의 역할 연기다. 2초만 지나면 가이아는 다시 화가 풀려 유쾌해진다. 그녀가 기억력이 좋지 않은 게 천만다행이다.

"좋아, 있지, 그러면 집에 가. 조금 쉬었다가 나중에 몰로칭퀘에 가자. 미리 알려주고 싶은 건 나한테 VIP 룸 입장권이 두 장 있다는 거야."

"생각해줘서 고마워. 그런데 난 그런 소굴에 들어가고 싶지 않은걸." 나는 가이아가 다른 말을 하기 전에 서둘러 말한다. 내가 사람이 북적이는 걸 견딜 수 없어 하고 술도 전혀 마시지 않는다는 걸 그녀는 안다. 춤을 춘다는 건, 나에게는 기껏해야 박자에 맞춰—솔직히 말하면 내 멋대로의 박자지만—발로 바닥을 친다는 걸 의미할 뿐이다. 소심한 나에게 그런 종류의 오락은 맞지 않았다. 항상 내 자리가 아닌 곳에 있는 기분이다. 하지만 가이아는 포기하지 않고 기회가 있을 때마다 자신이 즐기는 저녁 모임에 나를 끌어들이려 한다. 그리고 절대 그녀에게 고백하지는 않겠지만, 사실 속으로는 고맙게 생각한다.

"벌써 일 끝났어?" 위험이 숨겨져 있을지도 모를 화제에서 벗어나기 위해 내가 묻는다.

"응, 오늘은 진짜 굉장했어. 러시아인 여사장하고 함께 있었거든. 세 시간 동안 보테가 베네타에서 같이 가죽 가방과 부츠를 본 다음에 마지막에 그녀를 발비로 데려갔어. 거기서는 무라노 유리 꽃병 두 개를 산다고 하더라. 알베르타 페레티의 신상품 컬렉션에서는 너한테 안성맞춤인 옷을 두 벌 봤는데, 베이지색이 네 갈색 머리와 정말 완벽하게 어울릴 거야……. 조만간 가보자. 한번 입어봐."

가이아는 사람들이 저녁에 어디로 가야 하는지를 조언하는 일만 하는 게 아니라 돈을 어떻게 써야 하는지를 설명해주기도 한다. 사실 그녀는 퍼스널 쇼퍼(고객의 쇼핑 편의를 위해 각자의 취향에 맞는 맞춤형 쇼핑을 도와주는 사람. 전문 쇼핑 도우미―옮긴이)다. 모든 물건에 대해 분명한 생각을 가지고 있고 다른 사람을 설득하는 데 타고난 능력을 가진 그런 종류의 여자다. 그녀에게 의견을 듣기 위해 기꺼이 돈을 지불하는 사람이 있을 정도로 대단하다.

하지만 나를 설득하지는 못한다. 23년간 우정을 쌓으며 나는 항체를 키워왔다. "물론 가봐야지. 그리고 지금까지 그랬듯이 네가 입으려고 그 옷을 사게 될걸."

"조만간 너한테 잘 어울리는 옷을 입힐 수 있을 거야. 너를 향한 내 도전은 아직 끝나지 않았어, 친구. 알아둬!"

사춘기 때부터 가이아는 내 옷 입는 스타일―약간 초라

하다고 말할 수 있는데—을 바꾸려고 끊임없이 시도해왔다. 그녀가 보기에 청바지에 운동화를 신고 돌아다니는 건 편안한 차림이 아니라 명백히 굴욕적인 선택으로, 이해할 수 없는 행동이다. 가이아 생각에는 내가 매일 미니스커트에 12센티 힐을 신고 일을 하러 가야 마땅했다. 그러니까 내가 도장에 사용하는 위태로운 사다리를 하루에도 수천 번 오르내린다거나 불편하다고 할 수 있는 자세로 몇 시간이고 사다리에 서 있어야 한다는 건 중요한 문제가 아니었다. "내가 너처럼 멋진 다리를 가졌다면……." 언제나 이런 말만 되풀이한다. 그리고 매번 코코 샤넬 말을 주문처럼 읊는다. "매일 우아해질 필요가 있어. 운명이 모퉁이에서 기다리고 있을지 모르니까." 실제로 가이아는 완벽한 화장에 머리를 손질하고 액세서리로 치장하지 않고는 집 밖으로 한 발짝도 나가지 않는다.

이따금 우리가 이렇게나 정반대라는 게 믿어지지 않을 때도 있다. 그녀가 내 절친이 아니었다면 아마 참아주기 힘들었으리라.

"그렇지만 엘레," 물러설 생각이 추호도 없는 그녀가 다시 말을 꺼낸다. "오늘 밤에 몰로에는 꼭 와야 해……."

"포기해, 가이아. 화내지 마, 못 간다고 말했잖아!" 가이아가 이렇게 고집을 부릴 때면 짜증이 난다.

"밥 싱클레어도 올 텐데!"

"누구?" 그녀에게 이렇게 묻는 동안 내 머리에서 'FILE

NOT FOUND'라는 글자가 반짝인다.

가이아가 과장되게 웃어젖힌다. "아주 유명한 프랑스 디제이야. 지난주에 열린 베네치아 영화제 심사위원이었어……."

"아, 그 사람!"

"어쨌든," 그녀는 무슨 말을 해도 상처를 입지 않는 사람처럼 계속 말한다. "확실한 소식통에 따르면 VIP 룸에 다양한 사람들이 올 예정이야. 그 사람들 중에, 잘 들어……" 그녀가 일부러 뜸을 들인다. "사무엘 벨로티도 있어!"

"맙소사, 파도바 출신 사이클 선수?" 나는 완전히 불만스러운 어투로 지나칠 정도로 크게 신음하듯 말한다. 그는 가이아가 이탈리아와 세계 곳곳에 뿌려놓은 '예의 그' 남자친구인지 애인인지 모를 남자들 중의 하나다.

"맞아, 그 사람."

"정말 그 사람 어디가 좋은지 모르겠어. 그 남자는 거만한 멍텅구리야. 어디가 매력적인지 모르겠다니까." 사실 남자 문제에서도 우리는 취향이 전혀 다르다.

"아, 난 알지……" 그녀가 깔깔 웃는다.

"좋아……" 나는 그 말을 그냥 듣고 넘긴다. "그래, 그 사람이 진짜 오는 게 맞아?"

"내가 문자메시지를 보냈어. 답장은 없었지만. 지금 텔레비전에 출연하는 쇼걸이랑 있어." 그녀가 한숨을 쉰다. "그래도 포기하지 않을래. 정말 날 잘라낸 건 아니니까…… 지금은 그냥 주변 상황 때문에 저러고 있다고 생각해."

"네가 어떻게 그런 사람들을 알게 됐는지 모르겠다. 아니 알고 싶지도 않아."

"일을 하다가 만난 거지, 친구. 일하다가." 가이아가 말한다. 이런 말을 할 때 그 애 입가에 떠오르는 빈정거리는 미소를 상상할 수 있다. "너도 알겠지만 공적인 관계에는 많은 책임이 뒤따르지……"

"네 입에서 '일'이나 '책임'이라는 말이 나오면 아무 의미도 없이 공허하게 들려." 나는 약간의 질투를 숨기며 그녀를 약 올린다. 이런 면에서는 나도 가이아와 닮은 점이 있다고 인정한다. 그렇지만 책임감이 강하고 진중한 성격인 나와 달리 그녀는 가볍고 뻔뻔스러울 정도로 무책임하다.

"넌 내 진가를 인정하지 않아, 엘레. 제일 친한 친구가 날 인정하지 않는다니!"

"알았어. 몰로에 가서 재미있게 보내. 그렇지만 너무 기운 빼지는 말고, 가이아!"

"맨날 싫다고만 하지……. 그래도 난 상관 안 해. 계속 너한테 도끼질할 거다, 알지? 포기 안 할 거야, 친구……."

물론 안다. 이런 연극은 사랑한다고 말하는 우리만의 방식이다.

"사실은 지금 상황이 안 좋아. 새벽 3시까지 잠을 안 자고 있다가는 내일 못 일어날 거야."

"오케이, 이번에는 너한테 졌다."

마침내…….

"그렇지만 이번 주말에는 얼굴 본다고 약속해줘!" 드디어 통화가 끝날 무렵, 그녀가 이렇게 결론 내린다.

"맹세해. 토요일은 다 비워놓을게."

아홉 번째로 만든 빨간색도 버려야 한다. 석류껍질 색 느낌이 나도록 비슷하게 만들었지만 이번에도 원하는 색이 나오지 않았다.

포기하고 처음부터 다시 시작하기로 하는데 그때 등 뒤에서 어떤 소리가 들려온다. 누군가 중앙 문으로 들어와서 이곳으로 이어지는 몇 개의 대리석 계단을 올라오고 있다. 가이아가 깜짝 방문을 한 게 아닌가 잠시 생각했는데 남자 발소리가 틀림없다. 나는 서둘러 사다리에서 내려간다. 바닥을 보호하기 위해 깔아놓은 덮개 위에 아무렇게나 던져놓은 작은 컵들에 발이 걸려 넘어지지 않게 조심한다.

현관문이 열리더니 팔라초의 주인이자 의뢰인인 야코포 브란돌리니가 문가에 나타났다.

"안녕하세요." 나는 형식적인 미소를 지으며 인사한다.

"안녕하세요, 엘레나." 그가 내 미소에 답한다. "작업은 어떻게 되어가나요?" 그가 발치에 산더미처럼 쌓인 컵들을 내려다보며 어깨에 걸친 풀오버—당연히 캐시미어인—의 소매를 가슴 부근에서 묶는다.

"아주 잘 진행되고 있어요." 거짓말을 한다. 나 자신의 뻔뻔스러움에 놀라지만 이러쿵저러쿵 자세히 설명하고 싶지 않다. 어쨌든 그가 이해하지 못할 테니. 그러나 전문적으로 보이기 위해 무슨 말이든 덧붙여야 한다. "어제 우선 클리닝 작업을 마쳐서 오늘부터 채색 작업에 집중할 수 있게 되었어요."

"훌륭합니다. 전 당신을 믿어요. 모든 게 당신 손에 달렸습니다." 그가 바닥에서 눈을 들어 나를 보며 말한다. 파란 눈은 아주 작아서 마치 작은 틈 같다. "아시다시피 전 이 프레스코 벽화에 아주 관심이 많습니다. 최상으로 복원되는 걸 원해요. 화가 서명은 없지만 훌륭한 작품인 걸 알게 될 겁니다."

나는 고개를 끄덕인다. "이 벽화를 그린 화가는 분명 거장이었을 거예요." 내가 서둘러 말한다.

브란돌리니는 만족스러운 기색을 살짝 드러내며 웃는다. 그는 마흔 살이었지만 나이보다 몇 살은 더 들어 보인다. 베네치아에서 아주 유명한 유서 깊은 귀족 가문 출신이어서 그런지 왠지 나이가 아주 많은 것 같은 인상을 준다. 그는 매우 말랐고 피부는 투명하며 얼굴은 살이 없이 홀쭉해 신경질적으로 보인다. 머리는 회색빛이 도는 금발이다. 게다가 옷도 노인처럼 입는다. 아니 좀 더 정확히 말하자면 그가 입은 옷은 이상한 효과를 내는데, 그러니까 약간 복고풍처럼 보이는 경향이 있다. 가령 지금은 리바이스 청바지에 파란색 반팔 셔츠를 입고 있지만 워낙 마르다 보니 막대에 걸쳐놓은 것처럼 옷이 헐렁해 보인다. 그 모든 게 뭐라 설명할 수 없는 노인 분위기를 만들어낸다. 그렇지만 소문에 따르면 백작은 여자들에게 상당히 인기가 많다. 굉장한 부자이기 때문이겠지. 이 이유 말고는 달리 설명할 길이 없다.

"여기서 일하시기는 어떻습니까?" 아무 문제가 없는지 확인하기 위해 그가 주위를 둘러보면서 묻는다.

"아주 좋아요!" 이렇게 말하고 두건을 벗는다. 지금 이런 차림이 적절하지 않은 듯해서다.

"뭐든 부탁하실 게 있으면 프랑코에게 말씀하세요. 재료가 필요하면 프랑코에게 가져오라고 하시면 됩니다."

프랑코는 건물 관리인이다. 건장하고 아주 호감이 가는 남자지만 신중하고 말이 없다. 열흘을 일하는 동안 딱 두 번 마주쳤는데 한 번은 안뜰 꽃밭에 자라는 아가판투스에 물을 주고 있었고, 다른 한 번은 입구에서 출입문 청동 손잡이의 윤을 내는 중이었다. 그는 절대 안으로 들어오지 않고 항상 밖에 있었으며 오후 2시경이면 퇴근을 한다. 신뢰를 주는 사람이다.

"저 혼자 알아서 잘할 수 있습니다, 감사합니다." 내 대답이 다소 퉁명스레 들렸을 수도 있다는 걸 너무 늦게 알아차리고는 혀를 깨문다.

브란돌리니가 항복한 듯 두 팔을 든다. "어쨌든," 그가 목청을 가다듬는다. "내일부터 이 건물에 한 사람이 거주하게 되었다는 걸 알려 드리려 들렀습니다."

"거주요?"

안 된다. 정말 이럴 수는 없다. 나는 사람들이 어수선하게 돌아다니는 가운데 일을 해본 적이 없다.

"레오나르도 페란테라고 시칠리아 출신의 유명한 셰프예요." 그가 흡족해하며 설명한다. "우리가 산 폴로에 레스토랑을 새로 열게 되었는데, 개업에 맞춰 뉴욕에서 곧장 이리로 오는 길입니다. 아시다시피 3주 후면 개업할 겁니다."

백작은 아버지와 함께 베네치아에서 두 개의 레스토랑을 운영한다. 하나는 산 마르코 광장 뒤에 있고 다른 하나는 그보다 좀 작은 규모로 리알토 다리 근처에 있다. 브란돌리니 집안은 프라이빗 클럽 두 개와 카페, 레지던스 외에도 로스앤젤레스에 레스토랑을 하나 더 가지고 있다. 지난해에는 아부다비와 이스탄불에도 레스토랑을 열었다. 간단히 말해 가이아가 그리 좋아하는 가십잡지나 패션잡지에서 그들의 사진을 어렵지 않게 볼 수 있다.

나는 이들 상류층에 전혀 관심이 없다. 지금 내게 가장 중요한 것은 작업을 방해받지 않는 것뿐이다.

"일정이 촉박하게 일을 진행하느라 무진 애를 썼습니다.

잘 아시다시피 베네치아 행정 체계는 전혀 도움이 안 되니까요." 그는 내가 걱정하고 있는 걸 눈치 채지 못한 채 계속 말한다. "하지만 뭔가를 간절히 원하면 노력하는 게 그리 어렵지는 않지요."

이제 인생수업까지. 나는 동의하는 분위기를 풍기며 기계적으로 고개를 끄덕인다. 건물 안에 낯선 남자가 돌아다니는 상황에서 일해야 한다는 사실에 적지 않게 화가 난다. 브란돌리니는 내 작업이 얼마나 섬세한지 이해하지 못한단 말인가? 아주 사소한 일로도 정신이 흐트러져 집중하지 못할 수도 있다는 걸 왜 모르지?

"두고보세요. 레오나르도와 아주 잘 지내실 겁니다. 굉장히 호감이 가는 사람입니다."

"그 점은 염려하지 않아요. 문제는 이 현관이……"

그는 내가 말을 채 마칠 시간도 주지 않는다. "아시죠, 그 사람을 추운 호텔방에서 지내게 할 수는 없답니다." 아무에게도 허락을 구할 필요가 없이 살아온 사람 특유의 자신감 넘치는 태도로 브란돌리니가 계속 말한다. "레오나르도는 자유로운 영혼을 지녔어요. 이곳을 자기 집처럼 생각할 겁니다. 원할 때 요리를 할 거고 밤에 아침 식사를 하고 오후에 점심을 먹을 수도 있어요. 정원에서 책도 읽고 테라스에서는 운하를 즐기겠죠."

내가 일하는 현관이 건물의 모든 방으로 다 통하며 다른 통로가 없다는 사실을 그에게 주지시키려 했다. 그러니까 그 남자가 어쩔 수 없이 이곳을 지나게 될 텐데, 그게 하루에 몇 번이나 될지 알 수 없다는 것을. 하지만 그도 그 점을 잘 알고 있었다. 다만 신경을 쓰지 않기로 작정한 게 분명했다. 맙소사, 폭발 일보직전이다.

"그 셰프라는 분은 여기에 얼마나 머무실 건가요?" 위안삼을 만한 답변을 기대하며 묻는다.

"적어도 두 달이요."

"두 달이요?" 짜증스러움을 숨기려 애쓰지도 않은 채 그의 말을 따라 한다.

"예, 두 달이요. 어쩌면 좀 더 길어질지도 몰라요. 적어도 레스토랑이 완전히 자리를 잡을 때까지겠지요." 백작이 어깨에 걸친 스웨터를 다시 매만지더니 단호하게 내 눈을 똑바로 본다. "당신에게 불편을 끼치지 않길 바랍니다." 마치 이렇게 말하는 듯하다. '당신이 별 문제를 만들지 않기를 바랍니다.'

"아, 다른 방법이 없다면야……." 하지만 이건 내 식으로 말하면 이런 뜻이다. '매우 못마땅하지만 할 수 없지요.'

"좋습니다. 그러면 저는 작업 잘하시라는 인사만 드리면 되겠군요." 그가 나와 살짝 악수를 하며 결론을 내린다. "안녕히 계십시오, 엘레나."

"안녕히 가세요, 백작님."

"제 이름은 야코포입니다. 그렇게 불러주세요."

어색함을 없애고 우리 사이의 거리를 좁히기 위해 일부러 이런 말을 하는 건가? 나는 억지로 미소를 짓는다. "안녕히 가세요, 야코포."

브란돌리니가 나가자마자 벽에 기대놓은 빨간 벨벳 소파에 가서 앉는다. 정말 화가 나고 스트레스가 쌓인다. 이미 호흡을 놓쳐버렸다. 난 그의 레스토랑이나 그의 훌륭하신 셰프에 관해 알고 싶은 생각이 추호도 없다. 『아라비안 나이트』에나 나올 법한 그 레스토랑의 개업 따위 중요하지 않다. 나는 다만 혼자 조용히 작업을 하고 싶을 뿐이다. 너무 지나친 요구인가? 머리를 움켜쥐고 물감이 말라붙은 채 나뒹구는 컵들을 본다. 그것들은 마치 내 실패를 상기시켜 주기 위해 거기 있는 듯하다. 애써 그것들을 무시한다. 빌어먹을 프레스코 벽화도! 7시 30분이고, 내 집중력은 엉망이 되어버렸다. 됐다, 피곤하다. 집에 가자.

거리로 나서자 습기가 많고 부드러운 10월의 바람이 나를 감싼다. 이제 밤이면 서늘함이 느껴지기 시작한다. 해가 완전히 석호 뒤로 사라졌고 가로등이 하나둘씩 켜지고 있다.

아직도 조금 전의 생각들을 쉽게 떨쳐버리지 못한 채 빠른 걸음으로 골목들을 지나간다. 여러 생각들이 여전히 먼지 뿌연 현관에서 빠져 나오지 못한 듯하다. 이미 일어나 일들을 되새김질하는 내 성격상 그 생각들이 거기에 한참 머무를까 걱정스럽다. 가이아나 엄마는 그런 내 성질을 종종 지적하곤 한다. 내 머릿속에 어떤 생각들이 맴돌면 주의가 산만해지고 공상 속으로 사라져버린다고. 사실이다. 난 내 생각의 뒤를 좇길 좋아하고, 나를 먼 곳으로 데려가는 그 생각들을 따라간다……. 하지만 그건 현재로부터의 작은 도피, 내가 결코 포기하고 싶지 않은 내 단점 중의 하나일 뿐이다. 그렇기 때문에 혼자 시내를 걷는 걸 즐긴다. 발이 이끄는 대로 가다 보면 마침내 마음은 한없이 자유로워지고 누구에게도 그 무엇에도 관심을 두지 않게 된다.

작은 진동이 느껴져 갑자기 현실로 돌아온다. 아이폰 화면에 문자메시지가 뜬다.

비비, 영화 볼래?
오늘 밤 조르조네에서 소렌티노(파올로 소렌티노. 이탈리아의 영화감독. 「그레이트 뷰티」를 감독했다—옮긴이) **최근작 상영해.**
안녕.

필리포다. 오늘과 같은 하루를 보내고 난 뒤 저녁을 함께 보내고 싶은 사람 중 하나다. 하지만 조르조네까지 내 몸을 끌고 갈 힘이 없을 것 같다. 진이 정말 빠져서 영화관에 두

시간 동안 갇혀 있어야 한다고 생각하니 별로 끌리지가 않는
다. 지금은 소파에 뻗어버려야 한다.

메시지 발송.

그럼 우리 집에서 저녁 먹고 영화 볼래?
너무 피곤해서 소렌티노를 즐길 수 없을 듯……

곧 답장 도착.

오케이. 조금 있다 너희 집에 갈게. :ー)

대학 시절 필리포를 알게 되었다. 우리는 실내건축 수업
에서 만났는데 나는 아직 신입생이었고 그는 3학년이었다.
어느 날 그가 스터디를 같이하자고 제안했고 나는 그 제안을
받아들였다. 그는 믿을 만한 선배 같아 보였고, 아직도 분명
하지는 않지만 우리 사이에는 뭔가 닮은 점이 있다고 느꼈다.
특별한 이유 없이 그저 그렇다고 생각했다.

우리는 곧 친구가 되었다. 함께 전시회와 공연, 영화를
보러 다녔다. 아니면 저녁 내내 이야기를 하며 보내기도 했
다. 그때부터 필리포가 나를 '비비'라고 불렀다. 비비는 일본
만화의 주인공으로, 약간 어리바리하고 한 가지 일을 곱씹다

가 결국 모든 일이 이리저리 꼬이게 만드는데, 의미 없는 공상에 빠지는 모습이 닮아서 그렇게 부른다고 그는 말했다.

대학을 졸업한 뒤, 왜 그랬는지 기억도 나지 않는데 우리는 잠시 만나지 않았다. 지난해 가이아를 통해 그가 이탈리아의 유명 건축가 중의 한 사람인 카를로 존타 사무실에서 일하기 시작했고 로마에 살고 있다는 걸 알게 되었다.

그러다가 한 달 전 그에게서 메일이 왔다. 몇 년의 세월이 흘렀는데 마치 어제 만났던 사이처럼 자연스러운 메일이었다. "베네치아에 돌아왔어. 같이 코레르 미술관(베네치아 산 마르코 광장에 위치한 미술관―옮긴이)에 가본 지 얼마나 됐지?" 그런 갑작스러운 초대를 받은 순간 내가 필리포를 몹시 그리워했다는 걸 알아차렸다. 난 당장 초대를 받아들였다.

그렇게 오랜만에 처음 만났는데도 변한 게 아무것도 없었다. 우리는 차분히 미술관 계단을 올라갔고 우리가 좋아하는 작품들 앞에서 걸음을 멈추었다. 나는 그가 좋아하는 작품을, 그는 내가 좋아하는 작품을 기억하고 있었다. 그러면서 그간 어떻게 지냈는지 서로의 이야기를 들려주기도 했다.

그 후 우리는 다시 만나서 저녁을 한 번 먹고 영화를 한번 봤다. 대학 동창들과 한번 모이면 즐거울 거라는 이야기를 하기도 했지만 둘 다 그런 모임을 계획할 생각조차 하지 않았다. 그 이유야 누가 알겠는가.

거의 9시가 다 되어갈 때 초인종이 울려 욕조에서 나왔다. 눈화장이 살짝 남았고 짧은 머리는 포니테일로 묶어 올려서 얼핏 보면 틀림없이 숱이 많아 보일 수 있다. 이렇게 흐트러진 내 모습을 보면 가이아가 어떤 표정을 지을지 생각하지 않을 수 없다. 나는 청바지에 흰 민소매 티셔츠, 플립플롭을 신고 문을 연다. 그리고 그가 올라오기를 기다리면서 오버사이즈 티셔츠를 입는다. 집에서 즐겨 입는 차림이지만 필리포가 놀라지는 않으리라 확신한다…….

그는 피자 상자 두 개를 들고 계단을 뛰어 올라오고 있다. 노라 존스의 최신 시디에서 흘러나오는 부드럽고 따뜻한 목소리가 그를 맞는다.

"자자, 식을 테니까 빨리빨리." 그가 들어오면서 말한다. 바닥에 가방을 던지고 내 뺨에 살짝 입을 맞춘 뒤 미사일처럼 부엌으로 달려간다.

"배고파?" 나는 그를 뒤따라가서 식탁에 피자를 놓을 공간을 만든다.

"배고파 죽을 거 같아!"

필리포가 벌써 서랍을 연다. 내 아파트에 왔던 게 몇 년 전인데도 순식간에 피자칼이 있는 서랍을 알아맞혔고 어느새 칼을 찾아낸다. 그가 내 걸 먼저 자른다.

나는 그를 바라본다. 그의 얼굴에는 열려 있는 눈부신 뭔가가, 거의 확신에 찬 뭔가가 있다. 어쩌면 이 때문에 대학 시절부터 우리가 친구가 되었는지도 모른다. 크고 깊은, 그러나 갸름하게 생긴 두 눈이 밝은 초록색이 아니었다면, 금발의 헝클어진 머리가 이마를 덮지 않았다면 아마 동양인이라 해도 믿을 것이다.

"피망을 뺀 채소 피자, 네가 좋아하는 거." 필리포가 내게 피자 한 조각을 내밀며 말한다.

맞다, 이것도 기억하고 있다. 나는 행복해서 고개를 끄덕인다. 그가 평상시와 다소 다른, 어쩔 수 없이 시선을 사로잡는 그 눈으로 나를 뚫어지게 본다. 우리는 마치 넋이 나간 사람들처럼 잠시 그러고 있다. 곧이어 그가 다시 피자 자르기에 집중한다. 나는 뭐라도 하려고 컵을 찾기 시작한다.

잠시였을 뿐이지만 우리 둘 다 공기 중에 이상한 전기가 흐른다는 것을 알아차린다.

"오늘 저녁은 나도 채식주의자야. 그래야 네가 덜 외롭지." 그가 두 번째 피자 상자를 열면서 농담을 한다. 그는 하얗고 고른 이를 드러내며 웃는다. 내가 좋아하는 그의 또 다른 모습 중 하나다. 오른뺨의 보조개와 마찬가지로.

"그런데 비비, 이 밑에 피자집 좀 짜증나던데?"

"그래, 맞아." 내가 피자를 한입 베어 물며 대답한다. "그래도 계속 갈 거야……. 끼니를 해결할 가장 빠르고 쉬운 방법이니까."

"네가 요리를 배울 날은 오지 않는 걸까?"

나는 잠시 생각하다가 대답한다.

"안 올걸."

그가 피자에서 올리브를 하나 집어, 내게 던진다.

피자를 다 먹고 내가 레몬차를 준비하는 동안 필리포는 책장 마지막 칸에 되는대로 꽂아놓은 내 디브이디를 하나하나 살핀다.

"이건 뭐야?" 그가 웃음을 터뜨린다. "어디서 튀어나온 거지?" 그가 「쉘 위 댄스?」케이스를 흔들며 말한다.

"맙소사, 가이아가 얼마 전에 놓고 간 것 같은데!" 나는 한 팔로 얼굴을 가린다.

그가 이해한다는 얼굴로 나를 바라본다. "아무 상관 없어, 나는…… 이런 종류의 영화를 좋아한다면 말해도 돼. 부끄러워할 거 없어. 인정을 하는 게 부끄러움을 극복하기 위한 첫발을 떼어놓는 거야……. 원한다면 내가 도와줄 수 있어."

"바보."

영화 감상은 나와 필리포 둘 다 좋아하는 취미 중 하나다. 우리는 대학 때 영화 동아리에서 자주 만나곤 했는데 졸음을 몰고 오는 몇몇 무명 감독들의 영화나 잊힌 러시아 전위영화의 엔딩 크레디트까지 보는 사람은 우리 둘뿐일 때가 많았다. 친구들은 대부분 이미 상영실을 나가서 광장으로 술을 마시러 가버리곤 했다.

필리포가 디브이디 제목을 계속 훑어나가다가 에토레 스콜라 감독의 「특별한 날」을 꺼낸다.

"벌써 네 번은 봤을 거야. 그래도 난 다시 봐도 괜찮아, 너는?"

"세 번일걸, 나도 좋아."

필리포가 소파에 몸을 던진다. 리모컨을 만지작거리며 최신 기술에 대해 뭐라고 혼잣말을 한다. 그 모습이 우스꽝스러워서 내 입에 저절로 미소가 떠오른다. 김이 모락모락 나는 뜨거운 차 두 잔을 들고 그에게로 간다. 찻잔을 테이블에 올려놓고 플립플롭을 한쪽 구석으로 던져버린다. 뜨겁다는 걸 잊어버리고 차를 한 모금 마셔서 혀를 데일 뻔했다……. 그러고 나서 나도 그의 옆에 털썩 앉는다.

플라스마 화면에 오프닝 크레디트가 나오기 시작할 때 필리포가 자기 무릎을 내 쪽으로 기대는 게 느껴진다. 예상치 못한 그런 접촉이 불편하다. 그제야 우리가 얼마나 가까이 앉아 있는지를 알아차리기라도 한 듯. 나는 몇 센티 떨어지며 소파에서 다시 자세를 잡는다. 그는 아무것도 알아차리지 못한 듯하다. 어쩌면 나의 상상에 불과했는지도 모른다…….

영화는 우리가 기억하고 있듯 부드러우면서도 씁쓸하게 진행되었다. 우리는 그사이 적당히 식은 차를 홀짝이며 조용히 영화를 본다. 가끔 기억에 남을 만한 장면을 다시 보려고 뒤로 돌아가기도 한다. 이제 마르첼로 마스트로야니와 소피아 로렌이 바닥에 그려놓은 발모양을 따라 룸바 스텝을 흉내 낸다.

곁눈질로 필리포가 나를 바라보고 있는 걸 알아챘다. 영화가 시작되고 나서 줄곧 그의 시선을 느꼈다. 따뜻하고 매력적인 눈길. 나는 고개를 돌리고 그의 눈을 똑바로 본다. "왜 그래?"

그가 갑자기 자기 행동을 들킨 사람처럼 멋쩍게 웃는다. "몇 년이 지났는데도 네가 하나도 안 변했다는 생각을 하는 중이었어." 그가 계속 나를 본다. 나는 갑자기 약간 당황스럽다.

"시간이 흐르면서 더 멋있어지길 바랐는데……." 나는 상황을 심각하게 만들지 않으려 애쓴다.

"아, 다행히 네가 가지고 있던 유일한 결점이 사라졌어."

나는 의아한 눈으로 그를 본다.

"네 옛날 애인 발레리오 말이야."

나는 화가 난 척하며 그의 팔을 주먹으로 한 대 친다. 대학을 졸업하기 1년 전에 발레리오와 사귀었다. 필리포는 그를 몹시 싫어했고 그 사실을 숨기지도 않았다. "너에 비하면 너무 가볍고 미성숙해." 그는 수천 번도 더 이런 말을 했고 결국 나는 화를 내고 말았다.

"그 애를 이해하는 데 약간의 시간이 걸리긴 했지만 결국 네 말이 맞았어."

"언제 헤어졌는데?"

"1년 반 전쯤."

"그럼 지금은 아무도 안 만나?"

그가 표적을 곧장 겨냥한다. 예상치 못했던 일이다.

"응."

그 뒤에 이어진 침묵이 왜 답답하게 느껴졌는지 누가 알겠는가. 이렇게 확연한 긴장감을 깨기 위해 즉시 재치 있는 말을 한마디 하고 싶지만 생각이 나지 않는다. 필리포가 무슨 생각을 하고 있는지 모르지만, 나는 지금까지 한 번도 이런 문제에 신경을 쓰지 않았다. 필리포를 친구로 다시 만나게 돼서 너무나 행복했고, 그래서 그와 나 사이의 관계가 달라질 수도 있다고는 생각조차 해보지 않았다. 그런데 갑자기 내 확신의 성이 금방이라도 무너질 듯이 보인다.

"내가 제일 좋아하는 장면이야." 필리포가 다시 화면으로 눈을 돌리며 말한다. 마스트로야니와 로렌이 테라스로 올라가 빨랫줄에 널어놓은 시트들을 걷어 개고 있는 중이다. 어쩌면 내가 당황스러워한다는 걸 알고 나를 도와주려 했는지도 모른다. 그는 그럴 수 있는 사람이다.

나는 소리가 거의 나지 않게 안도의 한숨을 내쉬며 다른 곳으로 주의를 돌리려 애쓴다. 그저 내 상상에 불과할 뿐, 그는 아무 생각도 하지 않았을 수도 있다. 나는 영화에 집중했고 정말 서서히 긴장이 풀린다.

비가 내리기 시작했다. 천창(天窓)에 떨어지는 빗방울들이 내 마음에도 가볍게 스치는 듯하다. 기분 좋은 느낌이다. 나 자신을 맡겨버리고 싶은 저항하기 힘든 욕구가 생긴다……

혼수상태에 빠졌다가 갑자기 깨어난 것 같은데, 조그맣게 속삭이는 부드러운 목소리가 들린다. "비비, 나 갈게."

눈을 뜨자 일어서서 내 쪽으로 몸을 숙인 필리포가 보인다. 엔딩 크레디트가 화면에 지나가고 있다. 나는 일어서려 했다.

"왜 안 깨웠어?"

"쉬잇, 그냥 있어." 그가 내 어깨에 체크무늬 담요를 다정하게 덮어준다. "네 망가진 우산 가져갈게."

"안 망가진 걸로 가져가도 돼."

"걱정하지 마……. 멀리 가는 것도 아닌데 뭐."

그가 부드럽게 내 뺨을 어루만지더니 이마에 살짝 입을 맞춘다. 이렇게 부드러운 모습은 한 번도 본 적이 없다.

오늘 아침에는 프레스코 벽화 작업을 잠시 쉬기로 했다. 서둘러 처리해야 할 짜증스러운 집안일들이 줄줄이 밀려 있다. 솔직히 나는 완벽한 살림꾼은 절대 아니다. 세탁 바구니에 둘둘 말아 처박아 놓은 빨래가 넘쳐나서 어쩔 수 없이 세탁기를 두 번 돌린다. 그리고 세탁소에 가서 여름부터 맡겨 놓은 원피스를 찾아온 뒤 슈퍼마켓으로 가서 내 식으로 장을 본다. 간단히 말해 오래전부터 내 특별요리가 된 조리식품과 냉동식품을 잔뜩 사는 것이다. 집에 와서는 집 정리를 좀 해야겠다는 유혹에 잠시 사로잡히지만 그런 유혹은 금방 사라져버린다. 차라리 일을 하는 게 낫다. 그래서 열쇠를 들고 나온다.

팔라초로 가는 길에 노빌리에 들른다. 지금 있는 군청색 안료가 충분하지 않을 경우를 대비해서 50그램 정도를 더 사야 한다. 나는 물감을 혼자 사러 가서 내 눈으로 직접 확인하는 걸 좋아한다. 브란돌리니가 조언한 대로 프랑코를 보낸다면 내가 원하던 색이 아니어서 매번 그에게 교환해오라고 할 게 분명하다.

오후 2시경에 팔라초의 출입문이 나 있는 골목은 한적하다. 나 혼자만 열쇠를 가지고 있는——적어도 어제까지는 그랬다……——건물에서 프리랜서로 일하다 보니 작업이 계획대로 진행되지 않으면 사람들이 좀 드문 토요일에도 나와서 일을 할 수 있는 장점이 있다. 골목에는 학생들도, 관광객들도 보이지 않는다. 관광객들은 여기서 꽤 먼 산 마르코 광장과 리알토 다리 근처에 집중적으로 모여 있다.

현관문의 자물쇠 구멍에 긴 열쇠를 넣어 왼쪽으로 한 번 오른쪽으로 두 번 돌린다. 열쇠가 헛도는 게 느껴진다. 문이 열려 있었는데 경보기가 울리지 않는다. 그게 더 나았다. 딱 한 번 프랑코에게 도움을 청하러 달려간 적이 있는데 바로 경보기가 실수로 작동되었을 때였다. 어쩌면 프랑코가 안에 있을지도 모른다. 나는 대리석 계단을 올라가서 무대 같은 현관으로 이어지는 작은 문을 민다.

이런, 안타깝게도 그렇게 두려워하던 순간이 찾아왔다.

내 앞에 빨간 셔츠를 입은 넓은 등이 선명하게 나타난다. 그다. 이 집에 살게 될 남자. 벌써 와 있으리라고는 생각하지 못했다. 그는 프레스코 벽화가 있는 벽을 바라보고 있는데 거의 넋을 잃은 듯하다. 꼼짝도 하지 않는다. 키가 아주 컸다. 그의 발치에는 여러 공항에서 이리저리 던져졌던 것 같은 큰 여행 가방이 놓여 있는데, 면 재킷의 가장자리가 삐죽 나와 있다.

나는 내 존재를 알리려고 살짝 기침을 하는 척한다. 그러자 그가 돌아서서 나를 쳐다보는데, 그 눈길이 어찌나 강렬한지 거의 한 발 물러설 뻔했다. 그의 검은 눈동자는 아무 표정이 드러나지 않아 불가해하다. 그리고 짙은 속눈썹 뒤에서 빛이 발산되어, 왜인지 알 수 없지만, 거의 숨도 쉬기 어렵다.

"안녕하세요, 엘레나예요." 나는 자신감을 약간 되찾아 프레스코 벽화를 흘깃 보며 말한다. "벽화 복원가죠."

"안녕하세요." 그가 나를 보고 웃는다. "레오나르도입니다. 반갑습니다." 내 손을 잡는다. 거친 피부가 느껴진다. 일 때문에 손이 그렇게 된 게 틀림없다. "야코포에게 얘기 많이 들었습니다."

다크서클, 두툼한 입술과 오뚝한 콧날, 붉은색이 이따금 섞인 덥수룩한 수염에 이발을 한 지 한참 된 검은 머리. 고야의 그림에서 튀어나온 사람 같다. 마흔 살은 안 되어 보였지만 수백 년 된 나무처럼 단단하고 꼭 있어야만 할 존재 같다.

"보기 드문 관능적인 그림이군요." 그가 이렇게 말하고 벽 쪽으로 돌아선다. 그의 말투에서 시칠리아 억양이 살짝 묻어난다. 그때를 이용해 그를 자세히 살펴본다. 검은 면바지에 검은 셔츠 차림인데 셔츠는 단추를 반쯤 풀어놓았다. 셔츠 속에 튼튼한 근육이 숨겨져 있다는 걸 짐작할 수 있다.

구릿빛 가슴을 덮은 짙은 솜털이 언뜻 보인다. 신발은 낡은 스니커즈를 신었다. 옷 밖으로 금방이라도 분출할 것 같은 신비하고도 야생적인 에너지를 지니고 있는 듯하다.

"강간의 순간을 기술적으로 표현한 겁니다." 내가 설명한다. 불편하거나 누군가와 거리를 두고 싶을 때면 나는 여교사같이 행동하는 경향이 있다. 어찌할 수가 없다. 그가 나를 보았고 나는 바닥을 내려다본다. 당황스러워서 얼굴이 빨갛게 달아오른다. "신화의 한 장면을 표현한 거예요. 페르세포네가 납치되는 거죠." 조금 전보다 약간 덜 거만한 말투로 덧붙인다.

그가 다시 벽화를 바라보며 고개를 끄덕인다.

"플루토가 페르세포네를 납치해서 지하 하데스로 데려가지요. 6개월간 머물도록 페르세포네를 다시 지상으로 데려다주기 전에 석류알 아홉 개를 먹여요. 시간과 계절에 관련된 신화지요."

그리스 로마 신화를 아는 시칠리아 출신 요리사에게 1 대 0으로 패배. 나는 할 말을 잃었고 그를 인정할 수밖에 없다.

레오나르도가 감탄하듯 주위를 둘러보더니 길게 숨을 내쉰다. 나는 그의 오른쪽 귓불에서 작은 은 귀걸이를 발견한다. "이 팔라초 정말 굉장하군요. 이런 데서 지내게 되다니 행운이에요, 안 그렇습니까?"

오늘까지, 당신이 오기 전까지는 그랬지요. 나는 이렇게 생각했지만 차마 말할 용기는 없다.

"다 됐어, 친구. 가보도록 하지." 야코포 때문에 우리 대화는 거기서 중단된다. 야코포가 현관 왼쪽 복도에서 불쑥 나왔다. 나를 보자마자 서둘러 인사한다. "안녕하세요, 엘레나."

"안녕하세요, 백작님, 아, 음…… 야코포." 그의 이름을 부르는 게 아직은 다소 어색하다.

"두 분이 벌써 인사를 나눴나 보군요."

"그래요." 레오나르도가 말한다. "엘레나가 아주 친절하게 지금 하고 있는 작업에 대해 설명해줬어요." 그가 나를 위해 거짓말을 한다. 나는 전혀 그에게 친절하게 굴지 않았다. 그가 공범자 같은 눈길로 나를 보았지만 나는 그 눈을 보지 않는다.

브란돌리니가 흡족해하며 웃는다. "가지, 레오." 그가 레오나르도의 팔을 잡는다. "자네가 쓸 방들을 보여줄게. 어제 올가가 와서 다 정리해뒀어."

레오나르도가 바닥에 놓아둔 가방을 들어 어깨에 메고 백작을 따라가려 한다.

청소부 여자를 생각하자 갑작스레 걱정스러운 마음이 든다. "야코포, 죄송하지만……" 목소리는 내가 원하던 것보다 훨씬 날카로워 귀에 거슬린다.

"네?" 백작이 레오나르도와 함께 돌아본다.

"별건 아닌데요, 한 가지 부탁이 있어서요." 나는 되도록 정중하게 말한다. "혹시 올가에게 현관은 청소하지 말라고 말씀해주실 수 있을까요? 먼지가 복원작업에 피해를 줄 수도 있어서요."

"물론이죠, 걱정하지 마십시오." 그가 나를 안심시킨다. "벌써 알고 있을 겁니다."

다시 한 번 내게로 향한 레오나르도의 시선을 느낀다.

"감사합니다." 나는 대답을 하고 그들의 시선을 피하기 위해 돌아선다. 두 사람이 인사를 하고 그 자리를 떠난다.

나는 이상한 당혹감을 떨쳐버리려고 한숨을 길게 내쉬지만 별 도움은 되지 않는다. 그래도 곧 작업을 시작한다. 방금 전에 산 군청색을 시험해보고 싶다. 부엌의 수도로 가서 거름망이 있는 유리 물병에 물을 반 정도 담는다. 베네치아의 석회는 치명적이고 발색에 해롭다. 안타깝게도 이 사실은 현장에서 나 혼자 터득했다. 내가 아주 자랑스러워하는 발견이다.

팔라초의 오른쪽 부분에서 두 침입자의 목소리와 발소리가 들린다. 익숙해져야 할 텐데, 아직은 어찌해야 할지 알수가 없다. 레오나르도라는 사람이 신중한 타입이길 바란다. 하루 종일 레스토랑에서 일하길, 그리고 나머지 시간은 그의 방에서 조용히 지내길 말이다. 내 근처에서 그가 오가는걸 원치 않는다. 그의 존재가 불편할 게 뻔하니.

바닥에 깔아놓은 덮개에 무릎을 꿇고 세 개의 컵에 흰색과 군청색 안료의 양을 각각 다르게 넣어 섞는다. 페르세포네가 입은 옷의 색깔은 석류와 달리 그리 까다롭지 않다. 세 번째 컵에서 벌써 내가 생각했던 것과 거의 비슷한 색이 나온 듯하다. 어찌할 수 없게 집요한 내 완벽주의적 성향을 만족시키고, 안료의 질이 정말 좋은지 보려고 시험을 해본다.

"엘레나, 저는 갑니다." 잠시 후 브란돌리니가 다시 현관에 나타난다. 혼자다. "좋은 친구 남겨두고 갑니다. 두고보세요. 레오나르도와 함께 지내면 아주 좋을 테니." 벌써 같은 말만 두 번째다. 불길한 예감이 드는 건 왜인지 모르겠다. 그가 있지도 않은 먼지를 쓸어내리기라도 하듯 작은 문손잡이를 둘째손가락으로 훑는다. "잘 있어요, 다음에 봅시다."

"안녕히 가세요, 백작님…… 제 말은, 야코포……."

거의 6시가 다 되었다. 레오나르도는 아직 모습을 보이지 않는다. 잠시 위층에서 클래식 음악 소리가 들려왔지만 곧 중단되었다. 그는 오후 내내 잔 것 같다. 뉴욕에서 왔으니 시차에 적응해야 하리라. 어쨌든 그가 자기 숙소에서 나오지 않는다면 나는 그저 좋을 뿐이다.

외출 준비를 하려고 욕실로 들어간다. 작업용 티셔츠와 청바지를 벗고 헬스 가방에 가져온 깨끗한 바지와 면 티셔츠로 갈아입는다. 이건 가이아가 뭐라 말하든 나만의 멋내기 방식이다.

오늘 밤은 부모님 댁에 갈 예정이다. 공식 통보는 아직 받지 않았지만, 아버지의 해군 전역 축하를 위해 가족끼리 저녁을 먹기로 했다. 로렌초 볼페 중위는 45년간 영예롭게 복무한 뒤 은퇴한다. 운명의 아이러니인지, 전직 해군의 딸인 나는 수영에 서툴다. 아마도 엄마 때문일 것이다. 여름에 리도 섬에서 엄마는 내가 시야에서 조금만 멀어지면 물에 빠질지도 모른다는 불안감에 사로잡혔다. 걱정 많은 내 성격은 엄마에게서 물려받은 게 틀림없다. 반면 아버지에게서는 끝도 없는 고집과 일에 완전히 몰두하는 성격을 물려받았다.

분명 집에 들어서기가 무섭게 엄마는 나를 맞으러 나오며 내가 너무 말랐고, 지쳐 보이고, 외모에 너무 신경을 쓰지 않는다고 잔소리를 할 게 뻔하다. 블러셔와 립스틱으로 스트레스를 가려보려 고심을 했는데도 말이다. 반면 아빠는 저녁 내내 말없이 날 바라보시기만 할 것이다. 그러다가 집을 떠날 때 나를 문까지 바래다주며 꼿꼿이 서서 내 등에 손을 얹은 뒤, "별일 없지?"라고 물으실 것이다. "뭐든 필요한 일 있으면 우리가 여기 있다는 걸 잊지 마라. 너를 위해서." 나는 걱정 말라고 대답하고 평상시와 같이 아빠의 뺨에 입을 맞춘 뒤 편안하고 평화롭게 집으로 돌아오게 되겠지. 부모님만이 그런 기분을 느끼게 해준다.

두 분을 뵙지 않은 지가 한참 되어서 정말 어리광을 좀 부리고 싶다.

거울 앞에서 급히 바른 립스틱이 잘 펴지도록 입술을 문지른다. 헬스 가방 안에 물건들을 다시 잘 정리해 넣고 나자 준비가 끝났다. 밖으로 나가기 전 계단 쪽을 흘깃 본다. 레오나르도는 아직 자기 방에서 꼼짝도 하지 않고 있는 듯하다. "가볼게요"라고 알려야 할지 어떨지 모르겠다. 그럴 필요가 없을지도 모르지.

인사는 하지 않기로 결정한다.

묵직한 목재 현관문에서 큰 소리가 나지 않게 조심조심 밀고 밖으로 나온다. 거리로 나와서 본능적으로 팔라초를 돌아본다. 2층에 불이 켜져 있다. 오늘부터 그 건물에 프레스코 벽화와 나만 있는 게 아니라는 생각을 하자 기분이 묘하다.

따분하고 이상하게 무더운 베네치아의 일요일 늦은 오후다. 가이아와 리알토 다리 근처에 있는 일 무로에서 만나 아페리티프(식욕을 돋우기 위해 식사 전에 마시는 술―옮긴이)를 마시기로 약속했다. 조금 전 전화로 그녀가 나를 진지하게 협박했다. "여성스럽게 입고 오지 않으면 경호원에게 쫓아내라고 할 거야!" 대개 나는 가이아의 충고를 무시하지만 가끔 그녀의 기분을 맞춰주는 걸 좋아하기도 한다. 지금이 그런 때다. 12센티 굽의 구두를 신으라고 하지는 않아서 나는 8센티 높이의 초록 새틴 샌들을 신기로 했다. 어깨끈이 없는 실크 미니원피스에 검은색 블레이저를 입는다. 나로서는 굉장히 용기를 낸 차림새다. 이보다 더 여성스러운 차림은 상상할 수도 없다(아, 어쩌면 좀 더 용기를 내서 여학생 같은 단발머리에 변화를 줄 수 있었을지도……). 어쨌든 곧 후회하게 되리라는 걸 잘 안다. 베네치아에서는 밤에 대부분 다리를 건너고 돌로 포장된 길을 걸어 다니기 때문이다. 택시는 지나치게 비싸고 바포레토(이탈리아 베네치아의 교통수단으로, 수상 버스의 일종이다—옮긴이)는 너무 느리다. 가이아는 내 희생을 인정해줘야만 한다.

일 무로는 벌써 만원이었다. 계산대와 광장 쪽으로 나 있는 유리창 사이의 좌석은 빈 데가 없었다. 그 아수라장 속으로 들어가야 한다고 생각하니 끔찍하지만 어쩔 수가 없다. 8센티 굽의 구두를 신고 여기까지 오느라 들인 처절한 노력에 작은 의미라도 부여하려면 말이다. 입구에 모여 있는 사람들을 팔꿈치로 밀어 그 가운데로 길을 낸다. 그리고 전성기의 톱 모델처럼 양쪽으로 비켜서는 사람들 사이를 지나 무사히 클럽 안으로 들어갈 수 있게 되었다. 그 안은 카오스 그 자체였다. 음악도 요란하다. 겨우 7시밖에 안 되었는데도 모두들 위험 수준으로 취해 있다. 실제로 나는 술을 마시지 않기 때문에 알코올이 주는 순수한 기쁨의 상태를 함께 느낄 수가 없다. 반면 가이아는 한 시간에 모히토 세 잔을 마셔도 전혀 취한 티가 나지 않을 정도다.

사교계의 여왕이 저기 있다! 그녀는 이 테이블 저 테이블을 돌아다니며 모두에게 윙크를 곁들인 미소를 보낸다. 더불어 초음파 같을 정도로 날카로우면서도 달콤한 인사말도 빼놓지 않는다. 포니테일의 긴 금발 머리가 사람들 사이에서 춤을 춘다. 가이아는 원래 키가 크지만 보통 때처럼 아찔할 정도의 힐을 자랑한다. 지금 그녀는 나도 아는 사람들 한가운데에 서 있다. 나는 멀찌감치에서 까치발을 하고 그녀에게 손짓을 한다. 다행히 나를 알아보았다. 정신없이 두 팔을 흔들며 자기가 있는 곳으로 나를 초대한다. 나는 다시 사람들 속으로 들어가 십여 명의 사람들과 충돌을 하며 그녀가 있는 곳까지 간다.

"드디어! 어디 숨어 있었어?" 그녀가 내 뺨에 진하게 입을 맞춘다. 그러더니 예상대로 시선이 재빨리 내 다리 쪽으로 향한다. "그 샌들은 뭐야? 정말 세련된 초록색인데…….멋져, 엘레. 내 마음에 꼭 들어!"

시험 통과. 적어도 오늘 밤에는 경호원들과의 볼일은 없을 듯.

"그런데 그저께 밤에 그 사이클 선수와는 어떻게 됐어?" 내가 가이아의 옆구리를 꼬집으며 귀에 대고 말한다.

"안 왔어." 그녀가 믿기 어려울 정도로 상심한 표정을 짓는다. "요 근래 딴생각을 하고 있을까 봐 걱정이야……."

"무슨 소리야!" 내가 놀라는 척하며 말한다.

"아, 어쨌든 난 벨로티에게 구속당하지 않아! 아니, 아니, 아니, 그러지 않을 거야." 그녀가 금방 다시 얼굴을 찌푸린다. "그러니까…… 내 마음속에는 항상 그 사람 자리가 있지만 결정은 그에게 맡겨두자. 그 사람이 나를 원한다면 직접 데리러 와야 해."

"그렇게 될 거야……." 나는 여전히 가이아가 왜 그 남자에게 그렇게 관심이 많은지 이해할 수가 없다. 사랑이라는, 아니 가이아의 경우 호르몬이라는 풀 수 없는 미스터리 때문이다.

"어쨌거나 어젯밤에 일 피콜로 몬도에서 티아고 멘도차를 알게 됐어. 아르마니 모델인데, 너 알아? 서로 전화번호 교환했어."

"시간 낭비한 건 아니지, 응?" 나는 이 뉴 엔트리가 누군지 모르지만 지금 가이아의 태도는 새로운 남자를 정복하러 뛰어들었다가 실패했을 때 전형적으로 보이던 바로 그것이다.

가이아가 크게 웃음을 터뜨리더니 다른 사람들 쪽으로 돌아서서 말한다. "친구들, 나 갈증 나, 다들 스프리처(백포도주에 탄산수를 섞어 만든 베네치아의 전통적인 애피타이저 칵테일—옮긴이) 한 잔씩들 더 할래?"

일행이 만장일치로 동의하자 가이아가 내 팔을 잡더니 다시 사람들 속으로 끌고 간다.

"니코, 아페롤 스프리처(이탈리아의 식전주인 아페롤을 섞은 스프리처―옮긴이) 여덟 잔 줄래요?" 그녀가 계산대로 가서 마스카라를 진하게 바른 눈을 깜빡이며 바리스타에게 주문한다.

"금방 가져갈게요, 아모레."

베네치아 사람들은 한 시간 전에 알게 된 사람에게도 흔히 '아모레'('사랑'이라는 뜻의 이탈리아어―옮긴이)라는 말을 쓰곤 한다. 배우 지망생인 바리스타 니코도 물론 예외는 아니다.

"내 친구가 마실 코카콜라도." 가이아가 내가 마실 음료를 미리 짐작하고는 추가로 주문한다.

그사이 다른 일행들이 계산대로 다가오고 순식간에 술잔들이 이 사람 저 사람에게로 전달되어 모두 가볍게 축배를 든다.

"담배 한 대 피우고 올까?" 누군가 제안한다. 그러자 일행이 평화롭게 밖으로 나간다. 가이아는 나와 남았고 내 옆의 의자에 앉는다. 코카콜라는 아직 좀 더 기다려야 한다.

"저녁 식사 때 필리포도 합류할 거야?" 가이아가 묻는다.

"그럴걸."

"필리포 만나면 정말 반갑겠다."

가이아가 대학교를 떠나고 얼마 뒤에 나는 필리포를 알게 되었다. 그를 가이아에게 소개해주었는데 곧 두 사람은 서로가 아는 다른 친구들이 있다는 걸 발견했다. 베네치아는 상당히 좁아서 거의 모두가, 특히 가이아처럼 사교성이 좋은 사람은 결국 건너 건너 다 알게 된다.

작은 소파들이 놓인 구석에서 갑자기 누군가 가이아를 부른다. "미안, 잠깐 가서 저 사람들에게 인사하고 올게." 그녀가 등받이 없는 의자에서 뛰어내리며 말한다.

"가봐, 가봐." 내가 대답한다. "의리를 지켜야지."

가이아가 내게 윙크를 한다. 그리고 몸에 딱 달라붙는 레깅스 차림으로 짧은 거리지만 모델처럼 걸을 준비를 한다. 나는 기절할 정도로 그렇게 몸에 꽉 끼는 그 청바지를 레깅스라고 부른다는 걸 불과 얼마 전에 알았다. 물론 가이아 덕으로. 가이아는 종아리가 약간 굵은데도—그녀가 가장 애통해하는 부분인데—그 청바지를 자주 입는다. 난 내 자리에 앉아 그 광경을 즐긴다. 고양이 같은 동작과 몸매를 고스란히 드러내는, 살짝 빛바랜 것처럼 보이게 만든 면 탱크톱을. 사실 모두 패드를 넣은 푸시업 브라 덕이기는 하지만 말이다. 가이아의 실제 가슴은 빈약하다(하지만 이 사실을 아는 사람은 그녀와 같이 잔 남자들과 나밖에 없다).

니코가 드디어 내게 콜라를 내민다.

"얼음 좀 더 넣어줄래요?" 내가 부탁한다.

"레몬도 넣어줄까요, 아모레?"

"네, 고마워요."

빨대로 한 모금을 빨자마자 전화에서 진동음이 들린다. 필리포의 문자다.

비비, 나 좀 늦을 듯.

한 시간 후에 갈게.

안녕.

그가 문자를 확인하길 바라며 금방 답장을 한다.

오케이, 기다릴게!

답장을 보내고 나자마자 맨살로 드러난 내 어깨를 스치는 누군가의 손길이 느껴진다. 나는 휙 돌아본다. 내 앞에 팔라초의 새 거주인 레오나르도 페란테가 서 있다.

"안녕하세요, 엘레나." 그가 인사를 한다. "베네치아가 정말 작군요……." 오늘도 구겨진 바지 위로 남방을 편하게 걸친 약간 후줄근한 차림이다. 나를 만나서 정말 반가운 듯 보인다.

"안녕하세요……." 나는 깜짝 놀라 의자에서 자세를 고쳐 앉는다. 나도 반가운지 어떤지는 모르겠다. 이 남자는 나를 당황스럽게 만든다. 그를 어떻게 생각해야 하는지도 알 수 없다. 그리고 이게 편하지 않다.

그는 내가 권하지도 않았는데 내 옆에 앉아 검은 눈으로 나를 본다. "혼자세요?" 그의 손이 내 팔을 스쳤는데 이게 왜 날 당황스럽게 만드는지 이유를 알 수 없다.

"아니요, 친구들하고 왔어요······." 친구들이 주위에 흩어져 있지만 그래도 있다는 걸 알리려고 손을 흔들며 대답한다. 레오나르도에게는 나를 뒤흔들어놓는 뭔가가 있다. 마치 그 뭔가에 배를 한 대 맞은 기분이다. 나는 그가 가주길 바란다. 아마도.

테이블에 앉아 있던 한 무리의 사람들을 향해 그가 갑자기 돌아선다. "여러분들, 주문해요." 그가 당당하게 말한다. "금방 갈 테니." 그리고 다시 나를 본다. "레스토랑 직원들이에요, 제 동료들이죠." 그가 그들을 가리키며 설명한다.

"아, 가보셔야 하면······" 내가 서둘러 대답한다.

"아, 아니, 당신을 만나서 정말 반가운데." 그가 이렇게 편한 말투를 공식화해버렸다. 나는 계속 존댓말을 하는데 그는 편하게 말을 하며 거리를 좁히기로 결정한 것이다.

"말을 편하게 하는 게 어떨까요?" 그가 계속 말한다.

"아, 물론······." 내가 우물거린다.

예의를 차리고 당혹감을 떨쳐버리려고 대화를 이끌어본다. "어제 팔라초에서 조심조심 나왔는데. 당신이 자는데 깨우지 않으려고요." 그러다가 곧 내가 한 말을 후회한다. 사실 내게 방해가 되지 않게 신경을 써야 할 사람은 바로 그이니까. 내가 왜 거의 변명하다시피 이런 말을 하는 거지?

"걱정하지 않아도 돼요. 잠들면 아무 소리도 못 들으니까."

그는 그사이 우리 쪽으로 다가온 바리스타와 시선을 마

주친다. "화이트 마티니 한 잔이요."

니코가 그의 잔에 마티니를 가득 따라주자 그가 지갑을 꺼낸다.

"이분 것도 계산해줘요." 그가 내게 고개를 까딱하며 말한다.

"아니, 그럴 필요 없는데……." 나는 거절을 하며 핸드백에 벌써 한 손을 집어넣는다. 하지만 그가 내 손을 막는다. 그의 손에 잡힌 내 손목은 가늘기만 하다. 그의 손길은 가볍지만 단호하다. 그가 고개를 살짝 저어서 그 순간 나도 포기를 한다.

"알았어요……. 고마워요."

그가 마티니를 마시며 내 잔을 뚫어져라 본다. "왜 술을 안 마시죠?"

"원래 술 안 마셔요." 내가 어깨를 으쓱하며 변명한다.

"안타깝군, 정말 많이." 그가 약간 이상하게 웃는다. "물만 마시는 사람은 뭔가 감추는 게 있는데."

"나는 물만 마시는 게 아니에요. 예를 들면 이건 코카콜라죠."

레오나르도가 하얗고 튼튼한 이를 드러내며 웃는다. 나는 그가 내 말 때문이 아니라 나 때문에 웃는 것 같은 인상을 받는다. 그러더니 자기 술을 한 모금 마시고 다시 진지하게 나를 본다.

"팔라초에 내가 있어서 굉장히 짜증나지요."

"아니요……." 나는 자동적으로 이렇게 대답하다가 곧 입을 다문다. 그의 말은 질문이 아니어서 내 인사치레가 아무 도움도 안 될 게 분명하다. 내가 다시 말을 해본다. "사실 나는 혼자 있는 게 좋아요." 약간 더 용기를 내본다. "난 그래요. 주위에 사람들이 있으면 집중이 잘 안 돼요. 게다가 복원 작업이라는 게 가능한 한 사람이 없는 환경에서 이루어지는 게 좋으니까요."

나는 그가 '알았어요, 되도록 방해되지 않게 애쓸게요' 뭐 이런 종류의 말을 해주길 기대한다. 하지만 아무 말도 없다. 그는 마치 내게서 발견하지 못했던 아주 중요한 것을 방금 발견하기라도 한 듯 나를 자세히 살펴본다.

갑자기 그가 내 쪽으로 한 손을 뻗는다. 나는 본능적으로 몸을 뒤로 뺀다. 내가 언제 손을 대도 된다고 허락했나? 하지만 그의 손가락이 목에 살짝 닿는 내 머리카락 속으로 들어온다.

"조심, 이게 떨어졌어요."

그가 내 귀걸이 한 짝을 엄지와 검지에 쥐고 있다. 나는 약간 멍한 상태로 그걸 바라보다가 서둘러 받아서 귓불에 고리를 꿴다.

"자주 이래요, 불량품인가 봐." 그의 시선을 피하며 내가 변명한다. 얼굴이 완전히 빨갛게 물든다. 어휴, 이제 정말 가줬으면 좋겠다.

다행히 그의 동료가 그를 부른다. 레오나르도가 그에게 알았다는 신호를 하더니 다시 나를 향해 돌아선다. "실례, 우리 팀에 가봐야겠네." 그가 말한다. "내일 봐요."

"그래요, 내일 봐요."

그가 테이블의 동료들과 합석하는 것을 바라본다. 귀에서 달아났던 귀걸이를 안전하게 다시 걸면서 터무니없는 당혹감을 떨쳐보려 한다.

잠시 후 가이아가 다시 나타난다. 그녀는 드디어 인간관계의 의무를 다하고 자유로워졌다. 가이아는 다시 의자에 앉아서 거의 취조하는 형사 같은 눈으로 나를 뚫어지게 본다. 나는 마음속으로 심문당할 준비를 한다.

"엘레, 내 사랑하는 친구……" 나는 가이아가 뭘 묻고 싶어 하는지 알아차린다. "그 남자는 누구야?"

"누구?"

"시치미 떼지 마." 그녀가 내 입을 막는다. "조금 전 너하고 얘기하던 남자."

"브란돌리니가 친절하게도 내가 일하는 팔라초에 살게 한 남자야. 레오나르도라고, 셰프래." 내 목소리에서 약간 짜증이 묻어난다.

"흥미로운데……." 가이아가 멀리 있는 그를 자세히 관찰한다. "그런데 몇 살이야?"

"내가 어떻게 알아? 한두 마디 나눈 게 전부야."

"나 소개시켜줄 거지…… 치명적일 정도로 섹시해!"

"맙소사, 가이아. 넌 쉴 새가 없구나!" 내가 두 팔을 벌린다. "어쨌든 네가 왜 그렇게 생각하는지 모르겠어. 그냥 거친 사람이야." 이번에는 내가 그를 보면서 말한다.

"물론 틀에 박힌 세련된 남자는 아니지. 저 사람은 진짜 남자야. 내 말이 맞아, 엘레……." 가이아가 입술을 깨문다.

그녀에게 반박할 말을 찾아보지만 불가능하다.

"얘들아!" 가이아가 남자 신체에 대한 해부학 강의를 시작하려 할 때 친숙한 목소리가 나를 구해준다.

필리포가 사람들을 뚫고 와서 우리의 두 뺨에 키스로 인사한다. "미안, 스튜디오에 골치 아픈 일이 좀 생겼어. 짜증나는 그 존탄가 일요일에도 일을 하라잖아. 그 사람하고 백만장자 고객들이……. 가이아, 이게 얼마 만이야?"

"한 2년은 됐을 거야, 필리포. 하나도 안 늙고 그대로라고 말해줘, 실제 생각은 달라도 말이야."

우리는 셋 다 웃음을 터뜨렸다. 잠시 후 가이아가 필리포에게 스프리처를 내민다. "지금은 이거 마시고 저녁 먹으러 가자."

"어디로 갈지 정했어?" 필리포가 거절하지 않고 칵테일을 마신다.

"게토(중세 이후 유대인을 강제 격리하기 위해 만든 유대인 거주 지역. 베네치아에서 1516년 최초로 만들어졌다—옮긴이)에 있는 채식 식당 가볼까?" 내가 제안한다. 두 사람의 눈을 보는 순간 그들이 내 생각을 별로 탐탁해하지 않는다는 걸 알아차린다.

"엘레," 가이아가 말한다. "어떻게 말해야 하지……. 고기에 대한 네 고정관념은 상당히 짜증이 나는데."

"됐어, 내 말 못 들은 걸로 해. 상관없어." 나는 투덜거렸지만 사실 그녀가 내 채식주의에 대해 이러쿵저러쿵해도 화가 나지는 않는다.

"미라이에 가자." 필리포가 끼어들었다. "카나레지오에 있는 일식집이야."

"좋아!" 가이아가 소리쳤다. "나 초밥 정말 좋아해, 거기 초밥 최고야."

"오케이, 그렇게 하면 난 밥이랑 채소 조금 먹으면 되겠다."

"그럼 다 동의한 거지?" 필리포가 '내가 좋은 타협점 찾은 거지?'라고 말하듯 나를 본다.

나는 미소를 지으며 고개를 끄덕인다. "자, 가자고!"

미라이에서의 저녁은 유쾌했다. 10분 전에야 비로소 우리는 테이블에 함께 앉았다. 일 무로에서 가이아가 아는 사람들에게 여기저기 불려 다녔기 때문이다. 물론 계산된 행동이었다. 그렇다, 저녁 식사가 끝나면 밤의 여왕이 사람들을 모두 일 피콜로 몬도로 끌고 갈 수 있었다. 그녀가 광고하는 클럽 중 하나였다. 나와 필리포만 빼고 모두.

내가 초대를 거절하자마자 필리포가 자기와 함께 시간을 보내자고 제안해서 이제 우리는 골목들을 산책하는 중이다. 아직도 거리에는 사람들이 보인다. 밖에 계속 있고 싶은 유혹을 느낄 정도로 기온이 적당하다. 바마다 사람들로 붐볐다. 비틀거리며 바에서 나오는 사람들도 이따금 보인다. 나 역시 비틀거렸는데 알코올 때문이 아니라 굽 높은 샌들 때문이다. 이제 샌들을 신고 걷는 게 고역이다.

"더 이상 못 갈 것 같아. 부탁이야, 잠깐만 쉬었다 가자."

말을 채 마치기도 전에 나는 빈 벤치에 털썩 주저앉는다. 혹시 반창고라도 찾을 수 있을까 해서 핸드백을 뒤진다. 하나도 없다. 외출하기 전에 두 개 정도 넣어야겠다고 생각했지만 잊어버린 것이다. 샌들을 벗는다. 발은 벌겋게 물집이 잡혀 있고 샌들 끈 자국도 깊이 남아 있다. 잔인한 유행.

"맙소사, 발이 이렇게 되다니……." 내가 발을 쓰다듬으며 중얼거린다. 하지만 절망적인 상황은 아니다.

필리포가 내 오른발을 잡더니 자신의 무릎 위에 올려놓아서 어쩔 수 없이 그를 향해 몸을 돌려야만 한다.

"뭐 하는 거야?" 내가 놀라서 묻는다.

"긴급 처방." 그가 발 마사지를 시작하며 대답한다. 그의 마사지는 치료 효과가 있어서 피가 도는 게 느껴진다. 그의 부드러운 손이 내 발 위에서 움직이게 잠시 가만히 내버려 둔다. 그렇지만 서서히 안도감 대신 당혹감이 밀려온다. 난 한밤중에 벤치에 앉아 있고, 필리포는 내 발을 마사지하는 중이다. 약간 이상한 상황이다……. 그의 동작이 우리 둘 모두에게 너무 친밀하다. 나는 그를 바라본다. 그러다가 그도 나를 보고 있다는 걸 알아차린다. 하지만 친구로서 보는 건 아닌 것 같다. 우리의 얼굴은 충분히 가까웠다. 우리의 입술이 거의 닿으려 한다. 나는 무슨 일인가 일어나고 있음을 느낀다. 그걸 원하기도 하지만 약간 두렵기도 해서 호흡을 멈추고…….

휴대전화 벨 소리에 우리는 갑자기 현실로 돌아온다. 내전화다.

"엘레, 늦은 시간에 미안해. 벌써 자는 중이었어?"

가이아다.

"아니, 아니야……."

마법이 깨졌다. 나는 다시 발을 빼고 서둘러 샌들을 신는다. 샌들 끈을 묶으며 필리포를 힐끗 본다. 실망한 듯하다. 어쩌면 나도 그럴지 모른다. 하지만 어찌할 방법이 없다. 지금 그녀가 내 관심을 필요로 하고 있으니. "내 말 듣고 있어? 지금 어디야?"

"듣고 있어, 미안해. 아직 밖이야……."

"있잖아, 큰일 났어. 일 피콜로 몬도에서 프랭크하고 싸웠어……. 미치광이라니까. 나를 사무실로 부르더니 지난번에 내가 클럽에 쓰레기를 데려왔다고 말하더라고. 화가 나서 문을 쾅 닫고 나왔는데 열쇠를 놔두고 온 거 있지. 전부 그의 책상에 있어."

"가지러 가면 안 돼?"

"안 돼, 엘레. 그 빌어먹을 놈 얼굴 다시는 보고 싶지 않아. 내일 클럽 문 닫으면 그 사람은 없을 테니 그때 갈 거야. 그래서 오늘 밤은…… 너네 집에서 자도 될까?"

"당연하지, 조금 있다 집에서 기다릴게."

"2분이면 돼, 금방 갈게."

2분이라고? 그러니까 가이아는 내가 허락하리라고 이미 확신하고 있었다.

나는 전화를 끊고 필리포를 돌아보았다. "미안, 가이아가 우리 집으로 오고 있대. 집 열쇠를 잃어버렸다는데."

그가 미소를 짓는다. 하지만 그의 눈에 애석함이 살짝 스치는 것 같다. "괜찮아, 엘레. 바포레토 타는 데까지 바래다줄게."

우리는 거의 15분 동안 아무 말 없이 바포레토를 기다리고 있다. 실패로 끝난 키스 때문에 서로 어색해하면서. 우리는 어색함을 없애보려고 몇 마디 이야기를 나눈다. 서서히 도착하는 바포레토가 나를 구하러 온 백마 탄 왕자 같았다. 나는 쏜살같이 그 위에 뛰어오른다.

"비비…… 전화할 거지, 응?" 필리포가 부두에서 묻는다.

"그럼, 금방 할게." 내가 대답하며 손을 흔든다. 바포레토가 물 위로 미끄러진다.

가이아는 집 앞에 서 있었다. 아직도 분이 덜 풀린 듯하다. 계단을 올라가는 동안 프랭크와의 일이 어떻게 됐는지 자세히 이야기한다. 그래서 난 잠시나마 필리포의 생각에서 벗어날 수 있었다. 가끔 그녀가 너무 흥분을 해서 목소리를 낮춰야 한다고 상기시켜줘야만 한다. 시간이 늦어 건물 사람들이 모두 잠들었을 테니까.

욕실에서 같이 화장을 지울 때 거울을 통해 내 얼굴을 유심히 보는 가이아가 보인다.

"너 지금 뭔가 숨기고 있는 거 아니지?" 역시 가이아다. 대단한 수사관 가이아.

"숨기긴 뭘 숨긴다고 그래?" 내가 이를 닦으면서 우물거린다.

"몰라, 너와 필리포 사이에 뭔가 있는데 말을 안 하는 건지. 내가 방해했던 거 아냐?"

"가이아, 우린 그냥 친구야."

그녀는 이 말을 믿으려 하지 않는다. "음…… 내 생각엔 필리포가 널 좋아하는 것 같아. 아니, 계속 좋아했었다고 해야 할걸."

내가 어깨를 으쓱한다.

"넌 싫어?"

"모르겠어. 진지하게 생각해본 적 없어서." 난 사실을 말하는 중이다. 적어도 오늘 저녁까지의 사실을…….

우리는 더블침대에 눕는다. 왜 그런지는 모르지만 둘 다 괜히 기분이 좋아진다. 가이아가 내 얼굴에 베개를 던진다. 곧이어 우리는 사춘기 때의 파자마 파티들을 떠올린다. 그 당시 우리를 생각하며, 지금 우리의 변한 모습을 보며 웃는다. 내가 스탠드 불을 껐고 서로 잘 자라고 인사를 나눈다.

막 잠이 들려는데 가이아의 목소리가 나를 깨운다.

"엘레……."

"응?" 내가 졸린 목소리로 대답한다.

"그 레오나르도라는 사람…… 네가 일하는 팔라초에 산다고 했지, 맞아?"

"응."

"거기가 정확히 어디야?"

"내일 알려줄게. 이제 자."

"엘레!"

누군가 내 어깨를 흔들고 있다.

"일어나, 엘레. 빨리!" 가이아의 목소리에 나는 순식간에 현실로 돌아온다.

"왜 그래?" 잠에 취한 목소리로 내가 투덜거린다.

"맙소사, 콘티니를 마중하러 공항에 갔어야 했는데, 이 제 생각났어……. 감독인데……. 다음 영화 의상 때문에 니콜라오 아틀리에에 가기로 약속이 잡혀 있거든."

방금 만든 커피향이 부드럽게 콧속으로 들어온다.

"지금 몇 신데?"

"7시 15분. 로마에서 오는 비행기가 연착하기만을 바랄 뿐이야……."

좀 더 자세히 보려고 눈을 비빈다. 가이아는 벌써 옷을 입고 화장까지 마쳤다. 어젯밤의 부츠를 다시 신고 걸을 수 있다는 게 이해 불가다.

"빨리 가야 해. 커피는 모카포트에 있어." 그녀가 내 뺨에 살짝 입을 맞춘다. "재워줘서 고마워."

"무슨 소리야." 내가 돌아누우며 웅얼거린다. "밤새 발길질 당해서 얼마나 좋았는데."

가이아가 내 머리를 헝클어놓은 뒤 문을 다 닫지도 않고 나가버린다. 잠을 쫓으려 애쓰는 나만 방에 남겨놓은 채. 계단을 내려가는 그녀를 머릿속으로 따라간다. 벌써 블랙베리를 붙잡고 의상이며 액세서리, 귀금속 이야기를 나누는 가이아를 상상한다.

나는 초인적일 정도의 노력으로 침대 머리판에 몸을 기댄다. 몸에서 우두둑 소리가 난다. 가이아와 헬스클럽에 다니는 문제를 진지하게 고려해봐야 할지도 모르겠다. 그녀는 나와 같은 스물아홉 살로 절대 보이지 않는다. 계속해서 에너지가 폭발하고 있다.

하지만 다리에 딱 달라붙는 선명한 색상의 레깅스를 입고 거울 앞에서 음악에 맞춰 움직이는 나를 상상하기만 해도 피트니스에 대한 의욕이 사라져버리고 만다. 움직일 때마다 우두둑 소리를 내는 관절과 함께 살아가다 보면 체념하는 날이 오겠지.

침대에서 내려와 옷장으로 급히 가서 주섬주섬 치마와 간편한 스웨터를 꺼내 욕실로 간다.

문밖으로 나서자 10월 아침의 밝은 햇살이 나를 맞아준다. 눈부시지 않고 따뜻하고 부드러운 햇살이다. 오늘은 바포레토를 타지 않는다. 산 비오에서 카 레초니코까지 10분 거리여서 그 시간을 온전히 즐기고 싶다.

서서히 아침 햇살에 적응되어 간다. 눈은 나를 속이지 않는다. 석류에 몸과 마음을 다 바치게 될 오늘도 마찬가지일 테지. 도전을 통해 완벽한 음영을 찾아내야지.

서두르지 않고 천천히 느긋하게 걷는다. 어제저녁 무리를 해서 아직 다리가 약간 아프기도 하고 이 평화로운 베네치아에 빠져들지 않을 수가 없기 때문이기도 하다. 오늘의 첫 번째 다리가 베네치아의 영혼은 돌이 아니라 물이라는 걸 내게 상기시켜준다. 잠깐이기는 하지만 다리 위에서 걸음을 멈추고 삶을 바라보는 게 좋다. 내 발밑에 있는 산 비오는 좁고 특이한 운하로, 대운하를 자테레와 연결시키며 그 지역을 둘로 나눈다. 여기서는 베네치아의 두 지역을 다 볼 수 있다. 산 마르코와 주데카 지역이다. 한쪽은 관광객들의 베네치아이고 다른 쪽은 베네치아인들의 베네치아다.

산타녜세 성당 종탑의 종이 9시를 알린다. 서둘러 걷는다. 늦었다. 아카데미아 미술관을 따라 걷고 있을 때 금발에 체격이 좋은 여자가 내게 영어로 남자친구와 사진을 한 장 찍어달라고 부탁한다. 사실 서둘러 가야 하기 때문에 사진을 찍어주고 싶지 않았지만 좋다고 말하자 그녀가 내게 카메라를 내밀며 어디를 눌러야 하는지 설명해준다. 나는 가방을 어깨에 고쳐 메고 다리를 조금 벌려 사진 찍을 자세를 취한다. 그사이 카메라 화면에 잡힌 두 사람은 꼼짝 않고 행복한 표정을 짓고 있다.

찰칵. 초점을 맞춰 첫 번째 사진을 찍는다. 찰칵. 이를 다 드러내고 환하게 웃는 미소에 엽서 같은 도시 배경의 사진, 아마 그들의 앨범에 이 사진을 골라 담을지도 모른다. 찰칵. 세 번째 사진은 두 사람이 포즈를 잡지 않은 상태에서 우연히 찍혔다. 제일 멋지다.

커플이 포옹을 풀고 내게 여러 차례 감사 인사를 한다. 다른 많은 사람들처럼 그들 역시 관광만이 아니라 자신들의 낭만적인 추억을 만들어보려고 베네치아에 왔다. 그리고 그들은 그럴 권리가 있다. 적어도 난 그렇게 생각한다…….

나는 살짝 미소를 지은 뒤 다시 걸음을 재촉한다. 가벼운 바람이 내 머리카락을 헝클어놓는다. 아직 바람이 많이 차지는 않지만 다가오는 가을 느낌을 얼핏 풍긴다.

공기 중에 갓 구운 따뜻한 크루아상과 카푸치노 냄새가 퍼진다. 강렬한 이 냄새는 내가 걸어서 일터로 갈 때마다 나를 따라온다. 아침 식사를 하러 잠시 바에 들러본 적은 거의 없다. 아침에는 속이 편하지 않아서 아무것도 먹지 않는다. 게다가 아침을 먹으면 잠이 온다. 오늘은 허브 캔디를 사러 주랑 밑의 잡화점에 잠깐 들른다. 캔디는 정신을 집중하고 만성적인 저혈압을 막아주는 데 도움이 된다.

팔라초가 있는 골목은 곧장 대운하로 이어진다. 골목을 지나갈 때는, 특히 밤이면 조심해야 한다. 특징이 없고 눈에 잘 띄지도, 잘 알려지지도 않은 좁은 길로, 어둑어둑하고 여기저기서 무성하게 자라는 잡초가 벽을 타고 기어 올라갔다. 자갈이 깔린 이 좁고 긴 길 끝에 베네치아에서 손꼽히는 아름다운 건물이 숨겨져 있다고는 생각하기 힘들 것이다.

게다가 베네치아는 이례적으로 계획된 도시다. 모든 건물이 금방이라도 흐릿한 물속으로 무너져 내릴 듯, 폐허처럼 보인다. 그렇지만 동시에 모든 게 생동감이 넘치고 숨도 쉴 수 없을 정도로 아름다워 시선을 사로잡는다.

붓과 물감은 토요일에 질서정연하게 놓아둔 그대로였다. 아무도 건드리지 않은 게 분명해서 안심이 된다. 프레스코 벽화 상태도 좋다. 아무 일도 일어나지 않았다. 예상했던 대로다. 하지만 별다른 보호 장치 없이 복원작업이 진행될 때는 예기치 못한 일들이 끝없이 일어난다. 매일 아침 혹시 습기 때문에 어떤 자국이 남지는 않았는지, 개미가 우글거리거나 사람의 손자국이 남지는 않았을지 불안감이 엄습한다.

레오나르도의 방에서는 인기척이 전혀 느껴지지 않는다. 어쩌면 벌써 출근했을지도 모르지.

나는 작업복을 입고 유령 잡는 사람 꼴로 작업을 시작할 준비를 한다. 거의 준비가 되었다……. 다만 인공눈물로 눈의 뻑뻑함을 없애줘야 한다. 밤새 뒤척이는 가이아 때문에, 그리고 사실은 계속 뇌리에서 떠나지 않는 필리포 때문이기도 했는데, 잠을 제대로 자지 못했다. 눈꺼풀이 납덩이처럼 무겁다.

벤치에서 내 발을 마사지하던 필리포의 모습이 떠올랐다 사라진다. 어제저녁 일인데도 지금은 마치 꿈을 꾼 것만 같다. 기억은 희미하고 그 기억에 담긴 느낌도 생생하게 되살릴 수 없다. 이상하다.

작업복 주머니에서 파란 인공눈물통을 꺼내 고개를 뒤로 젖히고 오른쪽 눈에 두 방울, 왼쪽 눈에 두 방울 인공눈물을 넣는다. 인공눈물이 들어가자 처음에는 눈이 따가웠지만 금방 가라앉았고 새로 태어난 기분이다.

갑자기 장난스러운 웃음소리가 현관에 울려 퍼진다. 아직 시야가 뿌옇기는 하지만 그래도 내 쪽으로 걸어오는 두 사람의 형체를 알아볼 수는 있다. 둘은 손을 잡고 있다. 한 사람은 레오나르도고…… 초점을 맞추려고 눈을 깜빡인다…… 한 사람은 도자기 같은 피부에 풍성하고 부드러운 머리칼을 길게 늘어뜨리고, 길이가 짧은 빨간색의 우아한 새틴 원피스를 입은 아름다운 여자다. 원피스는 탄력 있고 날씬한 다리를 강조해줄 뿐만 아니라 등 쪽을 그대로 드러내놓았다. 오드리 헵번이 질투할 정도로 아름다운 자태를 뽐내는 그녀의 두 눈이 행복하게 반짝인다.

"좋은 아침, 엘레나." 레오나르도가 내 곁으로 지나가면서 말한다. 그는 외출복 차림이 아닌, 스웨트셔츠에 플립플롭을 신고 있다. 우아한 그녀와 묘하게 대조된다.

"좋은 아침." 나는 적당히 무심하게 대답한다.

여신이 나를 보고 고개를 까딱하며 인사하더니 하이힐을 또박거리며 레오나르도를 따라간다. 그들은 출입문으로 이어지는 층계참으로 가고 있다. 그의 한 손이 맨살로 드러난 여자의 등을 살며시 어루만지는데, 육감적이면서도 여자를 보호하는 듯한 동작이다. 그의 까무잡잡한 피부와 그녀의 새하얀 피부가 정신을 산란하게 한다. 떠오르는 생각을 막을 수가 없다. 저 두 사람은 지난밤을 함께 보낸 게 분명하다. 그들 뒤로 섹스의 냄새가 나는 듯하다.

난 내 작업에 몰두하려고 했지만 이번에는 갑자기 벽이 흔들릴 정도로 외부에서 굉음이 울려 다시 정신이 산만해진다. 보트의 엔진 소리 같다. 어디서 나는 소리인지 궁금해서 대운하 쪽으로 난 프랑스식 창문의 커튼을 들여다보다가 하얀 모터보트가 팔라초의 선창에 정박해 있는 걸 발견한다. 그 위에 여신이 있다. 그녀는 하이힐을 벗고 곧 검은 가죽점퍼를 입었다. 그러더니 보트 가장자리로 다가와 레오나르도를 찾는다. 그는 그녀가 말하기 전에 선창에서 몸을 내밀어 그녀의 입에 살짝 키스를 하더니 계류 밧줄을 풀고 손을 흔들며 인사를 한다. 여신은 검은 선글라스를 끼고 계기판의 레버를 작동시키더니 은빛 항적을 뒤로 남기며 쏜살같이 달려나간다. 마치 영화의 한 장면 같지만 모두 내 눈앞에서 벌어진 실제 상황이다.

나는 커튼을 다시 내려놓고 재빨리 내 자리로 돌아온다. 저런 일에 관심 없어, 라고 되뇌며 다른 생각을 해보려 애쓴다.

레오나르도가 금방 들어온다. 나는 몹시 바쁜 척하며 눈을 내리깐 채 안료 몇 개를 되는대로 섞는다. 그가 아무 말 없이 내 앞으로 지나가더니 휘파람을 불며 자기 방으로 눈 깜짝할 새 사라져버린다.

붉은색을 조금 만들어서 사다리에 올라간다. 이제 석류에 몰두할 준비는 되어 있다. 차분히 작업을 하고 싶지만 보통 때처럼 내 생각들이 제멋대로 달려나가, 나는 다시 그런 생각의 뒤를 좇고 있다. 그 여자가 레오나르도의 여자친구인지 그냥 하룻밤 만남에 불과한 건지 알게 뭔가…… 그 여자의 등을 살며시 어루만지던 그의 모습을 눈에서 지울 수가 없다. 그리고 짧고 가벼웠지만 섹시했던 그 키스도.

이제 레오나르도의 욕실에서 물소리가 들린다. 잠시 후 그가 여름과 바다 노래의 멜로디를 힘차게, 그러나 음정과 박자가 맞지 않는 목소리로 흥얼거리는 게 들린다. 레오나르도는 편안히 출근 준비 중이다. 오늘 아침에는 서둘러 레스토랑에 나가지 않아도 되나 보다.

붓을 찾으러 뒤를 돌아보던 나는 욕실에서 막 나온 레오나르도가 현관 쪽으로 오고 있는 걸 발견한다. 상반신에는 아무것도 걸치지 않았다. 파란 수건을 젖은 머리에 둘렀고 맨발 차림이다. 고대의 전사가 떠오른다. 그는 거리낌 없이 내게 다가온다. 불안정한 바닥이 그의 몸무게 때문에 살짝 흔들린다.

"엘레, 좀 어때요?"

"좋아요, 고마워요." 무심한 체하며 거의 들리지도 않을 정도로 작게 말한다. 프레스코 벽화에서 눈을 떼지 않으려고 애쓴다. 이 상황이 불편하고, 볼품없는 작업복을 입은 내가 초라하고 어수선하게 느껴진다. 저 사람은 왜 옷을 입으러 안 가는 거지?

"작업은?" 그가 머리카락을 털자 작은 물방울들이 구름처럼 공기 중으로 퍼진다. 나는 곁눈질로 그를 흘깃 본다. 다행히 그는 아직 벽화가 있는 벽과 안전거리를 유지하고 있다.

"잘되고 있어요……."

"당신은 바 의자에 앉아 있는 것보다 이 사다리 위에 있는 게 훨씬 편해 보이는 거 알아요?"

"칭찬으로 알게요."

"실제 칭찬인걸."

그는 돌아갈 기색을 보이지 않는다. 나를 지켜보는, 거의 감시하는 것 같은 눈길이 느껴진다. 별로 마음에 들지 않는다.

"미안하지만 내가 좀 많이 바빠서……." 이렇게 말하며 나는 프레스코 벽화 쪽으로 돌아선다.

"당연하지." 그가 의식적으로 미소를 지으며 대답하고 두 손을 번쩍 든다. "작업할 때 주변에 사람 있는 거 싫어하잖아요. 어제저녁에 아주 분명하게 말하던데……."

"그래요." 나는 자기 방으로 멀어져가는 그를 보면서 우물거린다. 하지만 진짜 그렇게 말한 건지 생각만 한 건지 알 수가 없다.

나는 혼자 남게 되자마자 사다리에서 내려온다. 허브 캔디가 필요하다. 어떤 사람이든 누가 있으면 짜증이 난다. 그런데 이 레오나르도라는 사람은 나를 불안하게 만든다.

나는 크게 한숨을 내쉰다. 그리고 캔디를 혀로 녹이며 다시 작업을 시작하기로 마음먹는다. 빌어먹을, 물감이 완전히 말라버렸다. 너무 수분이 적게 배합을 했다. 이제 물감컵을 비워버리고 씻은 뒤, 안료의 무게를 다시 재야 한다. 밑그림에서만이라도 끝이 납작한 붓을 사용해보려 한다. 그러니 더 서둘러야 한다.

다시 사다리에 올라가 가까이에서 석류알의 명암을 재확인하고 머릿속에 잘 기억해두려 한다. 그러니까 빨간색과 자색을 혼합해서 새로 만든 물감을 써볼 생각이다.

내 오른쪽 복도에서 귀에 익은 자신 있는 발소리가 들린다. 본능적으로 돌아본다. 이번에는 옷을 입었다. 낡은 청바지에 흰 리넨 셔츠 차림이다. 이 남자는 리넨 애호가다. 목에 두른 검은 실크 스카프가 움직일 때마다 흔들린다. 추워서 스카프를 한 건지 잘 모르겠다. 벌써 10월이긴 하지만······.

그가 가까이 와서 한 팔을 사다리에 기댄다.

등줄기가 서늘해져서 살짝 균형을 잃고 말았다. 지금 무슨 일이 일어나고 있는지는 모르지만, 기분이 별로 좋지 않다.

"레스토랑에 필요한 물건들을 사러 가는 길인데." 그가 위를 올려다보며 말한다. "리알토에 갈 건데 뭐 필요한 거 없어요?"

"아니, 고맙지만 없어요. 필요한 거."

"진짜?" 그가 오른쪽으로 살짝 고개를 기울인다. 그의 귀걸이에 햇살이 부딪혀 반짝인다. 귀걸이가 미소를 짓고 있는 듯하다. 눈가에 잡힌 평범한 잔주름을 보고 섹시하다고 느껴본 적은 한 번도 없었다. 맙소사, 가이아의 기운이 나를 점령해가고 있다······.

"진짜. 괜히 빈말 같은 건 안 해요." 나는 또다시 당황한 모습을 보이고 싶지 않아 벽 쪽으로 돌아서며 말한다. 지금 나를 구해줄 수 있는 건 벽화밖에 없다. "아, 리알토에 갈 거면 바포레토를 타고 가는 게 좋아요. 그래야 길을 잃을 위험이 없으니까." 나는 자연스럽게 보이려 애쓰며 덧붙인다.

"뭐, 베네치아에서는 길을 잃어도 멋지니까!" 그가 어깨를 으쓱한다.

"시간을 낭비하지 않으려면 그렇게 하라는 거였어요. 서둘러 해야 할 일이 굉장히 많아 보여서."

"맞아요. 그런데 성가신 일들은 내 조수들에게 맡겨졌어요. 난 게임에서 재미있는 역을 맡았지."

그가 자신 있게 웃는다. 자신의 재능을 완벽하게 신뢰하는 사람, 크게 노력하지 않고도 일이 순조롭게 풀리는 사람이 지을 수 있는 표정이다.

"혹시 아침 식사 하고 싶으면 주방에 크루아상하고 아직 따뜻한 커피 있는데."

"아니, 괜찮아요. 아침 식사는 거의 안 하니까……. 그리고 지금은 작업을 중단할 수 없어요……."

"왜죠?" 그가 궁금한 모양이다.

"색깔에 집중해야 해서요. 그렇지 않으면 놓쳐버리니까."

레오나르도가 턱을 쓰다듬으며 나를 뚫어지게 본다. "저 석류색?"

"네." 내가 앞을 바라보며 고개를 끄덕인다. "며칠째 고민 중이에요. 뉘앙스가 수천 가지라 모두 살려내기가 너무 어려워서. 음영은 말할 필요도 없고……." 내 뜻과는 달리 말이 많아진다. 작업 이야기를 하면 나는 흥분한다. 레오나르도가 웃고 있는 것으로 봐서 그 사실을 눈치 챈 게 틀림없다.

그가 뭔가 깊이 생각하듯 석류를 주의 깊게 바라보더니 나를 쳐다본다.

갑자기 내가 입을 다문다. 그가 무슨 생각을 하는지는 모르지만 나와 상관없는 일이라고 혼잣말한다. 이 사람 때문에 시간을 너무 많이 뺏겼다. 그에게 인사를 하려는데 익숙한 목소리가 들려 하려던 말이 입속으로 사라져버린다.

"엘레, 여기 있니?" 선명한 하이힐 소리가 계단에서 들린다. "아무도 없어요?"

레오나르도가 무슨 일이냐는 듯 나를 본다. 난 별일 아니라는 걸 알리기 위해 그에게 눈짓을 한다. 가이아가 현관에 나타난다. 집에 들러 옷을 갈아입고 오는 길인가 보다. 어제저녁 옷은 아니지만 여전히 흠잡을 데 하나 없다. 그녀가 나를 보고 알은체를 하기도 전에 레오나르도에게 인사한다.

"차오(가벼운 인사를 할 때 사용하는 '안녕'이라는 뜻의 이탈리아어—옮긴이)."

"차오." 레오나르도가 가볍게 목례를 하며 대답한다.

"지나가다가 인사나 하려고 들렀어." 그녀가 내게 이렇게 말하더니 순진하게 미소를 짓는다. 거짓말. 이 팔라초에서 일하게 된 뒤로 가이아가 나를 찾아온 적은 없다. 단 한 번도. 오로지 레오나르도 때문에 온 거다. 우리 집 어딘가에서 팔라초 주소를 본 게 틀림없다. 그녀는 자신이 원할 때 예상외로 탐정 같은 자질을 발휘한다.

난 내려갈 일이 짜증스러워 사다리에 붙박인 것처럼 가만히 서 있다. 내려가지 않으면 이 위에서 이 광경을 고스란히 즐길 수 있기도 하다. "그런데 오늘 아침에 굉장히 중요한 업무가 있다고 하지 않았어?" 순전히 가이아를 난처하게 만들 심술궂은 마음으로 묻는다.

"벌써 마쳤지! 일 피콜로 몬도에서 가방도 찾아왔는걸." 그녀가 서둘러 대답하면서 '소개 안 해주고 뭐 하는 거야?'라고 묻는 듯 나를 본다.

레오나르도는 청바지에 한 손을 찔러 넣고 입술에 한 손가락을 올려놓은 채 유쾌한 얼굴로 가이아를 찬찬히 뜯어보고 있다.

"내 친구 가이아예요." 소개하는 내 목소리가 사다리 위에서 이상하게 엄숙하게 울려 퍼진다.

"만나서 반가워요, 레오나르도예요." 그가 힘차게 가이아와 악수한다. 한눈에 반한 표정일까 재미있어하는 표정일까? 정확히 알 수가 없다. 내 밑, 1미터 50센티 밑에서 벌어지는 일에 관심이 없다는 걸 보여주기 위해 물감을 다시 섞는다.

"반가워요……." 가이아의 목소리가 들린다. 지금 그녀는 교태를 부리며 눈썹을 깜빡이고 있으리라 확신한다. 보이지는 않지만 자신이 할 수 있는 한 아양을 떨고 있으리라.

갑자기 이런 탄성이 들린다. "엘레, 너 정말 대단한 작업을 하고 있구나! 놀라워, 정말 굉장해……." 내가 놀란 눈으로, 의아한 듯 가이아를 본다. 그녀는 복원작업이나 프레스코 벽화에는 전혀 관심이 없었다.

"안 그래요?" 가이아가 레오나르도를 돌아보며 덧붙인다. 맞다. 그녀는 그저 레오나르도와 대화를 시작할 핑계를 찾고 있을 뿐이다.

"엘레나는 자기가 하는 일에 굉장한 열정을 가지고 있어요. 보면 알 수 있죠." 흥분한 목소리의 떨림이 나에게까지 전해진다.

가이아는 그러면서 재빨리 대화에 틈새를 만들어 그 안으로 끼어든다.

"그런데 당신은 무슨 일을 하세요?"

"셰프입니다. 지금 브란돌리니의 새 레스토랑 개업을 준비 중이죠."

그녀의 대답은 뻔하다. '셰프라고요…… 멋져요!'

"셰프, 멋진 직업이죠."

내 예상이 틀렸지만 그리 많이 다르지는 않다. 나는 빙그레 웃지만 그들에게는 보이지 않는다.

가이아가 계속 레오나르도에게 베네치아에 온 지는 얼마나 되었느냐, 얼마나 머물 거냐, 지내기는 어떠냐 같은 의례적인 질문을 던진다.

그녀는 깔깔 웃기도 하고 그가 뭐라고 하면 가끔 심각하게 고개를 끄덕이기도 한다. 그녀가 사용하는 매력 발산용 무기를 다 기억하고 있다. 힘없는 눈으로 바라보기, 머리카락을 손가락으로 만지작거리기, 알 듯 말 듯한 미소 짓기, 입술 쭉 내밀기 등……

그 광경을 구경하려고 사다리에서 몸을 내밀어본다. 어쩌면 그런 표정을 보고 레오나르도가 어떤 반응을 보이는지를 확인하고 싶었는지도 모른다. 그 역시 다른 남자들처럼 가이아의 매력에 넘어가버렸다. 하지만 갑자기 내가 있다는 걸 떠올리고는 눈을 든다. 나는 재빨리 원래의 자세로 돌아갔는데, 그러다가 물감컵을 떨어뜨릴 뻔했다.

"혹시 우리가 작업 방해하고 있는 거야, 엘레나?"

난 약간 차갑게 반응하기로 한다. "아, 두 사람이 조금……."

레오나르도가 다시 가이아에게 말한다. "나가는 게 좋겠습니다. 나도 늦었거든요. 어쨌든 만나서 정말 반가웠어요."

"저도요." 그녀가 햇빛에 녹는 초콜릿처럼 달콤하게 흐늘흐늘 대답한다.

레오나르도가 우리에게 인사를 하고 서둘러 입구로 걸어간다. 가이아는 그의 등을 바라보고 있고 나는 가이아를 본다. 나 역시 그녀가 관심을 보이는 대상을 보지 않을 수가 없다. 그러니까 우리는 서로 레오나르도를 보고 있는 것이다.

"나쁘지 않아……." 우리 둘 다 똑같은 생각을 했지만 그 생각을 입 밖에 낸 사람은 가이아다. "가까이에 저런 남자가 있는데 어떻게 일을 할 수 있어?"

"너희 둘이 이 밑에서 그렇게 시시덕거리는데 어떻게 일을 할 수 있어,라는 뜻이겠지!" 내가 화를 낸다. "마치 나를 만나러 온 척 연기했잖아……. 넌 부끄러운 줄도 모르는구나……."

"네가 협조적이지 않으니까 나라도 머리를 써야지. 제발 그 사다리에서 내려와줘라."

"싫어."

가이아가 한숨을 쉬더니 사다리의 받침대에 한 발을 올려놓고 한 팔은 사다리에 기댄 채 레오나르도가 나간 방향을 다시 바라본다.

"어쨌든 엘레나, 저 남자 뭔가 치명적인 매력이 있어. 너도 인정해야 해, 안 그러면 너 사다리에서 떨어뜨려 버린다."

나는 무관심의 전략을 취한다. "그 스펀지 좀 이리 줘봐. 날 보러 왔으니 뭐라도 도와줘야 할 거 아냐."

가이아는 순순히 내 말을 따르며 건물 안을 살펴본다. 지금까지는 그럴 시간이 없었기 때문에.

"그 사람은 저쪽에 살아?" 왼편으로 이어지는 복도를 가리키며 그녀가 묻는다.

"응."

"그 사람 숙소 본 적 있어?"

"아니. 왜?"

"믿어지지 않아……. 호기심이 생기지도 않았어?"

"호기심이 생기기는커녕……" 가이아가 지금 무슨 꿍꿍이인지 알아차리자 공포로 소름이 끼친다.

"난 궁금해." 내 대답을 기다릴 것도 없이 그녀가 걸어간다.

"가이아, 당장 돌아와!" 그녀의 뒤에 대고 소리쳤지만 소용없을 게 뻔하다. 나는 사다리에서 내려가지 않을 수가 없다. 그녀의 뒤로 달려간다. "뭐 하려는 거야? 그만둬." 가이아에게 가서 그녀의 옷소매를 잡아보지만 그녀는 나보다 힘이 더 세고 더 단호하다. 나는 어쩔 수 없이 끌려간다.

"가만있어봐, 잠깐 한번 볼게!" 가이아는 완전히 흥분해서 고집을 부린다.

우리는 벌써 복도를 가로질러 레오나르도의 침실이 있는 위층으로 이어지는 계단을 오르고 있다. 가이아를 말릴 수가 없어 어찌지 못하고 그녀를 따라간다. 문제를 일으키지 않게 하려고, 아니 최악의 경우 발자국이라도 남기지 않게 하려고.

"잘 들어, 넌 지금 날 난처하게 만들고 있어. 여긴 내 일터라고!" 나는 가이아의 동정심에 매달려보는데, 막상 그녀가 그 일을 그다지 대수롭지 않게 생각한다는 건 잊고 있다.

방문은 열려 있다. 방은 내가 상상했던 대로 아주 넓다. 고급 호텔의 스위트룸 같다. 방 한가운데에 있는 침대는 흐트러진 채, 둘둘 말린 실크 시트가 침대 한쪽에 매달려 있다.

벽은 붉은색과 금색 무늬를 넣은 천으로 도배되어 있는데, 캐노피 침대 양쪽 벽을 다 차지한 거대한 거울이 그 무늬를 무한히 반사해내고 있었다. 다소 화려하게 장식된 따뜻하고 온화한 공간이다. 브란돌리니가 이 방을 레오나르도에게 사용하게 한 건 물론 우연이 아니리라……

"어쩌면 이렇게 세련됐을까!" 가이아가 감탄한다.

"어쩌면 이렇게 난장판일까!" 내가 그 말을 흉내 낸다. 방 안은 정신없이 어질러져 있다. 이것으로 미루어 보아 레오나르도는 정리에 별 신경을 쓰지 않는 사람인 듯하다. 빨간 벨벳의 팔걸이의자에는 셔츠 십여 장이 차곡차곡 쌓여 있고 페르시아 카펫이 깔린 바닥에는 리넨 바지 두 벌이 던져져 있다.

"정리를 못하는 게 정상이야." 가이아는 이런 쪽에 통달한 듯 말한다. "예술가잖아."

"실제로는 요리사인걸." 내가 그 애의 기를 꺾어버린다. "어쨌든 천재가 정리를 못한다는 말은 다 쓸데없는 말이야, 아니면 그냥 핑계거나……"

"그럴지도 모르지. 그렇지만 이 사람 같은 경우는 사실이야." 가이아가 단호하게 반박한다. "봐, 그 사람이 독특하고 창의적인 사람이라는 걸 그냥 한눈에도 알 수 있잖아."

"뭐라고? 그러니까 넌 그 사람을 벌써 다 파악한 거야?"

"몇 가지는 분명해. 사실이야."

침대 옆 협탁에 은쟁반이 하나 놓여 있고, 거기에 마개를 딴 모에 에 샹동 샴페인 한 병과 포도주 잔 두 개가 있다. 포도주 잔 하나에는 립스틱 자국이 선명하게 남아 있다.

가이아가 의미심장한 눈으로 나를 봐서 나는 그녀가 짐작한 게 맞다고 확인해준다.

"오늘 아침에 어떤 여자하고 같이 있더라. 지난밤 함께 보낸 게 분명해."

어쩌면 가이아의 환상을 깨줄 방법을 찾았는지도 모른다. 그래서 잔인하게 말한다. "게다가 굉장히 예쁘고 부티 나고 매력적이었어. 실제로 타의 추종을 불허하더라니까. 너도 상대가 안 될 거야 친구⋯⋯. 그러니까 이제 나가자."

"음, 게임이 재미있어지는데⋯⋯." 가이아의 눈이 호기심으로 반짝인다. 내 말이 정반대의 효과를 가져왔다는 걸 알려주는 눈빛이다.

"어쩌면 애인이 아닐지도 몰라. 애인이라면 같이 살겠지, 안 그래?" 그녀는 자신의 추리에 매달리며 계속 말한다. "저런 남자라면 애인이 여러 명인 게 자연스러워." 다음에 또 이런 상황이 오면 가이아를 풀죽게 만들려다가 오히려 일이 악화될 수 있다는 걸 잘 기억해야만 한다.

가이아는 내 바람대로 방에서 나가는 게 아니라 옷장으로 가서 문을 연다. 그 순간 내 시선이 자개 테이블 한가운데에 놓인 재떨이로 향했고, 거기서 피우다 남은 마리화나를 발견한다. 가이아의 호기심을 더 키우고 싶지 않아서 그녀에게는 아무 말도 하지 않는다.

"구김 잘 가는 리넨 마니아네." 가이아가 장롱 문 뒤에서 몸을 내밀며 말한다. 그러더니 옷에 파묻힌 일인용 소파로 가서 꿈꾸는 얼굴로 레오나르도가 벗어놓은 옷들을 손가락으로 만져본다. "우아해, 감각이 있어……. 내 말 믿어, 정말 보기 드문 남자야."

"이제 됐어, 너 때문에 미치겠다!" 나는 지금까지 펼친 심리 작전을 포기하고 화를 낸다. "이 방에서 나가자, 제발!"

내가 가이아의 팔을 잡으려고 다가서자 강한 향기가 기분 좋게 코를 찌른다. 앰버향(용연향. 향유고래에서 채취하는 송진 비슷한 향료. 사향과 같은 향기가 있다—옮긴이)인 듯하다. 곧 그 향이 뭔지 분명하게 알아차린다. 레오나르도의 냄새, 그의 옷에 배어 있던 냄새다. 마치 그가 이곳에 있기라도 한 듯 불편하다. 나는 가이아의 소매를 잡아당긴다.

"가만있어봐, 방해하지 말고…… 잠깐만……." 그녀가 팔을 뿌리치려 애쓰며 반박한다.

그 순간 밖에서 들려오는 어떤 소리에 우리 둘 다 얼어붙는다. 끼익 소리를 내며 문이 닫히는 소리가 들린다. 맙소사, 레오나르도가 벌써 건물 안에 들어온 것이다.

"봤지?" 내가 전전긍긍하며 가이아에게 으르렁댄다.

우리는 서둘러 밖으로 나가 계단을 달려 내려간다. 숨이 턱에 닿았고 심장은 터질 듯한 상태로 현관에 도착한 우리는 방금 들어온 사람이 레오나르도가 아니라 건물 관리인이라는 것을 알고는 거의 실망에 가까운 기분을 느낀다.

금방 평상시의 모습으로 돌아와서 그에게 자연스럽게 인사한다. "안녕하세요, 프랑코."

"안녕하세요, 시뇨리나(미혼 여성에 대한 이탈리아식 존칭 —옮긴이). 잠깐 둘러보러 왔습니다. 별일 없으시죠?"

"네, 고마워요. 아무 문제 없어요." 방금 전 달려와서인지 내 목소리가 불안정하다. "제 친구가 저를 만나러 와서 팔라초를 좀 구경시켜주고 있던 중이에요."

"안녕하세요." 가이아도 한 손을 들며 그에게 인사한다. 프랑코가 호의적인 눈길로 우리를 바라본다. 점잖은 여자들에게만 보내는 눈길이라고 나는 확신한다.

"좋습니다. 그럼 저는 가보겠습니다." 그가 이렇게 말한 뒤 출입문 쪽으로 간다. "혹시 뭐 필요한 게 있으면……"

"고마워요, 프랑코. 필요한 건 아무것도 없어요. 내일 봐요."

"안녕히 계세요."

문이 닫히자 가이아와 나는 서로의 눈을 본다. 그녀를 가만 놔두고 싶지 않지만 내 뜻과는 반대로 얼굴 근육이 터져 나오는 웃음에 굴복하고 마는 것을 느낀다. 어릴 때 뭔가 웃긴 장난을 하고 나서 그랬듯이 우리는 두 손으로 입을 가린 채 웃음을 터뜨린다.

나는 다시 진지한 표정을 지으려 애쓴다. "그래도 이제 사라져줘, 알았어?" 위협적인 목소리로 그 애에게 명령한다. 시간을 많이 허비해서 지금까지 하지 못한 작업을 당장 해야만 한다.

"좋아, 널 조용히 내버려 둘게." 가이아가 문을 열고 나가려다 말고 나를 향해 돌아선다. "그렇지만 우리 재미있었잖아, 언제나처럼 내 덕에……." 이렇게 말하며 그녀가 윙크를 한다.

"꺼져." 내가 웃는다.

"잘 있어, 계집애야."

6시가 지났다. 오늘 내가 원하던 만큼의 작업은 하지 못했지만 집으로 돌아가기로 한다. 이렇게 사람들이 들락거리면 작업을 할 수가 없다. 별 소득이 없다. 오늘 아침도 사실 시간만 허비했다. 오후가 되어서야 겨우 다시 집중을 조금 할 수 있었다. 하지만 당분간은 석류를 미뤄두기로 했다. 우선 페르세포네 옷의 밑그림을 먼저 그렸다. 그래도 그것만은 결과가 좋았다.

골목 쪽으로 난 현관문을 열자마자 어제저녁, 수위(水位) 경보 센터에서 알린 경고를 너무 대수롭지 않게 생각했다는 것을 알아차렸다. 수위가 무서우리만치 빠른 속도로 높아지는 중이었다. 좀 더 일찍, 등화관제를 알리는 것 같은 사이렌 소리가 들리자마자 떠났어야 했다. 하지만 난 그 소리에 거의 신경을 쓰지 않았는데, 수위가 높아지는 데에는 시간이 꽤 걸리고 가끔은 경보가 울려도 전혀 상관없을 때도 있다고 생각했기 때문이다. 하지만 이번에는 정말 어리석었다. 물론 장화도 집에 놓고 왔다. 아침에는 해가 쨍쨍했으니까! 늘 이렇다. 난 항상 필요하지도 않을 때만 장화를 들고 다닌다. 우산도 약간 비슷하다. 스웨이드 가죽 플랫 슈즈를 신은 채 까치발로 천천히, 멈추지 않고 몇 미터를 걸어본다. 벌써 물이 바닥으로 흘러들어 물속을 걷는다. 골목 어귀에 도착했을 때는 이미 발이 흠뻑 젖어버렸다. 비닐봉지 두 개를 찾아서 발을 감싸고 발목에 묶으면 될 것 같기도 하다. 하지만 5분 만에 물이 최소한 30센티미터 정도 올라온 것으로 보아, 이미 늦었다는 걸 잘 알고 있다.

아직 물에 젖지 않은 낮은 담 위로 올라가서 어떻게 해야 할지 궁리한다……. 내가 할 수 있는 일이 별로 없다는 걸 알고 있기는 하지만. 집으로 계속 가거나 팔라초로 돌아가는 길 두 가지밖에 없다. 집으로 돌아가면 옷을 다 버려야 할 정도로 흠뻑 젖은 채 도착할 거고, 팔라초로 가면 수위가 낮아지는 한밤중까지 꼼짝 없이 거기에 갇혀 있어야 할 위험이 있다.

둘 다 썩 내키지 않아 두 가지 길을 놓고 저울질을 하는데 레오나르도가 어부들이 신는 장화를 신고 휘파람을 불며 팔라초에서 나온다.

"차오, 엘레나. 거기서 뭐 해요?" 병에 걸린 고양이처럼 담 위에 달라붙어 있는 나를 보자마자 그가 묻는다.

"집에 돌아가려고 하던 중인데……" 이렇게 대답하며 필사적으로 침착한 태도를 유지하려 애쓴다. "그런데 레스토랑에 갔던 거 아니었어요?"

"갔었죠. 5시경에 돌아왔어요." 레오나르도가 내 쪽으로 오면서 말한다. 그가 발을 떼어놓을 때마다 물이 옆으로 갈라진다. "당신이 작업에 너무 몰두해 있어서 내가 들어가도 모르더라고. 난 방해하고 싶지 않았고."

"아." 그가 내게 왔다. 담 위에 서 있어서 내 키가 거의 그와 같다.

"어떻게 할까요?" 그가 수위를 주의 깊게 살핀다. "내가 집까지 데려다줄까요?"

"어떻게?"

"내 등에 업혀요." 그가 자기 어깨를 치며 명령한다. "나머진 내가 알아서 할 테니."

그 제안이 다소 터무니없게 들린다. 나는 의심스러운 눈으로 그를 본다. 그에게 이렇게 대답하고 싶다. '고맙지만 걱정하지 마요, 내가 어떻게든 알아서 갈게요.' 하지만 지금 내 상황에서는 거의 믿기 어려운 말이리라. 그의 제안을 받아들이게 될까 봐 두렵다.

"정말 괜찮아요? 나 때문에 시간만 버릴 텐데……." 받아들이고 있다.

그가 손사래를 치며 모든 핑계를 거부하더니 돌아서서 등을 내민다.

넓은 그의 등은 마치 올라가야 할 산 같다. 늘 입고 다니는 리넨 셔츠 밑으로 근육이 비친다. 나는 한 발을 들었다가 망설이며 다시 내려놓는다. 일이 꼬이려고 그랬는지 오늘 아침에 스커트를 입고 무릎 스타킹을 신었다. 초등학교 때 눈을 부릅뜨고 지켜보는 같은 반 남자애들 앞에서 체육 선생님이 장대 오르기를 시켰을 때처럼 난처하다. 다시 시도해본다. 먼저 한 손을 그의 등에 올려놓고 다른 손도 마저 올려놓은 뒤 등을 꼭 잡아 내 몸의 나머지가 그의 등에 실리게 한다. 레오나르도가 내 다리 한쪽을 잡더니 자기 허리에 걸쳐놓는다. 그래서 다른 다리는 내가 직접 그의 허리에 걸친다.

"준비됐죠?" 그가 묻는다.

"그런 것 같아요." 이제 내 몸은 완전히 그의 등에 밀착되어 있다. "당신은? 괜찮겠어요?"

그가 웃는다. "당신 깃털처럼 가벼워요." 그가 두 손으로 맨살로 드러난 내 허벅지를 잡는다. 그리고 거인처럼 성큼성큼 걸어 순식간에 첫 번째 나타난 다리를 건넌다. 내 가슴이 그의 등에 딱 달라붙어 있다는 것을 느끼며 떨어지지 않으려고 두 팔을 그의 목에 두른다. 좋은 냄새가 난다. 오늘 그의 옷에서 맡았던 바로 그 냄새다. 하지만 그 냄새 속에서 다른 냄새, 훨씬 독특하고 야생적인 냄새, 그의 체취가 느껴진다.

바람과 바다 냄새다.

"어느 쪽으로 가야 하지?" 다리를 건너자 그가 묻는다.

나는 그의 귀에 바짝 대고 길을 알려준다. 그런 행동 속에 왠지 알 수 없는 부적절한 뭔가가 담겨 있는 듯하다. 레오나르도가 다시 걷기 시작한다. 그가 정말 대수롭지 않은 일이라는 듯 차분하게 걸어가는 동안 나는 낯선 남자의 등에 업혀 지금 이게 대체 무슨 꼴인지 자문한다. 이 모든 상황이 어이없지만 그래도 싫지는 않다. 따뜻함이 느껴져서 잠시 동안이지만 내리고 싶지 않다고, 영원히 레오나르도의 등에 업혀 있고 싶다고 열망한다. 그러다가 갑자기 내가 중요한 부위로 그의 등을 누르고 있다는 걸 알아차린다. 스타킹이 무릎까지밖에 오지 않으니 그와 나 사이에는 팬티 한 장뿐이다. 가이아가 지금의 내가 될 수 있다면 천만금이라도 지불했을 것이다.

오, 맙소사, 자꾸 그의 등에서 미끄러지고 있다……

"안 불편한 거 확실해요? 당신 정말 가벼워. 무게가 거의 느껴지지 않을 정도로……" 레오나르도가 내 다리를 꽉 잡더니 몸을 살짝 추슬러서 내가 다시 편안히 업혀 있을 수 있게 한다.

"그래요……"

그는 힘이 세다. 근육들이 다 긴장되어 있고 뜨거운 피가 혈관에서 박동한다. 그의 손이, 내가 당혹스러워하지 않아도 될 정도로 자연스럽게 내 허벅지 위로 미끄러진다. 이미 내 몸을 거의 다 알고 있는 듯하다. 이 때문에 정신이 아득해져 아무 생각도 할 수가 없다.

톨레타 골목에서 시청 청소부들이 나무 가교를 설치하고 있다. 짓궂게 웃기도 하고 원색적인 농담도 하면서, 낙타를 탄 아랍 공주라도 되듯 나를 쳐다본다. "저 여자 운 좋은데……"라고 말하듯이. 하수구에서 쉴 새 없이 솟구쳐 올라와서 모든 것을 덮치고 벽을 적시고 나무판자들을 산산조각 내는, 점점 거세지는 바닷물과 함께 나의 불편한 마음도 점점 커진다. 레오나르도가 붉게 물들어가는 내 뺨을 보지 못해서 다행이다.

상점에서는 상인들이 낮은 선반에 있는 물건들을 재빨리 치우고 있다. 구석구석에서 욕을 해대는 상인들의 목소리가 들린다. 수위가 높아지는 물은 무시무시하다. 어느 것 하나, 누구 하나 동정하지 않고 다 집어삼킨다. 사실 인정해야만 한다. 오늘 정말 운이 좋았다.

이제 다 왔다. 아카데미아 미술관의 목재 다리가 우리 앞에 나타난다. 여기서부터 집까지는 백여 미터 정도 남아 있다. 다행히 이 구역에는 가교가 다 설치되어 있다.

내가 레오나르도의 등을 살짝 꼬집는다. "내려줘도 돼요." 그에게 말한다. "여기서부터는 혼자 갈 수 있으니까."

레오나르도가 걸음을 멈춘다. "정말? 몇 미터 더 간다고 해서 문제 될 건 하나도 없는데."

"여기까지만 와도 좋아요, 정말. 도와줘서 진짜 고마워요……." 집에 들어가서 음료수라도 한 잔 마시자고 하는 게 좋지 않을까 잠시 망설였지만 오해를 불러일으키고 싶지는 않다. 오늘 우리 사이의 거리는 충분히 좁혀졌다. 무엇보다 집이 엉망진창이었다. 다시 당황스러운 상황을 만들지 않기로 마음을 다진다.

"여행 끝." 그가 내 다리를 잡았던 손을 풀며 말한다. 손을 풀 때 그의 손이 내 팬티를 살짝 스친다. 물론 그는 그 사실을 알아차리지 못했을 것이다. 아니 어쩌면 그냥 내 상상인지도 모른다……. 곧이어 그가 무릎을 구부리고 내 어깨를 잡아서 내가 내려올 수 있게 도와준다.

나는 가교로 뛰어올라 옷매무새를 다듬는다. "고마워요, 덕분에 살았어……."

"도울 수 있어서 내가 기뻤는걸."

나는 그의 눈을 본다. 정말 기뻤을까? 정말 그랬을 거라고 믿고 싶다.

"그럼 잘 가요. 다음에 봐요."

"잘 가, 엘레나. 내일 봐요." 그가 흙탕물 속으로 걸어가다가 돌아서서 말한다. "물속을 걷는 거 진짜 멋져, 알아? 항상 한번 해보고 싶었던 일인데…… 그걸 당신하고 하게 될 줄은 상상도 못했지."

나는 그를 보고 미소를 짓고 그도 나를 보고 웃는다. 나를 남겨둔 채 그가 떠나고 바닷물이 베네치아를 어루만진다.

오늘은 더 이상 핑계를 댈 수 없다. 아무리 힘들어도 석류를 완성해야만 한다. 지난밤 내내 무시무시한 악몽에 시달렸다. 잠에서 깨어나 눈을 떠보니 침대에 비스듬히 누워 있었고 시트는 둘둘 말려 한쪽에, 베개는 바닥에 떨어져 있었다. 겨우겨우 몸을 일으켰는데 쿵쿵 심장 뛰는 소리가 들렸다. 인공눈물 수십 방울을 넣어봐도 전혀 소용이 없었다. 딱딱하게 굳은 근육을 풀어주려고 스트레칭을 해보려 했지만, 발끝이 더없이 멀리 느껴질 정도로 다리가 뻣뻣하다는 걸 알고는 포기했다.

몸 상태도 엉망이고 기분도 좋지 않아서 바포레토를 타고 팔라초에 가기로 했다. 오늘 아침에는 걷는다는 것은 생각조차 할 수 없었다.

사다리에 몸을 기대고 밑에서 석류를 올려다본다. 경탄과 절망이 뒤섞인 한숨이 내 입에서 새어 나온다.

나 자신이 에너지와 자신감에 넘친다고 말하고 싶지만

사실이 아니다. 내가 생각했던 것처럼 완벽하게 복원할 수 없을까 봐 두렵다. 결국은 비슷하게 모방하는 것으로 만족하고 말까 봐서, 원래의 색이 아니라 근접한 색으로 복원하고 말까 봐서. 하지만 원작에 가까워질 수 없다 해도 시도는 해 봐야 한다. 이름을 알 수 없는 화가가 밤이면 꿈속으로 찾아와 내가 자신의 걸작을 망쳐놨다고 비난할 게 틀림없다. 나는 그걸 잘 알고 있다.

이런 터무니없는 생각들을 떨쳐버리려 머리를 쓸어 넘기고 두건을 쓴다. 집중을 해서 어떻게든 이 빌어먹을 석류를 끝내야 한다. 계속 이런 식으로 나가다가는 전체적인 구도까지 놓쳐버리고 나머지도 모두 위태롭게 만들 수도 있다.

산 바르나바 종탑에서 11시를 알리는 종이 울린다. 대개 이 시간쯤이면 나는 학교에 다닐 때처럼 간식을 먹는데—사실은 늦은 아침이라고 하는 게 맞을 듯하다—오늘은 배가 전혀 고프지 않다. 아침 시작이 좋지 않아서 그 상태가 지속되는 것 같다. 지금 꼭 필요한 인공눈물까지 잃어버리고 말았다. '맨날 공상에 빠져 있어서 그래.' 이걸 알면 엄마가 이렇게 말했을 텐데, 엄마 말이 맞다. 혹시 주머니에서 빠졌을까 봐 현관 바닥을 찾아보지만 아무것도 보이지 않는다. 빌어먹을, 이제 어쩐다? 약국에 가서 새로 사야 하나. 안 될 게 뭐 있어, 지금까지 작업성과가 좋았는데…….

됐어, 인공눈물은 잊어버려. 나는 손가락 끝으로 눈꺼

풀을 가볍게 마사지한 뒤 '할 수 있어, 엘레나'라고 주문을 외우며 사다리를 오른다. 다시 석류와 대면한다. 석류가 도전적인 분위기로 나를 본다.

난 네가 겁나지 않아, 조금도 두렵지 않다고.

거의 한 시간 동안 별 성과도 내지 못하고 작업을 하고 있을 때 등 뒤에서 어떤 목소리가 들려오며 겨우겨우 집중하고 있던 나를 방해한다.

"차오, 엘레나."

레오나르도 페란테다. 이 사람까지 작업을 방해하네.

"레오나르도……." 그가 아무 말도 하지 않길 바라면서 건성으로 고개를 까딱하며 인사한다. 나를 집까지 업어다 준 날 이후로 며칠 만에 만나게 되었다. 그날 이후로 난 종종 내 의지와는 상관없이 비밀스럽고도 부적절한 몇몇 공상의 여주인공이 되어 있곤 했다. 물론 대개 그런 망상이 떠오를 때마다 즉시 눌러버리곤 하지만 말이다.

곁눈질로 그를 훔쳐본다. 시장에서 흔히 사용하는 갈색 종이봉투를 들고 있다.

그가 턱을 두어 번 긁으며 그림을 보다가 벽에 기대놓은 작은 소파 쪽으로 가더니 봉투를 거기에 집어던진다. 봉투는 벨벳으로 덮인 푹신한 소파에서 둔탁한 소리를 내며 위로 조금 튀어 올랐다. 그가 내게 등을 돌린 채로 가죽점퍼를 벗는다. 그는 곧 짧은 소매의 하얀 티셔츠 차림이 된다. 햇볕에 탄

구리빛 피부에 노동으로 단련된 단단한 두 팔의 근육, 핏줄이 선명하게 드러난다. 멋진 남자다. 더 말이 필요 없다. 가이아가 옳다는 걸 인정할 수밖에.

"잠깐 내려올래요?" 그가 묻는다.

나는 미간을 찡그리며 그를 향해 돌아서서 고개를 젓는다.

"내려와봐……." 그가 단호한 어조로 다시 말한다. "실험을 해보고 싶어서."

"무슨 실험?"

"내려오면 말해줄게." 그의 입술에 애매한 미소가 번진다.

어떻게 해야 할지 모르겠다. 나를 바라보는 그의 눈빛에 긴장이 됐지만 그의 권유에는 저항할 수 없는 뭔가가 담겨 있어서 호기심도 생긴다. 그사이 당혹감이 점점 커져 얼굴이 빨갛게 달아오르는 게 느껴진다. 이런 당혹감을 이길 유일한 방법은 다른 핑계를 대지 말고 명령에 따르기로 결단을 내리는 길밖에 없다. 그래서 사다리 맨 위 칸에 물감컵과 붓을 올려놓고 천천히 한 계단 한 계단 내려간다.

이제 드디어 그 앞에 선다. 레오나르도가 찌를 듯이 날카로운 눈으로 나를 샅샅이 훑어본다.

"좋아요." 그가 숨을 깊게 들이쉰다. "이제 눈을 감아야 해."

"네?" 내가 침을 삼킨다. "뭘 하려는 건데요?"

"그냥 시험해보는 건데." 그가 진심 어린 목소리로 나를 격려한다. "그래도 제대로 되면 내게 고마워하게 될걸."

내 손이 살짝 떨린다. 이 남자가 와서 일을 중단시키고 명령을 하고, 난 내가 원하는 대답을 할 수 없는 이런 상황이 심상치 않다. 그에게는 사람을 끌어당기는 뭔가가 있다. 내가 통제할 수 없는, 그래서 거부할 수 없는 어떤 면이.

나는 길게 숨을 내쉰다. 그리고 두 팔을 늘어뜨리며 다시 한 번 한숨을 쉰다. 이제 눈을 감는다. 나는 그를 믿으며, 다른 선택의 여지가 없다고 생각한다.

"내가 눈 뜨라고 할 때까지 꼭 감고 있을 거라고 맹세해야 해요."

"오케이." 내가 고개를 끄덕인다. "약간 바보가 된 기분인데."

"날 믿어요, 엘레나." 그가 나를 안심시킨다. 지금 그 목소리는 어느 때보다 부드럽다.

그가 몇 발짝 움직이는 게 느껴진다. 내게서 멀어지는 중이다. 그러더니 부스럭부스럭 종이 푸는 소리가 들린다. 종이봉투 속에서 뭔가를 찾고 있는 듯하다. 실눈을 떠봤으나 레오나르도가 내 쪽으로 등을 돌리고 있어 아무것도 보이지 않는다. 다시 눈을 감는 게 더 낫다. 경계를 해야 할 상황이 아닌지 자문해본다. 결국 이 남자는 완전 낯선 사람 아닌가……. 아니야, 다시 생각해보니 겁낼 게 전혀 없는 것 같다. 사실 슬그머니 웃음이 난다.

"지금 재미있어하는 것 같은데……. 좋아! 그게 낫지."

레오나르도가 말한다.

이런, 그가 눈치 챘다. 이제 그가 내 쪽으로 오고 있다. 내 얼굴에서 몇 센티 떨어지지 않은 지점에서 걸음을 멈춘 것 같다. 그의 숨결까지 느껴질 정도다.

"이제 아무 생각도 하지 마요. 그냥 듣기만 해." 그가 내게 엄숙하게 명령한다.

오른쪽 귀에 건조한 소리가 들린다. 처음에는 딱딱하게 들리다가 부드러워지는, 뭐라 표현할 수 없는 소리다. 실제로 뭔가가 부서져 반으로 딱 갈라지는 소리 같다.

"뭐야?" 내가 깜짝 놀라서 묻는다.

"알아맞혀 봐요, 이건 게임이야."

그가 웃고 있다는 걸 직감으로 알 수 있다. 그의 입김이 내 얼굴 위에서 맴돈다. 그가 점점 더 다가오고 있다.

"냄새가 나는데."

그가 이상한 물체를 내 코에 가까이 가져오고 난 숨을 들이쉰다. 아주 특이한 향이 목까지 전해져서 나는 진저리를 친다. 이끼, 흙…… 살아 있는 물질의 냄새.

"과일?" 내가 추측해본다.

레오나르도는 대답하지 않는다. 부드럽게 내 손을 잡더니 손바닥을 위로 향하게 한다. 따뜻한 전율이 등을 타고 아래로 흘러내린다.

"만져봐요." 그가 속삭인다. 그러더니 내 손에 반으로 나

눈 둥그런 물체 두 개를 올려놓는다.

물체의 밀도를 좀 더 느껴보기 위해 손가락 끝을 가만히 구부린다. 겉은 매끄러우면서 부분적으로 거칠기도 한 반면, 속은 만져보는 순간, 여러 군데가 찢긴 얇은 막에 싸인 알갱이들이 조밀하게 뒤얽혀 있는 게 느껴진다.

알 것도 같다. "석류?"

"이제 알게 될 거예요." 레오나르도가 나를 놓아준다. "입을 벌리고 맛을 봐요."

나는 망설인다. 뭔지 모를 것을 입에 넣어야 한다는 게 내키지 않지만 그의 말을 따른다. 신선한 알갱이 몇 개가 혀로 미끄러져 들어온다. 새콤한 맛이고 약간 톡 쏘는 듯하다. 깨물어보니 나무 느낌이 날 정도로 단단하고 달콤한 맛이 나는 과육이다.

"이제 눈을 떠도 돼요." 레오나르도가 말한다.

나는 천천히 눈을 뜬다. 그가 내 앞에 있다. 흡족한 얼굴로 나를 보고 있다.

"그러니까 이게 진짜 석류죠. 스페인산이 제일 당도가 높아, 알아요?" 석류를 손에 든 채 그가 말한다. "당신이 이 석류에 도착하려면 실제 석류에서 출발해야 할 필요가 있다고 생각해서." 그가 프레스코 벽화의 석류를 가리킨다.

깨물었던 석류 알갱이들을 아직 삼키지 않고 입안에 굴리며 나도 그 그림을 본다. 지금까지 여러 형태와 색깔들이 뒤얽힌 물체에 불과했던 그 그림이 갑자기 살아 있는 뭔가로 변한다. 머리가 아니라 입안에, 코에, 배에 그 석류가 있다. 그러자 정말 석류를 처음 본 기분이 들고 그것의 비밀을 밝혀낼 수 있을 것만 같다. 뭐라 말해야 좋을지. 나는 너무 놀라서 아무 말도 하지 못한다. 레오나르도의 눈 속에서 도움을 찾는다. 그가 나를 보고 웃는다.

"가끔은 눈만으로는 전부 다 볼 수 없기도 해요, 그렇지 않아?"

여전히 확신이 서지 않은 채 나는 고개를 끄덕인다. "무슨 말을 하고 싶은지 알 것 같아……."

"그러면 당장 작업을 다시 시작하는 게 좋겠네. 방해하지 않을게요." 그러더니 레오나르도가 자리를 뜬다.

복도 쪽으로 몇 발짝을 떼어놓다가, 마치 뭔가를 잊은 듯이 갑자기 그가 되돌아온다. 석류가 든 종이봉투나 점퍼인지 모른다. 그런데 아니다. 그가 잠시 바닥을 내려다보더니 청바지 주머니를 뒤져서 내 인공눈물을 꺼낸다.

"어제 내 방에서 발견했어요." 그것을 내밀며 그가 설명한다. "어쩌면 이게 필요할지도 몰라서."

나는 돌처럼 굳은 채 한 손으로 병을 받는다. 바닥에 쥐구멍이라도 있으면 숨어서 다시는 나오고 싶지 않은 심정이다.

"고마워요, 아침 내내 찾았는데." 일부러 태연하게 말하며, 점점 커져만 가는 수치심을 숨겨보려 하지만 허사다. "그게 어떻게 당신 방에 있었는지 정말 알다가도 모르겠네요."
말을 하는 동안에도 두 뺨은 불이 난 듯 뜨겁다. 또다시. 나
는 적당한 알리바이를 찾아내고 싶지만 거짓말에는 능숙하
지 못하다. 그 멍텅구리 가이아 때문에……. 그런 그 애를 따
라 들어간 나는 더 멍텅구리야! 이제 그는 내가 주제넘게 남
의 일에 관심이 많은 사람이라고, 아니 그보다 더 나쁘게, 정
신이 이상한 여자라고 생각할 수도 있다. 그가 보기에 이 범
죄의 주범은 틀림없이 나니까.

레오나르도가 내 생각을 읽기라도 한 듯 공범자 같은 눈
길로 나를 본다. 그는 재미있다는 듯 어깨를 으쓱하더니 나
를 향해 따뜻한 미소를 보낸다. '괜찮아, 별일도 아닌데 뭐'라
고 말하듯이. 그러더니 다른 말 없이 사라졌고 나는 말뚝처
럼 현관 한가운데에 가만히 서 있다. 아무 일도 아닌 체해야
하는 건지, 아무도 날 찾지 못할 곳으로 달려가 몸을 숨겨야
할지 결정하지 못한 채.

어둠이 거의 내려앉았을 때 팔라초에서 나오자 골목의
가로등이 모두 켜져 있다. 10월의 서늘한 바람 때문에 트렌
치코트의 깃을 세워야만 한다. 한쪽 머리를 매만지고 있을
때 누군가의 목소리가 거의 속삭이듯 나를 부른다.

"저기…… 비비!" 필리포의 목소리다.

그가 작은 광장 한가운데 우물가에 앉아 있다. 나와 시

선이 마주치자마자 거기서 미끄러지듯 내려와 회색 트렌치코트를 펄럭이며 포장도로로 걸어온다.

"그 프레스코 벽화가 널 안 놔주고 싶어 했나 봐……."
그가 주머니에 휴대전화를 집어넣으며 다가온다.

"오늘은 작업 많이 했어." 내가 대답한다. 그러나 레오나르도의 실험은 말하지 않기로 한다. "이쪽엔 웬일이야?"

"인사하려고 들렀어." 그가 어깨에 노트북 가방을 고쳐 메며 말한다. "네가 작업할 때는 전화 안 받는 거 알아서 일부러 안 했어."

"무슨 소리야, 네 전화라면 받았을걸." 그러면서 나는 유쾌하게 그의 등을 툭 친다.

우리는 산 바르나바 광장 쪽으로 걸어간다. 필리포가 와줘서 행복하다. 그는 나의 긴장을 풀어주고 금방 편안하게 만들어주는 특별한 능력의 소유자다.

"사실 할 말이 있어서." 그가 적당한 말을 찾을 때 늘 그렇듯이 목을 긁적인다. 그의 눈에 순식간에 슬픔이 스며든다.

"무슨 일인데?"

"내일 로마로 떠나야 해. 그리고 당분간 거기서 살아야 해." 그가 단숨에 말해버린다.

"아, 하지만……." 그 소식에 어떤 반응을 보여야 할지 모르겠다. 어쩌면 그에게는 좋은 기회일 테니 지금 내 목까지 올라오는 서운함을 표현하지 않는 게 좋을지도 모른다. "그

동안 아무 말도 하지 않았잖아……."

"나도 두 시간 전에 알았는걸." 그가 자포자기의 표시로 두 팔을 벌린다. "사장의 결정이야. 사장은 내가 적임자라고 생각해서 나를 로마 지사로 파견할 생각을 했던 거지."

"승진했다는 소리 같은데."

"적어도 존타의 말에 따른다면, 그렇게 볼 수 있어. '경력에 도움이 되는 것으로 받아들여'라고 하면서 예의 그 거만한 태도로 책상에 자료들을 집어던지더라." 필리포가 주머니에 손을 집어넣고 정확히 어딘지 알 수 없는 수평선의 한 지점을 뚫어져라 바라본다. "봉급도 인상되고 주거비도 지불될 거야. 거절할 수 없는 제안이라는 거 잘 알아……." 그가 「대부」의 말론 브란도 목소리를 흉내 내서 말한다. 하지만 그리 행복해 보이지는 않는다.

"기쁘지 않아?" 내가 불시에 묻는다.

"기뻐." 그가 대답한다. "다만 이런 일이 갑자기 벌어져서. 베네치아에 자리 잡은 지 얼마 안 됐고 이제 새롭게 시작하는데……." 그가 나를 본다. 잠시 나는 그가 '그리고 너를 떠나고 싶지 않아'라는 말을 해주길 바란다. 하지만 곧 생각을 멈춘다. 이는 그에게 온 기회이고, 그는 성공을 목표로 오랫동안 땀 흘려왔다……. 이기주의는 한쪽으로 밀어놓고 그를 위해 기뻐해줘야만 한다.

"로마에 얼마나 있어야 하는데?" 나는 울먹이지 않으려고 애쓰며 묻는다.

"정확히는 모르겠어. 분명한 건 몇 달은 머물러야 할 거라고 해……. 초기에는 완전히 정신없이 일해야 하고." 그가 마치 뭔가를 고백하려는 사람처럼 숨을 깊게 들이마신다. "건축사무실이 렌초 피아노가 설계한 건물 건축에 참여하게 됐어."

"세상에, 필. 축하해! 왜 그 얘길 이제야 해?" 좋은 소식일 뿐만 아니라 정말 특별한 소식이다. 아쉽기는 하지만. 재빨리 그의 뺨에 가볍게 키스를 한다. "네 인생에 정말 굉장한 기회잖아."

필리포가 조용히 웃는다. 그의 겸손은 사람을 무장해제 시킨다. 내가 아주 좋아하는 그의 일면이다. 그가 자신이 올린 성과를 자랑스러워한다는 걸 나는 잘 안다. 하지만 그는 그걸 뻐기는 사람이 아니다. 엠파이어스테이트 빌딩 재설계를 의뢰받았다 해도 그걸 자랑하지 않았을 남자다.

"있잖아, 지금 사무실 동료들하고 저녁 식사를 해야 해. 떠나기 전에 작별 인사를 나누려고 마련된 자리야." 그의 눈빛에서 그 모임에 전혀 가고 싶지 않지만 무엇보다 예의상 참석해야 한다는 걸 알아차린다. 안타깝다. 적어도 그와 저녁 식사라도 하며 시간을 보내고 싶었는데. 하지만 그 역시 나와 같은 마음이라는 것을 직감하고 그것으로 위안을 삼는다.

"그럼 우리는? 이렇게 인사하고 마는 건 아니지, 그렇지?" 내가 불평한다.

"미안해, 비비." 그가 시선을 떨구며 유감스러워하는 목소리로 말한다. "내일은 짐을 챙기고 떠나야 해서 시간이 별로 없을 것 같아."

"말도 안 돼, 필……." 내게는 이 모든 게 너무 빠르다.

그가 턱을 들고 내게 격려의 미소를 보낸다.

"그렇지만 로마에서 기다릴게. 날 만나러 로마에 와야 해."

"당연히 가야지." 내가 침울한 표정으로 대답한다.

"물론 자리 잡고 정리할 시간을 좀 줘야 해. 주말에 만나는 걸로 하자. 오케이?"

"오케이." 그렇지만 이렇게 해도 전혀 위로가 되지 않는다.

"네가 아쉬워해줘서 기뻐, 그거 알아?" 그러더니 그가 내 앞머리를 이마 위로 올려준다. "나도 마찬가지야. 그런 걸 잘 표현하지 못할 뿐이지. 그런데 지금 빨리 가봐야 해. 안 그러면 동료들에게 린치당할 거야……. 아니, 최악의 경우 벌써 다들 인사불성으로 취해 있을지도 몰라."

"정말 보고 싶을 거야."

"나도."

우리는 꼭 껴안는다. 이런 포옹으로 서로의 몸에 흔적을 새겨놓고 싶은 듯이. 그러고 나서 두 뺨에 키스를 하고 잠시 망설이며 서로를 바라본다. 어쩌면 우리 둘 다 조금 전과는 다른 키스를 원하는지도 모른다. 하지만 곧 서로 눈길을 돌리고 친구라는 낡은 옷을 다시 몸에 걸친다.

"갈게. 곧 통화하자."

"여행 잘해, 필. 행운을 빌어."

우리는 다시 재빠르게 포옹한 뒤 헤어져 각자 광장의 반대쪽 모퉁이로 걸어간다. 돌아서서 다시 한 번 손을 흔들고 이제 서로 다른 길을 향해 걸어간다.

집으로 천천히 걸어가는 동안 걷잡을 수 없는 슬픔이 밀려들었다. 필리포가 지금 당장 떠나야만 한다는 게 너무나 부당해 보인다. 우리는 이제 겨우 만났고 서로에 대해 많은 것들을 알아가는 중이었다. 어리석게도 지금에서야 최근 두 달 동안 그의 존재가 얼마나 중요했었는지를 깨닫는다.

남자를 만나지 않는다는 면에서 보자면, 1년이 넘게 나는 혼자다. 하지만 이런 상태가 내게는 전혀 문제되지 않았다. 나는 내가 생각보다 훨씬 자주적이고 독립적이라는 것을 깨달았다. 그러다가 필리포가 왔고 다른 누구보다 그를 가깝게 생각했다. 아주 오랜만에 처음으로 독신으로 사는 삶에 진지하게 의문을 갖게 되었다.

잠시 내 눈앞에 마지막 남자친구 발레리오의 모습이 잔인하게 나타난다. 경솔했던 대학 시절 사랑에 빠졌고, 성인의 삶과 처음 직면하면서 그 사랑은 끝났다. 다시 그 시절을 떠올려보며 내가 진정으로 사랑한 게 그였는지, 아니면 그저 우리 관계가 주는 인위적인 안정감이었는지를 생각해본다. 대학 졸업 후 나는 불안정한 내 일을 끔찍이 싫어하기 시작했고 미래에 대한 의심을 떨칠 수가 없어서 항상 불만에 차 있었다. 발레리오와의 만남은 그 시기에 몇 안 되는 안정적인 면 중의 하나였다. 바로 그렇게 생각해야 할 필요가 있었기에 그가 나보다 훨씬 더 허약하다는 걸 알아차리지 못했고, 허약한 우리 둘이 힘을 만들어내지 못한다는 걸 이해하지 못했다. 그와 헤어지는 게 몹시 고통스러웠지만 시간이 흐른 뒤에 생각해보니 두 사람 모두에게 잘된 일이었다. 발레리오는 현실에서의 내 도피를 상징할 뿐이었다. 문제는 이런 도피가 불행하게도 사랑과 아주 유사해 보일 수 있다는 것이다. 하지만 그와의 이별은 내가 어른들의 세계로 들어가는 계기가 되었다고 확신한다. 그래서 그런 결정을 내린 게 바로 나였다는 게 자랑스럽다.

집에 도착했다. 이제 과거 생각은 그만. 무엇보다 이미 지나가 버렸으니. 이제는 나를 기다리고 있는 새로운 것들의 문을 열기 시작하는 게 의미 있을 테니까. 필리포와 좀 더 많은 시간을 함께 보낼 수 있었다면, 어쩌면 우리 우정이—지금으로서 우리 관계를 이렇게 정의하기가 정말 어렵기는 하지만—다른 감정으로 바뀌었을지도 모를 일이다. 앞일을 누가 알리, 어쩌면 모두 다 잃은 게 아닐지도, 그래서 어떤 식으로든 다시 만나게 될지도. 분명한 것은 필리포와 함께한

외출이라든가, 영화에 대한 토론, 저녁 식사, 우리의 웃음들이 그리워질 것이라는 사실이다. 그의 모든 게 그리워질 테지. 이제는 그걸 부정해도 소용없다.

저녁 식사 후 일상복으로 갈아입고 소파에 앉아 텔레비전 채널을 이리저리 바꿔본다. 사바나 동물 다큐멘터리를 보며 살짝 졸고 있을 때 현관 초인종이 울린다. 시계를 본다. 거의 자정이다. 이 시간에 누굴까? 약간 겁이 나서 문에 난 구멍으로 밖을 내다본다. 금발 머리가 내 눈앞에 있다. 그리고 조금 더 밑으로 내려와 필리포의 초록색 눈이 보인다.

"어머, 어서 와!" 나는 약간 놀란 채 문을 열며 말한다.

"이 앞으로 지나가다가 네가 아직 안 자는지 보고 싶었어." 짓궂게 살짝 웃으며 그가 말한다.

"안 잤어, 텔레비전을 좀 보고 있었어." 내가 옆으로 비켜서며 대답한다.

필리포가 안으로 들어왔고 나는 그를 따라 거실로 간다. 그의 행동이 이상하다. 긴장되어 있고 어딘지 어색하다. 그에게 소파를 가리키고 나도 그 옆에 앉는다. 그의 얼굴이 시체처럼 창백하다. 차츰 걱정이 되기 시작한다.

"어디 안 좋은 거 아냐?" 내가 조심스레 묻는다.

"아냐, 먼저 너하고 얘기를 좀 하는 게 좋을 것 같아서……."

"필, 생각이 바뀐 건 아니지? 떠나고 싶지 않은 거 아냐?" 내가 앞질러 말한다.

"아니, 그건 아니야……."

"그럼 뭔데."

"너야, 엘레나."

나, 좋아. 이제 모든 게 분명하다. 필리포는 자기 마음을 다 털어놓기로 결심했고, 다른 도시로 떠나기 불과 몇 시간 전에 그 말을 하고 싶어 한다. 완벽해. 나는 준비가 전혀 되어 있지 않지만 말이다. 내 옷장의 옷 중 제일 낡은 옷을 입고 있고 콘택트렌즈까지 뺀 상태다.

"내가 널 얼마나 소중히 생각하는지 알리지 않고는 떠날 수 없었어." 필리포가 계속 말한다.

"있지, 네가 날 얼마나 좋아하는지 알고 있어." 나는 이보다 더 좋은 말을 찾을 수가 없다. 잠시 후 미소를 지으며 대화의 톤을 가볍게 해보려 한다. 그리고 그의 머리카락을 흐트러뜨린다. 그가 여기서 멈추길, 더 이상 다른 말은 하지 않길 바란다.

"아니, 넌 몰라." 그가 내 손을 잡더니 거기에 입을 맞춘다. 그의 뜨거운 입술의 열기가 내 팔을 타고 가슴으로 곧장 전달된다. 잠시 후 필리포가 아무 말 없이 가까이 다가오더니 내 입술에도 가볍게, 망설이듯, 마치 내게 허락을 구하기라도 하듯 키스를 한다.

나는 뒤로 물러나지 않는다. 아니 나도 더 가까이 간다.

내가 허락했어, 필. 이제 그의 입술이 더욱 대담해진다. 그의 혀가 천천히 내 것을 찾아 움직인다. 너무나 부드러운 그의 두 손이 내 머리를 움직이지 못하게 하고 내 생각들을 꽉 잡아 이제 우리 사이의 공간 속에서 그 생각들이 꼼짝 못하게 만든다. 나는 눈을 감고 숨을 죽인다. 우리는 이제 진짜 키스를 하고 있다. 필리포가 몸을 떼더니 내 눈을 똑바로 본다.

"얼마나 이렇게 하고 싶었는지 몰라, 비비. 그렇지만 너도 원할지 자신이 없었어."

"난 다른 건 바라지도 않았는걸."

우리는 또다시, 만족을 모르는 채, 용기내서 아무 말도 하지 못한 채 키스를 한다. 그러다가 필리포가 조심스럽게 나를 소파에 눕히고 자기도 내 옆에 눕는다. 계속 키스를 하며 한 손을 내 후드 티셔츠 속에 집어넣고 손가락 끝으로 가슴을 살며시 어루만진다. 그의 손끝이 살에 닿자 몸이 떨린다. 그는 내가 이 세상에서 가장 소중한 물건이라도 되듯, 자기 눈을 믿을 수 없다는 듯 나를 바라본다. 나 역시 그렇게 수없이 망설이고 여러 차례 기회를 놓치고 나서 이제야 우리가 감정을 함께 나누며 누워 있다는 게 믿어지지 않는다. 딱 하룻밤 같이 보내지만 잃어버린 시간을 되찾을 수 있다는 것도.

"널 얼마나 원했는지 몰라, 처음 본 순간부터." 그가 내 귀에 대고 이렇게 속삭인 뒤 더 격정적으로 다시 키스를 한다. 이제 그의 손이 내 살을 쓰다듬고 가슴을 어루만지다가 왼쪽 유방 밑 하트 모양의 작은 점에서 잠시 멈춘다. 필리포가 내 위에 다리를 벌리고 앉아 내 후드 티셔츠와 얇은 티셔츠를 단숨에 벗긴다. 티셔츠 속에 아무것도 입지 않아 약간 당황했지만 눈을 돌려 스탠드 스위치를 찾아 방 안을 어둡게 만든다.

이제 천천히 내게로 몸을 숙이는 그의 몸의 윤곽을 볼 수 있다. 그의 입술이 어느새 내 단단해진 유두를 찾아 천천히, 사탕이라도 되듯 빨고 있다. 그의 몸 밑에서 녹아 사라지는 기분이다. 손가락으로 그의 머리카락을 매만지면 순수하고 달콤한 그 순간을 즐긴다.

그가 내 청바지의 지퍼를 찾아서 연다. 그의 손이 내 팬티 속으로 들어와 움직이자 나는 배의 근육을 한껏 긴장시킨다. 그가 가슴에 계속 입을 맞추며 클리토리스를 애무한다. 거의 잊고 있었던 짜릿한 느낌이다. 그가 동작을 멈춘다. 하지만 내 청바지와 팬티를 벗기기 위해서일 뿐이다. 나도 그의 티셔츠를 벗긴다. 그사이 필리포는 직접 자신의 청바지를 벗는다. 이제 우린 둘 다 아무것도 걸치지 않았다. 날씬한 조각 같은 가슴과 나를 향해 있는, 발기한 성기가 어렴풋이 보인다. 난 지금 필리포와 자려고 해, 내가 조용히 되뇐다. 지금 여기, 우리 집에서 일어나고 있는 일이야. 하지만 아직 난 믿을 수가 없어. 생각은 우리 육체보다 훨씬 느리게 움직인다.

그사이 그가 손가락으로 클리토리스를 다시 자극하기

시작했다. 손가락이 안으로 들어간 채 점점 더 위로 올라가 허공을 꽉 채운다. 나는 놀라서 몸을 조금 뒤로 뺀다.

"괜찮아?" 필리포가 묻는다.

"응." 나는 그를 안심시킨다.

섹스를 하지 않은 지 거의 1년이 넘어서 솔직히 말하면 약간 긴장이 된다. 필리포는 내가 준비될 때까지 기다렸다가 내 위에 올라온다. 한 손으로 성기를 잡고 천천히, 서두르지 않고 조금씩, 조금씩 삽입을 한다. 완전히 삽입을 하고 나자 아주 깊게 숨을 내뱉는다. 곧 규칙적인 박자로 움직이기 시작한다. 나는 두 팔을 그의 목에 두르고 그의 입에 키스를 하며 그에게 맞춰 엉덩이를 움직인다. 그의 움직임에 나를 맡기며 완전히 빠져든다. 섹스가 이렇게 아름답다는 걸 잊고 있었다. 이렇게 충만하다는 걸.

우리의 성이 만나는 동안 내 몸은 쾌락을 느끼며 전율한다. 떨림은 점점 더 강렬해진다. 필리포가 더 힘차게 밀고 들어오고 내가 거의 격렬하게 그에게 매달려 작은 신음을 토해낼 때까지. 투명하고 달콤 쌉싸름한 오르가슴의 순간이다. 그 순간의 기쁨이 긴 파도처럼 내 몸속으로 번져나간다. 나는 그의 품 안에서 몸을 떤다. 자제력도, 시간과 공간 감각마저도 완전히 잃어버린다. 그가 내게 이런 선물을 준다는 게 놀랍기만 하다. 행복하다. 정말 오랜만에.

필리포가 몸을 숙여 내게 입을 맞추고 자신의 쾌락을 위해 다시 엉덩이를 움직인다. 이제 그도 오르가슴에 이르고 있다. 내 몸속에서 박동하는 그의 성기를 느낄 수 있다. 그가 거의 자유를 얻은 듯한 비명을 지르며 내 위에 무너져 내린다.

우리는 키스를 하고, 서로 조금 놀란 채로 꼭 껴안는다. 이 순간 우리에겐 말이 필요 없다. 우리는 섹스를 했고 멋졌다. 우리 둘 중 누구도 내일 무슨 일이 일어날지 묻고 싶어 하지 않는다. 적어도 지금은.

"엘레나." 필리포가 두 손으로 내 얼굴을 감싸며 말한다. "오늘 밤 너와 자고 싶어."

"그래." 내가 조그맣게 대답한다.

우리는 손을 잡고 소파에서 일어난다. 다리가 아직 떨리지만 내 침대까지 필리포를 데리고 가서 함께 이불 속으로 들어간다. 우리는 꼭 껴안은 채 잠 속으로 빠져든다.

눈을 뜨자 방 안에 푸르스름한 빛이 스며들어 있다. 어제 덧창을 닫지 않아서 창문에서 새벽의 여명이 들어오고 있었다. 나는 필리포 쪽으로 돌아눕는다. 하지만 그는 벌써 일어나서 옷을 입고 있다. 그가 나를 보고 미소를 짓는다.

"좀 더 자. 아직 일러. 난 짐을 챙기러 가야 해."

난 그의 말을 듣지 않고 일어나서 침대 머리에 기대앉는다. 우리는 이제 작별 인사를 하는 게 더 힘들어졌다는 것을 알고 서로를 바라본다. 필리포가 내 옆에 와서 앉으며 내 머리를 매만져준다. 머리카락이 전부 헝클어진 게 분명하다. 맙소사, 나에 대한 마지막 이미지를, 아침에 침대에서 일어났을 때의 엉망인 모습으로 남겨두고 싶지 않다.

"슬픈 얼굴 하지 마, 비비."

"우리가 여러가지 일들을 복잡하게 만들었을까 봐 겁나지는 않지, 필? 어쩌면 우린 제일 부적당한 순간에 가장 적절한 일을 했는지도 몰라."

"어쩌면 그럴지도 모르지. 하지만 난 후회하지 않아. 널 사랑했어. 지금도 사랑하고."

"그럼 이제 어떻게 하지?"

"억지로 어떤 결정을 내릴 필요 없어. 시간은 충분해, 비비. 이게 작별이라고 생각하지 마."

"당연히 아니지……." 전혀 확신할 수 없었지만 난 이렇게 대답한다. "너무 중대한 결정을 내리려면 난 불안해, 알잖아."

"알지, 그렇지만 서두르지 말자. 우리가 다시 만나게 되면 여기서부터 시작하게 될 테니까."

"그러니까 적당한 때가 될 때까지 전부 연기하자는 거지?"

"그래, 내가 로마에 있고 네가 베네치아에 있는 한은."

"제일 현명한 선택 같아, 필."

"미치지 않을 유일한 방법이지, 비비."

우리는 서로 꼭 껴안았고 마지막으로 키스를 한다. 그리고 그가 일어선다. 나도 일어서서 배웅을 하고 싶지만 그가 말린다. 이불을 내게 잘 덮어준다.

"아니, 그냥 여기 따뜻하게 있어."

그가 내 이마에 마지막으로 입을 맞추더니 방문 너머로 사라진다. 나는 다시 침대에 누워 머리까지 이불을 끌어 덮는다. 다시 잠이 들어 아무 생각도 하고 싶지 않지만 소용이 없다. 벌써 수천 가지 생각이 머리에서 맴돈다.

필리포와 함께 보낸 밤은 부드럽고 감동적이었다. 정말 그를 사랑할 수 있을지 나 자신에게 물어본다. 우리는 언제나 의기투합했다……. 그런데 이것만으로 충분할까? 그를 이해하려 애써야 한다. 실수를 하고 이전으로 되돌아가는 사치를 내게 허용할 수 없기 때문이다. 필리포와 관련해서는 아니다. 분명하게 이성적으로 생각해야만 한다. 내가 애정을 뭔가 깊은 다른 어떤 감정과 혼돈하는 건 아닌지 알아내야만 한다. 물론 거리가 우리를 힘들게 하겠지만 어쩌면 우리 감정의 본질을 이해하는 데 필요할지도 모른다.

나는 부질없는 수만 가지 생각들 속에서 한참 동안 빠져나오지 못하고 침대에서 이리저리 뒤척인다. 결국 체념을 하고 일어나서 차를 마시기 위해 부엌으로 간다.

식탁의 과일 바구니 밑에 끼워진 하얀 종이를 발견한다. 연필로 스케치한 여인의 초상화다. 나다. 종이를 뒤집어보니 아래쪽 귀퉁이에 정성들여 고르게 쓴 글씨가 보인다.

너 정말 아름다워.

지난밤, 잘 자더라…….

바로 밑에 이름이 있다. 필리포.

나는 양팔을 축 늘어뜨린 채 의자에 털썩 주저앉는다. 고개를 뒤로 젖히며 깊게 탄식한다. 이러면 안 돼, 필. 네가 이러는데 어떻게 내가 분명하게 이성적으로 생각할 수 있겠어?

필리포가 떠난 지 사흘이 지났다. 그는 로마에 도착하자마자 내게 전화를 했고 그저께는 스카이프로 통화했다.

"비비, 널 놓치고 싶지 않아, 지금은 아니야." 통화가 끝날 때 그가 말했다.

자주 전화할 수 있게 애쓰자, 우리는 서로에게 말했다. 이메일과 전화 통화를 자주 해도 서로 멀리 떨어져 있다는 사실에는 변화가 없지만 말이다.

사흘 전부터 밤에 잠을 잘 못 잔다. 낮에는 작업에 집중할 수 있지만 정확히 침대에 눕자마자 여러 가지 의심과 생각들이 몰려든다. 이따금 필리포의 냄새, 우리가 함께 보낸 그 단 하룻밤의 냄새가 나는 듯하기도 하다. 우리 사이에 무슨 일이 일어나게 될까? 내일이 있을까? 자발적으로 외로운 생활을 여러 달 지속한 뒤, 출발을 앞둔 흥분으로 감정에 우리를 맡긴 채 단 하룻밤을 함께 보냈을 뿐인데 그와의 미래를 꿈꿀 권리가 내게 있을까? 정말 우리는 서로에게 어떤 감정을 느끼고 있는지? 아니 무엇보다 나는 그에게 어떤 감정인지?

지난밤에는 이런 상념만으로는 부족한 듯, 옆집 사는 클레리아의 암고양이 두 마리까지 가세해서 눈을 붙일 수 없게 만들었다. 노처녀인 클레리아는 30평방미터의 방 두 칸짜리 아파트에서 1년 내내 고양이 두 마리를 기르는데 고양이들이 발정이 나면 미친 듯이 울어댄다. 그러면 그녀는 고양이들을 길에 풀어놓는다. 듣기가 괴로울 정도로 울어대는 고양이 소리로 인해 내 신경뿐만 아니라 동물에 대한 사랑이 가혹한 시험에 들었다.

새벽 4시가 되자 더 이상 참을 수가 없었다. 눈 밑이 푹 꺼진 채, 피곤한 몸을 이끌고 창가로 가서 그 아래서 펼쳐지는 한밤의 쇼를 구경했다. 클레리아의 암고양이들 주변으로 대여섯 마리의 길고양이들이 짝짓기할 권리를 얻기 위해 격렬하게 싸우고 있었다.

활처럼 둥글게 휜 뒤얽혀 있는 등들, 거친 숨소리, 곤두선 털들, 그리고 날카로운 발톱과 이빨과 울음소리. 갑자기 암고양이들이 수컷의 욕정에 몸을 맡겼다. 그 많은 고양이들 속에서 어떤 고양이와 짝짓기를 하는지는 잘 보이지 않지만. 아침이 되면 클레리아는 신경질적으로 이웃집들을 돌아다니며 고양이를 찾겠지……. 그리고 2주 후면 고양이들은 비쩍 말라서, 온몸이 상처투성이인 채로, 그러나 행복하게 다시 나타날 것이다. 부러워라!

아이폰 진동음 때문에 갑자기 현실로 돌아온다. 보호 덮개 위에 붓을 내려놓고 라텍스 장갑을 벗지도 않은 채 문자를 서둘러 확인한다. 누가 보낸 문자인지 벌써 짐작이 간다. 예상대로 필리포다. 그가 보낸 멀티미디어 메시지다. 나는 서둘러 사진을 내려받는다. 아직도 잠이 다 깨지 않은 부은 눈에 미소를 짓고 있는 필리포가 전면에 있고 초현대적인 건물, 아니 더 정확히 말하면 건설 현장이 배경으로 보인다.

굿모닝, 비비. 난 벌써 일하는 중. 너는?
보고 싶어.

약간 우울한 기분으로 사진을 본다. 나도 그가 보고 싶다.

그를 만나러 가고 싶다는 바람이 점점 커진다. 솔직히 그가 수도에서 새로운 만남의 기회를 많이 갖고 있다고 생각하면 약간 질투가 난다. 어쩌면 나의 에로틱한 사랑을 쟁취하기 위해 다른 여자들과의 싸움에 뛰어들어야 할 순간이 왔는지도 모르겠다.

휴대전화 화면을 작업복 주머니에 문지른 뒤 답장을 보낸다.

여전히 프레스코 벽화에 매달려 있어.
그래도 다행히 결과가 잘 나오는 중……

나도 보고 싶어. 키스.

그런 다음 프레스코 벽화의 일부를 배경으로 해서 내 사진을 찍어 문자에 첨부한다. 불면의 밤을 보내고 이 생각 저 생각으로 혼란스러운 와중에서 복원은 잘 진행되고 있다. 시간이 흐르면서 자신감이 붙어서일 수도 있고, 레오나르도의 실험이 효과적이었을 수도 있고(그의 공을 인정하지 않을 수 없다), 여러 가지를 시험해보아서일 수도 있다. 조만간 성공할 수도 있을 것이다……. 어쨌든 기적처럼 보인다. 그리고 오늘 마침내 석류의 적당한 명암, 며칠 전부터 시도했던 명암을 찾아냈다.

"우리 좀 빈둥거리자……." 갑자기 익숙한 목소리가 등 뒤에서 들린다. 돌아보니 가이아가 유명 디자이너의 백을 팔에 걸고 늘 신는 하이힐을 신고 자신 있게 내 쪽으로 걸어오고 있다.

있을 수 없는 일이다. 그렇게 부탁하고 애원했는데도 가이아는 다시 시도하고 있다. 우리의 경솔한 행동이 얼마나 당황스러운 결과를 가져왔는지 이야기해주었고, 이쪽 근방으로는 나타나지도 말라고 말했다. 그런데 지금, 예의 그 대담한 표정, 아무것도 두려울 게 없는 얼굴로 그녀가 다시 나타난 것이다.

물감을 잔뜩 묻힌 붓을 움켜쥐고 그 끝을 가이아 쪽으

로 겨냥한다. "물러나라, 사탄아." 내가 그녀에게 명령한다. 그러고서 말한다. "대체 어떻게 들어온 거니? 현관문 닫혀 있지 않았어?"

"아래에 있는 관리인을 매수했지." 가이아가 내게 윙크한다. 세상에, 그 사람 좋은 프랑코도 그녀의 달콤한 말에 넘어갔다니.

"당장 나가! 나 일하는 중이야. 해야 할 일이 태산이야. 골치 아픈 일 만들고 싶지 않아!" 나는 그녀의 실크 블라우스 쪽으로 붓을 흔들며 단숨에 퍼붓는다.

가이아가 두 손을 들더니, 세상을 정복할 생각을 하는 사람처럼 미소를 짓는다. "엘레, 진정해……. 인공눈물 때문에 이러는 거야?"

"인공눈물 때문에? 너 때문에 그런 민망한 일들이 생기잖아……."

나는 다시 붓을 제자리에 놓는다. 하지만 그게 실수였다는 걸 금방 깨닫는다. 가이아의 눈에 항복으로 비쳤던 게 틀림없다. 실제로 협상을 하려는 듯 그녀가 가까이 다가온다.

"자자…… 내가 보기엔 뭐 그리 심각한 일도 아닌데."

나는 전문가다운 모습을 보이려고 도구들을 닦는 데 집중한다. 그녀가 몸을 숙이고 나와 눈을 맞춰보려 애쓴다. 내가 화를 내는 모습을 재미있어하는 듯하다. "어쨌든 레오나르도가 화를 내지 않았다는 건 우리의 은밀한 관심이 마음에 들었다는 뜻인 것 같은데, 아니야?"

나는 한 손을 관자놀이 부근에 대고 생각에 잠긴 척한다. "아니면 분노할 만한 가치도 없는, 재수 없는 불쌍한 두 여자라고 생각하는지도 모르지."

"너 남자의 나르시시즘을 절대 과소평가하지 마라." 가이아가 남자에 대해 통달한 분위기로 대답한다. "여자들이 자기를 따라다니는 걸 남자들이 얼마나 좋아하는데……."

"그건 스토커 입문서에 나오는 말 같다."

바로 그때 레오나르도가 그리스 비극에서, 하늘에서 뚝 떨어지는 신처럼 갑자기 나타난다. 다만 그는 찢어진 청바지에 검은 가죽점퍼 차림이라는 게 다를 뿐.

가이아의 눈이 환히 빛났고 내 뺨은 붉게 물든다.

"안녕하세요." 그가 정중하게 인사한다. 우리는 둘 다 각자의 방식으로 초조해하는데, 그는 우리의 반응을 전혀 눈치 채지 못한 듯하다.

"안녕하세요." 우리가 동시에 대답한다. 레오나르도가 석류를 흘깃 보더니 공범자 같은 미소를 내게 보낸다. "진짜 석류 같네……."

"맞아요." 내가 시인한다. "여러 번 시도한 끝에……." 나는 모호하게 말한다. '실험'을 암시하는 말은 어떤 것이든 피해서 가이아의 호기심을 미연에 방지한다. 그런 다음 몹시 바쁜 듯이 보이길 바라며 컵에 말라붙은 물감을 힘껏 긁어낸다.

레오나르도가 가이아를 보며 말한다. "엘레나 만나러 자주 오시네요?"

"사실은 이쪽으로 지나가다가……."

'당신을 만나러 자주 오는 거야.' 나는 컵에 달라붙어 있는 물감을 성난 듯이 긁어내며 생각한다.

내가 끼어들지 않아도 두 사람 사이의 대화는 자연스레 시작된다. 레오나르도는 가이아를 만나게 되어 기쁜 듯하다. 분명 이 방문의 목적이 자신이라는 걸 알아차렸을 것이다. 어쩌면 그녀의 말이 맞을지도. 세상에는 숭배받기만을 바라는 자기중심적인 그럭저럭 잘생긴 남자들이 넘쳐나니.

그러다 갑자기 레오나르도가 내 쪽으로 돌아선다. "중요한 말을 한다는 게, 잊고 있었네." 그가 한 손으로 자기 머리를 쓸어 넘긴다. "두 사람 모두 레스토랑 개업식에 초대해요."

나는 하던 일을 중단한다. 두 사람의 대화에 다시 끼어드는 데 잠깐 시간이 걸린다.

"아, 그래요? 언제죠?" 가이아가 가장 태연한 목소리를 꾸며내며 초조하게 묻는다.

"정확히 일주일 뒤예요. 다음 주 수요일."

물론, 내가 할 말은 이것뿐이다. '다음 주 수요일? 어쩌지, 우린 선약이 있어서…….' 하지만 가이아가 나를 앞지른다. "고마워요. 기꺼이 가야죠! 안 그래, 엘레나?" 그녀는 나를 쳐다보지도 않고 핸드백에서 급히 블랙베리를 꺼낸다. "봐요, 당장 달력에 표시해둘 테니." 가이아가 손가락으로 키보드를 두들기며 메모를 한다. 그리고 절묘하게 그 기회를 이용해서 그의 전화번호를 묻는다. "혹시 직전에 불상사가 생길 경우를 대비해서……."

나는 그런 행동을 하는 가이아를 보며 놀라워 넋을 잃는다. 그녀에게 화를 내야 한다는 것도 잊을 정도로.

가이아는 남자를 끌어당기는 기술에서는 내가 도달하지 못할 모델이다. 클레리아의 고양이들보다 한 수 위다.

레오나르도는 내 당혹감을 눈치 채기라도 한 듯이 내게 격려의 눈길을 보낸다. "그럼 됐네요. 두 분 기다릴게요."

나는 고개를 끄덕이지만 거기 갈 생각이 전혀 없다. 그가 진지한 눈으로 나를 뚫어지게 본다.

"당신이 이 일에 얼마나 열정적인지 봤어요, 엘레나. 나도 내 일에서 마찬가지예요. 그래서 내가 하는 일을 보여주고 싶은데." 그는 정말 중요한 일이라도 되듯 말한다. 그의 말을 믿지 않을 수 없다. 나는 살짝 놀라서 변명을 해보려 한다.

"잘 모르겠는데……. 요새 할 일이 너무 많아서……."

레오나르도는 계속 내게서 눈을 떼지 않은 채 가이아에게 다시 말한다. "가이아, 당신을 믿어요. 엘레나를 끌고 올 방법을 찾아보세요. 수요일에 봐요, 두 사람." 그러더니 그는 흥분해 있는 가이아와 혼란스럽고 당황한 나, 이렇게 정반대

상태인 우리 둘을 남겨두고 가버린다.

"왜 가겠다고 대답했어." 가이아에게 화를 낼 좋은 구실을 다시 찾아낸 내가 으르렁댄다.

"못 가겠다고 할 이유가 없어서." 간단하고 직선적이다. 그녀만이 보일 수 있는 태도다. 내가 팔짱을 낀다.

"난 안가, 알아둬. 난 이전에 거지 같은 꼴을 보이고 나서 저녁 식사에 초대받고 싶지 않아."

"또 그 얘기야?" 가이아가 투덜댄다. "제발, 엘레. 내가 보니 레오나르도는 다 잊었던데. 우리 멋진 저녁 보내자. 맛있는 음식도 먹고, 흥미로운 사람들을 만날 수도 있고……."

"아무리 애원해도 소용없어."

"네가 안 가면 나도 안 갈 테니 두고봐."

"미안해서 죽을 지경이네!"

"그렇게 좋은 기회를 놓치게 내버려둘 거야? 너 참 굉장한 친구다! 난 너라면 뭐든……"

가이아가 손목에 찬 크리스털이 박힌 스와로브스키 시계를 재빨리 본다. "있잖아, 나 지금 가봐야 해. 그사이에 생각 좀 해보고 다시 이야기하자."

대체 중간에 뭐가 끼어들어서, 내가 "절대 안 돼"라고 말하면 가이아는 그걸 "어쩌면 될지도 몰라"로 받아들이는지 이해를 못하겠다.

"오케이, 꺼져주기만 하면 돼." 더 이상 말상대를 하지 않고 그녀를 쫓아버린다. 내 입장에서는 여기서 대화가 끝난 것이다.

"정말 오케이라고 했지? 내가 잘못 들은 거 아니지? 그래, 오케이라고 했다!" 가이아가 빨간 매니큐어를 칠한 둘째 손가락을 내게 겨눈다.

"아니야, 내 말은……"

하지만 그녀는 내가 대답하게 놔두지 않는다.

"벌써 말했다. 가기만 하면 돼. 내가 전화할게!" 가이아는 손으로 내게 키스를 보내고 얼룩말 무늬 힐을 신고도 오래된 바닥 위를 거의 날 듯이 달려간다.

공식적으로 말하고 싶다. 그녀가 정말 싫다.

"빨간색이 더 어울려." 거실의 거울 앞으로 나를 밀고 가면서 가이아가 말한다. "봐, 얼마나 예쁜지."

나는 발끝으로 서서 반 바퀴 정도 빙그르 돌아본다. 하지만 거울에 비친 내 모습이 마음에 들지 않는다. 딱히 어울리는 것 같지 않다. 오늘 저녁은—적어도 가이아가—그렇게 기다리던 브란돌리니 레스토랑 개업식 날이다. 그래서 속옷 차림으로 집 안을 돌아다니며 입을 만한 적당한 옷을 필사적으로 찾고 있다. 가이아는 두 시간 전부터 내 옆에서 피곤하게 군다. 마지막 순간에 내 생각이 바뀔까 겁이 나서 옷을 다 차려입고 화장과 머리 손질을 완벽하게 하고 우리 집으로 달려왔다. 옷과 액세서리가 잔뜩 든 여행 가방 하나와 커다란 또 다른 가방 두 개를 가지고. 지금 그녀는 자신이 선택한 스타일대로 나를 꾸며주려 한다.

"너무 짧아, 가이아." 내가 손가락으로 허벅지를 가리키며 반대한다. "옷을 안 입은 것 같아……. 그리고 이 빨간색은 눈에 거슬려."

그녀가 고개를 젓다가 눈을 굴린다. "넌 희망이 없어. 패
션 감각이 정말 없다니까……."

"어서, 검은 구찌 원피스 다시 입어보게 해줘." 나는 거울
과의 끝없는 정면 대결을 준비하며 말한다.

가이아는 고양이처럼 움직여 다른 방으로 원피스를 가
지러 간다. 그녀는 입고 있는 짧은 새틴 원피스와 완벽하게
조화를 이룬 청록색 샌들을 신었다. "받아." 그녀가 화를 내
며 내게 옷을 던진다. "네 마음대로 해. 주목받고 싶지 않다
면……."

가이아가 화장을 고치기 위해 욕실에 간 사이 나는 빨
간 원피스를 벗는다. 파리하고 탄력 없는 내 몸을 가까이에
서 마주하지 않으려고 거울에서 떨어진 채 재빨리 검은 원피
스를 다시 입는다. 멀리서 전신을 비춰보고 가까이에서 상체
를 한번 본 뒤 그 자리에서 한 바퀴를 빙 돌아본다. 이 옷이
다. 됐다. 정말 완벽하게 내게 어울리는 옷은 없으리라 생각
하지만 이 옷이 제일 마음에 든다.

"그런데 목이 너무 많이 파였어!" 보디스를 잘 정리하면
서 가이아가 들을 수 있게 큰 소리로 말한다.

"절대 아니야." 그녀가 욕실 문 사이로 고개를 내밀며 반
박한다. "너무 잘 어울려. 빨간 프라다가 훨씬 좋지만 이 구
찌 원피스도 장난 아닌데……."

나는 허리에 두 손을 올리고 배를 안으로 밀어 넣는다. 피자와 냉동식품이 기본인 내 식생활이 몸매에는 정말 최악이라는 걸 인정해야만 한다. "이런 옷들을 어디서 구했는지 정말 궁금하다. 어마어마하게 비싼 옷들일 텐데."

"간단해, 어떤 사이트에서 빌려왔어." 가이아가 윙크를 한다.

마지막으로 무서운 거울을 한번 보고 나서 나는 자신감을 가지려 애쓴다. 이 옷이 잘 어울려, 난 매력적이야……. 용기를 내, 최소한 어디 나설 정도는 돼.

"그런데 브래지어는? 끈 없는 브래지어가 필요한데." 나는 가이아가 해결책을 찾아주길 바라며 그녀를 본다.

"날 뭘로 보는 거야, 아마추어인 줄 알아?" 그녀가 두 개의 큰 가방 중 하나에서 검은 레이스로 된 끈 없는 푸시업 브래지어를 꺼내 내 눈앞에서 흔든다.

브래지어를 착용한다. 마치 마법처럼 가슴 모양이 잡힌다. 망설이는 눈으로 내 모습을 본다. 레이스가 보이면 약간 천박하지 않을까?

"이거 해." 가이아가 내 목에 하얀 실크 스카프를 걸어준다. "몸을 다 덮으면 안 되고 살짝 걸치기만 해."

나는 미소를 짓는다. 그녀는 고객의 취향뿐만 아니라 내 취향도 잘 안다. 이 세상에서 제일 위험한 퍼스널 쇼퍼다.

"이제 구두를 골라볼까." 가이아가 가방 하나를 뒤적이며 말한다. 생각만 해도 발이 아파오기 시작한다.

"검은 새틴으로 된 파치오티 구두야, 굽은 10센티." 그녀가 단호하게 말하며 샌들처럼 생긴 고문도구를 내게 보여준다. "군말 없기."

"그래, 좋아……." 내가 신경질적으로 웃는다. "나중에 집에 걸어오려면 보조보행기가 있어야겠어."

"신어, 엘레. 하룻저녁 이런 구두 신는다고 죽지 않아!"

나는 길게 한숨을 내쉰다. "좋아, 하지만 나가기 바로 전에 신을래. 고문을 조금이라도 늦출 수 있다면……."

"좋을 대로 해서. 하지만 그렇게 하면 구두에 익숙해질 시간이 없어서 더 안 좋을 텐데!" 그러더니 그녀가 여행 가방에서 메이크업 아티스트용의 놀라운 화장품 장비를 꺼낸다.

"친구, 이제 화장을 하고 머리를 손질해야 해." 가이아가 의기양양하게 웃으며 말한다.

나는 의심스러운 눈으로 그녀를 본다.

"그래도 너무 진하게는 하지 마……." 내가 명령한다. 평상시에 나는 화장을 별로 하지 않는다. 화장을 어떻게 하는지 정식으로 배운 적이 없기 때문이기도 하고, 몇 번 되지는 않지만 위험을 무릅쓰고 화장을 할 때마다 항상 어울리지 않는다는 느낌이 들기 때문이기도 하다. 하지만 기본적인 규칙은 복원 규칙과 똑같다. 먼저 잘 닦은 뒤, 밑화장을 하고 색조를 펴서 바른 다음 마지막에 윤기를 낸다. 다만 벽에 그렇게 하는 건 중요해도 내 얼굴은 전혀 다른 문제다.

가이아가 눈 밑에 컨실러를 펴서 바르기 시작한다. 그 다음은 지속력이 강한 파운데이션 차례다. 작은 라텍스 스펀지로 파운데이션을 톡톡 바른다. 나는 그녀를 믿는다. 자신이 다루고 있는 대상들을 잘 알고 있으니 좋은 결과를 낼 것이다.

가이아가 내 턱을 손가락으로 받치고 유심히 본다.

"아이래시컬러 있어?" 그녀가 묻는다.

"있을 것 같아?"

"야, 바이브레이터 있느냐고 물어보기라도 한 것 같다!"

"이 분야에서는 네가 전문가니까……."

"사실 난 둘 다 있어." 그녀가 자랑스레 말한다. "머리는 어떻게 하고 싶어?" 가이아가 블러셔로 뺨을 정리하며 계속 말한다.

"옆 가르마만 타면 끝이야." 집게나 핀으로 머리를 고문당하지 않으려고 신경 쓴다. 그러고 나면 나중에 분명 머리가 아플 테니까.

"으음…… 그래도 부드러워 보이게 약간 웨이브를 좀 줘 볼게."

달아날 방법이 없다.

두 시간 반에 걸친 준비 끝에 우리는 드디어 나갈 수 있게 되었다. 가이아는 벌써 담배를 피우러 광장에 내려가 있다. 나는 얇은 트렌치코트를 걸치고 실크 스카프와 작은 실버백을 들고 샌들을 겨드랑이에 끼운다. 그런 다음 불을 끄고 문을 잠그고 맨발로 계단을 내려간다.

내가 현관문에서 나오는 걸 보자마자 가이아가 플랫폼 힐로 담배꽁초를 밟는다. 나는 고문도구를 신고 출발한다. 하느님 도와주세요!

밤 9시 30분이다. 산 폴로 광장의 레스토랑 입구에는 벌써 입장하려는 사람들이 줄서 있다. 파티장에는 초대장을 가진 사람만 들어갈 수 있었다. 가이아는 이게 좋은 신호라고 생각했는데, 레스토랑 안에 선택된 사람만 들어갈 수 있다는 뜻이기 때문이다. 난 사교계에 정통하지 않으니 모르겠다. 오로지 오늘 밤 뭔가에 걸려 넘어지거나 누군가에게로 볼품없이 쓰러지지 않기만을 바랄 뿐이다.

아치형 문 앞에 도착한 우리는 검은색의 더블 슈트를 입은 경호원에게 초대장을 보여준다. 첩보기관의 비밀 요원 같은 경호원은 머리를 완전히 밀었고 한쪽 귀에 귀걸이를 했다. 그가 건성으로 초대장을 흘깃 보더니 곧 입구에 쳐놓은 빨간 줄을 풀어준다.

"들어가시죠." 경호원은 이렇게 말하며 우리를 입장시킨다.

"고마워요." 우리는 한 목소리로 대답한다. 벌써 흥분한 가이아가 내게 윙크를 한다. 그녀는 마침내 자기 구역에 들어온 것이다.

첫 관문을 통과한 우리는 횃불과 전등으로 환한 안뜰에 깔린 빨간 카펫 위를 지난다. 사진기자가 터뜨리는 플래시에 거의 눈을 뜰 수가 없다. 사진에 찍히지 않았기만을 기도한다. 플래시가 터진 바로 그때 나는 여신같이 늘어뜨린 긴 머리를 어리바리하게 매만지고 있었으니까. 웨이브를 넣고 특히 헤어스프레이를 잔뜩 뿌려놓은 가이아를 저주했다. 손가락이 머리카락 속에 박힌 채 빠지지 않는다.

시스 드레스(시스란 원래 칼집이란 뜻으로 체형에 꼭 맞는 드레스를 말한다―옮긴이)를 완벽하게 차려입은 모델 둘이 초대 손님 명단에서 우리 두 사람 이름을 확인하더니 즐거운 저녁 보내라고 인사를 한다.

실내는 따뜻하고 매혹적이다. 비잔틴과 이슬람 느낌이 나는 베네치아 귀족의 고택같이 장식되어 있다. 레스토랑은 2층이고 아래층은 사면이 실내정원으로 통하는 유리문이다. 나지막한 음악이 부드럽게 흐르며 요란하지 않게 손님들을 환영한다.

여종업원들이 샴페인 잔이 빼곡한 쟁반을 들고 손님들 사이로 돌아다닌다. 입술을 살짝 축이려고 샴페인을 한 잔 들었다가 곧 가이아의 손에 올려놓는다. 그녀는 벌써 한 잔을 다 마셨다.

정원으로 나간 우리는 말 그대로 넋을 잃고 말았다. 눈이 즐거워지는 파티다. 손님들은 공중에 매달아 놓은 종이등과 횃불들 사이를 오가고 있다. 그것들이 정말 동화 같은 분위기를 만들어낸다. 나는 테이블 주위에 모여 있는 사람들을 유심히 관찰한다. 시폰, 실크, 레이스, 태피터(광택이 있는 평직 견직물—옮긴이)의 향연이다. 사진기자들의 플래시만이 이 마법을 깨려 할 뿐이다. 텔레비전 방송국에서 나온 사람들도 몇몇 보인다. 여기자가 마이크를 손에 들고, 카메라맨은 그녀 뒤를 쫓아 사람들 사이로 돌아다니며 오늘 밤에 대한 열광적인 의견을 취재하려 한다. 그들은 내가 있는 쪽으로도 와서 이 특별 방송이 잘 알려진 텔레비전 채널에서 방송될 거라고 말하지만 나는 별 관심이 없다고 알린다. 방송이 된다는 생각만 해도 벌써 얼굴이 새빨개진다.

가이아는 신이 나 있다. 그녀는 내가 모르는 사람들에게 인사를 하고 오른쪽 왼쪽으로 윙크를 하며 미소를 짓는다.

"미안한데, 너 저 사람들 알아?" 내가 가이아에게 묻는다.

"조금." 그녀가 대답한다. "안면만 있는 사람도 몇 명 있지만 어쨌든 항상 눈에 띄게 하는 게 좋아."

나는 고개를 저으며 체념한다. '정말 하나에서 열까지 다 가르쳐줘야겠군'이라고 말하듯이 그녀가 나를 본다.

사실 내가 정말 사회적 관계의 지평을 넓히고 싶다면 가이아에게 배워야 할 것이다. 난 주위를 좀 둘러보며 상황을 파악해본다. 그렇지만 결국 이런 사람들과 내가 무슨 상관 있단 말인가? 물 떠난 물고기 같은 기분이라는 말은 어쩌면 그저 완곡한 표현에 불과할지도 모른다. 그리 멀지 않은 곳에 있는 두 남자가 나와 눈길이 마주치자 빙그레 웃는다. 왜 웃는 거지? 혹시 머리가 너무 헝클어졌나, 아니면 입술에 치약이 묻었나……. 나는 그들을 못 본 척하며 종업원 뒤로 숨는다. 갑자기 노출이 심한 원피스를 입고 있다는 사실을 떠올리고는 실크 스카프를 어깨에 두른다. 그사이 가이아는 사라지고 없다.

그녀를 찾으러 실내로 다시 들어간다. 멀찌감치 떨어져 있는 야코포 브란돌리니가 얼핏 보인다. 마침내 친숙한 얼굴을 발견한 것이다. 그를 만나서 이렇게 반가웠던 적은 한 번도 없다. 그는 몇몇 사람들과 유쾌하게 대화를 나누는 중이었으나 나를 알아보았다. 우리는 서로 손짓으로 인사를 나눈다.

내가 그쪽으로 가려고 할 때 우레 같은 박수 소리가 모여 있는 사람들에게서 터져 나온다. 그때까지 정원에 있던 사람들이 서둘러 안으로 들어오고 모두 홀 한가운데의 연단 쪽으로 돌아선다. 거기서 연회복을 갖춰 입은 세련된 남자가 공연의 시작을 알린다. "신사 숙녀 여러분, 요리를 예술로 만드는 사람, 눈과 입을 즐겁게 해주는 분을 여러분에게 소개하게 되어 영광입니다. 레오나르도 페란테 셰프입니다."

조명이 어두워지고 실내 분위기는 기대로 뜨거워진다. 바이올린 선율이 공기를 가득 메우면서 푸르스름한 스포트라이트들이 중이층에 켜지더니 빨간 원피스를 입은 아름다운 바이올린 연주자가 나타난다. 그녀는 눈부시게 아름다운 가냘픈 손에 검은 레이스 장갑을 끼고 투명유리로 된 전자바이올린을 들고 연주를 하는데, 바이올린 활에 푸른빛이 닿아 푸르스름하게 빛난다. 그 옷도, 그 여자도 누군지 알 것 같다. 내가 착각했을지도 모르지만 바이올린 연주자는 얼마 전 보았던, 레오나르도와 함께 팔라초에서 나간 바로 그 여자 같았다. 모터보트를 타던 여신. 그녀였다. 분명하다.

"얘, 봤어?" 가이아가 마법처럼 갑자기 내 옆에 나타난다. "연주하는 여자 유명한 사람이야."

"아, 그래?"

"아리나 노비코프라고, 러시아 바이올리니스트. 지난주 토요일에 베로나 아레나에서 연주회를 했대."

"그래, 레오나르도와 밤을 보낸 여자가 저 여자야." 깜짝 놀랄 가이아의 모습을 미리 즐기며 내가 말한다.

"뭐라고?"

"모터보트 여자."

"정말이야?"

"그럼 그럼, 틀림없어."

"그럴 리가!" 가이아는 즐거워 보였다. 여신 같은 여자와 경쟁해야만 한다는 걸 조금도 걱정하지 않는다. 아니 오히려 자극을 받은 듯하다. 그녀는 도전을 즐긴다.

이제 바이올리니스트가 유명한 비발디 〈사계〉 중 〈겨울〉을 연주하기 시작한다. 그녀는 놀랄 만큼 아름답다. 가이아와 달리 나는 그녀를 보며 나보다 수백 배 아름답고 재능도 풍부하다는 생각을 하지 않을 수 없다.

하지만 이제 모두의 시선이 홀 중앙으로 향하고 새로 등장한 사람에게로 집중된다. 레오나르도가 우레 같은 박수가 터져 나오는 가운데 자기 자리에 선다. 그는 가장자리가 스티치로 장식되고 하얀 단추가 달린 스탠드칼라의 검은 재킷 차림이다. 돌돌 만 하얀 실크 끈으로 이마 위로 흘러내리는 머리를 고정시켜서 마치 동양의 무사처럼 보인다. 정말 매력적인 사람이다.

노란 스포트라이트가 그의 뒤에서 비치고 무대 양쪽에서는 두 개의 불꽃이 분수처럼 솟구친다. 비발디 연주 소리가 점점 커지면서 공연이 시작된다. 가이아가 좀 더 잘 보이는 곳으로 가까이 가보자고 눈짓을 한다. 우리는 사람들을 뚫고 몇 미터 앞으로 나간다. 이제 레오나르도 바로 밑에 있다.

그가 칼을 쥐고 황새치를 최대한 얇게 저미더니 다른 손에 든 대리석 판에 올려놓는다. 그의 믿음직한 손놀림이 내게는 친숙하다. 그가 손가락으로 내 허벅지를 꽉 잡고 나를 업고 가던 기억이 순식간에 떠오른다. 음악의 박자가 점점 빨라지는 사이 레오나르도는 얇게 저민 생선조각에 뭔가를 뿌리는데, 우리가 있는 곳에서는 마치 양귀비 씨앗처럼 보인다. 그것이 그의 까무잡잡한 손가락에서 가루처럼 떨어지더니 붉은 생선살 위에 내려앉아 작고 검은 물방울처럼 점점이 박힌다. 그러고 나서 레오나르도는 붉은 피망을 무지갯빛이 도는 가루가 될 정도까지 잘게 다진다. 그런 다음 기계처럼 정확하고도 신속하게 펜넬과 호박과 샐러리를 잘게 썬다.

나는 거의 숨도 쉴 수 없을 지경이다. 그는 천재다. 가이아와 공감하고 싶어 잠시 그녀를 돌아본다. 그러다가 나와 마찬가지로 넋을 잃고 있는 그녀를 발견한다. 가이아도 너무 놀란 표정으로 입을 반쯤 벌린 채 그에게서 눈을 떼지 못한다.

레오나르도가 파삭파삭한 페이스트리로 만든 작은 틀에 황새치 조각을 내려놓고 채소와 잘게 썬 오렌지 껍질로 장식한다. 그는 극도로 집중해서 자신 있게 움직인다. 턱은 긴장되어 있고 관자놀이 부근의 혈관이 불거져 있다. 예술가 같은 손으로 재료의 모양을 만들고 변형시킨다. 실제로 그는 예술을 하고 있다. 그가 창조해낸 결과물들은 감탄하고 맛보아야 할 작은 걸작들이라고 난 확신한다. 레오나르도는 음식으로 유혹을 한다. 그리고 그는 그 사실을 알고 있어서 감각들과 정신을 매료시키는 데 음식을 사용한다. 잠시 그의 검은 눈과 마주쳤다. 내게 보일 듯 말 듯한 미소를 지은 것 같은 기분이 든다. 내 상상에 불과한지도 모르는데 기쁨으로 몸이 떨린다. 목을 타고 떨림이 온몸으로 번진다.

음악은 이제 마지막 크레센도를 연주하고 있다. 레오나르도가 다진 생새우를 먼저, 그다음에는 얇게 썬 방어 몇 조각을 도마 위에 올려놓는다. 부드러운 물체를 만지듯 생선살을 주물러 반으로 나뉜 작은 하트들을 만든다. 마지막으로 그것들을 오렌지꽃과 피망과 통깨와 함께 둥글게 늘어놓는다. 이 모든 것을 세련된 접시 위에 그림처럼 배열한다. 바이올린이 마지막 부분을 연주하는 동안 레오나르도가 관중들을 보고 미소를 짓는다. 곧 힘찬 박수와 환호성이 터져 나왔고 끝날 줄을 모른다. 그가 우리의 마음을 빼앗아가 버렸다. 모두의 마음을.

공연이 끝나자 사람들은 뷔페가 마련된 정원으로 흩어진다. 나는 가이아와 함께 사람들 뒤를 따라가다가 여러 가지 모양과 색깔의 핑거푸드 중 맛있는 것을 찾아 나선다. 두 손가락으로 집어 단 한입에 먹을 수 있게 만들어진 조그마한 음식들이 우리 눈앞에서 특이하고 놀라운 모습을 의기양양하게 자랑하고 있다. 이런 음식을 준비하는 데 얼마나 많은 시간이 걸렸을지, 그런데 또 얼마나 금방 먹어치울 수 있는지를 생각해본다. 간단히 말하면 예술작품과 요리의 차이가 바로 여기 있다. 요리는 창조적인 정신과 솜씨 좋은 손이 빚어낸 결과물이지만 오래 지속되게 만들어지지는 않는다.

"레오나르도는 정말 놀라워." 가이아가 홍합살로 감싼 연어를 먹으며 말한다.

"믿어지지 않아…… 너한테 끌려오길 잘했어." 내가 대답한다. "이렇게 굉장하리라고는 상상도 못했거든."

음식들을 차례로 맛보았는데, 다 맛있어 보이기는 하지만 채식주의를 고수하는 내게는 맞지 않는다는 걸 곧 알아차린다. 마리네이드(고기, 생선, 채소 등을 요리하기 전에 와인, 올리브 오일, 식초, 과일, 주스, 향신료 등에 절여놓은 것―옮긴이) 한 연어를 곁들여 만든 갯가재, 생강 소스를 곁들인 스파클링 와인 젤리 위의 생굴, 푸아그라와 비둘기 가슴살을 얹은 크로스티니('작은 토스트'라는 의미로 조그만 빵 위에 채소, 치즈, 육류 등을 얹은 것을 가리킨다―옮긴이). 다 예쁘고 특이하고 맛도 좋을 테지만 나를 위한 것은 아니다. 나는 채소 요리 두 개만을 맛보고 만다. 무와 밤을 넣은 파르마산 치즈 웨이퍼 하나와 로비올라 치즈와 배와 견과류를 올려놓은 샐러리를 먹는다. 어쨌든 편하지 않은 장소에서 늘 그렇듯 식욕이 별로 생기지 않는다. 이유는 모르겠지만 레오나르도의 공연을 본 뒤로 위가 딱 달라붙어 버렸다.

가이아가 내 팔을 잡으며 묻는다. "저기 저 사람이 브란돌리니니?"

고양이 같은 눈매에 관능적인 미소를 남발하는 두 명의 금발 머리 여인 옆에 서 있는 브란돌리니를 발견한다. "맞아,

그 사람이야. 백작님은 언제나 여자들에게 둘러싸여 있다니까."

"그래도…… 나쁘지 않은데." 가이아가 평한다.

진심인지 확인하려고 그녀를 본다. 진심이다.

"뭔가 특별한 게 있어. 귀족이라는 걸 한눈에 알 수 있어. 네가 소개해줬어야 할 또 한 명의 남자인데……. 그렇지만 그걸 기다리느니……"

가이아가 브란돌리니에게서 어떤 긍정적인 면을 찾아낸 건지 알아내려고 그를 유심히 본다. 하지만 나는 객관적일 수 없다는 걸 깨닫는다. 브란돌리니는 내게 일을 맡긴 사람이다. 이런 문제에 있어서는 늘 경직되기 때문에 그를 다른 관점에서 볼 수가 없다. 갑자기 브란돌리니의 뒤쪽에서 레오나르도가 나타난다. 그는 이마에 묶었던 실크 띠를 벗고 셰프 복장 대신에 늘 입는 구겨진 하얀 리넨 셔츠를 입고 있다. 야코포 브란돌리니가 그와 악수를 하고 다정하게 등을 툭툭치며 서로 축하 인사를 한다.

"우리를 봤어?" 가이아가 그들에게 등을 돌린 채 내 앞에 서서 묻는다.

그녀의 등 너머를 슬쩍 보니 레오나르도는 백작과 두 여인과 이야기하는 중이다.

"못 본 것 같은데."

"가서 인사할까, 어때?"

"저 사람들과 이야기 끝날 때까지 기다려보자."

가이아가 초초하게 술잔을 입에 댄다. "저 두 여자가 우리 영역을 침범하게 놔두고 싶지 않은데······."

"잠깐만, 여자들에게 인사를 하고 우리 쪽으로 오고 있어." 내가 소곤거린다.

레오나르도가 브란돌리니를 앞세우고 우리 쪽으로 걸어온다. 먼저 가이아에게 인사를 한 뒤—그녀는 깜짝 놀라는 척한다. 내 친구는 진짜 전설적인 인물이다—내게 와서 양 볼에 입을 맞춘다. 이런 일은 처음이다. 불그레한 그의 수염의 까칠한 느낌이 남았고 내 엉덩이를 가볍게 스치는 그의 손가락도 느껴진다.

"축하합니다, 인상적인 개업식이었어요." 내가 백작과 악수하며 말한다.

"모두 훌륭한 셰프 덕이지요." 브란돌리니가 흡족한 미소를 지으며 레오나르도를 가리킨다. 그런 뒤 가이아에게로 눈길을 돌려 그녀를 머리끝부터 발끝까지 훑어본다.

레오나르도가 시의적절하게 끼어든다. "이분은 가이아, 홍보 일을 하죠."

"반갑습니다, 야코포입니다." 백작이 가이아에게 손을 내밀며 살짝 목례를 하는 시늉을 한다.

"반가워요." 그녀가 윙크를 하며 말한다.

"그러니까 이벤트 기획을 하는군요······." 브란돌리니가 관심을 드러내며 말한다. 가이아에게는 대뜸 편하게 말을 하면서 내게는 왜 꼬박꼬박 예의를 차리는지 이해할 수가 없다.

"네, 동료와 에이전시를 하나 운영하고 있어요. 놀이 삼아 얼마 전에 시작했는데 진짜 직업이 되어버렸죠." 그녀가 자신 있게 분위기를 장악해버린다.

"가이아가 당신에게 큰 도움이 될 것 같은데요, 야코포." 레오나르도가 끼어든다. "계획하고 있는 레스토랑 홍보 문제를 상의해보는 게 어때요?"

백작이 얼른 기회를 잡는다. 그는 가이아와 열심히 이야기를 나눈다. 가이아는 계속 레오나르도 쪽으로 눈길을 돌리고 있지만 백작의 관심을 받는 게 상당히 기분 좋은 듯하다. 한편 레오나르도는 내게 다가와서 나를 바라본다. "오늘 밤 정말 아름다운데." 그가 부드러운 목소리로 말한다.

"고마워요." 나는 짧게 대답하고 그 말이 진심인지 그냥 인사치레인지 확인해보려 애쓴다.

"물론." 그가 턱을 쓰다듬는다. "작업복도 이 옷만큼 잘 어울린다는 말도 빠뜨릴 수가 없지만."

"맙소사, 그런 것 같지 않은데……."

"내 말 믿어요. 난 쉽게 칭찬 늘어놓는 남자는 분명 아니니까."

그의 말을 믿는다. 에고의 먼지를 조금 털어주는 것도 전혀 나쁘지 않다. 나는 잠시 발이 아프다는 것도 잊는다. 그리고 등을 꼿꼿이 세우고 어깨를 펴며 좋은 인상을 주려 애쓴다.

그사이 가이아와 야코포의 대화는 더욱 활기를 띤다. 두 사람은 유쾌하게 웃으며 동의의 눈길을 주고받는다. 오래전부터 서로 잘 알던 사이 같다. 그러다 갑자기 종업원이 브란돌리니 곁으로 다가와서 귀에 대고 소곤거린다. 그가 즉시 레오나르도 쪽으로 돌아서서 그의 팔을 잡는다. "레오, 우리 가봐야겠는걸. 포도주 문제 상의하려고 자닌 씨가 기다리고 있다는데."

자, 내 영광의 순간은 이제 끝나버렸다. 난 바람 빠진 풍선처럼 풀이 죽는다.

"두 분, 정말 미안해요!" 백작이 양해를 구한다. "처리할 일이 생겨서요. 그렇지만 조금 있다 분명 다시 만날 겁니다." 그러더니 그가 가이아의 푹 파인 목 부분에 의미심장한 눈길을 던진다.

그들이 가고 나서 가이아가 레오나르도에 대해 폭풍 질문을 던진다. 우리가 무슨 대화를 나눴는지 세세히 알고 싶어 한다.

"네게 추파 던지지 않았어?" 마침내 그녀가 묻는다. 가이아가 알고 싶은 건 바로 이거다.

"바보 같은 소리."

"엘레, 그 사람 한시도 네게서 눈을 못 떼던데."

"그만해!"

"괜찮아. 난 전혀 신경 안 쓰니까…… 첫째, 난 질투심이 강한 여자가 아니야. 둘째, 언제든 백작으로 위안을 삼을 수 있으니까." 그러더니 그녀가 내게 살짝 윙크를 한다.

"어쩜 이렇게 마음이 넓으신지."

"친구를 위해서 이 정도야 별거 아니지." 그녀가 앙큼하게 웃는다. "어쨌든 야코포는 정말 멋진 남자야. 마음에 들어."

가이아가 이렇게 말한다면야…….

그런데 정말 레오나르도가 내게 관심이 있긴 있는 걸까? 가이아도 눈치 챘다면 아마도……. 아니, 어쩌면 그냥 내게 용기를 주려고 그런 말을 했는지도 모른다.

"엘레, 립스틱이 좀 지워졌는데."

"화장실에 가서 고치고 올게. 같이 갈래?"

"아니, 난 여기 앉아서 기다릴게." 가이아가 정자 밑에 놓인 안락의자에 앉는다. "조금 어지러워서. 샴페인을 좀 많이 마신 것 같아."

"내가 뭐 안 도와줘도 될까?"

"물론이지. 갔다 와." 가이아가 나를 떠민다.

"오케이. 그럼 여기서 꼼짝하지 마."

"안심해. 그럴 힘도 없는걸." 그녀가 발코니 가장자리에 팔을 늘어뜨리며 웃는다.

화장실에서 돌아와 보니, 물론 가이아는 사라지고 없다.

사람들 틈에서, 정원에서, 테이블 주변에서 그녀를 찾다가 안으로 들어가 보았다. 심지어 2층까지 뒤져봤으나 그림자도 보이지 않았다……. 증발해버린 것 같다. 결국 다시 정원으로 돌아와 그냥 기다려보기로 한다. 조만간 이쪽으로 지나가겠지 뭐. 몇 분 뒤 의자에 앉아 이브닝 백에서 아이폰을 꺼내 가이아에게 협박 문자메시지를 보낸다. 그러고 나서 통화를 해보려 하지만 그녀의 전화기가 꺼져 있다.

계속 눈으로 가이아를 찾는 사이 레오나르도가 갑자기 나타난다. 그가 내 옆에 앉더니 취조하는 눈으로 나를 본다.

"그래, 오늘 밤 재미있었어요?"

"네, 굉장히." 나는 원피스를 잡아당기며 내 의무, 즉 몸을 가리는 일을 하고 있다고 그에게 증명해 보이려 애쓴다.

"뭐 좀 먹었어요?"

"아, 조금……."

"조금이라고?" 그가 깜짝 놀라는 얼굴을 한다.

"음…… 내가 채식만 하거든요. 몇 년 전부터."

"아." 그가 웃는다. 내가 채식주의자라는 게 뭐 그리 재미있을까?

나는 화제를 바꿔보려 애쓴다. "쇼 굉장히 좋았어. 알아요? 당신이 만든 요리가 예술작품 같던걸요. 먹기 아까울 정도로 아름다웠어."

그가 머리를 옆으로 기울인다. "아름다운 건 먹을 수 없다고 누가 그래요?" 그가 뭔가를 감추고 있는 이상한 눈으로 나를 보며 말한다. "아름다우면 아름다울수록 더 먹고 싶다는 바람이 강렬해지는데……."

왜 그가 나와 관련된 이야기를 하는 것 같은 인상을 받은 걸까? 갑자기 그가 내 손을 잡더니 일어선다.

"가요, 특별한 걸 맛보게 해주고 싶어." 레오나르도가 이렇게 말하고 나를 몇 미터 밖으로, 여러 종류의 럼과 초콜릿이 놓인 테이블 근처로 끌고 간다.

"이건 내가 방금 만든 거예요." 그가 쟁반에서, 프랄린(설탕에 견과를 넣고 졸여 만든 것─옮긴이)을 넣고 꽃무늬를 섬세하게 새겨 꼭 작은 보석 같은 초콜릿 하나를 집어 든다.

"먹어봐." 먹지 않으면 꼭 죽일 듯한 눈빛으로 그가 재촉한다.

나는 입을 벌린다. 초콜릿이 깨지며 감귤 맛이 나는 부드러운 크림이 흘러나오는 게 느껴진다. 그 놀라운 맛을 계속 혀에 담아두려 애쓴다. 온몸 구석구석으로 퍼질 정도로 강렬한 쾌감을 발산시키는 맛이다.

"정말 맛있어." 나는 완전히 무장해제가 된 채 레오나르도를 본다. 내 얼굴에 오르가슴을 느낀 뒤와 같은 넋이 나간 표정이 남아 있으리라 생각하며, 그게 너무 표가 나지 않기만을 바랄 뿐이다.

"내가 거기에다 특별한 걸 넣었는데 당신은 그게 뭔지

잘 알 텐데." 그가 짓궂게 웃으며 내게 털어놓는다. 나는 깜짝 놀라 눈이 휘둥그레진다. 무얼 말하는지 알 것 같다.

"그래, 맞아⋯⋯. 석류즙이에요. 오렌지 과즙과 오렌지 꽃과 섞었지." 그가 엄지손가락으로 내 윗입술을 만진다. 아마 남아 있던 초콜릿을 닦아낸 모양이다.

세상에, 가이아의 말이 맞았어. 그는 지금 작업 중이야. 갑자기 가이아 생각이 난다. 긴장을 풀려고 이브닝 백을 뒤지며 휴대전화를 찾는다. 전화를 해보지만 여전히 꺼져 있다.

레오나르도가 위로하는 눈으로 나를 본다. "가이아를 찾는 거라면, 야코포와 같이 나가던데." 그가 내게 알려준다. "내 생각엔 안 돌아올 거 같은데." 재미있어하며 그가 덧붙인다.

"이곳에 날 혼자 놔두고 가버렸다고?"

"혼자라니, 나하고 같이 있잖아요." 그가 양미간을 찡그리며 정정한다. 진정해보려 하지만 소용이 없다. 내심 그가 보여주는 관심에 기쁘지만, 또 한편으로는 겁이 나서 그 순간 어디로든 달아나버리고 싶다.

"어쨌든, 너무 늦었어요." 내가 초조하게 웃는 시늉을 하며 말한다. "가봐야겠어."

"조금만 바래다줄게요."

"필요 없어요. 여기서 할 일이 있을 텐데."

"나 없어도 다 살아남을 수 있어요." 그가 손짓으로 문제없다는 시늉을 한다. "그리고 정말 조금 걷고 싶어." 그의 눈에 약탈물을 이빨로 문 약탈자 같은 만족감이 드러난다.

달아날 길이 없다.

너무 잘 알고 있어 어두워도 고양이처럼 자신 있게 길을 찾을 수 있는 골목들을 지나며 우리는 한참 동안 말없이 걷고 있다.

거리는 한적하다. 운하에서 짙은 수증기가 올라와 코로 스며들고 살 속으로, 뼛속까지 파고든다. 그러다가 갑자기 바로 그 순간, 누군가 방금 건축해놓은 것 같이, 산타 마리아 글로리오사 데이 프라리 성당이 나타난다.

"여기 내가 아주 좋아하는 티치아노 작품이 보관되어 있죠." 어색하기만 한 침묵을 깨기 위해서 나는 턱으로 성당을 가리키며 말한다. "가끔 그림을 보러 오곤 해요⋯⋯. 이유는 모르겠는데 영감을 받을 수 있을 것 같은 확신이 들거든."

"그래, 들어가 봐요. 궁금해." 그가 제안한다.

"무슨 소리예요, 들어갈 수 없어요. 밤에는 닫혀 있어서."

"큰 문제는 아닌 것 같은데." 그의 목소리에는 망설이는 기색이 전혀 없다.

레오나르도는 금방 성구보관실로 이어지는 쪽문을 찾아내 별로 힘들지 않게 연다. 그러고는 내 손을 잡아끌며 안으로 살며시 들어간다. 안 된다고 그에게 왜 말하지 못하는 걸까? 겁이 난다. 경보기가 울릴 수도 있고 누군가의 눈에

뜰 수도 있다. 간단히 말해 금지된 일이다. 나는 흥분이 되는 동시에 몹시 두렵기도 하다.

성구보관실을 통해 우리는 신도석 옆의 통로로 나와서 중앙 제단 앞으로 간다. 〈성모승천〉이 제단 뒤에 걸려 있다. 안은 완전히 깜깜했지만 그림 위의 조명이 아직 켜져 있었다. 그리고 아마 무인카메라도 함께 작동하고 있겠지. 적어도 내가 보기엔 그렇다. 완벽해! 신성한 공간에 무단침입한 죄로 잡혀가고 말걸!

"봐요, 이 그림이야." 다른 생각은 되도록 하지 않으려 애쓰며 그에게 말한다.

"굉장히 크네. 이렇게 클 거라고는 생각하지 못했어."

"맞아요. 높이가 거의 7미터예요."

"힘이 있어. 붉은색을 많이 썼고." 레오나르도가 감탄의 눈으로 바라보며 말한다.

"티치아노가 그 당시로서는 대담한 시도를 했죠." 내가 동의한다. "승천하는 성모 마리아의 옷을 붉은색으로 그린 화가는 어디에도 없었으니까."

"그게 이 그림을 좋아하는 이유인가요?"

"그뿐만 아니라…… 아래에서 위로 그림을 가로지르는 수직의 긴장감이 있어요." 손으로 그림의 움직임을 흉내 내며 내가 설명한다. "성모 마리아 쪽으로 두 팔을 벌리고 있는, 우리에게 등을 보인 저 사도 보여요? 꼭 마리아를 공중으로 던지고 있는 것 같아요. 그녀가 하늘로 승천할 수 있게 해주는 거죠."

"그러니까 당신 생각이 그렇다는 거지."

"그래요."

우리는 어깨를 맞대고 있다. 그와 몸이 닿자 온몸이 짜릿하다. 잠시 그와 눈이 마주치지만 재빨리 그림 쪽으로 눈길을 돌리고 계속 말한다.

"흥미로운 디테일이 있어요. 자세히 보면 마리아의 얼굴이 완전히 환하지는 않은데 이것은 그녀가 아직 최고천으로 올라가지 못했다는 의미지요. 그늘은 지상 세계를 상기시켜요. 마리아가 승천을 마칠 때까지 계속 연결되어 있어야 하는 세계죠."

레오나르도가 고개를 끄덕이며 말없이 그림을 본다. 어쩌면 내 말을 정말 흥미 있게 듣고 있는지도 모른다⋯⋯.

그의 머릿속에 어떤 생각이 떠오르는지 알고 싶지만―분명 뭔가 생각하고 있는 듯해서―물어볼 엄두는 내지 못한다.

"이제 나가요. 누가 와서 잡혀가기 전에." 내가 애원한다.

우리는 밖으로 나와 다시 걷기 시작한다. 걷는 속도와 방향은 내가 정한다. 레오나르도는 이 정도는 아무 일도 아니라는 듯 믿음직하고 참을성 있게 나를 호위한다. 어느 순간 그가 뒤처져 있다는 것을 알아차린다. 돌아보니 그가 다리 난간에 기대서 있다. 화려한 불빛으로 반짝이는 곤돌라를 바라보는 중이다. 그에게로 간다. 가까이 가서야 그가 곤 돌라를 바라보는 게 아니라는 걸 알게 된다. 그의 눈은 운하 의 물에 푹 빠져 있다.

"저 속에 대체 뭐가 있을까? 생각해본 적 있어요?" 그가 내게 묻는다.

나도 아래를 내려다본다. 그리고 그런 의문을 가져본 적 이 한 번도 없다는 걸 깨닫는다.

"이 도시는 물에 떠 있는 데에만 온 신경을 다 쏟느라 정 작 자신의 심장 속에 뭐가 있는지 생각해볼 겨를이 없죠." 내 가 나지막이 말한다.

레오나르도는 잠시 말없이 가만히 있는데 그 순간이 내 게는 아주 길게 느껴진다. 그가 내 쪽을 보며 속삭이듯 묻는 다. "모든 사물의 밑바닥에 뭐가 있는지 알고 싶지 않아요?" 이제 그가 검고 예리한 눈으로 나를 똑바로 보고 있다. 잠시 야수의 눈처럼 번득였지만 순간일 뿐이다. 그는 다시 친절한 미소를 지으며 난간에서 떨어져 걷기 시작한다.

나는 어쩔 줄 몰라 하며 그를 따라 걷는다. 가까이에 있 는 이 남자, 그의 말투와 그와의 접촉, 취할 것 같은 향기, 그 의 모든 것이 이상하게 나를 불안하게 만든다. 집에 거의 도 착해서 나는 헤어질 순간을 대비한다. 그가 키스를 하려고 할까? 필리포의 모습이 머릿속에 고무공처럼 튀어 올랐다가 금방 사라진다. 잡을 수 없는 이미지처럼.

내가 너무 공상에 빠져 앞서 나가는 걸까? 아마 레오나르도는 그녀, 모터보트의 여신과 지낼 것이다. 오늘 밤에는 그저 잠깐 걷고 싶었을 뿐이고 내게 키스할 생각 같은 건 없다. 하지만 솔직히 말하자면 두 번째 가정은 약간 실망스럽다.

"그 바이올리니스트가 애인이죠?" 나도 모르게 이런 말이 갑자기 튀어나온다. 그것도 큰 소리로 말했다는 사실조차 나는 거의 알아차리지 못한다.

레오나르도가 나를 보더니 웃는 시늉을 한다. "아니, 엘레나…… 난 애인을 가질 남자가 아니에요."

"아, 알았어요." 사실 전혀 이해할 수가 없다. '애인을 가질 남자'가 아니라는 말이 무슨 뜻이지? 독신으로 지내고 싶은 건가? 커플이 될 수 없다는 건가? 나는 잠시 동안 그가 수수께끼 같은 이 말을 해석할 만한 실마리를 줄 거라고 착각했다. 그러다가 더 묻고 싶은 질문들을 참는다. 이미 지나치게 많이 물었다.

마침내 우리 집 앞에 도착한다.

"고마워요, 다 왔어."

"천만에. 당신을 집에 데려다주는 게 즐거운 습관이 되어가고 있는걸." 그가 따뜻하고 듣기 좋은 목소리로 말한다.

"그럼, 잘 가요." 내가 한 발 다가간다.

레오나르도가 내 얼굴에 한 손을 올려놓더니 한 손가락으로 내 앞머리를 돌돌 만다. 숨이 막힐 것 같다. 그가 내 눈을 뚫어지게 보고 있다. 나는 조금 용기를 내서 그의 시선을 그대로 받는다. 그러다가 내 관심이 그의 입으로 급히 이동한다. 내 입술에 그의 입술을 느껴보고 싶다.

하지만 그가 눈을 감더니 모호하게 웃는다. 그러고는 손을 내 어깨 위로 떨군다.

"잘 있어요, 엘레나. 정말 멋진 밤이었어."

그가 내 이마에 가볍게 키스를 하고 몇 발짝 뒤로 물러난다. 그런 다음 돌아서서 재킷 주머니에 손을 찌르고 멀어져 간다. 나는 뺨이라도 맞은 듯 깜짝 놀라 그를 바라본다.

나는 계단을 달려 올라간다. 집으로 급히 들어가 원피스를 벗어 바닥에 던져버린다. 아무거나 손에 걸리는 티셔츠를 입고 화장도 지우지 않은 채 침대로 들어간다.

천장을 멍하니 바라보고 앉아 있자니 마음의 갈피를 잡을 수가 없다. 레오나르도 같은 남자가 나에게 관심이 있으리라 생각하다니 얼마나 멍청한가. 불쌍한 엘레나, 네가 착각한 거야! 그래도 그의 눈길, 내 입에 닿던 손가락, 내 머리를 쓰다듬던 손을 뇌리에서 지울 수가 없다……. 됐어, 엘레나, 이제 자. 그렇지 않으면 내일 일어나지 못할 거고 벽화도 끝낼 수 없어.

협탁 위의 아이패드를 들고 이어폰을 귀에 꽂는다. 티베트 음악이 나올 시간이다. 하늘이 무너져도 솟아날 구멍은 있으니까……. 보통 티베트 음악을 들으면 금방 깊은 잠에 빠진다.

잘 자, 엘레나. 생각은 이제 그만.

간밤에는 정말 오랜만에 숙면을 했다. 티베트 음악 덕분이었거나 지난 며칠간의 피로가 누적되었기 때문인지도 몰랐다. 사실 거의 반쯤은 혼수상태에 빠져 있어서 아침에 눈을 떴을 때는 시간 여행이라도 하고 온 기분이었다.

하지만 눈을 뜨자마자 생각들은 어젯밤 나를 괴롭히다만 바로 그 지점부터 정확히 다시 떠오르기 시작했다. 강렬한 매력과 신비함을 지닌 레오나르도가 금방 내 마음을 사로잡았다. 그렇지만 엄청난 자제력으로 그에 대한 생각을 떨쳐버리고 평정심을 조금이라도 되찾을 수 있었다.

이제 작업을 하면서 맑은 정신으로—말하자면—사건들을 다시 살펴보니, 어젯밤에는 여느 때처럼 내 환상에 마음을 빼앗기고 끌려갔다는 것을 깨닫는다. 레오나르도는 매우 신사적으로 나를 대했다. 그리고 그가 자신도 모르게 나를 유혹했다면 그건 전혀 다른 이야기다. 당장 머리에서 지워야 할 이야기다. 그가 지나가면 다른 날과 마찬가지로 인사를 하려 한다. 지난밤 함께 산책을 하지 않았던 것처럼, 아무런 감정도 느끼지 않는 것처럼 말이다. 하지만 안타깝게도 그런 감정이 생생하게 되살아나는 걸 막을 수가 없다. 지금도 마찬가지다. 엄청난 노력을 해야 할 것이다. 나는 놀라운 자제력의 소유자일까, 아닐까? 하지만 레오나르도는 이런 사실을 꿈에도 모르리라. 그는 나와 달리 이런 생각조차 하지 않을 게 분명하니 말이다.

자, 엘레나. 이제 네 일에 집중해.

도구를 바닥에 내려놓고 프레스코 벽화에서 약 2미터 정도 떨어진 현관 한가운데에 선다. 가끔은 내가 제대로 된 방향으로 작업을 진행하고 있는지 확인하기 위해 멀찌감치에서 색상을 살펴보아야 한다. 배경 쪽으로 시선을 돌렸다가 석류에 초점을 맞춘다. 이 거리에서 보니 거의 입체적으로 보인다. 잘 그려졌어. 나 자신이 자랑스럽다.

두어 걸음 뒤로 물러서다가 뭔가와 부딪힌다. 돌아볼 틈도 없이 힘센 두 손이 뒤에서 나를 감싼다. 레오나르도! 독특한 앰버 향기가 콧속으로 스며드는 사이, 부드러운 두 팔에 감싸인 내 몸이 그의 몸에 밀착된다.

그가 아무 말 없이 내 머리에 얼굴을 파묻고 내 냄새를 맡는다. 그리고 앞으로 몸을 숙이며 내 목에 뜨겁게 입을 맞춘다. 까칠한 그의 수염이 닿아 얼굴이 간지럽다. 뜨거운 떨림이 온몸으로 번지고 예기치 않은 격정적인 그의 애무에 아랫도리가 불덩이처럼 달아오른다.

어리둥절하다. 이런 일을 바랄 용기조차 없었는데, 그가 나를 원한다. 그가 여기 있다. 내게로 왔다.

레오나르도가 내 목에서 두건을 풀어 거칠게 바닥으로 던져버린다. 그런 다음 내 머리카락을 힘껏 움켜쥐며 귀에 대고 내 이름을 속삭인다.

"엘레나……." 그의 목소리는 강렬하다.

나는 온몸이 달아오르는 것을 느낀다. 뭐라 말할 힘조차 없다. 고백할 수 없었던 내 모든 환상이 이제 현실이 되어가고 있다. 그런데 난 정말 그를 원하는 걸까?

"문제가 하나 있어……." 그가 내 귀에 자신의 입술을 누른다.

그를 원한다…….

내 뺨을 쓰다듬던 손가락이 턱을 스친다. 잠시 후 그의 손이 작업복 위로 내려가 지퍼를 가슴까지 연다.

내 호흡이 빨라지고 심장도 쿵쿵거린다.

"진짜 문제는……." 그가 더 뜨겁고 육감적인 목소리로 계속해서 말한다. "당신을 원한다는 거야."

레오나르도가 나를 휙 돌려세운다. 나는 저항할 힘이 없는 인형 같다. 조용히 그가 하는 대로 내버려 두지만, 그와 눈이 마주치자마자 시선을 떨군다. 그가 두 손가락으로 내 턱을 잡아 자기 쪽으로 들어올린다. 이제 내 얼굴을 두 손으로 쥐고 내 입속에 혀를 들이민다. 그가 내게 키스를 하고 있다. 지금. 있을 수 없는 일이다.

지금까지 나를 이렇게 정복한 남자는 없었다. 강력하고 폭력적인 이런 키스에 정신이 아득하다. 나는 자제력을 잃고 있다. 그걸 느낀다.

그가 내게서 입술을 떼지 않은 채 빠른 손놀림으로 지퍼를 내려 작업복을 벗겨버린다. 작업복이 물감과 스펀지와 붓 사이로 떨어진다. 나는 금방 그 사실을 알아차렸지만 이미 너무 늦었다. 그리고 나 역시 먼지와 석회가루로 지저분한 바닥에, 아무렇게나 던져놓은 작업 도구들 한가운데에 눕는다. 꿈같지만 모두 현실이다. 차가운 타일 바닥, 뜨거운 나와 그의 몸. 지금 이 순간 난 더 바랄 게 없다.

미처 알아차리기도 전에 레오나르도가 내 위에 다리를 벌리고 앉아 있다. 한 손으로 내 두 손을 잡아 머리 위에 올려놓더니 마치 어떻게 해서도 도망치지 못하게 하려는 듯, 손목을 움직이지 못하게 손가락으로 누른다. 그렇게 하다가 물감컵들을 치는 바람에 물감이 솟구쳐 바닥으로 쏟아진다. 진홍색 물감이 바닥으로, 그의 손으로, 내 하얀 팔로 쏟아진다. 물감이 내 밑으로, 엉덩이를 따라 흐르는 게 느껴진다. 몸에 물감이 묻는 느낌을 참을 수가 없어서 일어나보려 하지만 그가 나를 거칠게 뒤로 민다.

"어떻게 하려고 그래?" 그가 속삭인다. "나 이 색깔 정말 좋아해." 그는 이렇게 말하면서 물감이 묻은 손으로 내 몸을, 머리에서 배까지 쓰다듬어 내 얼굴과 하얀 티셔츠에 핏빛 자국들을 남긴다.

나는 그의 힘에 제압당해 있다. 미칠 듯한 두려움과 욕망 때문이 심장이 두방망이질 친다. 그가 키스를 하는 동안 모든 게 선명하게 보인다. 나와, 그와, 이 텅 빈 팔라초와, 지금 우리가 하고 있는 행동이.

내가 주저하며 입술을 뗀다. "누가 들어올지도 모르는데……." 들릴락 말락 하게 소곤거린다.

"쉬잇. 아무 생각 하지 마." 레오나르도가 나를 뚫어지게 보더니 한 손가락을 내 입에 갖다 댄다. 그의 몸짓에는 자신감이 넘친다. 확고부동한 그의 태도가 나를 흥분시킨다.

레오나르도가 내 청바지와 티셔츠를 벗긴다. 욕망으로 불타는 눈이 내 위에 있다. 그의 혀가 다시 대담하게 내 입속으로 들어온다. 나는 그를 원한다. 나는 태연하게 그의 옷을 벗긴다. 평상시의 내가 아닌 나의 이런 모습을 어떻게 설명할 수가 없다. 그는 겉옷 안에 아무것도, 팬티도 입지 않았다. 흥분한 그의 몸이 내게로 들어올 준비를 한다.

그가 내 다리를 두 손으로 살짝 벌린 뒤 몸을 숙인다. 다리에 끝없이 입을 맞춘다. 그리고 서서히 허벅지 안쪽으로 혀를 움직여 올라오다가 검은 레이스 팬티를 이로 문다. 그의 손놀림에 따라 팬티가 바닥에 떨어져 뒹군다.

오늘 아침 늘 입던 스포츠 면 팬티를 입지 않은 게 천만 다행이다…….

그의 혀가 점점 가까워져 내 안으로 미끄러져 들어온다. 나는 이미 흠뻑 젖어 있어서, 그의 손이 닿자 천천히 몸이 열린다.

"상상했던 대로 좋은 맛이야. 먹게 해줘……."

그가 혀로 이리저리 돌아다니고 탐색한다. 나는 순수한 쾌감의 신음을 누를 수가 없다.

"좋아, 엘레나. 그렇게 해……." 그의 목소리는 욕망으로 들떠 있다.

나는 그의 머리를 들고 머리카락을 천천히 잡아당긴다. 그사이 그는 바지를 벗어버리고 완전히 알몸이 된다. 그의 바지는 순식간에 내 작업복 옆에 놓인다. 나는 다시 다리를 벌리고 매끄럽고 단단해진 그의 성기가 내 젖은 성기를 누르게 내버려 둔다.

이제 내가 누구인지도 모르겠다. 두렵기도 하면서 그와 동시에 레오나르도가 지금 하는 동작을 멈추지 않길 간절히 바란다. 그는 양미간을 찌푸리고 있다. 근육은 팽팽하게 긴장되었고 내 안에 모두 발산할 어마어마하게 강력한 힘을 가지고 있다. 그가 단 한 번의 격렬한 동작으로 안으로 들어온다. 그는 움직이지 않고 아래를 내려다본다. 욕망으로 시야가 흐릿해지고 취해 있는 내 눈과 마주친다.

"엘레나……" 그가 내 귀를 깨물며 속삭인다. "당신이 느껴져. 당신도 이걸 원하고 있어."

나는 눈을 감으며 탄식한다. "맞아, 원해." 내 목소리는 흥분으로 갈라진다.

그가 내 몸속에서 천천히, 마치 내가 깨지기라도 할까 겁이 나는 듯이, 애가 탈 정도로 느릿느릿 움직이기 시작한다. 그러다가 힘 있게, 충만함을 느끼게 깊이 밀어붙인다. 나는 이를 악물며 신음한다. 레오나르도가 속도를 내지만 잠깐일 뿐이다. 내 호흡이 짧아지고 그의 가슴이 발작적으로 위로 올라갔다가 내려온다. 나는 경련하며 두 다리로 그를 조인다. 그가 내 목에 계속 키스를 하며 다시 빠르게 움직인다. 레오나르도가 나를 먹고 있다.

"이걸 즐겨, 엘레나." 이번에는 그가 명령하듯 말한다. 하지만 말이 필요 없다…….

그의 몸의 무게가 느껴진다. 그는 내가 움직이지 못하게 두 손으로 내 손목을 잡고 있다. 나는 그의 포로가 되었다. 달아날 생각이 하나도 없는 포로가.

숨을 쉴 수가 없다. 피가 혈관 속으로 미친 듯이 흘러 다리 사이로 모두 몰려들고 있다. 서서히 번져가는 억제할 수 없는 쾌감이 아랫배 쪽에서 생기기 시작하더니 순식간에 폭발해서 온몸으로 번져나간다. 한참 동안 내 몸의 모든 분자들이 순수한 오르가슴으로 폭발해버린다. 제어할 수 없는 비명이 나도 모르게 터져 나온다. 간신히 그것을 누른다. 지금 그 비명이 바로 나다. 비록 내가 계속 알아차리지는 못하지만. 나는 몹시 충격을 받았고 나 자신에게 놀란다. 내가 이렇게까지 오르가슴을 느낄 수 있으리라고는 생각해보지 못했다.

레오나르도도 내 귀에 거의 짐승 같은 신음소리를 내뱉으며 절정에 도달한다. 그의 얼굴에 옅은 미소가 번진다. 그런 그의 모습이 훨씬 매력적으로 보인다. 나로 인해 그가 쾌감을 느끼고 있다.

우리는 한참 동안 자세를 바꾸지 않고 그대로 있었다. 얼마나 시간이 흘렀는지도 알 수 없다. 눈과 눈을 마주 보고, 입을 대고, 살을 맞대고 우리는 숨을 쉰다. 살아 있는 생생한 소리다. 내 마음속에서 감동이 강물처럼 흘러넘치는 소리다.

"움직이지 마." 잠시 후 레오나르도가 조그맣게 명령한다.

그가 내게서 몸을 떼고 내 옆에 누워 키스를 한다. 처음에는 가슴에, 이마에, 그리고 입에. 그러다가 팔베개를 해준다. 우리는 차가운 바닥도, 먼지도, 바닥에 번진 물감도 신경 쓰지 않은 채 알몸으로 그렇게, 잠시 꼭 껴안는다. 그가 숨을 내쉴 때 내가 고개를 들어 그의 가슴에 머리를 기댄다.

완벽한 만족감과 동시에 당혹감이 내 마음과 정신에서 다투고 있다. 정신을 다시 차리기가 몹시 힘들다. 나는 어디 있는 거지? 나는 누구지? 누구의 사람이지? 한 시간 전의 엘레나는 너무나 멀리 있어 비현실적으로 보인다.

갑자기 목에서 그의 가벼운 숨결이 느껴진다.

"하지 마, 제발." 내가 불평한다. "그러면 소름이 돋아, 추워." 나는 고슴도치처럼 몸을 웅크린다.

레오나르도가 웃으며 뒤에서 나를 포옹해 내 몸을 완전히 감싸며 자신의 체온을 전한다. "내 방으로 올라갈까?"

그래.

아니.

난 이제 내가 뭘 원하는지도 제대로 알지 못한다. 너무 혼란스러워 이성적인 판단을 전혀 할 수가 없다. 그러다가 최근의 섹스가 떠올랐다. 필리포와의. 이 두 번의 섹스 사이에는 공통점이 전혀 없는 기분이다. 아니 어쩌면 내가 완전히 이성을 잃어서인지도 모른다. 지금 일어난 일을 분석해볼 필요가 있다.

"집에 돌아가는 게 좋겠어." 내가 서둘러 말한다. 겨우 일어서자 머리가 약간 핑 돈다. 그래도 일어설 수는 있다. 석회가루가 하얗게 묻은 티셔츠를 집어서 브래지어도 하지 않고 입는다. 빈 물감컵과 용해제 유리병 사이에 끼어 있는 팬티를 찾아 입는다.

레오나르도도 나를 따라 일어선다. 알몸으로 서니 더욱 힘이 있어 보인다. 넓은 어깨에 탄력 있는 상체, 단단한 엉덩이에 다리가 길고 근육이 튼튼하다. 그의 검은 눈이 웃고 있다. 웃으며 생긴 얼굴 양쪽의 잔주름이, 아직도 욕망이 묻어나는 남성적인 그의 얼굴을 부드럽게 해준다. 나는 그렇게 야성적인 그 육체에 홀려 바지를 입는 그를 감탄의 눈으로 가만히 바라본다. 그때 어깨뼈 사이에서 문신 하나를 발견한다. 이상한 부호로, 일종의 고딕 글자 같은데 쉽게 해석할 수가 없다. 닻 모양이지만 뒤얽힌 글자가 끈에 연결된 게 틀림없다. 바다 냄새가 나는 듯하고 아주 오래된 느낌이다. 레오나르도와 관련된 다른 모든 것들처럼 그 역시 비밀스럽다. 문신이 무슨 의미가 있는 건지 묻고 싶은 유혹이 생겼지만 그가 나를 향해 돌아서자 용기가 나지 않는다.

레오나르도가 셔츠를 입으며 가슴을 드러낸 채 다가와 내 팔을 살며시 만진다. "이런, 괜찮아?"

"괜찮아." 나는 약간 당황해하며 말한다. 내 생각이 개업식 이후의 우리의 산책으로 순식간에 되돌아간다. 어제저녁 내내 그는 내게서 눈을 떼지 않았고 집까지 바래다줬으며, 그렇게 싱겁게 가버려 실망감이 뒤섞인 쓸쓸한 기분을 맛보게 했다.

"어제저녁엔 왜 키스하려고 하지 않았어?" 내가 묻는다.

"당신이 그걸 기대하고 있어서." 그가 내 허리를 잡고 자신의 몸에 밀착시킨다. "전혀 준비 없이 맞을 때 훨씬 더 즐거운 일들이 있거든."

그의 말이 맞다. 어제저녁 나는 불안감과 기대감에 짓눌려 있었다. 아마 어제였다면 이렇게까지 일이 진행되지 않았으리라. 그러니까 레오나르도는 나의 정신 상태를 완벽하게 파악하고 있고, 내 욕망을 조종하는 걸 즐기고 있다. 이러한 사실은 알게 되었지만 나 자신은 잘 모르겠다. 마음이 편하지는 않다.

조금 멀리 떨어져, 이렇게 날카로운 그의 시선을 피해야 겠다는 생각이 든다. 부드럽게 그의 팔을 푼다.

"그만…… 이제…… 가볼래."

내 옷을 다 주워서 최대한 단정하게 옷매무새를 정리한 뒤 해답 없는 의문의 수수께끼만을 가지고 서둘러 밖으로 나온다.

나는 하루 종일 가수(假睡) 상태에 빠져 있었다. 그 시간 내내 집 안에서 로봇처럼 움직이며 뭔가 생산적인 일을 해보려고 애썼지만 생각은 계속 레오나르도를 좇아 달렸다. 불과 몇 시간 전 그와 경험한 감동이 이따금 되살아나 배 속에 작은 나선을 만들어냈다. 그 나선들이 가차 없이 내 위를 조인다.

이제 밤 9시다. 방금 바스마티 라이스(히말라야에서 생산되는 최고급 벼의 품종─옮긴이) 몇 알을 겨우 삼켰다. 생각을 다른 데로 돌려보려는 부질없는 시도를 하며 정성스레 준비한 밥이었다. 일부러 꺼두었던 아이폰을 켠다. 외부의 개입 없이 혼자 생각들을 정리하고 싶다. 휴대전화 화면이 환하게 밝아지더니 한 번 진동을 하고 다시 한 번, 그리고 또다시 진동을 하며 깜빡거린다. 문자메시지 세 개, 전부 필리포에게서 온 거다.

비비, 별일 없어?

왜 답이 없지? 걱정시키지 마…….

오늘 밤 스카이프 할까?

얼굴이 불이 난 듯 달아오르고 배에 극심한 통증이 느껴진다. 얼마 먹지도 않은 밥알이 갑자기 납으로 변한 듯하다. 지금까지 구름 속에 있었는데 필리포의 문자메시지가 나를 현실로 데려온다. "미안해. 다른 남자하고 자느라 정신이 없어서 답을 할 수가 없었어." 내가 정말 정직했다면 이렇게 문자를 보내야 할 거다. 하지만 그렇게 하지 않을 게 분명하고 이런 나에게 놀라지 않을 수가 없다.

약간 불안한 마음으로 소파에 앉아 노트북을 켠다. 필리포가 접속 중이다. 벌써 나를 스카이프에 초대하는 메시지를 보냈다. 영상통화를 별로 좋아하지 않지만 우리가 얼굴을 볼 수 있는 방법은 이것뿐이다. 그리고 오늘 그런 일이 있고 난 뒤 이런 식으로 그를 보는 게 어떤 영향을 줄지 모르겠다.

숨을 깊이 들이쉬고 초록 버튼을 클릭한다. 그리고 통화를 시작한다. 그가 즉시 응답해서 내 앞에 나타나는데 실제의 그와 많이 다르다. 훨씬 홀쭉하고 며칠 동안 면도도 못 한 얼굴이 마치 딴사람 같다. 지쳐 보인다.

"비비, 오늘 어디 갔었어?" 그가 약간 걱정스레 말을 꺼낸다. "내 문자 봤어?"

익숙한 그의 목소리와 얼굴을 보자 갑자기 마음이 따뜻해진다. 영상을 통해서지만 필리포의 존재는 나를 편안하게 해주는 힘을 가지고 있다. 나를 구체적인 삶으로, 나를 배신하지 않을 안정된 삶으로 다시 데려다 놓는다.

"응, 미안. 전화기가 완전히 방전됐는데 충전기를 안 가지고 갔어. 집에 이제야 들어왔거든."

"여전히 프레스코 벽화에 매달려 있는 거야?"

"음, 그렇지……." 침을 삼키며 당혹감을 눌러버린다. 난 거짓말에 서투르다.

"너무 무리하지 않기로 나랑 약속했잖아." 필리포가 나무란다. "그래도 작업에 몰두해 있으니 기쁜데. 그렇게 하다 보면 예상보다 빨리 끝낼 수 있을 테니까."

"그렇게 되면 좋겠지." 나는 별 확신 없이 억지로 미소를 지어보려 한다. 이제 안정감이 약간의 불편한 감정과 뒤섞인다. 그리고 죄책감과도. 그가 나를 본다. 멀리 떨어져 있기는 해도 그런 감정을 다 떨쳐버리려고 애쓴다. 기본적으로, 난 아무도 배신하지 않았고 나쁜 짓을 하지도 않았어,라고 속으로 생각한다.

"그건 그렇고 수염 기르는 거야? 그러니까 보기 좋아!"

실제로 살짝 긴 수염이 그에게 잘 어울린다. 더 경험이 풍부해 보이고 더 섹시하기도 하다. 필리포가 섹시하다는 걸 잊으면 안 된다.

"정말 그렇게 생각하는 거 아니지. 아침마다 면도할 시간도 없어." 그가 한 손으로 뺨을 만진다. "일 때문에 미칠 지경이야!"

"렌초 피아노가 일을 많이 맡겼어?" 필리포의 표정이 우스꽝스러워 웃음이 난다.

"아, 그 사람하고는 아무 상관 없어…… 현장 점검 나왔을 때 한 번 얼핏 본 게 전부야. 그리고 나서는 그 사람에게는 신경 쓰지 않았어."

잠깐 침묵이 흐르고 그사이 나는 이런 대화가 무슨 소용이 있을지 자문해본다. 아무 일도 없었던 듯, 마치 우리 사이가 예전과 다름없다는 듯 필리포와 이야기를 하고 있지만 사실 오늘 아침부터 내 마음속의 무엇인가가 크게 변해버렸다. 나는 그 생각을 하지 않으려 애쓰며 되는 대로 아무 질문이나 던져본다.

"그래, 로마 생활은 어때?"

"잘 지내고 있어, 비비. 그런데 네가 보고 싶어. 게다가 로마 날씨는 항상 봄 같아."

"너무 부러운걸……."

"오늘 밤 네 눈이 별처럼 반짝이는 거 알아?" 갑자기 그가 말한다. "다른 때보다 훨씬 예뻐 보여."

맙소사, 방금 남자와 관계를 마친 여자의 얼굴이다. 홍조가 얼굴로 번지지 않게 하려고 애써본다.

"고마워……."

"그거 알아, 비비? 나 계속 우리가 같이 보낸 그날 밤 생각이 나……." 이제 그가 목소리를 조금 깐다. "너를 안고 자고 싶어 미칠 것 같아."

나는 입술을 깨문다.

"응, 나도 너 보고 싶어." 네가 여기 있었다면 레오나르도가 아니라 너와 다시 잤겠지. 잠을 자다……. 섹스라고 우린 말한다. 아니 어쩌면 아닐 수도 있다……. 어떻게 되었을지 누가 알겠는가?

"주말에 로마에 올 계획인 거 맞지?"

"응……." 난 거짓말을 한다. 필리포가 눈치 채지 않길 바라며. "아직은 상황을 보고 계획을 좀 세워봐야 해."

"좋아." 필리포의 눈에서 실망감을 읽을 수 있다. "너무 오래 생각하지 마……." 그가 부탁한다.

나는 화제를 돌려보려 필사적으로 애쓴다.

"오늘 밤엔 뭐해?"

"작업 설계도를 끝내야 해." 그가 한숨을 쉰다. "그리고 영감을 받았으니 어쩌면 네 초상화도 한 장 그릴지 몰라. 내가 기억하는 그날 밤 모습으로……."

"에이, 그러면 내가 괜히 우쭐하잖아, 그렇지만……" 내가 웃는다. 하지만 몹시 초조해진다. "됐어, 이제 일해."

"오케이. 그렇지만 또 일주일 동안 통화도 못 하면 안돼. 네가 보고 싶어서 자꾸 엉뚱한 생각을 하게 된단 말이야……."

"오케이."

"비비……." 그가 정말 내 앞에 있기라도 한 듯 내 눈을 뚫어지게 본다. "사랑해." 그러더니 웹캠에 키스를 한다.

깊은 한숨이 내 입에서 새어 나온다.

"나도."

이제 더 이상 그의 눈을 볼 수가 없다.

걱정과 고민과 불안 속에서 밤을 보냈다. 하지만 아침이 되어 뜨거운 물로 샤워를 하는 동안 모든 게 훨씬 선명해졌다. 샤워를 하는 10분 동안 난 항상 생각을 깔끔하게 정리하곤 한다. 쏟아지는 뜨거운 물에 생각들이 씻겨 사라지는 걸 즐긴다. 머리를 감는 동안 아몬드 오일 샴푸의 관능적인 냄새를 맡으며 여러 생각들은 가장 단순한 선택으로 이어진다. 오늘은 일하러 가지 않겠다는.

레오나르도와 대면할 생각은 꿈에도 없다. 그에게 무슨 말을 해야 할지 모르겠고 무엇보다 그에게 어떤 태도를 기대해야 할지도 모르겠다. 게다가 우리는 아직 서로의 전화번호도 모른다. 얼마나 다행인지! 그러니 그가 내게 연락할 수도 없고 나도 그에게 문자를 보내고 싶은 유혹이 생기지 않을 것이다. 이런 사실에 왠지 마음이 놓인다. 어제는 너무 아름다웠고 격정적이었다. 그걸 부정하지는 않는다. 난 위선자가 아니니까. 하지만 너무나 순식간에, 예기치 못한 상황에서 벌어진 일이어서 아직도 믿을 수가 없다. 그와의 관계로 인해 나는 새롭고 혼란스러운 감각의 심연으로 빠져들었고 아직도 거기서 벗어날 수가 없다. 게다가 필리포와의 전화는 내 혼란을 가중시켰다.

이 때문에 오늘 아침 집에 머물면서 편안하다고 내 스스로를 속이고 있다. 청소를 하고—청소는 언제나 필요한 상태이므로 괜한 핑계만은 아니다—냉장고가 또 텅 비었으니 장을 보러 슈퍼에 가야지. 그러다 보면 기분 전환이 좀 되지 않을까.

갑자기 초인종 소리가 들린다. 누구인지 알 것 같다. 그렇게 버튼을 정확히 10초 동안 쉴 새 없이 누르는 사람은 딱 한 사람뿐이다.

나는 최악의 상황을 대비하며 인터폰 수화기를 든다.
"가이아?"

"왜 이렇게 늦게 받아?" 날카로운 목소리에 고막이 터질 것 같다. "올라가도 돼? 혹시 네 침대에 알몸의 남자가 누워 있는 거 아냐? 맙소사, 그래도 그런 건 내게 일도 아니야······."

"올라와, 문 열렸어."

이제 어떻게 한다? 다 이야기할까, 말까?

특유의 고양이 같은 걸음으로 나를 향해 다가오는 가이아를 보면서도 나는 이럴까 저럴까 망설인다.

"왜 아직도 집에 있어? 널 만나려고 팔라초에 갔었는데······."

"오늘 일하러 안 갔어."

"어머, 어디 아픈 거야?" 가이아가 내 얼굴을 유심히 보면서 묻는다. 사실을 설명해봐야 진짜 피곤하기만 하리라는 걸 알기 때문에 그녀가 생각하는 대로 그냥 내버려 두기로 작정한다. 그리고 이제 기운도 없다. 거짓말하는 게 아니라 그냥 생략하는 거야, 나는 속으로 생각한다. 이렇게 생각하자 양심의 가책은 느껴지지 않는다.

"생리 시작할 때가 된 것 같아······. 머리도 좀 아프고." 이렇게 대답하고는 더 믿을 수 있게 하려고 소파에 털썩 주저앉아 데이지꽃과 하트 무늬 패치워크 담요를 다리에 덮는다. 지난 크리스마스에 엄마에게 선물 받은 담요다. 엄마는 이 담요를 만드느라 두 달 반 동안 바늘과 실을(그리고 돋보기도) 손에서 놓지 않았다. 그 뒤 우울하고 나른한 날에 안성맞춤인 담요가 되었다.

"오늘 아침에 눈을 뜨자마자 편두통이 왔어." 나는 괴로운 표정을 짓는다. 가이아가 소파 밑에 웅크리고 앉는다.

"불쌍한 내 친구……." 그녀는 너무 안됐다는 듯 내 뺨을 어루만진다.

내 연기가 지나쳤나. 막 그런 생각이 든다. 나는 전략을 바꾼다. "지금은 훨씬 좋아졌어."

"뭐 좀 먹을래?"

"아냐, 필요 없어. 조금 있으면 괜찮아질 거야. 항상 그렇거든."

"내가 수천 번도 더 말했지. 넌 가끔 좀 쉬어야 해." 가이아가 심각한 얼굴로 고개를 젓는다. "그 벽화 때문에 너 미치고 말 거야."

어쩌면 꼭 프레스코 벽화 때문만은 아닐 수도 있어…….

"어쨌든 놀라운 뉴스를 전하러 왔어." 그녀가 갑자기 교활한 표정을 짓더니 내 다리를 밀고 옆에 앉는다.

"설마……." 나는 이미 사태를 다 파악했다. "야코포 브란돌리니!"

그녀가 행복해하며 고개를 끄덕인다. "개업식 날 밤에 그렇게 됐어." 행복이 넘치는 얼굴로 가이아가 말한다. "그건 그렇고 그날 그렇게 사라져버려서 미안해. 하지만 네가 잘 알다시피 내가……."

한밤중에 날 버려두고 가버린 기억이 갑자기 떠올라 최

대한 화가 난 얼굴을 한다. "사실 너한테 이 말 꼭 하고 싶었어. 나쁜 계집애."

"알아, 알아. 그래도 좋은 일 때문이었으니……." 가이아가 방어를 하듯 두 손을 든다. "어쩌면 레오나르도가 기분 나빴을지도 모르겠어. 그래도 어쨌든 우리를 다시 만나게 해준 사람이 레오나르도였으니까."

"무슨 말이야?"

"갑자기 레오나르도가 내게 와서 이러더라. '디저트 뷔페가 마련됐는데, 가서 맛보지 않을래요?' 너를 기다리고 있다고 말했는데 계속 고집을 부리더라고. 어떤 디저트들은 따뜻할 때 즉석에서 먹어야 한다고 하면서 말이야."

나는 주의 깊게 가이아의 말을 듣는다.

"결국 레오나르도의 말을 듣기로 했지." 가이아가 계속해서 말한다. "뷔페로 갔더니 거기 누가 있었는지 알아? 바로 야코포야. 꼭 나를 기다리고 있던 것 같더라고. 그때부터 얘기를 나누기 시작했고 그러다가 시간 가는 줄 몰랐던 거지."

그러니까 레오나르도가 그 모든 일을 꾸며냈던 거다. 나와 단둘이 있고 싶어 가이아를 야코포의 품으로 떠밀었다! 이런 감격스러운 사실을 알게 되자 너무 기뻐 나도 모르게 몸이 살짝 떨렸다.

"그건 그렇고 브란돌리니는 어때?" 곧 내가 관심을 돌리며 묻는다.

"매력적이고 똑똑하고 말도 못하게 친절해. 내가 만났던 남자들과 너무 달라 보여……. 마음에 들어."

세상에, 가이아는 벌써 마음을 빼앗겼다.

"잤어?" 내가 단도직입적으로 물어본다.

"그게……" 가이아가 잠시 눈을 내리깐다. 그러다가 다시 눈을 들고 얼굴이 환해질 정도로 의기양양하게 미소를 짓는다. "응, 당연히 잤지! 날 뭘로 보는 거야?"

나는 웃으며 주먹으로 그녀의 어깨를 가볍게 친다.

"날 자기 집으로 초대했어. 리알토 다리 뒤 팔라초에 살더라. 벽마다 프레스코 벽화가 장식되어 있고 천장이 격자무늬 패널로 된 굉장한 저택이야. 동화 속 주인공이 된 기분이었어. 정말로. 무도회에 간 신데렐라 같다고나 할까. 약간 어리둥절하기도 했지. 너도 알다시피 난 그런 감정을 느껴본 적이 없거든……."

양념을 곁들여 재미있게 이야기를 들려주는 가이아에게 넋을 잃고 가만히 듣고만 있다. 적어도 그녀는 내가 다른 생각에 빠지지 않게 하는 데 성공한 것이다. "그래서?"

"그렇게 그 사람이 날 정복했지. 싫다고 말할 수도 없었어." 그녀가 한숨을 쉰다. "아니, 정정해야겠다. 싫다고 말하고 싶지 않았어."

"그 사람이 어떻게 하던?"

"굉장히 잘했다고 할 수 있지……." 가이아의 얼굴로 보아 브란돌리니는 자기가 해야 할 일을 제대로 할 줄 아는 사람이라는 걸 알 수 있었다.

"다른 섹스와는 차원이 달랐어. 아주 부드럽고 세심하고, 날 편안하게 해주려고 신경을 많이 썼어……." 꿈을 꾸는 듯한 눈으로 그녀가 말한다.

나는 잠시 레오나르도와의 애무를 다시 떠올려본다. 그러자 배가 움찔한다.

"그래서 넌 어때? 그 사람에게 다시 기회를 주고 싶어? 다시 만날 거야?"

"물론이지, 엘레! 벌써 내일 저녁 식사에 초대받았는 걸……." 그녀 주위에 행복의 비눗방울들이 떠다니는 것 같다. 이런 그녀를 보니 나도 행복하다.

"그러면, 그럴 만한 가치가 있었으니, 날 버리고 간 건 용서해줄게." 내가 엄숙하게 말한다.

"좋아, 내 얘긴 이제 됐고…… 그날 넌 뭐 했어? 나한테 뭐 숨기는 거 없겠지?"

"없어. 난 그냥 집에 왔어."

그런데 나는 왜 둘도 없는 친구에게 거짓말을 하는 걸까? 그녀에게 말해야 하는 거 아닐까? 한편으로는 말을 하고 싶기도 하지만 아직 생각을 좀 더 정리할 필요가 있다. 누군가에게, 그게 내겐 친자매 같은 가이아일지라도 이야기를 하다 보면 더 혼란스러워질까 봐 겁이 난다. 레오나르도의 이름이 새어 나오는 걸 막기라도 하듯 나는 입술을 깨문다. 대신 그보다 작은 일을 하나 솔직히 고백하기로 한다.

"있잖아, 할 얘기가 하나 있어."

가이아가 갑자기 허리를 똑바로 펴고 앉는다. 안테나가 그녀의 머리에서 튀어나오는 것 같다. "말해봐, 열심히 들어줄게."

"필리포하고 관련된 거야."

가이아가 나를 자세히 살펴본다. 벌써 내가 무슨 말을 할지 직감하고 있다.

"그래…… 우리 같이 잤어."

"할렐루야!" 그녀가 손뼉을 치며 외친다.

"잠깐만, 너무 앞서가지 마. 불시에 벌어진 일이거든. 필리포가 떠나기 전에. 우린 아무 약속도 하지 않았어. 우리 사이가 어떻게 끝날지 아무도 몰라……."

가이아가 소파에서 깡충깡충 뛰기 시작한다. "어떻게 끝날지가 뭐 중요해! 중요한 건 시작했다는 거지." 그러다가 입을 다물고 걱정스러운 듯 나를 본다. "행복하지 않아?"

"행복해. 하지만 난 천천히 가고 싶어. 필하고는 정말 중요한 뭔가가 있을 수 있거든. 우리 우정이 조금이라도 깨지는 건 원치 않아……." 내가 숨을 깊이 들이쉰다. "어쨌든 필이 로마에 있으니 연애를 시작하기에는 아직 적당하지 않아. 이 점에 대해서는 둘 다 동의했어."

"너무 걱정이 많아, 엘레. 늘 그렇지만. 너희 둘이 누가 봐도 잘 어울려. 내가 맨날 그랬잖아."

나는 억지로 미소를 지어 보인다. 필리포가 내게 딱 맞는 사람, 안정적이고 깊은 관계를 유지해갈 사람이라는 걸 나도 안다. 내가 그를 원하기만 하면 더 이상 필요한 게 없다. 그리고 어쩌면 레오나르도가 내 모든 계획과 욕망을 뒤흔들어놓기 전까지는 필리포를 원했을지도 모른다. 하지만 지금은 내가 뭘 원하는지도 알 수 없다. 가이아는 이런 걸 꿈에도 상상조차 하지 못하리라.

"그동안 통화는 했었어?"

"그럼, 어제도 스카이프로 영상통화 했어."

"어쨌든 힘내, 엘레. 로마가 바다 건너에 있는 것도 아니잖아. 난 벨로티 때문에 벨기에까지 달려갔었는데." 가이아가 진지하게 말한다. 그녀는 그 사이클 선수 때문에 말도 안 되는 거리를 오가곤 했다. 솔직히 나는 아직도 그가 가이아의 인생에서 어떤 위치였는지 알 수가 없다. "내 생각엔 네가 필리포를 만나러 가서 깜짝 놀라게 해줘야 할 것 같은데." 가이아가 계속 나를 부추긴다.

"생각해볼게."

"아니야. 너무 오래 생각하면 안 돼." 그녀가 내 머리를 톡톡 친다. "가끔 여기를 좀 쉬게 해줘봐! 그러니까 두통이 생기는 거야."

내가 웃는다. 솔직히 말하면 조금 전까지는 가짜였는데 이제 정말 머리가 아팠다. 너무 혼란스러워서 어서 잠을 자고 더 이상 아무 생각도 하고 싶지 않을 뿐이다.

가이아가 소파에서 일어나 핸드백을 어깨에 멘다. 갈 준비가 되었다는 신호다. 나는 안도감을 느낀다.

"갈게. 필요한 거 있으면 전화해."

"걱정하지 마, 나 괜찮아."

"그래, 물론……. 바닥에 쓰러져 다 죽어가도 넌 그렇게 말할걸."

제발, 바닥 얘기는 하지 마. 레오나르도를, 사방에, 바닥과 내 몸에 흐르던 빨간 물감을 떠올리지 않을 수 없으니까.

"잘 가. 나중에 전화로 야코포와 저녁 데이트 어땠는지 얘기해줘."

"당연하지, 진행 상황 알려줄게." 나는 그녀가 날 힘껏 껴안게 내버려 둔다.

가이아가 가고 난 뒤 나는 페기 구겐하임 박물관 쪽으로 산책을 나갔다. 오후 2시가 다 되어간다. 이 시간에는 돌아다니는 사람이 별로 없다. 관광객들은 레스토랑에 모여 있고 도르소두로 구역의 베네치아인들은 어김없이 낮잠을 잔다. 오늘은 노르스름한 기가 도는 분홍빛의 태양, 따스한 10월 태양의 손길을 느끼고 싶다. 푼타 델라 도가나 미술관까지 빠른 걸음으로 걸어갔다가 돌아오는 길에는 내가 베네치아에서 가장 좋아하는 장소 중 하나인 바르바로 광장에서 잠시 걸음을 멈춘다. 잘 알려지지 않았고 관광객들이 자주 다니는 길에서 멀리 떨어진 작은 광장이다. 생각들이 공허하게 머릿속을 맴돌 때면 종종 이곳에 온다. 그러면 항상 마법 같은 일이 벌어지곤 한다. 무슨 이유 때문인지는 알 수 없지만.

태양의 온기가 배어 있는 돌다리의 마지막 계단에 앉는다. 그리고 잡초 몇 포기가 삐죽 자라난 돌벽에 몸을 기댄다. 여기서 보면 모든 게 한결 부드러워 보인다. 헐벗은 나무 두 그루를 감싸는 햇살이 희미하게 반짝이는 무수한 작은 별들 같다. 광장 한가운데에는 장미들로 뒤덮인 화단이 있다. 신기하게도 이 장미들은 1년 열두 달, 겨울까지 피어 있다.

지금 이 순간 마음과 생각이 풀 수 없게 뒤얽힌 실타래 같다는 걸 부정해보려고, 아니 눌러보려고 해보지만 소용이 없다. 말 그대로 어떻게 해야 할지 알 수가 없다.

사실 내 기억 속에 떠올랐다 사라지는 것은 생각이라기보다 레오나르도의 이미지, 흐릿한 사진 같은 모습들이다. 불가해한 그의 눈과 웃을 때면 입가에 생기던 주름살, 힘센 손, 내 몸 위에 있던 활력 넘치던 육체. 그리고 그 문신. 그러다가 갑자기 이상한 예감에 사로잡힌다. 레오나르도 때문에 내가 상처를 입을 수도 있다는 생각이 든다. 이런 게임을 즐긴 대가가 내 파멸일지도 모른다는 예감.

그러면 필리포는? 이 게임에서 무슨 역할을 맡은 걸까? 그에게도 강한 뭔가를 느끼지만 근본적으로 다르다. 서로 이해하는 우리 사이에는 친숙하고 잘 알려진 뭔가가 있다. 특히 우리의 관계는 지성적이고 애정이 넘친다. 필리포와의 섹스는 부드럽고 섬세하다. 오래전부터 알고 지냈고 서로 사랑하는 사람 사이의 섹스처럼.

레오나르도와의 섹스는 반대로 우리들의 몸의 욕망이 시키는 대로 진행하는 육체적인 충돌, 이전에는 한 번도 경험하지 못한 무엇인가와 같다. 어쩌면 이 때문에 나는 계속 그 생각을 멈출 수 없는지도 모른다.

장미에서 눈을 들어 내 밑으로 유유히 흐르는 운하의 물을 가만히 바라본다. 그다지 생기 있는 색이 아니다. 흐릿하다. 하지만 보통 때처럼 별 신경을 쓰지 않는다. 갑자기 레오나르도를 다시 만나는 일이 그리 두렵게 느껴지지 않는다.

사실 여러 가지 생각들로 혼란스럽지만 난 아직 그를 원한다. 수천 가지 의심들을 떨칠 수 없지만 이 사실만은 분명하다.

오늘은 결전의 날이다. 레오나르도를 만나서 그에게 말하려 한다. 내가 어떤 사람이고 그에게 무엇을 원하는지를. 여태 한 번도 내가 먼저 남자에게 이런 식으로 접근해본 적은 없다. 어떻게 해야 하는지도 모른다. 가이아처럼 먼저 적극적으로 나서서 내가 원하는 바를 밝히는 재주도 없다. 하지만 이번에는 시도를 해봐야 한다. 이번에는 다르다. 레오나르도를 가지려면 내 쪽에서 평상시보다 훨씬 더 용기를 내야 할 것 같은 느낌이 든다.

샤워를 마치고 나와 거울 앞에 선다. 거울의 뿌연 김을 한 손으로 닦아낸다. 그러자 거울에 내 모습이 비친다. 변함없는 나의 모습. 동그란 얼굴, 물이 들어가 약간 충혈된 검은 눈, 갈색 단발머리에서는 어깨 위로 물이 뚝뚝 떨어진다. 하지만 뭔가 변화가 있다. 어제부터 새로운 욕망이 나의 세계에 자리를 잡았다. 옛 주민들을 짜증스럽게 하는 성가신 새 입주민처럼.

다른 날 아침과 똑같이, 평상시처럼 행동하려 애쓴다. 사실 그를 만나러 가고 있기는 하지만 그저 직장에 출근하고 있을 뿐이라고 나 자신을 납득시켜야 한다.

모든 생각들을 떨쳐버리고 나갈 준비를 마친다. 머리를 말린 뒤 부드러운 청바지에 얇은 양모 스웨터를 입고 트렌치코트를 어깨에 걸치고 카 레초니코까지 바포레토를 탄다. 주랑 아래 가판대에서 『라 레푸블리카』를 한 부 사고 팔라초에 도착해 계단을 오른다. 일상적으로 하는 행동 하나하나가 레오나르도를 향해 가는 여정이다.

그러나 팔라초에 도착해보니 레오나르도가 없다.

그를 불러본다. 대답이 없다. 그가 허리에 수건을 두른 채 갑자기 욕실에서 나올지도 모른다는 희망으로 현관에서 잠시 기다려본다. 하지만 아무 기척도 없다. 단념을 하고 정원에 있는 프랑코에게 물어본다. 그는 보지 못했다고 대답한다. 오늘 아침 일찍 나간 게 틀림없다. 나는 제일 먼저 이렇게 추측해본다. 이 외에는 다른 생각이 나지 않는다.

그래서 여기, 브란돌리니 레스토랑 앞의 산 폴로 광장에 왔고 들어가야 할지 말지 망설이는 중이다. 마음은 그러라고 하지만 머리는 아니어서 몇 시간 전부터 나를 괴롭히는 하나의 생각을 놓고 마음과 머리가 싸우는 중이다. 나는 그를 보고 싶다.

열려 있는 레스토랑 문이 마치 나를 부르는 듯하다. 저

문을 넘기만 하면 된다. 그리고 나는 그렇게 한다.

"저기 포도주 상자 여섯 개 빨리 안으로 들여다 놔요, 곧 필요하니……. 조심 좀 해요, 제기랄! 이 사시카이아 포도주가 얼마나 비싼지 알아! 당신들이 꿈만 꾸지 살 엄두도 못 내는 자동차만큼이나 비싸다고! 당신들에게 주문하는 건 이번이 마지막이오."

레오나르도의 목소리다. 말투만 듣고는 용기가 나지 않는다. 어떻게 해야 할지 알 수가 없다. 시간이 시간이니만큼 레스토랑 안에는 종업원 말고는 아직 아무도 없다. 종업원 중 한 사람이 나를 보았다. 어느새 내 쪽으로 오면서 '지금은 영업시간이 아닙니다, 조금 있다 다시 와주십시오'라고 정중하게 말할 준비를 하지만 내가 그보다 먼저 입을 연다.

"안녕하세요, 레오나르도를 만나러 왔어요." 내게로 향한 시선에서, 투철한 직업정신으로 적절히 숨기고 있기는 하지만 모종의 호기심이 언뜻 비친다. 난 그저 레오나르도를 만나고 싶어, 그리고…… 이야기를 하고 싶어, 나 자신에게 이렇게 되뇐다. 그와 어떤 대화를 나눌지 준비를 하며 여기까지 왔고 그 내용은 머릿속에 새겨져 있다.

"저 밖에 계시는 것 같은데요." 종업원이 안쪽의 정원을 가리키며 말한다.

"감사해요." 나는 조그맣게 말하고 정원으로 나가는 프랑스식 창문 쪽으로 급히 간다.

레오나르도는 내 존재를 금방 알아차리지 못한다. 그는 혼자다. 분명 불쌍한 배달부들이 서둘러 임무를 마치고 사라져버린 게 틀림없다. 그는 누군가와 통화 중이다. 성난 얼굴로 보아 그다지 유쾌하지 않은 전화가 분명하다. 갑자기 그가 전화를 끊는다. 하지만 잠시 심각하고 괴로운 표정 그대로 어딘지 알 수 없는 바닥의 한 지점을 뚫어지게 보고 있다. 그렇게 찌푸린 얼굴은 처음 본다. 무슨 일로 그렇게 동요하고 있는지 전혀 짐작조차 할 수 없다. 나를 보자마자 그의 얼굴에 평상시처럼 미소가 돌아왔으므로 그에게 물어볼 용기도 낼 수 없었다. 내가 그곳에 있는 게 당연하기라도 한 듯 레오나르도가 자연스레 인사한다.

"어디로 사라졌었어?" 그가 몇 발짝 다가오며 묻는다. "전화번호를 알았더라면 전화했을 텐데……."

"맞아, 우리 아직 전화번호도 모르고 있지." 내가 발을 내려다보며 말한다. 끌려 들어갈 것 같은 그의 눈을 마주 보고 있기가 힘들다.

"좋아, 지금 알아두자." 그는 아직 휴대전화를 손에 들고 있다. 갑자기 내 전화번호가 생각이 안 난다. 잠시 초인적인 노력으로 생각해내고는 복잡한 철자를 불러주기라도 하듯 그에게 번호를 말한다.

레오나르도가 입력을 하고 내게 전화를 건다. 오리 울음소리의 호출음을 제거해버린 게 천만다행이다.

"내 질문에 아직 대답 안 했는데." 그가 나를 뚫어지게 보며 계속 묻는다. "어제 무슨 일로 일하러 오지 않았어?"

이야기를 시작할 최고의 기회다. 나는 한 손으로 머리를 쓸어 넘기고 목청을 가다듬는다. 준비가 됐다.

"혼자 좀 있어야 할 것 같아서. 알잖아, 그저께 일 때문에 약간 혼란스러웠어." 내가 단숨에 말해버린다. 레오나르도는 전혀 놀라는 눈치가 아니다. 입가에 이상한 미소가 살짝 맴돌고 일종의 사악한 기쁨으로 눈이 빛난다. "그래서 이야기를 하고 싶어서……" 나는 갑자기 말을 중단한다.

조금 전의 종업원이 우리 곁을 지나가자 레오나르도가 고갯짓을 하고 그도 고개를 끄덕인다. 레오나르도는 지금 일을 하는 중이고 어쩌면 내가 그의 시간을 빼앗고 있는지도 모른다.

"바쁘면 다음에 만나서 얘기해도 돼." 내가 자기방어 태세를 갖춘다.

그가 잠시 주위를 둘러본다. "여기 일이 30분 정도 남았어. 몇 가지 문제를 해결해야 해서." 그러더니 휴대전화를 본다. 어떤 생각을 따라가듯 잠시 그는 그대로 꼼짝하지 않는다. "프라리 성당에서 기다려도 괜찮겠어? 거기서 기다리면 11시경에 갈게."

"좋아." 그런 제안이 상당히 어리둥절하지만 이렇게 대답한다. 지금까지 성당 앞에서, 그것도 프라리 앞에서 약속을 해본 적은 단 한 번도 없다. "왜 하필 거기야?" 내가 대담하게 묻는다.

"글쎄, 멋진 장소니까."

나는 15분 전부터 프라리 성당의 화려한 중앙 회랑 신도석 세 번째 줄의 불편한 의자에 앉아 있다. 공기 중에서 봉헌초의 연기와 뒤섞인 향냄새가 난다. 밖에 있자니 강한 바람이 불기 시작해서 안으로 들어오기로 했다. 아무도 나를 주목하지 않기를 바란다. 나는 차분히 생각을 집중하고 자리에 앉아 있다. 가끔 출입문 쪽을 본다. 레오나르도가 곧 올 거라고 생각하자 초조함과 흥분으로 가슴이 부풀어 오른다. 성당 앞에 내가 없으면 안에 있을 거라 생각하겠지. 어쨌든 이제 그의 전화번호를 아니 언제든 전화할 수 있다.

주위를 둘러보다 보니 내가 파티장에 무단으로 침입한 사람 같은 기분이 든다. 신도석에는 몇몇 사람이 앉아 기도를 하고 있고 방문객 몇 사람이 조용히 예의를 갖춰 교회 안을 둘러본다. 대부분은 티치아노의 〈성모승천〉 앞에서 걸음을 멈추고 그림을 감상한다. 햇살 때문에 그림이 한층 아름답다. 유리창으로 스며들어온 햇살이 그림 위에 우아하게 반사되고, 색깔은 더할 나위 없이 생생해 보인다.

"그러니까 나하고 섹스를 해서 당신이 그렇게 혼란에 빠졌다는 거지……." 누군가 내 귀에 속삭이는 소리가 들린다.

레오나르도가 옆에 와서 앉는다. 나는 재빨리 돌아본다. 갑자기 가슴이 다시 두근거리기 시작한다. 그는 내가 아까 중단한 그 말에 이어 다른 말을 계속하길 기다리며 나를 똑바로 본다.

"그래, 그랬어." 내가 시인한다. 그리고 숨을 깊이 들이쉰다. "어쩌면 너무 뜻밖의 일이어서일지도 몰라. 나는 그렇게 쉽게 나를 맡기는 여자가 아니야. 그렇지만 당신은……" 나는 망설인다. 준비한 말이 떠오르지 않는다. 갑자기 모든 말이 의미가 없고 구태의연해 보인다. "있지, 봐, 어떻게 말해야 할지 모르겠어……"

"이미 만나는 사람이 있지, 지금 내게 말하려고 하는 게 이거 아냐, 맞지?" 그가 직접적으로, 솔직하게 나온다. 지금 나의 상황을 변명하지도 않고 말을 돌리지도 않은 채 털어놓게 만든다.

"아니, 그것 때문이 아니야." 내가 고개를 젓는다. "그저 계까지만 해도 다른 누군가를 좋아한다고 생각했어……. 하지만 지금은 확신이 없어."

필리포의 얼굴이 내 앞에 나타난다. 그런데 이 순간에는 내가 준비했던 대화처럼, 과거에 흘러간 사람으로만 보일 뿐이다. 그 사실을 깨닫자 가슴에 찌를 듯한 통증이 느껴진다.

"그럼, 무슨 문제가 있는 거지, 엘레나?" 그가 재촉한다.

"아주 좋았어. 어쩌면 너무 좋았는지도 몰라. 그건 딱 한

번 일어난 일이고 성급한 결정이었다고, 내가 거의 하지 않는 그런 일이라고 나 자신을 설득해보았어. 그리고 우리 두 사람은 서로 전혀 상관이 없다고 말이야. 결론적으로 말하면, 이 일은 여기서 끝내는 게 좋다고 믿고 싶었어. 그런데 계속 당신이 생각나……. 그리고 똑같은 일이 다시 일어나길 바라고 있어."

자, 이제 말했다. 내가 준비한 말은 아니었지만, 교회 신도석에서 할 말은 아니었지만 말이다! 내 뺨은 말 그대로 불이 난 것 같다.

레오나르도는 아무 반응도 보이지 않는다. 적어도 겉으로 보기에는. 이 때문에 나는 더욱 난처한 기분이다. 한참 동안 그의 시선이 〈성모승천〉 위를 맴돈다. 나는 숨이 멎을 것 같다. 판결을 기다리는 죄수처럼 그의 말을 기다린다.

잠시 후 그가 아무 말 없이 내 손을 잡아 나를 그림 앞으로 데려간다. 우리 옆에 다른 사람들이 서 있다. 레오나르도가 내 뒤에 서서 귀에 대고 천천히 말한다.

"내가 왜 여기서 만나자고 했는지 알아, 엘레나?"

나는 당황해서 말을 잃고 고개를 젓는다.

"당신에게 이 그림 이야기를 듣고 나자 이 그림이 내 마음속에 깊은 인상을 남겼어. 그날 밤 이후로 이 그림 생각 많이 했어."

나는 눈을 들어 그림을 본다.

"당신이 왜 이 그림을 그렇게 좋아하는지 알 것 같아. 당신은 저 마리아처럼 되고 싶은 거야." 레오나르도가 계속해서 말한다. 그의 가벼운 입김이 내 머리카락을 스친다.

"당신에게 상처를 줄 수도 있는 모든 것에서 멀어져 저 위의 당신 세상에 있고 싶은 거지. 간단히 말해, 그게 당신 운명이라고 생각하고 있어."

나는 그렇게 멀리 있는, 너무나 평온하고 신성불가침한 성스러운 마리아를 본다. 레오나르도의 말이 맞는다는 걸, 나도 그렇게 생각하고 싶다는 걸 깨닫는다.

그가 더 가까이 다가온다. 그의 열기가 느껴진다. 여기, 이 신성한 장소에서, 우리의 존재를 거의 알아차리지 못하는 사람들 속에서 이상하게 흥분이 된다. 그가 악령처럼 내 귀에 대고 계속 속삭인다.

"이제 저 사도를 봐. 그날 밤 당신이 저 사도는 마리아가 하늘로 올라가길 기도하고 있다고, 마리아를 하늘로 던지는 것 같다고 했잖아."

"맞아, 사실이야." 그렇다, 적어도 예술사의 기본 지식은 다른 확실한 지식들과 함께 아직 날 떠나지 않았다.

"그런데 당신 생각이 틀린 거라면?" 그가 힘껏 내 어깨를 감싼다. "난 오히려 저 사도가 마리아를 부르고 있다고, 지상에 잡아두고 마리아의 육체적 욕망을 되찾아주려 한다고 생각하고 싶어……."

나는 그렇게는 한 번도 생각해보지 않았다. 이제 완전히 다른 관점에서 그림을 관찰해본다. 그리고 초현실적이기는 하지만 그러한 해석 역시 가능하다는 것을 깨닫는다. 하지만 레오나르도가 무슨 말을 하려는지 아직도 알 수가 없다. 방금, 어디서 용기가 났는지는 모르지만, 그와 다시 관계를 하고 싶다고 말했는데 그는 〈성모승천〉에 대한 새로운 해석을 제시하는 것으로 내게 대답을 대신하고 있다. 나는 정말 혼란스럽고 다리에 힘이 빠져 오래 서 있지 못할까 봐 걱정되기 시작했다.

"왜 이런 이야기를 하는 거야?" 내가 가느다란 목소리로 묻는다. 더 이상 버틸 수가 없다.

그가 내 허리를 잡아 자기 쪽으로 돌려세우며 내 눈을 도전적으로 바라본다. "내가 당신을 지상으로 데려오고 싶으니까, 엘레나."

이제 우리는 얼굴이 스칠 정도로 가깝다. 나는 다른 사람들이 눈치 채지 못하길 바라면서 주위를 둘러본다. 하지만 그는 다른 사람의 시선에는 신경을 쓰지 않은 채 계속 뜨거운 말들을 쏟아낸다.

"나도 당신을 다시 원해, 수천 번 더. 하지만 내 식으로야. 난 그렇게 천상에 사는 듯이, 지적인 표정을 한 당신의 그 가면 뒤에 뭐가 숨겨져 있는지 보고 싶어…… 진짜 엘레나를 알고 싶어. 엘레나의 삶을 뒤흔들어놓고 싶어."

나는 침을 삼킨다. 내 삶을 뒤흔들어놓고 싶다고. 그를 바라보자니 지금 그 말을 완벽하게 이해할 수 있을 것 같다. 등줄기가 오싹하다.

"당신을 처음 만난 날 당신은 그 벽화에 온통 집중해 있었지. 수줍어하던 모습, 순수한 분위기에 난 매료되어버렸어. 저항할 수 없게 매력적이었어. 그런데 난 어떻게 할 수가 없었어. 당신을 그 벽화에서 완전히 떼어낼 때까지 난 평화를 얻을 수 없을 거야."

갑자기 가슴속에 뜨거운 불길이 이는 게 느껴진다. 마치 그가 내 마음속에 발화 물질이라도 집어넣은 듯이.

"당신은 내가 하는 대로 가만히 있어야 해. 내가 당신을 리드하게 내버려 둔다고 약속해…… 난 당신에게 쾌감을 느낄 수 있는 방법을 죄다 가르쳐주고 싶어." 그의 목소리는 이제 신음과 속삭임이 뒤섞여 매혹적이다.

나는 아무 말도 하지 않는다. 지금 그의 제안을 내가 제대로 이해했는지 모르겠다. 다만 직감만 할 수 있을 뿐이다. 그 제안은 내 존재를 근본적으로 바꾸게 될 위험천만한 계약이나 동의 같은 느낌이 든다. 그래서 그것을 진짜 받아들이고 싶은지 정확히 알 수가 없다. 하지만 내 온몸의 세포가 유혹당하고 있다. 낯설고 위험한 뭔가로부터 유혹받았을 때만 느낄 수 있는 기분이다.

레오나르도는 나의 당혹감을 직감하고는 내 손을 잡고

성당 옆쪽의 출구를 통해 나를 밖으로 끌고 나간다. 우리가 나간 곳은 사람들 눈에 띄지 않는 막다른 골목이다. 그가 칠이 벗겨진 성구보관실 벽으로 나를 밀고 내 턱을 든다.

"내가 하는 말 알아들었어, 엘레나?"

"잘 모르겠어⋯⋯." 내가 조그맣게 말한다.

"당신이 지금 낭만적인 사랑을 원한다면 나는 거기에 맞는 사람이 아니야. 따분한 일상에서 아주 조금 벗어나볼 생각을 하고 있다면, 글쎄, 당신이 길을 잘못 든 거야, 엘레나. 나는 지금 당신에게 여행을 제안하는 거야. 당신을 영원히 바꿔주게 될 경험이지."

나는 숨을 몰아쉬며 그의 손에서 벗어나 보려고 한다. 그에게서 멀어지는 건 내가 가장 원하지 않는 일이기는 해도 말이다.

"내가 당신에게 몰두할게. 당신 몸이 금지와 터부를 위해 만들어진 게 아니라는 걸 가르쳐줄게. 당신 감각을 단 하나의 목적, 쾌락을 위해 어떻게 사용해야 할지 보여줄게. 하지만 당신이 나를 전적으로 신뢰해야 해. 그리고 내가 요구하는 대로 할 준비가 되어 있어야 하지."

그가 여기서 말을 멈추고 내 눈 속으로 들어오기라도 할 것처럼 나를 뚫어지게 본다.

"내가 요구하는 것 전부. 터무니없어 보이거나 잘못된 것 같아 보여도 말이야."

그의 목소리는 위압적이지 않다. 전혀. 오히려 설득력이 있어서 빌어먹게도 저항할 수가 없다. 춤을 추러 가자거나 포도주 한잔하자고 권하는 것 같다. 그럴 때도 지금과 똑같이 했을 게 분명하다.

"생각을 좀 해봐야 해." 내가 애원한다. "지금은…… 뭐라 대답해야 할지 모르겠어……."

"아니 여기서 선택해야 해, 지금." 그는 완강하다. "이게 당신이 통과해야 할 첫 번째 시험이거든. 받아들이든지 포기하든지."

나는 숨을 죽인다. 눈을 감고 마치 절벽에서 뛰어내리기라도 할 듯 마음의 준비를 한다. 허공으로 점프. 지금 내가 하고 있는 일이다. 수영도 제대로 할 줄 모르는 내가, 항상 최대한 신중하게 결정을 내리곤 하던 내가, 충동적으로 뭔가를 하는 타입이 아닌 내가 지금 내 인생에서 가장 어리석은 일, 그래서 어쩌면 가장 옳을 수도 있는 일을 하고 있다.

"좋아." 나는 겁을 잔뜩 집어먹은 채 대답한다.

"좋아?" 그가 되묻는다.

"그래, 나 준비됐어." 마침내 내가 눈을 뜬다.

나는 여기 그의 품 안에 다시 뛰어들었다. 지금 이 순간 나는 아직 살아 있다. 레오나르도가 빙그레 웃으며 격렬하게 키스를 한다. 아직 흥분으로 떨고 있는 내 입술 안으로 혀를 다 집어넣는다. 그가 잠시 떨어지더니 내가 정말 거기 있는지 확인이라도 하려는 듯 내 눈을 본다. 그리고 다시 더 탐욕스럽게 키스를 하며 내 입술을 깨물기도 한다. 그의 손이 내 청바지 속으로 대담하게 들어오더니 꼭 가야 할 곳을 실수 없이 찾아내 정신이 아찔해질 정도의 쾌감을 선사한다.

"오늘 당신이 작업을 하다가 내 생각을 열렬히 해줬으면 좋겠어. 그러다가 지금 내가 하고 있는 이 행동을 혼자 하는 거야. 오르가슴에 오를 때까지." 그가 계속 애무를 하며 속삭인다.

"안 돼, 제발……" 내가 반대한다. "좋은 생각이 아닌 것 같아……. 너무 당황스러워. 내가 할 수……"

레오나르도가 한 손으로 내 입을 막아 더 이상 말을 못 하게 만들며 살인자 같은 눈으로 나를 노려본다. "당신이 할 일은 바로 이거야. 결정은 내가 해. 당신은 아무 말 없이 날 믿어야 해. 방금 당신이 승낙한 거 기억하지?"

갑자기 내 의지가 사라져버린다.

"좋아, 해볼게."

"훌륭해, 엘레나. 그 말 들으니 좋아……"

그가 계속 내 성기를 더듬고 다른 한 손으로는 젖꼭지를 어루만진다. 나는 욕정으로 불타는 눈길을 다른 곳으로 돌린다. 벌써 아랫도리가 젖어버렸고 흥분했지만 혼자서 할 때도 이와 똑같은 쾌감을 느낄 수 있을지 모르겠다. 나는 내 몸을 만지는 데 익숙하지 않다.

끝까지 가고 싶은 욕망이 자꾸만 커지는데 갑자기 레오나르도가 내게서 몸을 떼어 당황스럽고 불만스럽다. 그가 사디스트적인 미소를 지으며 일부러 그랬다고 말한다.

"난 가봐야 해. 오늘 저녁에 퇴근하고 집에서 봐." 그가 두 손으로 벽을 짚고 내 얼굴에 자신의 얼굴을 가까이 가져온다. "잘 기억해, 엘레나. 지금부터 당신은 내 거야." 그가 다시 키스를 하고 떠나려고 한다.

"레오나르도……" 내가 그의 팔을 잡고 세운다. "이유만 말해줘. 왜 이러는지."

그가 고개를 옆으로 기울인다. 그의 입가에 솔직하면서도 사악한 미소가 감돈다. "내가 원하니까. 당신을 미칠 정도로 좋아하니까."

당황하는 나를 보자 그가 적당한 말을 다시 찾으려는 듯 한숨을 내쉰다.

"내 말 잘 들어, 엘레나. 내가 하는 것, 혹은 내가 하지 않기로 선택한 것 모두가 쾌락주의를 따른 거야. 이것 말고 다른 자극이나 동기는 없어. 나는 이성의 힘을 믿지 않아. 도덕의 힘도 마찬가지지. 난 경험이 많기 때문에 당신이 고통을 원하지 않아도 어쨌든 고통스러울 거라는 걸 알아. 그러니까 고통을 피할 수 없고 완벽한 행복은 존재하지 않으니, 남는 건 쾌락밖에 없는 거지. 그래서 난 집요하게 쾌락을 찾고 있어. 당신은 아직 모르겠지만."

나는 할 말을 잃는다. 이제 그의 얼굴에서 사투를 벌이는 사람의 준엄함과 그의 어깨에 새겨진 문신처럼 숨겨져 있고 지워지지 않는 고통을 본다. 그러나 그 오만한 눈길과 온 세계에 도전하는 듯한 그 미소 속에서 삶에 대한 갈망과 결코 무엇에도 굴복하지 않는 사람의 용기도 보인다.

당신은 미스터리야, 레오나르도. 지금은 내가 전혀 풀 수 없는 수수께끼야. 하지만 어쨌든 나는 지금 여기 있어. 오늘부터 난 당신 거야.

하루 종일 다른 생각을 할 수가 없다. 여러 차례 벽화 작업을 중지하고, 레오나르도가 명령한 대로 따르기 위해 화장실로 가본다. 하지만 비극이다. 나 자신이 더럽게 느껴진다. 뿐만 아니라 누구에게인지 잘 모르겠지만 죄책감을 느낀다.

거울을 보지 않으면서, 청바지를 볼 수 있을 정도로 작업복의 지퍼를 내린다. 세 번째 시도다. 눈을 감고 레오나르도와 그의 뜨거운 키스, 내 몸 위에 있던 그의 벗은 몸을 떠올린다. 그리고 소심하게 한 손을 팬티 속에 집어넣고 불두덩 위로 살며시 움직인다. 외음부는 건조한 채 반응을 보이지 않으며 이런 접촉을 격렬하게 거부한다. 자신 없는 내 손놀림을 밀어내기라도 하듯 아무리 접촉을 해도 반응이 없다. 눈을 뜨고 한숨을 쉬며 욕조 가장자리에 앉아 두 팔을 무릎 위로 늘어뜨린다. 내가 내 몸과 친하지 않다는 걸 깨달는다. 내 몸은 차단과 금지로 뒤덮였다. 어쩌면 내 스스로에게 기쁨을 주려는 시도를 한 번도 해보지 않았기에 항상 다른 사람이, 내가 관계한 몇 안 되는 남자들이 주는 쾌락에 나를 맡겼는지도 모른다. 솔직히 레오나르도와 관계를 하고 난 지금, 그들이 내가 갈망할 수 있는 최대치의 쾌락을 준 건지 의문이 생긴다.

다시 집중을 해보려 한다. 하지만 손을 뻗으려 하자마자 휴대전화의 진동음이 들려 급히 동작을 멈춘다. 작업복 바깥 주머니를 흘깃 본다. 그리고 전화기 화면에 나타난 필리포의 이름을 확인한다. 믿을 수 없다. 대체 왜 하필 지금 내게 전화를 하는 거야, 필? 나와의 거리를 확인하는 중? 이미 모든 게 이렇게 복잡해졌는데……. 갑자기 나 자신이 우스꽝스럽다.

됐어, 나는 포기한다. 나는 레오나르도가 생각하는 여자가 아니다. 이게 전부다. 아니면 내 관능성을 발산하는 일이 나 혼자서는 도달할 수 없는 목표일지도 모른다.

나는 작업복을 벗었다. 좌절감을 느끼며 집으로 돌아가려 했다. 나의 에로틱한 첫 여행은 실패로 끝났다.

비겁하게도 나는 레오나르도가 돌아오기 전에 사라져버리고 싶었다. 하지만 도구를 씻는 일이 보통 때보다 힘들었다. 그래서 내가 팔라초에서 나가기도 전에 그가 왔고 나는 지금 그의 품에 안겨 있다. 적어도 이런 상황을 조금도 바라지 않았다고는 말할 수 없다…….

"차오, 엘레나. 나한테 할 말 없어?" 그가 속삭이듯 묻는다.

난 거짓말을 하고 싶다. 모두 다 잘되었다고, 내 몸 구석구석에 불꽃이 있다고 말하고 싶다. 하지만 하지 못한다. 내 얼굴이 벌써 사실을 말하고 있으리라 생각한다.

"해봤어."

"해봤구나." 그가 진지하게 나를 살핀다.

"그렇지만……" 그가 어떤 반응을 보일지 걱정이 되어 한숨을 쉰다. "정말 잘 안 됐어."

"가자, 내 방으로 올라가자." 그가 화가 난 것 같지는 않다. 그는 아마 예상했는지도 모른다. 이게 더 상처다. 나는 주저하며 그의 손에 끌려 따라간다. 그가 무슨 생각을 하는지 알 수 없지만 이런 식으로 나를 꽉 잡으면 안심이 된다.

내가 이미 아는 방이다. 지난번 가이아와 몰래 들어왔던 날과 거의 똑같이 어수선하다. 침대는 흐트러져 있다. 샴페인 병과 마리화나는 없지만 그때와 똑같이 관능적인 분위기가 느껴지고, 벽과 시트에 배어 있는 강렬한 앰버향이 난다.

레오나르도가 나를 침대로 민다. 그는 내 앞에 서 있다.

"옷 벗어." 그가 명령한다. "당신이 할 줄 아는지 보고 싶어."

나는 침대 가장자리에 앉아 두 손으로 시트를 꽉 잡는다. 식은땀이 등을 타고 흘러내린다. 앞에 있는 거울에 불안해하는 내 모습이 비친다. 완벽한 몸매의 섹시한 바이올리니스트가 여기 있었다고 생각하자 순간 기분이 나빠진다. 아직 뭔가를 해보려 시도하기도 전에.

"어서, 엘레나." 레오나르도가 두 손으로 내 머리를 잡으며 격려한다. "옷 벗어. 지금 나쁜 짓 하는 게 절대 아니야."

남자 앞에서 옷을 벗는 게 내게는 단순한 일도 자연스러운 일도 아니다. 불편하다. 옷을 벗을 때는 늘 당황스러워서 관계를 시작하기 전에 먼저 불을 끄곤 했다. 간단히 말해 다른 사람의 눈에 내 맨몸을 드러낸다는 건 상당한 스트레스를 유발하는 일이다.

나는 천천히 일어나서 그의 앞에 선다. 떨리는 손으로 티셔츠를 벗고 브래지어 차림이 된다. 하지만 레오나르도의 준엄한 시선을 보고 이것마저도 벗어야 한다는 걸 직감한다. 뒤의 호크를 열고 그의 도움을 받아 팔에서 브래지어를 뺀다.

"당신 가슴을 보면 아찔해. 이렇게…… 부드럽고 풍만하니." 그가 부드럽게 가슴을 어루만진다. 그러더니 내 목덜미의 한 부분에 키스를 하는데 그의 혀가 닿자마자 다리에 힘이 풀려 무릎을 구부리게 될 정도로 감각적이다. "하지만 이제 당신 혼자 해야 해."

나는 손을 가슴골 사이로 가져가서 가슴을 한쪽씩 어루만지기 시작하다가 유두 주위를 손가락으로 꽉 쥔다.

"그렇지, 엘레나…… 이제 다른 쪽 가슴에도 신경을 좀 써봐." 그가 이렇게 명령하며 다시 목덜미에 키스를 한다.

나는 긴장을 풀려고 애쓰며 그가 말한 대로 한다. 그의 몸짓과 말이 내 몸을 더 신뢰하라고 격려라도 하듯이 말이다.

"잘하고 있어……." 그의 눈에 욕망이 번득인다. 그가 내 팔을 잡아 아랫배 쪽으로 가져간다. "이제 천천히 손을 아래로 가져가 봐. 안에 넣어."

나는 지금 그의 밑에 누워 있을 때보다 훨씬 더 상처 입기 쉬운 무방비 상태다. 이 모든 행동 속에 몹시 에로틱하고 금지된 뭔가가 있다. 불안감으로 속이 답답하지만 이제 멈출 수 없고 그걸 원하지도 않는다는 걸 안다.

나는 청바지에 손을 넣은 뒤 기타줄을 튕기듯 손가락을 앞뒤로 움직이기 시작한다. 이런 나를 지켜보며 그가 흡족해하리라고 확신한다. 하지만 나는 집어삼킬 듯한 그의 시선 앞에서 완전히 속수무책으로 노출된 기분이다.

"다른 누구보다 당신이 스스로에게 쾌감을 주는 법을 잘 알 거야." 그가 내게 자신감을 준다. "당신 자신을 아는 법을 배워야 해……."

그가 내게 달려들어 한 손을 내 청바지 속에 넣고 나를 간지럽힌다. 그를 느낄 수 있다. 그가 대음순의 바깥쪽에 손가락 끝을 대더니 손가락 안에 성기가 다 들어가게 위로 민다. 내 욕정에 불을 붙이는 진한 마사지다.

레오나르도가 자신의 셔츠를 벗고 내 바지와 팬티를 벗

긴다. 그리고 침대 가장자리에 앉아 나를 자기 쪽으로 끌어당겨 그의 맨가슴에 내 등이 닿게 한다. 그가 앞으로 몸을 숙이자 그의 부드러운 입술이 닿아 내 목이 떨린다. 그의 입김이 닿자 유두가 즉각 반응한다. 벌거벗은 내 몸이 거울에 비춰져 마치 거칠게 뺨을 때리듯 잔인하고 폭력적으로 나를 공격한다. 난 그 모습을 보고 있을 수 없어 고개를 돌린다. 레오나로도가 내 턱을 잡아 거울 속의 내 모습을 향해 다시 돌려놓는다.

"얼마나 아름다운지 봐, 엘레나. 당신은 당신 몸을 사랑할 줄 알아야 해. 당신에게, 그리고 내게 쾌락을 선물할 테니 자랑스러워해야 해."

그렇게 해보려 했으나 어렵다. 벌거벗은 내 몸, 노출된 성기, 음란한 내 자세를 보자 자랑스러움은커녕 수치심만이 온몸으로 느껴진다. 레오나르도가 내 손을 잡아 촉촉하고 따뜻한 내 성기 위에 올려놓는다.

"계속 만져봐." 그가 내 귀에 대고 속삭이다. "멈추지 말고."

난 눈을 감고 그대로 한다. 적어도 눈을 감으면 당혹감을 이겨낼 수 있으니까. 천천히 외음부가 젖어오는 것을 느끼는 사이 레오나르도가 이제 오일에 뒤덮인 두 손을 내 가슴에 얹는다. 기분 좋은 장미향이 내 살을 애무한다. 그의 손가락이 내 몸 위에서 가볍게 움직이다가 둘째손가락과 가운뎃손가락으로 단단해진 유두를 잡는다. 두 손가락에 힘을 주어 유두를 꽉 쥐면서 두 손으로는 내 가슴을 누른다. 흡사 형태를 만들어야 하는 반죽을 주무르려는 것 같다. 오로지 레오나르도와 함께해야만 말로 표현할 수 없는 이런 쾌락을 느껴볼 수 있다. 다른 그 누구와도 아닌.

"손끝으로 해봐. 지금은 그걸 이용해야 해. 당신 자신을 다 거기에 담아." 그가 내 손목을 잡더니 바로 불두덩 위에 올려놓는다.

내 손은 알고자 하는 욕망에 떠밀려 탐색을 하지만 여전히 자신 없이 움직인다.

"이제 내 손가락으로 해봐…… 쾌감이 훨씬 더 느껴지면……." 그가 내 가슴에서 한 손을 떼며 속삭인다. "하지만 당신이 직접 그렇게 하면 좋겠어. 조금만 더."

나는 부드럽게 그의 손을 잡아 그의 손가락을 내 속으로 집어넣고 클리토리스를 따라 위아래로 누른다.

그러다가 갑자기 레오나르도가 내 손에서 자기 손을 뺀다. 가볍고 부드럽게, 허벅지 안쪽을 살짝 스칠 정도로 애무를 시작한다. 그런데 그 이상으로 올라오지 않고 내가 다리를 완전히 벌리고 내 골반이 둥글게 휘어지기 시작하고서야 다시 계속한다. 그의 손가락이 외음순 사이로 미끄러지며 작은 원을 그리듯 움직이고 살짝 누르기도 하며 그곳을 자극한다. 엄지손가락과 둘째손가락으로 외음순의 한쪽을 쥐고 그 끝부분을 부드럽게 누르더니 손가락을 안에 넣고 곡선을 그리듯 위아래로 움직인다. 다른 쪽에도 똑같은 동작을 한다. 쾌락의 물결이 온몸으로 퍼져나간다.

그의 손가락에 따라 내가 움직이기 시작하자 그가 손가락으로 클리토리스를 살짝 누르며 애무를 하다가, 다시 아래로 내려와 외음부가 그를 받아들일 때를 기다린다.

"이제 눈을 떠, 엘레." 그가 내 귀에 대고 속삭인다. "당신이 나를 보면 좋겠어."

나는 막이 올라가듯 서서히 눈을 뜬다. 그러자 그의 몸에 안겨 있는 내 몸이 다시 내 앞에 나타난다. 우리의 시선이 거울에서 마주치자 레오나르도가 부드럽게 가운뎃손가락을 내 속에 넣고 그걸로 작은 원들을 무수히 그려내서 내 몸이 부드럽게 열리게 만든다. 굴복을 하고 나를 맡긴다. 그 이상으로 나갈 수 있다는 명백한 신호다. 마치 그게 필요하기라도 한 듯이. 그 순간 그가 더 깊숙한 곳에서 손가락을 움직인다. 내 안에 모든 게 있다. 그가 동작을 멈추고 다시 장난을 조금 친다. 이제 난 그를 더 원하고 그는 순간적으로 그걸 알아차린다. 열린 몸의 긴장이 풀리기를 기다렸다가 다른 손가락을 더 넣어 내게 더할 나위 없이 충만한 기쁨을 선사한다. 거울에 비친 내 얼굴은 쾌락으로 일그러져 있다. 내 근육들은 마치 전기가 통하기라도 한 듯 경련을 하며 긴장한다. 거울에 비친 나를 알아보기가 힘들 지경이다. 쾌락을 즐기는 내 모습을 보기는 이번이 처음이다. 내 생각을 읽기라도 한 듯 거울 속의 레오나르도가 나를 보고 웃는다. 내가 숨을 혈떡이기 시작하자 그가 손가락을 L자로 구부려 클리토리스의 아랫부분을 밀며 말이 아니라 손동작으로 '이리 와'라고 내게 말한다. 그의 눈도 그렇게 말한다. 이제 우리 둘 다 내가 오르가슴을 느끼는 광경을 보고 있다.

"그래, 레오나르도······" 내가 신음한다. 머리가 저절로 이리저리 움직여지고 온몸의 감각이 굴복해서 완전히 에로틱한 고통 속으로 사라져버린다. "더 세게!" 내가 애원한다.

그가 손가락의 움직임을 더 빨리하며 다른 손으로 불두덩을 부드럽게 때리는 동안 나는 내 뒤에 있는 그의 어깨를 움켜쥔다.

"이러니 좋아?"

"응, 좋아······." 내가 신음한다. 나는 욕정의 응결체다. "더 해줘, 제발······ 멈추지 마." 이제 내가 그에게 요구를 한다.

그는 불순한 장난을 계속한다. 고통이 나를 파괴하고 정신을 잃게 한다. 그는 그 고통을 완벽하게 좌지우지한다. 내 육체가 비틀리고 더 이상 제어할 수 없게 흔들린다. 나는 흥분의 정점에 있고 거리낌 없이 신음한다. 다시, 또다시. 그리고 그의 손가락 밑에서 무너지며, 그의 가슴에 기댄 등을 격렬하게 구부린 채 쉰 목소리로 비명을 지른다. 그러는 사이 폭죽이 터지듯 작은 불꽃들이 내 몸속으로 흩어진다.

레오나르도가 나를 힘껏 껴안고 목덜미에 수없이 입을

맞춘다.

"잘했어." 그가 내 입에 대고 속삭인다. "이게 쾌락이야."

나는 기진맥진한 채 만족감을 느끼며 침대에 누워 있다. 그가 흡족한 얼굴로 나를 본다. 나는 시트로 몸을 가린다. 그가 웃는다.

"당신 몸을 누가 보는 게 그렇게 싫어?"

"그래……." 내가 힘없이 시인한다.

조금 전까지 실오라기 하나 걸치지 않은 몸으로 그의 품에 안겨 있었기 때문에 시트로 가리는 게 아무 의미가 없다는 걸 안다. 하지만 이제 나의 은밀한 부분을 이 시트로 덮고 보호해야 할 필요를 느낀다.

"그럼 이게 당신이 깨야 할 다음 터부가 되겠네. 나는 당신을 지켜보는 게 아주 좋거든." 그의 목소리는 부드럽다. 그가 내 옆에 눕는다. 셔츠의 단추를 잠그지 않아 가슴이 그대로 드러났다. 그는 팔을 구부리고 거기에 머리를 얹는다.

뚜렷하지 않은 어떤 생각 하나가 머리를 스쳐 지나간다. 나는 방금 비정상적인 길로 들어섰다. 비정상적이지만 놀랄 만큼 자극적이고 흥미롭다. 그는 금지된 쾌락으로 나를 유혹하고 있고 그래서 나는 잠시 당황한다. 그가 나를 어디로 데려갈지 알 수 없다. 지금은 그저 이 길의 끝까지 가고 싶다는 생각뿐이다.

레오나르도를 본다. 그의 표정은 아까와 다르다. 매번

다른 얼굴이다. 이유는 알 수 없지만 그의 이목구비는 절대 친숙해지지 않는다. 항상 다른 각도에서 얼굴을 바라보듯 새롭다. 이 남자는 정말 어떤 사람일까? 내게서 뭘 가져갔을까? 이런 의문에 절대 대답하지 못할 것 같은 기분이 든다. 하지만 호기심에 사로잡혀 가만히 있을 수가 없다. 지금 나는 내가 하는 말도 제대로 제어하지 못한다. 좋아.

"그동안 여자 많았지?" 말을 돌리지 않고 묻는다. 그는 이미 자신이 애인을 가질 남자가 아니라고 말했는데, 내 몸을 그렇게 잘 알고 잘 다루는 것으로 보아 경험이 풍부한 게 틀림없다.

레오나르도는 내 질문에 조금도 놀란 것 같지 않다. "많았어, 맞아." 그가 깊게 한숨을 쉬더니 팔베개를 하고 똑바로 눕는다. "하지만 난 감정을 주고받는 데는 소질이 없어. 당신에게 말했잖아." 그 순간 내 눈에는 그의 얼굴이 어두워지는 것처럼 보인다. 그러다가 돌연 그가 내 쪽으로 돌아누우며 나를 진지하게 바라본다.

"당신이 알고 싶은 게 이건지 모르겠는데, 내가 만나는 여자는 당신만이 아니야, 엘레나. 당신에게 충실하길 기대하지 마."

시트로 얼굴을 가리고 싶다. 나 자신이 어리석고 유치하게만 생각된다.

약간 난처한 듯 나를 바라보는 그의 얼굴로 보아 이런

감정을 눈치 챈 게 틀림없다. "내가 분명히 말했을 텐데……."

"그럼, 분명히 말했어." 내가 웃으며 서둘러 대답한다. 사실 내가 실수를 했다고 생각하지만 필사적으로 그런 티를 내지 않으려 한다. '내게 낭만적인 사랑을 기대하지 마.' 그가 분명히 말했으니 이제 머릿속에 잘 새겨두기만 하면 된다.

"어쨌든 이제 가는 게 좋겠어." 나는 침대에서 일어나 시트를 끌고 내려가며 다시 말한다.

급히 옷을 입는다. 레오나르도가 나를 문까지 바래다준다. 불현듯 내가 견딜 수 없을 정도로 그에게 종속되어 있음을, 그에게서 발산되는 힘에 거의 짓눌려 있음을 깨닫는다. 그가 문가에서 걸음을 멈추고 내 머리를 귀 뒤로 넘겨준다.

"괜찮아?" 그가 친절하게 묻는다.

"응." 솔직히 괜찮은지 잘 모르겠지만 이렇게 대답한다.

"그럼 내일은?"

대답할 겨를도 없이 그가 맹렬하게 내 입에 자신의 입을 댄다. 두 손으로 내 얼굴을 꽉 쥔다. 키스가 점점 진해진다. 그러다가 뒤로 물러서서 내 얼굴을 자세히 뜯어보듯 바라본다.

"당신을 위해 특별한 계획을 세웠어." 그가 수수께끼같이 속삭인다. "일찍 와."

"물론……." 나는 놀라서 대답한다.

빨리 내일이 왔으면.

내 주위에는 어둠과 침묵뿐이다.

그는 날 알몸으로 만들어 소파에 묶어놓았고 검은 실크 손수건으로 눈을 가렸다. 팔라초에서 가장 큰 방, 연회장으로 사용하는 넓은 실내 한가운데에서 나 자신이 작게만 느껴진다.

오늘 아침 레오나르도에게 오는 동안 그가 어떤 계획을 세워놨을지 추측해보았으나 짐작도 되지 않았다. 어쨌든 그가 날 깜짝 놀라게 하리라 예상했기에 수천 가지 다양한 장면들을 상상해보았다.

정말 그는 늘 그랬듯이 날 놀라게 했다.

문을 열자 그가 나를 놓치지 않겠다는 자신 있는 표정으로 문 앞에 나타났다. 그는 아무 질문도 하지 않고 내 손을 잡고 계단과 복도를 지나 이 홀로 나를 인도했다. 그가 홀 한가운데에 서더니 내 옷을 벗기기 시작했다. 가슴이 두방망

이질 쳤다. 나는 우리가 성관계를 하려고 준비한다고 생각했
고 온몸으로 그를 갈망했다. 그가 나를 안아주고 내 스스로
를 거북하게, 안절부절못하게 만드는 내 벗은 몸을 그의 몸
으로 가려주길 바랐다.

"돌아서봐." 내 기대와 달리 그가 말했다. 나는 그의 말에
따랐다. 내가 뭐라 말을 꺼내기도 전에, 그가 바지 주머니에
가지고 있던 손수건으로 내 뒤에서 눈을 가렸다. "오늘은 눈
이 필요 없어, 엘레나. 다른 식으로 보는 걸 가르쳐줄 테니까."

그는 나를 의자에 앉히고 뭔지 모를 것으로—아마 이
홀의 화려한 브로케이드 커튼의 장식술이었을 텐데—의자
손잡이에 내 손목을 묶었다. 발목도 마찬가지로 의자 다리
에 묶었다.

"뭘 하려는 거야?" 내가 갈라지는 목소리로 물었다.

"쉬잇…… 지금은 질문하는 때가 아니야." 그가 소곤소
곤 대답했다. 화가들이 캔버스 위에 덮어놓을 때 사용하는
거친 천을, 얼굴과 가슴만 남겨두고 내게 씌웠다. 그가 내 뺨
을 쓰다듬었고 곧이어 멀어져가는 그의 발소리가 들렸다.

나는 한 시간 넘게 여기 있다. 산 바르나바 종소리를 한
번 들었으니 적어도 한 시간은 지났으리라.

처음에는 당황스럽기만 했고 떠오르는 생각들을 제어하
지 못했다. 난 공황상태에 빠졌다. 의미 없는 고문을 당하는

기분이었다. 이런 상황을 받아들이고 악마의 계약을 한 나 자신을 저주했다. 여기서 벗어나 달아나고만 싶었다.

그러다가 알게 되었다. 사라지지 않고 고여 있는 미묘한 이 방 안의 냄새가 서서히 코로 들어왔다. 오래된 나무와 먼지와 습한 냄새였다. 의자에 씌워진 벨벳이 등을 간질이기 시작했는데 그사이 산들바람이 창에서 불어왔다. 온몸에 살짝 소름이 끼치며 유두가 단단해지고 뾰족해졌다. 소리들도 침묵을 뚫고 느릿느릿 제 모습을 드러냈다. 대운하의 소리, 멀리서 부르릉거리는 바포레토의 소리, 어딘지 모를 곳에서 떨어지는 물방울 소리, 귀가 먹먹할 정도로 크게 들리는 내 숨소리.

레오나르도는 내 눈이 너무 많은 것을 보려 해서 이렇게 눈을 가려버렸던 것이다. 눈은 모든 것을 다 소비해버리고 다른 감각들에게 할 일을 주지 않는다. 나의 시선은 매일 내일, 내 열정, 내가 사는 도시가 주는 무한한 자극에 노출되어 있다. 29년 동안 나는 베네치아의 아름다움에 취해 있었고 대리석과 석회와 물감과 돌에서 자양분을 얻고 있다. 나는 눈을 통해서만 세상을 읽을 수 있다. 이제 내 눈은 검은색에 가려져 잠들어 있고 취해 있다. 사물을 아는 데 시각 하나면 충분했다. 나는 행복했고 자신감이 넘쳤다. 레오나르도를 만나기 전까지는.

덧창 틈으로 스며들어온 햇살이 무감각해진 오른손에

약간의 온기를 선물한다. 나는 햇살을 볼 수는 없지만 느껴보려 시도한다. 눈으로 보지 않고 세상을 관찰해보려 한다. 눈을 넘어서서. 그곳에 진정한 엘레나, 레오나르도가 원하는 여자가 있다.

이제 발목이, 그리고 손목도 아프다. 피가 손끝과 발끝까지 잘 통하지 않는다. 가느다란 눈물이 눈을 가린 손수건 밑에서 입술까지 흘러내린다. 따뜻하고 짭짤하다. 그때 바스락거리는 소리가 들린다. 나는 누군가 방에 있음을 직감한다.

"레오나르도? 당신이야?" 나는 안락의자에서 몸을 이리저리 움직인다.

발소리가 가까워진다. 언제부터 여기 있었던 거지? 언제부터 날 지켜보고 있던 걸까? 그는 지금 내 앞에 서 있다. 그걸 느낄 수 있다. 그의 몸의 온기와 독특한 앰버향이 전해져온다.

"레오나르도, 풀어줘……. 제발……."

그는 아무 대답이 없다. 천 가장자리를 들어 올리더니 지나칠 정도로 느릿느릿 그것을 걷어낸다. 이제 나는 실오라기 하나 걸치지 않은 알몸으로 무기력하게 앉아 있다. 영원의 시간처럼 길게만 느껴지는 그 시간 동안 내 몸 구석구석을 탐색하는 그의 눈길이 느껴진다. 그의 시선은 소름이 돋을 정도로 야비하고 예리하다. 상처를 주는 동시에 흥분을 시키기도 한다.

갑자기 얼굴 바로 옆에서 그의 목소리가 들린다. "당신을 보고 있어, 엘레나. 구석구석을."

그가 이렇게 봐주는 게 좋다고 말하고 싶다. 그동안 몰랐지만 이제 알게 되었다고도. 하지만 침이 흘러 그걸 삼켜야 해서 말을 할 수가 없다.

그가 내 앞에 무릎을 꿇고 있는 게 틀림없다. 두 손을 내 허벅지에 올려놓는다. 그리고 뜨겁고 축축한 입술을 내 입술에 댄다. 그의 입술이 천천히 목을 따라 내려간다. 뺨과 가슴과 배꼽에 까칠한 수염이 느껴진다. 수염이 살을 스치고 간질이고 찌르며 아프게 한다. 그의 작은 귀걸이가 내 어깨를 긁는다. 잠시 후 다시 그의 입술이 내 입술로 올라와 혀가 거만하게 입술을 눌러 내 이 사이에 틈을 만들어내고 입속으로 거칠게 들어온다.

욕망의 물결이 내 아랫배를 뒤흔들다가 유연하고 위태롭게 밑으로 내려간다. 그의 육체의 다른 부분도 느끼고 싶어 두 손으로 그의 어깨를 감싼다. 하지만 난 겨우 초조하게 손을 폈다 오므렸다 하는 것밖에 하지 못한다.

"긴장을 풀어, 엘레나." 그가 내 얼굴을 향해 숨을 내뱉는다. "난 오늘 손만 사용할 거야."

그의 눈은 어두운 그늘이 지면서 욕정으로 뜨겁게 타오르고 있을 게 분명하다. 보이지는 않지만 알 수 있다. 불가해하고 잔인한 그 미소가 얼굴에 맴돌고 있겠지.

그가 손가락으로 턱까지 내 얼굴을 쓰다듬어 내려간다. 내 머리를 잡고 눈을 가린 손수건 위의 머리카락 몇 가닥을 떼어낸다. 그의 혀가 내 귓속으로 들어온다. 피가 끓어오른다.

"나를 보지 못해도," 그의 목소리는 한없이 부드러워 내 주위에서, 내 안에서 울려 퍼진다. "나를 느낄 수는 있어, 나도 알아." 레오나르도가 내 쇄골에 얼굴을 대고 냄새를 맡는다. 내 체취를 빨아들인다. "당신은 당신의 감각을 믿기만 하면 돼…… 엘레나……."

곧 서늘하고 살아 있는 것 같은 뭔가가 내 몸을 스치더니 힘없이 목을 타고 가슴까지 스르르 내려가 유두 위에서 동작을 멈춘다. 예상치 못했던, 축축한 어떤 것이다. 그리고 그의 손이 그것을 리드한다. 허벅지와 다리를 따라 내려가게 만들었다가 다시 위로 올라와 내 입술 위에 놓는다.

"핥아." 그가 악마 같은 목소리로 말한다. "천천히."

나는 입술을 살짝 벌리고 그의 말을 따른다. 이런 식으로 오렌지를 먹어본 적은 한 번도 없다. 죄책감처럼 쓰고 시큼한 맛이다. 그 맛과 나 자신이 뒤섞인다.

이제 레오나르도가 내 입술의 오렌지즙을 빨아들이며 그대로 배꼽 아래까지의 흐릿한 자국을 따라간다. 본능적으로 오므리려고 하는 내 다리를 움직이지 못하게 누르는 그의 손이 느껴진다. 나는 움직이고 싶고 이런 달콤한 고문에서 벗어나고 싶지만 그럴 수가 없다.

그의 손가락이 내 몸 안으로 들어온다. 가운뎃손가락으로 소음순을 벌리고 둘째와 넷째손가락으로 대음순을 벌려놓는다. 가운뎃손가락을 성기 깊숙이 넣었다가 내 입으로 가져와 빨게 한다. 그에 대한 욕망으로 흠뻑 젖은 내 성기.

그가 한쪽 발목을 풀어준다. 그의 허리에 종아리를 걸친다. 그리고 그가 들어올 수 있게 다리를 벌린다. 하지만 레오나르도는 예상과 달리 뒤로 물러난다.

차가운 액체 한 방울이 내 무릎 위에 떨어지는 게 느껴진다. 액체가 발로 흘러내린다. 그러더니 똑같이 진한 액체 한 방울이 레오나르도의 손가락에서 내 입으로 떨어진다. 알코올과 감초 맛이 난다.

"나 술 안 마시는 거 알잖아……." 내가 겨우 웅얼거린다.

"이것 좀 마신다고 죽지 않아." 욕망이 충족된 기쁨에 갈라진 목소리로 그가 소곤거린다.

레오나르도는 직접 병을 들고 다시 술을 떨어뜨린다. 내게는 익숙하지 않은 강하고 지독한 맛이다. 나는 얼굴을 찡그리며 상체를 뒤로 젖힌다. 약간의 술이 턱과 목으로 흐른다. 레오나르도가 웃으며 자신의 입술로 술을 핥아 자극한다.

"엘레나……." 그가 내 귀에 대고 나지막하게 말한다. "당신은 순수하고 깨끗한 천사가 아니야……. 이제 즐길 생각만 하라고." 이렇게 말하면서 그가 내 다리 사이에 다시 손을 집어넣자 몸이 흠칫 떨린다. 그는 술을 한 모금 마시더니 내게

다가와서 내 목을 뒤로 젖히고 술을 입안에 넣어준다. 술이 목을 태우며 내려간다. 맛이 좋다. 달콤하면서도 씁쌀하다. 몸의 외부는 시원한데 속은 화끈화끈하다.

"좋지, 그렇지? 그럴 줄 알았어……."

그의 혀가 입안으로 들어와 내 혀 주위에서 움직인다. 그가 내 머리를 잡아 밑으로 숙이게 한다. 깜깜하기만 한 눈앞에 하얀색의 작은 불꽃들이 빙글빙글 날아다닌다. 모든 게 빙빙 돌아 기절할 것 같다.

"나를 핥아봐." 그의 명령은 달콤하고 목소리는 기대에 부풀어 있다.

나는 늘 나를 따라다니는 두려움과 지금의 욕정 사이에서 균형을 잃지 않고 있다. 위험한 것을 살짝 건드리듯 혀로 그를 가볍게 핥아본다. 강렬하고 거친 욕망의 맛이 난다. 팽팽한 그의 피부는 단단하다. 그의 심장박동이 빨라진다.

잠시 후 그가 한 손을 내 이마에 대고 발기한 자신의 성기에서 내 얼굴을 떼어낸다. 그리고 단호한 동작으로 다른 쪽 발목을 풀어준다.

그의 손가락이 내 다리를 따라 빠르게 움직이며 다리를 누르고 마사지한다. 마치 다리에 다시 생명을 찾아주기라도 하려는 듯이. 내 팔이 예고도 없이 안락의자 팔걸이로 축 늘어진다. 레오나르도가 끈을 다 풀어놓은 것이다. 나는 자유롭다. 자유롭게 그를 애무할 수 있다. 자유롭게 내가 하고 싶

213

은 일을 다 할 수 있다. 눈에 묶인 손수건을 향해 한 손을 들자 그가 나를 막는다.

"안 돼, 이건 그냥 둬." 명령이다. 풀리지 않게 그가 손수건을 더 단단히 묶는다.

"제발." 내가 애원한다.

"안 돼, 엘레나⋯⋯. 당신한테는 이대로가 좋아." 그가 뜨겁고 축축한 입술로 천에 덮인 두 눈을 꽉 누르며 속삭인다.

그러더니 내 허리를 잡고 나를 들어 올려 품에 안는다. 나를 벽으로 밀면서 더 세게 껴안는다. 내 엉덩이를 꽉 누르는 그의 손바닥이 느껴진다. 그의 성기가 내 성기 위로 미끄러지며 능숙한 움직임으로 서두르지 않고 들어올 자리를 만들어나간다.

귓가에서 그의 숨소리가 들린다. "당신은 아직 당신을 잘 몰라. 하지만 당신도 모르는 사이에 알게 될 거야." 그의 목소리가 욕정으로 떨린다.

나는 그와 호흡을 맞춘다. 이제 땀에 젖은 우리 두 사람의 육체에서 불꽃처럼 쾌감이 타오른다.

마침내 그가 나를 바닥에, 아까 내게 덮었던 천 위에 눕히고 내 위에 누워 깊숙이 내 안으로 들어온다. 나는 그가 들어오게 내버려 둔다. 이번에는 더 깊숙하게. 점점 더 가빠지는 숨소리. 탄식. 서로의 몸을 할퀴고 껴안는다. 그리고 다시 짧은 호흡과 아찔한 현기증. 그의 육체의, 욕망의 공격 앞에서 모든 게 무너지고 산산조각 난다. 레오나르도는 내 몸 속에서 쾌락을 찾으려 하고, 찾아낸다. 나는 갑자기 오르가 슴에 도달하게 되어 근육을 수축시키며 그것을 늦춰보려 한 다. 하지만 걷잡을 수 없이 격렬하게 터져 나와 발끝에서 머 리끝까지 온몸을 뒤덮어버린다. 오르가슴에 빠지는 동안 손 톱으로 그의 등을 움켜쥔다. 내 신음소리가 들린다. 나는 자 제력을 완전히 상실해버렸다. 난 이제 더 이상 내가 아니다. 더 이상 내가 알던 엘레나가 아니다. 나는 나 자신을 구경하 는 무기력한 관객이다.

레오나르도가 내 몸 밖으로 미끄러져 나와 내 가슴을 정 액으로 적신다. 그리고 숨을 헐떡이며 내 옆에 쓰러진다.

버터. 내 가슴에 있는 액체가 이제 그렇게 느껴진다. 미 끄러운 정액 때문에 바닥에서 일어날 수가 없다. 어쨌든 난 움직이고 싶지 않다. 아직도 잔물결 같은 떨림이 등을 타고 흐른다.

부드러운 손이 내 얼굴을 어루만지며 눈을 묶은 검은 실 크 천을 벗겨낸다. 오후의 힘없는 햇빛 속에서 나는 무기력하 게 눈을 깜빡인다. 처음에는 잘 보이지 않았지만 서서히 동 공이 다시 빛에 적응을 하며 확장된다. 이 방이 평상시와 달 라 보인다. 마치 지금 꿈에서 깬 기분이고 이곳에 생전 와본 적이 없는 것 같다. 대운하 쪽으로 난 큰 유리창들과 무라노 산 샹들리에, 벨벳 의자, 벽난로 모퉁이에 있는 두 명의 무어인(북서아프리카의 이슬람교도—옮긴이) 석상. 이 모든 게 예전 같지 않다. 먼지 냄새가 섹스의 냄새와 뒤섞인다.

내 눈이 레오나르도의 눈과 마주친다. 그는 한참 찾아다니다가 마침내 만나게 된 사람처럼 나를 보고 웃는다.

"이게 당신이야." 그가 천 가장자리로 내 가슴을 닦아주며 천천히 자신 있게 말한다. "당신은 이제 훨씬 더 아름다워."

난 말할 기운도 없다. 그의 머리카락을 쓰다듬으며 미소를 짓는다. 그사이 그가 몸을 숙이고 내 배꼽에 부드럽게 입맞춤을 한다.

"볼 수 없는 상태에서 남에게 보여진다는 게 그렇게 끔찍했어?" 레오나르도가 내 어깨에 입술을 대며 묻는다.

"정말 아름다웠어." 내가 조그맣게 속삭인다. 마법이 깨질까 봐 두렵다.

"자제해야 한다는 건 순전히 착각일 뿐이야, 엘레나. 당신을 포기할 때 진짜 당신이 되는 거야." 그가 내 이마를 쓰다듬고 머리를 귀 뒤로 넘겨준다. "오늘 일은 그냥 사소한 맛보기에 불과해……." 그가 미소를 짓더니 내 어깨를 가볍게 친다. "돌아누워 봐. 등 마사지해줄게."

아직도 아무 감각이 없는 상태로 그의 말을 따른다. 그가 무릎으로 내 허리를 감고 내 맨살 위에서 두 손을 자유자재로 움직인다. 근육이 힘을 되찾는 게 느껴진다.

몇 시나 됐는지 알 수 없다. 종소리도 세어보지 않았다.

다만 곧 집으로 가야 할 시간이라는 것만 알 뿐이다. 너무나 좁고 사람들로 붐비는 골목길을 걸어가면서도 레오나르도의 향기를 여전히 느끼리라는 것도 안다. 그 냄새는 나를 떠나지 않을 것이고 우리 집 앞까지 나를 따라올 것이며 나는 여러 가지 생각에 떠밀려 가볍게 계단을 올라가리라는 것도. 그 냄새는 남은 오늘 하루 내내 나와 함께할 테고 아무리 씻어도 사라지지 않을 것이다.

"엘레나, 어디 가 있는 거야?" 회오리치는 여러 생각에 푹 빠져 있는 나를 정신 차리게 할 요량인 듯 그가 내 어깨를 꼬집는다.

"나 여기 있어. 그런데 곧 가봐야 해."

곧 떠날 테지만 지금은 잠시 머무르려 한다. 지금 바닥에 사각형으로 퍼지는 햇빛 속에 나의 나신과 그의 나신, 그 외에는 아무것도 없는 이곳에서 너무 행복하기 때문에.

10

　며칠 전부터 레오나르도가 보이지 않는다. 갑자기 메시지도, 전화 한 통도 없이 사라져버렸다. 내 몸의 일부분이 잘려나가는 이상한 느낌이 자꾸 든다. 이렇게 말해도 될지 모르지만, 우리가 계약을 한 그날로부터 그리 오랜 시간이 흐르지도 않았는데 그와의 관계는 이미 중요한 것이 되어버렸다. 지금 나는 그 어느 때도 경험해보지 못한 종속된 생활을 하며, 몇 달이나 만나지 못한 사이처럼 그와의 만남을 기다리는 중이다. 나는 그의 것이고 더욱더 그러고 싶다. 이렇게 본능적으로 나를 사로잡은 남자는 여태 한 사람도 없었다.

　팔라초에서 그가 보이지 않았다. 나는 그의 방문을 슬쩍 열어보았다(평상시의 내가 아니라 편집증 환자같이 행동한다). 방 안은 평상시와 다름없이 어지럽혀져 있고 시트는 여전히 구겨져 있으며 셔츠들도 바닥 여기저기에 흩어져 있었다. 전화를 해봤지만 메시지를 남겨달라는 특색 없는 음성 안내에 마음이 착 가라앉았다.

메시지를 남겼으나 응답을 받지는 못했다. 레오나르도는 허공으로 사라진 것 같았다. 그리고 그의 침묵은 여러 가지 의문을 만들어낸다. 무엇보다 혹시 벌써 내가 지겨워진 게 아닐까 하는 생각이 들 때면 나는 안절부절못한다. 터무니없는 추측을 해보기도 했다. 이따금 팔에 링거를 꽂고 병원 침대에 누워 있는 그를 상상하기도 한다. 하지만 곧 그 상상은 그가 호텔 스위트룸에서 다른 여자의 품에 안겨 즐기고 있을지도 모른다는 추측으로 바뀐다. 어쩌면 그 바이올리니스트와 지내려고 나와의 연락을 끊었을지도 모른다. 이리저리 생각해보면 이게 가장 설득력이 있었다.

벽화 작업도 생각을 다른 곳으로 돌리는 데 별 도움이 되지 못한다. 불안한 손놀림으로 시선을 한 곳에 집중시키지 못한 채, 머리로 수천 가지 추측을 하곤 한다. 거기서 그와 맨몸으로 나란히 누워 느꼈던 그 행복을 다시 느낄 수 있을지 스스로에게 물어본다. 하지만 요 며칠 동안 내가 그를 생각하듯 그 역시 나를 생각할지가 특히 궁금하다. 그의 생각에 사로잡혀 있는 나처럼 말이다.

산 세르볼로 섬에서 바포레토를 타고 돌아가는 중이다. 생각에 깔려 죽지 않으려고 스웨덴의 유명한 사진작가 회고전을 보러 가기로 했다. 좋은 생각이었는지는 잘 모르겠다. 이란의 풍경들이 눈을 사로잡기는 했으나 전시회장에서 사람들이 북적이는 전시실을 혼자 둘러보니 필리포 생각을 하지 않을 수가 없었다. 보통 이런 전시회에는 필리포와 함께 다니곤 했다. 모든 면에서 항상 의견을 공유하고 눈길 하나로도 서로의 생각을 이해할 수 있다는 게 얼마나 멋졌던지. 가끔 그는 용감하게도 몰스킨 노트와 만년필을 들고 벽에 등을 기댄 채 표지판들을 베끼거나 스케치를 하거나 메모를 하면서 몇 시간씩 서 있곤 했다. 그러다가 내가 갑자기 나타나서 그가 아끼는 노트를 보여달라고 말한 뒤 그의 손에서 노트를 빼앗곤 했다. 우리는 서로 미친 듯이 웃었다.

하지만 지금 필리포가 베네치아에 있다면 모든 게 훨씬 복잡해졌을 것이다.

옅은 안개가 석호에 내려앉으면서 해가 조용히 수평선으로 넘어가고 있었다. 나는 바포레토에서 석양을 즐긴다. 해와 함께 나도 하늘에서 움직이는 듯한 기분이다. 보통 이 무렵에는 이상한 향수가 베네치아의 대기 중으로 퍼져나간다.

나는 선착장에 모여든 사람들과 부딪히며 산 자카리아 정거장에 내린다. 바포레토가 서는 선착장 주위의 사람들과 그들의 사고방식은 서로 아주 비슷해 보이고 한 지점으로 모이는 듯하다. 우리가 비록 같은 도시의 이 구역 저 구역을 왔다 갔다 하지만 우리는 모두 뱃사람들이라는 생각.

. 부모님 집에 인사차 들르기로 했다. 그렇게 하면 적어도 일주일에 딱 한 번은 명실상부한 저녁을 먹을 수 있기도 할 테

니. 며칠 동안 식욕을 전혀 느끼지 못했는데 이제 배가 고프다. 하지만 아직 슈퍼에 갈 기분은 아니다. 지금 장을 보러 가면 아마 초콜릿 비스킷을 카트에 잔뜩 싣고는 계산을 하고 나서야, 그리고 짐을 들고 걸어가면서 후회를 할 게 분명하다.

사람들을 피해 플로리안 카페가 있는 주랑 밑을 빠른 걸음으로 걸어서 사진을 찍는 관광객들로 넘치는 산 마르코 광장을 떠난다. 살을 엘 듯이 차가운 바람을 맞으며 산타 마리아 델 질리오 광장에 도착한다. 그리고 '볼페'라고 표시된 초인종을 누른다. 엄마가 인터폰을 받는다. 엄마의 목소리는 하늘로 날아갈 듯 경쾌하고 행복하게 들린다. 내가 오리라고는 기대도 하지 않았을 테니까.

나는 계단을 올라간다. 방금 오븐에서 꺼낸 사과 슈트루델(얇게 늘여 편 반죽에 과일, 특히 사과를 얹어 말아 구운 오스트리아 전통 디저트─옮긴이) 향기가 나를 맞는다. 엄마는 훌륭한 요리사다. 이따금 엄마가 해준 맛있는 음식을 먹지 않았다면 채식주의를 엄격하게 지켜온 최근 몇 년 동안 아마 굶어 죽었을지도 모를 일이다.

나는 점퍼를 벗고 슈트루델을 한 조각 떼어내서 소파에 앉는다. 그런 다음 스테레오를 켠다. 그것만이 이 순간 내게 허락된 일이기 때문이다. 밤 9시 이전에는 절대 텔레비전을 켜지 않는 게 볼페 집안의 철칙이다. 이 때문에 나는 만화영화 대신 미나와 바티스타(1970~1980년대에 활동한 이탈리아의 유명한 대중가수——옮긴이)의 노래를 들으며 성장했다.

엄마가 또 다른 특별요리인 호박이 들어간 뇨키(감자와 밀가루, 계란을 반죽해 작은 덩어리로 빚은 것으로 우리나라 수제비와 유사하다——옮긴이) 반죽이 발효되게 놓아둔 뒤 부엌에서 거실로 나온다. 그러고는 브란돌리니 레스토랑 개업식에 관해 궁금했던 점들을 연신 묻는다. 개업식 이후 엄마를 처음 만난다. 분명 엄마가 이달의 이벤트에 대해 취조하듯 꼬치꼬치 캐물으리라고 생각했다. 엄마에게 대략적으로만 이야기한다. 물론 레오나르도의 이야기는 빼버린 채. 엄마는 불만스러워 보인다. 엄마는 누가 왔었고 누가 오지 않았는지 알고 싶어 하며 손님들을 하나하나 자세히 묘사해주길 바란다.

"신문에서 보니 유명한 요리사가 있던데……." 엄마는 만족스러운 대답을 기대하며 재촉한다.

"아 맞아요. 내가 프레스코 벽화 복원작업하는 팔라초에 사는 사람이에요." 나는 애매하게 말하지만 벌써 두 뺨이 발갛게 달아오르는 걸 느낀다. 만약 엄마의 꼬맹이가 그 '유명한 요리사'와 어떤 일을 하고 있는지 안다면……. 나는 목에 두른 스카프를 잘 매만진다. 레오나르도가 목에 남긴 뚜렷한 자국을 숨겨야 해서 스카프를 벗을 수가 없다.

"그래, 어떤 사람인데?" 엄마가 여전히 취조하는 말투로 묻는다.

"몇 번 마주치지 않았어요." 나는 카펫을 내려다본다.

"요리는 잘하는 것 같아요."

"어떤 음식이 나왔는데?"

"각양각색의 핑거푸드요. 정말 정교하게 만들었더라고요....... 그래도 엄마가 해주는 요리하고는 비교 불가예요, 엄마." 아양이 섞인 미소를 지으며 엄마를 안심시킨다.

엄마는 기분이 좋아져 20여 년 전부터 변함없이 구릿빛 밤색으로 염색하는 머리를 몇 번 쓸어 넘긴다. 누군가 엄마의 요리를 칭찬할 때마다 엄마는 기뻐서 어쩔 줄을 모른다.

"그런데 스카프는 왜 계속 두르고 있어?"

그렇지, 나는 알고 있었다. 아무리 사소한 것이라도 엄마의 눈을 피할 수는 없다. "목이 뻣뻣하게 굳어서 따뜻하게 보호해야 해요." 나는 아픈 표정을 지으며 거짓말을 한다.

"엘레나, 이렇게 습기가 많을 때는 옷을 좀 더 입어야 해."

"아마 프레스코 벽화 때문일 거예요. 사다리 위에서 불편한 자세로 너무 오래 있거든." 도움이 필요해. 레오나르도와 얽혀 있던 내 모습이 생각나서 목이 아프다는 핑계를 제대로 댈 수가 없을 것 같아.

"그래, 근육을 무리하게 쓰게 되면 잠깐 동안 그 상태로 마비될 수가 있어." 내 말을 완전히 믿은 엄마가 말한다.

엄마, 제발, 이 이야기는 그만해요. 엄마는 엄마의 꼬맹이가 어떤 근육을 무리하게 쓰고 있는지 모르잖아요. 알고 싶지도 않고요. 나는 화제를 바꿔보려 애쓴다. "아빠는 어디

가셨어요?"

"공구 상점에 가셨어."

"왜요?"

"누가 알겠니." 엄마는 체념한 듯 고개를 젓는다. "퇴직한 뒤로 디아이와이(DIY. 가정용품의 제작과 수리, 장식을 직접 하는 것—옮긴이)에 빠지셨어."

"잘됐네요. 그럼 새 책장 하나 짜달라고 부탁드려야겠다. 지금 책장에 책 하나 더 꽂을 데가 없어요."

"그럼 굉장히 좋아하실걸. 새 드릴로 뭔가 만드는 걸 꽤 즐기는 것 같아."

바로 그 순간 가방 안의 휴대전화가 울린다. 베네치아의 지역번호인 041로 시작하는 전화번호가 아이폰 화면에 환하게 나타난다. 연락처에 입력되지 않은 일반전화로 누가 전화를 하는 걸까? 오 맙소사, 치과에서 내일 예약을 확인하려는 전화일 거다.

"여보세요?" 나는 무심하게 전화를 받는다.

"잘 있었어, 나야." 수화기 너머에서 힘찬 목소리가 들린다. 그의 목소리다.

나는 재빨리 '별거 아니에요. 일 전화예요'라고 말하는 듯한 눈으로 엄마를 안심시킨다. 그리고 내가 쓰던 방으로 들어간다. 심장이 터질 것만 같다.

"레오나르도……."

라디에이터에 몸을 기대고 창밖을 본다. 날씨가 영하로 내려가 운하의 물이 꽁꽁 얼어붙은 것 같은 기분이 잠시 든다. 나는 이마를 유리창에 댄다. "어디 갔었어? 전화를 몇 번이나 했는지 몰라."

"알아." 그가 말한다.

"날 그만 만나려는 줄 알았어." 내가 불안한 목소리로 덧붙인다.

"무슨 말이야, 엘레나. 흥분하지 마……. 시칠리아에 갔었어." 그가 차분한 목소리로 계속해서 말한다. "급한 일이 생겨서 연락도 못 하고 떠났어. 이게 다야."

"그래도 전화 한 통 정도는 할 수 있었잖아." 나는 화가 난 말투로 다시 말한다.

그가 한숨을 쉰다.

"나한테 전화 같은 거 기대하지 마, 엘레나. 연인들 사이에 일상적으로 일어나는 일을 기대하면 안 돼. 난 자유롭게 움직여야 해. 어떤 관계 같은 건 원치 않아."

그러니까 그는 내가 상상했던 것보다 훨씬 더 단순하다. 어떤 변명이든 꾸며낼 수 있었지만 그저 잔인하게 말할 뿐이다. 통화하고 싶지 않아서 전화하지 않았다고. 받아들이든 헤어지든 내가 결정해야 한다.

"난 레스토랑이야." 그가 다시 말한다. "한 시간 전에 왔어. 여기 와서 당신에게 처음 전화하는 거야."

"무슨 일로?" 자존심에 상처를 입은 내가 냉랭하게 묻는다.

"이리 와. 레스토랑 문 닫고 자정에 기다리고 있을게."

"왜?" 나는 다른 손으로 휴대전화를 옮겨 쥔다. 그리고 손바닥에 난 땀을 바지에 닦는다. 나는 불안하다.

"당신 보고 싶으니까." 그는 짜증내는 나를 재미있어하는 것만 같다. "파티복 입고 아무것도 먹지 말고 와. 같이 저녁 먹게."

레오나르도는 벌써 내가 좋다고 대답하리라는 걸 짐작하고 있다. 언제나 그랬듯이. 자존심도 좀 세우고 그가 이런 식으로 날 버려둔 데에 대한 복수로 싫다고 말할 자신감도 갖고 싶다. 하지만 나 자신을 우습게 만들 필요가 없다. 나도 그가 너무 보고 싶으니까.

"좋아, 있다가 봐." 자존심 따위는 어찌 되든 말든.

"나중에 봐."

통화는 여기서 끝났다. 전화기를 어찌나 꽉 쥐고 있었던지 손가락이 다 아프다. 그가 연락을 해줘서 행복하다. 연락만을 기다리고 있었으니까. 하지만 그의 의도들을 분명히 알기 어려워 갈수록 불안하다. 이런 식으로 사라져야 할 정도로 시칠리아에서 급히 처리해야 할 일이 뭐였을까? 이유는 알 수 없지만 갑자기 울고 싶어진다. 나는 레오나르도에 대해, 그의 과거나 나와 함께하지 않을 때의 생활에 대해 아는 게 하나도 없다. 그의 몸 구석구석을 다 알고 있기는 하지만 그의 내면세계는 내게 미스터리다.

마음을 좀 가라앉힐 필요가 있다. 거실로 가기 전 얼굴 상태를 확인하러 욕실로 들어간다. 내 안의 열기가 얼굴로 모두 올라왔고 다리 사이로 촉촉한 물기가 부드럽게 스며들었다. 그를 생각하기만 해도 육체가 반응한다. 미치도록 그를 원한다.

거실로 가다가 보니 엄마가 부엌 조리대의 대리석 판에 몸을 숙이고 포크로 뇨키들을 굴려 무늬를 내고 있다. 그 능숙한 손놀림에 매번 놀라곤 한다.

"누구 전화야?" 엄마가 반죽을 작게 자르며 묻는다.

잠시 생각했을 뿐인데 벌써 거짓말이 술술 나온다. "가이아예요."

"잘 지낸대? 가이아 못 본 지 오래됐네……."

나는 다른 질문의 답을 준비한다. 갑자기 고등학교 때 일이 떠오른다. 하루 종일 학교에 있다가 지칠 대로 지쳐 집에 오면 엄마는 우리 반 친구들이 몇 점을 받았는지, 혹은 이탈리아어 시간에 무슨 토론을 했는지 물어보곤 했다. 내가 특히 말하기 싫은 날이면 나는 가만히 있고 대신 엄마가 친구분들이며 기분 나빴던 우체국 직원 이야기를 하거나, 과일 가게에 갔다가 초등학교 3학년 때 담임선생님을 만난 일 등을 이야기했다. 그때와 별로 달라지지 않았다.

"가이아는 잘 지내요. 항상 바빠요." 나는 옷걸이 쪽으로 가서 점퍼를 집는다. "엄마, 미안해요. 그런데 저녁 같이 못 하겠어요."

"왜? 왜 이렇게 급히 가려고?" 엄마가 불만의 표시로 양 미간을 찡그리며 나를 비스듬히 본다. "과일 샐러드도 준비했어. 네가 과일 절대 안 먹는 거 알아서." 그러더니 주의 깊게 나를 살핀다. "엘레나, 왜 그렇게 창백한 거야……. 괜찮은 거 맞아?"

창백하다고? 조금 전까지는 얼굴에 불이 난 것 같았는데. 맙소사. 엄마가 뭔가 눈치 챘을까? 고등학교 때 난 엄마에게 날 좋아하는 남학생 이야기를 하고 싶지 않았다. 만일 이야기를 했다가는 쏟아지는 질문으로 골치가 아팠을 테니까. 지금도 아무 말 하지 말아야 한다. 특정 주제에 대해서는 입을 꽉 다물고 있다. 나도 이제 거의 서른 살이 다 됐지만 여전히 부모님의 칭찬을 받고 싶고 그분들이 나를 순수하게 생각해주길 바란다. 슈트루델 조리법과 수놓은 도일리(접시 바닥이나 컵 밑에 까는 작은 깔개─옮긴이)에서 삶의 기쁨을 찾는 여인인 엄마가 나와 레오나르도의 관계를 절대 이해할 리가 없다. 솔직히 말하면 나도 이해할 수 없다.

"네, 괜찮아요, 엄마. 목이 굳어서 얼굴에도 핏기가 없는 거야."

엄마가 아래를 내려다보더니 두 손을 치마에 닦는다. 기분이 안 좋아 보인다. 내가 한껏 기대에 부풀게 했다가 집에서 저녁을 먹을 수 없다고 말했으니. 외동딸로 사는 건 24시간 근무하는 것과 같다. 게임에서 나가고 싶을 때 나 대신 들어와줄 형제자매가 없다.

"에이, 화내지 마세요……." 나는 엄마에게 다가가서 뺨에 입을 맞춘다. "가이아가 고집을 부려서요. 그 애 어떤지 잘 알잖아요. 중요하게 할 말이 있대요."

"그렇게 중요한 게 뭐라니?"

엄마가 다시 말한다. 어쩌면 가이아가 아니라 다른 이유가 있다는 걸 직감하고 내가 사실대로 털어놓기를 바라는지도 모른다. "몰라요, 엄마. 급한 것 같던데……. 빨리 가볼게요."

"알았어, 잘 지내라." 마침내 엄마가 단념한다. 그래도 내가 집을 나서기 전에 호박 뇨키가 가득 든 그릇을 손에 들려준다. "냉장고에 넣어. 내일까지는 괜찮을 거야. 잊지 말고 꼭 먹어!"

부모님 댁에서 저녁 식사 때까지 머물렀다가 레오나르도를 만나러 갈 수도 있었다. 하지만 집에 머물다가 나를 조련하는 스승의 손안으로 곧장 들어가고 싶지는 않았다. 그러면 너무 당황스러울 것 같다. 약속 시간까지 집에서 혼자 기다리는 것도 너무 지치는 일이라 생각조차 하지 않았다. 그래서 가이아에게 전화해 같이 저녁을 먹고 싶다고 말했다. 그 말을 듣자마자 그녀는 좋다고 했다. 지난번 통화했을 때 야코포와의 연애가 순항 중이었다. 하지만 최근 주목할 만한 새로운 소식이 생겨 어서 빨리 내게 이야기하고 싶어 안달 난 게 분명했다.

나는 며칠 전 시내 잡화점에서 산 검은 속옷을 입는다. 그런 다음 검은색 밴드스타킹을 신고 역시 검은색 레이스 원피스를 입는다. 옷장에 걸려 있었으나 한 번도 입어본 적 없는 옷이다. 언제였는지 기억은 나지 않는데 가이아에게 선물 받은 원피스다. 길이가 너무 짧고 목도 많이 파였다고 생각했다. 하지만 오늘은 레오나르도가 내 옷을 벗길 수 있다는 생각에 과감하게 이 원피스를 선택했다.

가이아와 자테레에 있는 피자집 아에 오케에서 만났다. 입구에 늘어선 줄이 꽤 길어서 나는 몇 미터 거리에 있는 작은 레스토랑으로 가자고 제안했다. 레오나르도와 약속한 시간에 늦고 싶지 않다. 하지만 그녀가 고집을 부린다. 피자가 너무 먹고 싶으니까 빠른 시간 내에 이 줄이 움직이지 않으면 자기가 항의를 하겠다고 약속한다. 이 말을 듣자 안심이 된다. 가이아를 조금 자세히 본다. 오늘 밤은 평상시보다 훨씬 더 빛난다. 얼굴은 편안해 보이고 헤어스타일도 완벽하다. 진주와 화이트골드로 만든 화려한 귀걸이가 귓불에서 달랑거린다.

"내 얼굴에 뭐 묻었어?" 가이아가 자기 뺨을 가볍게 토닥거리며 묻는다.

"그냥 네 귀걸이 보고 있었어. 진짜 예쁘다……."

"정말? 야코포한테 선물 받았어." 그녀가 이를 다 드러내며 환하게 웃는다.

"브란돌리니가 여자 다룰 줄 아는데?"

가이아는 웃으면서 전부 다 말하고 싶어 안달한다.

"야코포가 토스카나 언덕에 있는 호텔에 데려갔어. 멋진 주말을 보냈지. 그가 어울리는 사람들을 여럿 알게 됐어. 속물들일 거라고 생각했는데, 사실은……" 그녀는 잠시 그 이야기를 들려주며 기다리는 동안의 지루함을 때운다. 그리고 마침내 내 주말에 대해서도 물어본다.

"아주 잘 지냈어." 내가 대답한다. "일했거든. 열심히 벽화 작업했어."

"레오나르도는 최근에 안 만났어?" 2층 테이블로 안내받는 동안 가이아가 건성으로 묻는다. "난 개업식 날 밤에 보고 한 번도 못 봤어. 그 레스토랑에 언제 한번 다시 가야 해."

내 심장이 두방망이질 친다. "그래야지, 물론." 무심하게 대답하려고 애쓰다가 계단에 발이 걸려 넘어질 뻔했다.

테이블에 도착해서 겉옷을 벗자 가이아의 얼굴에 깜짝 놀란 표정이 떠오른다.

"드디어 그 옷 입은 걸 보네!" 그녀는 불빛 아래에서 만족스러운 얼굴로 나를 보며 한 바퀴 빙그르르 돌아보게 한다. "화장도 아주 잘했어, 훌륭해. 가끔 내 말을 들어야 한다니까. 비누와 물만 사용하는 빌어먹을 방식은 1970년대 페미니스트들과 함께 사라져버렸다고."

"난 항상 네 말 듣는데." 내가 웃으면서 반박한다.

"왜 아니겠니……." 가이아가 샐러리를 핀지모니오(올리브 오일과 피망과 소금을 넣어 만든 채소 전용 소스—옮긴이)에 찍는다. "목걸이도 예뻐. 약간 화려하지만 옷이랑 잘 어울려." 목걸이 밑에 뭐가 감춰져 있는지 그녀가 볼 수 없다는 게 애석하다. 어쨌든 가이아의 칭찬을 받고 나자 레오나르도도 나를 보고 좋아할 거라는 기대감이 더욱 커진다.

종업원이 주문을 받으러 우리 테이블로 온다. 가이아는 루콜라와 브레사올라(각종 향신료와 소금을 넣어 절인 소고기—옮긴이)가 들어간 피자를, 나는 샐러드를 시킨다. 레오나르도가 배가 고픈 상태로 오라고 말했다. 식욕을 사라지게 하고 싶지 않다.

가이아가 놀라며 쳐다본다. "다른 건 안 먹어? 나만 탄수화물 잔뜩 먹고 살찌게 하려고?"

그녀를 진정시켜보려 한다. "말했잖아. 사실은 부모님 댁에서 저녁 먹었다고. 너 우리 엄마 슈트루델 알잖아……."

"아, 베타 아주머니 슈트루델……. 좋아, 오늘 밤은 용서해줄게."

가이아는 내게 말하면서 어느새 우리 옆에 와 서 있는 종업원을 보고 있다. 그런 그녀를 탓할 수 없는 게 정말 잘생긴 청년이다. 그가 미소를 짓자 가이아가 추파를 던지며 웃는다.

"피자…… 바짝 구워주세요." 그녀가 머리카락을 옆으로 휙 넘긴다.

종업원이 윙크를 하고 간다. 가이아는 딱 달라붙는 바지를 입은 그의 멋진 뒷모습에서 눈을 떼지 않는다.

"너한테는 너무 어려." 부르면 들을 수 있는 거리에 종업원이 아직 있다는 것을 무시한 채 내가 가이아에게 말한다.

"뭐라고?" 그녀가 순진한 얼굴로 대답한다. "오, 무슨 소리야. 나 추파 던진 거 아냐. 쟤가 게이여서 안 그런 것뿐이지만. 확실해."

우리는 웃음을 터뜨린다. 브란돌리니가 있는데도 가이아의 남성편력은 변함이 없다. 변한 사람은 나다. 그녀에게 그동안 시시콜콜 다 털어놓곤 했는데 레오나르도에 대해서는 한마디도 할 수 없다. 우리가 진짜 연인 관계가 아니라고, 우리는 일종의 계약을 맺었다고, 그는 모든 것을 얻고 나는 단 하나, 나 자신을 잃는 사악한 게임을 하고 있다고 설명해야만 할 테니까. 아니, 가이아는 동의하지 않을 거다. 나를 걱정하며 그만두라고 조언하겠지.

"어디, 필리포 얘기 좀 해봐……." 그녀가 냅킨으로 입가를 톡톡 두드리며 말한다. "언제 마지막으로 통화했어?"

"며칠 전에 스카이프로. 일이 터무니없이 많나 봐."

"세상에나, 이걸 보니 너희 둘 천생연분 같다. 둘 다 워커홀릭이잖아!" 그녀가 두 팔을 허공에서 흔든다. 그러더니 상체를 앞으로 숙이며 아주 진지하게 말한다. "엘레, 지난번에 말했잖아. 네가 좀 더 필리포에게 대담해져야 한다고."

"잘 모르겠어……" 나는 식탁보에서 눈을 떼지 않으며 말한다. 지금 이 순간 필리포는 너무나 멀게만 느껴진다.

가이아가 얼굴을 찡그린다. "넌 왜 그렇게 스스로를 억눌러? 긴장을 풀고 네 감정에 귀를 기울여봐, 한 번만……."

"말했잖아, 거리 때문에 신경이 쓰인다고……." 게다가 다른 남자와 관계를 했고.

"그럼 네가 찾아가! 아니면 스카이프로도 뭔가를 할 수 있잖아, 가령……." 점점 짓궂은 목소리로 그녀가 말한다.

"그만해, 넌 필리포가 그럴 남자 같니……."

"맙소사, 엘레. 꿈 깨! 필리포도 남자야……. 다른 남자들하고 크게 다르지 않아."

"이제 그만 좀 해!" 나는 냅킨으로 얼굴을 가린다. 그러자 바로 그 순간, 레오나르도의 품에서 자위를 할 때 거울에 비친 내 모습이 눈앞에 정확하게 되살아난다.

다행히 그때 우리가 주문한 다른 음식이 나온다. 샐러드를 한입 먹어본다. 그 샐러드를 다 먹으려면 어마어마하게 노력해야 할 것 같다. 속에서 받지도 않는 데다가 결정적으로 이 샐러드는 맛이 없어 보인다. 지금은 레오나르도의 냄새,

그에게서 나는 맛, 앰버향과 바다와 먼 고장 냄새가 나는 어떤 것만이 머릿속에 맴돌 뿐이다. 우리가 약속한 시간에 나를 기다리는 게 그에게 어떤 의미일지 혼자 생각해보다가 곧 그런 생각들을 떨쳐낸다.

다른 데로 주의를 돌리기 위해 되도록 가이아에게 말을 시켜보려 한다.

"그건 그렇고 야코포가 널 정말 좋아하는구나. 어디 알려줘 봐. 사이클 선수는 네 욕망의 순위에서 어디쯤 있어?"

뜻밖에도 그녀의 표정이 바뀐다. 상처를 건드렸으리라고는 생각도 하지 못했다.

"안타깝게도 벨로티를 아직 못 잊었어." 그녀가 한숨을 쉰다. "지금 팀에서 전지훈련 중이야. 하지만 곧 나한테 전화할 테니 두고봐."

나는 깜짝 놀랐다. 그 사람에 대한 가이아의 감정이 이렇게 집요하리라고는 생각하지 못했다. "그럼 그때 어떻게 하려고? 갑자기 브란돌리니랑 정리하려고?" 내가 묻는다.

"모르겠어. 벨로티와 만날 수 있다면 그렇게 할 거야." 그녀가 종업원에게 눈짓을 하고 허공에다 사인하는 시늉을 하며 계산서를 부탁한다. "하지만 지금은 야코포에게 딱 붙어 있어야지."

"좋아." 백작과 사이클 선수 중에 고르라면 난 백작 편이 되고 싶다.

"스카이라인에 가서 뭐 좀 마실래?" 순식간에 평상시의 천하태평으로 다시 돌아간 가이아가 제안한다.

난 미리 준비했던 핑계를 댄다. "못 갈 것 같아. 내일 일찍 일어나서 일하러 가야 하거든." 일부러 졸음이 뒤섞인 목소리로 말하며 완벽을 기하기 위해 하품을 한다.

"네가 거절할 거라는 데 내 마놀로 블라닉 구두를 걸었어."

좋아, 내 연기가 그럴듯했다.

"그렇지만 집에 돌아가자마자 컴퓨터 켜고 필리포와 스카이프 한다고 약속해."

"오케이……. 잠이 안 들면."

우리는 다리 앞에서 인사를 나눈다. 가이아와 포옹하며 오늘 저녁 고마웠다고 말한다. 우리 집 방향으로 몇 발짝 걸어간다. 하지만 헤어지자마자 오른쪽 두 번째 골목으로 돌아가서 달리기 시작한다. 이제 더 이상 저항할 수 없는 유혹을 향해서.

대운하를 따라 걸어가다가 산 폴로 광장에 도착한다. 운하에 면한 팔라초들 중 아직까지 불이 켜진 곳은 얼마 되지 않는다. 대부분은 벌써 어둠에 잠겨 있다. 어둠 때문에 초겨울이면 전형적으로 볼 수 있는 안개가 더욱 짙어져 건물의 모서리들이 사라지고 그 색깔도 바래 보인다. 추워서 손이 얼었지만 속에서는 뜨거운 회오리가 몰아친다. 이제 내 목에 있어야 할 이유가 없는 목걸이와 스카프를 벗어버린다. 이제 온몸 구석구석, 그의 것이 되고 싶다.

레스토랑은 닫혀 있다. 레오나르도에게 전화를 한다. 받지 않는다. 하지만 금방 입구 유리창에 비치는 그의 그림자를 발견한다. 그가 문을 연다. 그리고 예의 그 심드렁한 분위기, 세상을 별로 신뢰하지 않고 자신을 많이 믿는 사람 같은 분위기의 그가 문가에 나타난다. 그는 내 허리를 잡아 안으로 끌어당기고 입술에 진한 키스를 한다.

"어서 와."

나는 단단하고 움직임 없는 바위라도 되듯 그의 등을 잡는다. 흔적도 남기지 않고 떠나버려 내게 고통을 안겨주었지만 지금 그는 여기, 내 품에 있다. 그래서 나는 벌써 지금까지의 일을 다 잊어버렸다.

레오나르도는 자신 있는 걸음으로 홀의 테이블 사이를 지나 나를 자신의 왕국으로 안내한다. 주방이다. 어둑어둑한 주방은 너무나 깨끗한 데다 깔끔하게 정돈되어 있어 다소 두려움을 불러일으킨다. 손님들이 홀에 편안히 앉아 주문한 음식을 기다리는 동안 이 안에서는 어떠한 지옥 같은 장면이 펼쳐지는지 누가 알겠는가. 조리대의 한쪽 모퉁이에 두 사람을 위한 식사가 준비되어 있지 않았다면 거의 실험실이라 해도 좋을 정도다. 오렌지색 불빛이 그곳을 비추었다. 거기서 조금 더 가서 똑같은 조리대 위에 은제 뚜껑이 덮여 있는 접시들을 몇 개가 놓여 있다. 포크와 나이프, 접시와 컵들도 깔끔하게 준비되어 있다. 그것들은 마치 정밀 도구들처럼 반짝반짝 빛난다. 사실 저녁 식사라기보다 실험용 세트 같다.

"여기가 당신 자리야." 레오나르도가 내 겉옷을 벗기고 나를 등받이 없는 의자에 앉힌 뒤 자신도 의자에 앉는다.

"레스토랑 주방에서 식사를 해본 적이 한 번도 없어. 아니 여기 들어오면 절대 안 된다고 생각했어." 나는 호기심으로 주위를 둘러보며 말한다.

"낮에 봤어야 하는데. 사람들로 북적이고 여러 가지 움직임과 소리가 잠시도 끊이지 않거든. 하지만 난 밤의 주방이 좋아. 이렇게 텅 비고 조용한."

그가 내 옷을 훑어본다. "정말 우아해." 만족한 얼굴로 그가 말한다. 그러다가 그의 시선이 내 목에 머문다. "그 자국은?"

"당신이 남겼잖아……." 나는 본능적으로 그곳을 한 손으로 가린다. 레오나르도가 내 손을 치우고 내 쪽으로 몸을 숙이며 그 자국에 뜨겁고 부드러운 입술을 댄다.

"배고프지?" 딸기와 샴페인으로 만든 아페리티프를 내밀며 그가 묻는다.

"많이 배고파." 그와 술잔을 부딪치며 내가 대답한다. 실제로 배가 등에 달라붙었다. 나는 음식이 아니라 그를 원한다. 아페리티프로 입술을 축인 뒤 조리대에 샴페인 잔을 내려놓는다.

"그거 전부 다 마셔야 해." 그가 짓궂으면서도 위협적인 말투로 나를 나무란다.

"마실 수가 없어. 두 모금 마시니까 벌써 빙빙 돌아."

"괜찮아. 또 한 번 당신을 집에 업어다 주면 되지 뭐."

그가 미소를 짓는다. 그의 시선에서 거절할 수 없는 힘을 느낀다. 아페리티프를 한 모금 마시고 혀 밑에 머금는다. 그러다가 그것을 삼키자마자 위가 꼬이는 기분이다. 불이 난 것 같기도 하지만 맛이 좋다는 것은 인정하지 않을 수가 없다.

"괴로운 것만은 아니지, 안 그래?" 그도 한 모금 마시면서 내게 묻는다.

나는 고개를 끄덕이며 샴페인을 계속 홀짝거린다. 레오나르도가 얼음통에서 얼음을 하나 집어 내 목에 댔다가 그것으로 가슴골까지 길게 선을 그린 후 혀로 그 자국을 따라 애무한다. 그 즉시 내 몸이 떨리며 유두가 단단해진다. 그의 혀와 이가 유두를 괴롭혀주길 바란다. 하지만 아직은 때가 아니다. 더 기다려야만 나의 욕망을 채울 수 있다. 그는 뭔가 다른 생각을 하고 있다.

"엘레나, 오늘 밤에는 미각이 당신의 쾌락을 안내할 거야." 그가 내게 속삭인다. "당신의 취향과 습관을 모두 잊어버리고 전부 다 먹어보게 하고 싶어. 당신이 좋아하는 음식이나 지금까지 좋아하지 않았던 음식들도." 그가 이렇게 말하면서 은제 뚜껑을 열자 소스에 재운 굴이 가득 보인다. 그러니까 음식에서의 내 터부를 깨려는 게 바로 그의 계획이다. 하지만 성공할 수 없을 텐데.

"제발, 싫어." 나는 눈을 반쯤 감으며 애원한다. 먹을 수 있을지 잘 모르겠다. 청소년기 때 갑자기 살아 있는 모든 게 먹을 수 없는 것으로 인지되기 시작했다. 간단히 말해 그때부터 나는 어떤 종류든 고기를 먹으면 내 안에 죽은 동물이 들어 있는 것 같은 기분이 들었다. 약간 과장되었다는 건 알지만 정말 그런 기분이다.

"굴은 예전에 먹어본 적 있어. 분명히 말하지만 아마 토할 거야." 그가 나를 불쌍하게 생각해주길 바라며 말한다.

하지만 그는 꿈쩍도 하지 않고 고개를 젓는다. "예전의 경험은 중요하지 않아. 당신 감각이 안내하게 그냥 놔두라고. 지금 여기서." 그가 단호하게 굴을 집어 내 입술에 댄다. 나는 머뭇거리며 이로 굴을 껍질에서 떼어낸다. 그러자 혀와 입천장 사이에서 물컹한 살이 느껴진다. 아직도 살아 있는 것 같다. 그런데 내가 두려워한 것처럼 죽음의 맛이 나는 게 아니라 바다의 맛, 여성적이고 흥미로운 맛이 난다. 나는 약간 놀라며 굴을 목으로 넘긴다. 그러고 나서야 오렌지 껍질을 조린 것 같은 뒷맛이 입안에 남아 있는 걸 느낀다.

"오렌지 껍질 조린 걸 배합한 게 내 비법이야." 레오나르

도가 마치 내 느낌을 모두 알고 있다는 듯이 나를 바라보며
자신도 굴을 하나 먹는다.

"봤지? 안 죽고 그대로잖아⋯⋯. 용기를 내, 하나 더 먹
어봐."

나는 망설이며 다른 굴을 고른다. 그리고 이번에는 혀로
굴을 떼어낸다. 마치 관능적인 키스라도 하듯이. 레오나르도
의 매혹적인 눈길에 빨려 들어갈 것 같은 기분이 들지만 그
런 일은 내게 금지되어 있어 더욱 흥분된다. 그는 계속 내게
서 눈을 떼지 않으며 발폴리첼라 포도주 병을 집어 긴 포도
주 잔 두 개에 따른다. "이번에는 이걸 마셔봐."

짙은 색의 진한 포도주를 마신다. 강하고 향이 좋은 포
도주다. 심장을 따뜻하게 해주다가 위로 그 기운이 올라와
머리가 어지럽다. 레오나르도가 다른 요리 두 개를 가져오려
고 일어난다. 그사이 기분 좋게 취기가 오른다. 나는 놀랄 만
큼 민첩하게 움직이는 그의 몸을 나른하게 바라본다. 그러
자 의미 없는 미소가 입가에 맴돈다. 그가 돌아보자 나는 한
손으로 턱을 괴고 아무렇지 않은 체하려 애쓴다.

"당신 벌써 취했군⋯⋯. 그런데 취한 당신도 좋아. 그러
니 숨기려고 애쓰지 마." 그가 잼에 두 손을 담근 아이를 발
견한 사람 같은 얼굴로 내 쪽으로 오면서 말한다. 그런 다음
조리대에 접시를 내려놓고 나를 유심히 본다. "볼이 발그레
하고 눈이 반짝이니까 너무 아름다워."

접시를 덮은 뚜껑에 반사된 내 얼굴을 보니 그의 말대로인 것 같다. 특히 광대뼈 부근의 혈색이 발그레하고 눈은 이상하게, 약간 액체처럼 반짝인다. 내가 내 얼굴을 관찰하고 있을 때 레오나르도가 뚜껑을 들고 접시의 내용물을 보여준다. 붉은 타르타르(생쇠고기 다진 것과 날달걀로 만든 요리─옮긴이)가 기괴한 형상을 대담하게 그대로 드러낸다. 나는 본능적으로 뒤로 물러서며 불쾌감으로 저절로 찡그려지는 얼굴을 펴보려 애쓴다. 향신료와 뒤섞인 생고기 냄새가 내 코를 자극한다. 나는 당황한 얼굴로 레오나르도를 본다. 그가 단호하게 고개를 끄덕인다.

"그래, 엘레나. 먹어야 해. 생고기야."

나는 용기를 내기 위해 다시 포도주를 한 모금 더 마신다. 어쩌면 강한 맛에 대비하는 게 좋을지도 몰라. 하지만 먹을 수가 없다. 내게는 너무 지나치다. 침을 삼킨다.

"어떤 맛일지 상상하면 안 돼." 레오나르도가 조언한다. "먹어보고 맛을 발견해봐." 그러더니 그가 타르타르에 포크를 넣어 아주 조금 맛을 보더니 두 손가락으로 생강소스를 찍어 내 입술에 펴 바른다. 그가 혀로 내 입술을 핥다가 순식간에 욕망으로 축축해진 내 입안으로 혀를 들이민다. 그의 맛과 함께 생강과 뒤섞인 고기의 맛이 약하지만 지속적으로 느껴진다.

레오나르도가 내 접시에 있던 포크를 집어 내 입에 고기를 넣어준다. 소심하게 저항해보지만 이미 생고기의 강렬한 맛이 입천장에 닿았다. 거의 반사적으로 고기를 씹어 삼키지만 위가 반항한다. 경련이 일며 뒤틀린다. 나는 재빨리 포도주 한 모금으로 이 모든 것을 지워버린다.

레오나르도가 나의 반응을 모두 지켜본다.

"계속해, 엘레나. 다시 해봐. 처음 맛봤을 때 역겨웠어도 두 번째 먹을 때는 좋을 수 있거든. 쾌감에는 선천적이거나 본능적인 게 전혀 없어. 천천히 가서 당신의 편견을 정복해버려야 해."

나는 접시를 내려다보며 주먹을 꽉 쥔다. 그리고 순전히 내 의지로 포크를 들고 다시 한 번 고기를 입에 넣는다. 이번에는 차분히 숨을 쉬며 아주 오래 그것을 음미한다. 맛있는지 아닌지는 알 수 없지만 금지의 맛이 난다. 원칙이 깨질 때와 같은 미묘한 기분을 느낀다. 나는 점점 용기를 내서 한입 더 먹어본다. 그리고 또 한입. 믿을 수가 없다. 여러 해 만에, 그 냄새조차 잊고 지내다가, 고기를 먹고 있다. 이건 동물적이고 잔인하고 원시적인 행동이다. 레오나르도가 명령을 했기 때문에, 그의 굶주린 시선 아래에서 나 자신이 고기 같고, 포획물 같고, 동물적인 본능을 지닌 것 같았기에 그렇게 했다. 그리고 솔직히 맛이 좋았다고 인정해야만 한다. 이렇게 마주 보고 앉아 음식을 먹고 서로를 바라보며 포도주를 마시는 게 이미 섹스다. 마치 서로가 서로에게 영양분을 주듯이.

우리는 타르타르를 다 먹었다. 레오나르도는 벌써 올리브 오일과 고추로 펜넬과 오렌지, 검은 올리브를 섞은 샐러드에 드레싱을 하고 있다. 그러더니 손으로 샐러드를 뒤적인다. 그의 두 눈이 내게 고정되어 있어서 시선을 피하지 못한 채, 그가 서두르지 않고 내게로 오기를 기다린다. 나는 자포자기와 과대망상이라는 모순적인 상황에서 나 자신이 대담하면서도 한없이 약한 것 같은 기분이다. 그에게 아니면 포도주에? 이제 알 수가 없고 중요하지도 않아. 잃어버린 자제력을 다시 찾고 싶지도 않다. 그가 무슨 생각을 하든 그 생각대로 하길 바란다.

레오나르도가 접시에 샐러드를 조금 담는다. 내가 그것을 맛보는 사이 내게 더 가까이 다가온다. 고추의 매운 기운이 목을 타고 내려가며 오렌지의 새콤한 맛과 올리브의 쌉쌀한 맛과 펜넬의 싱싱한 맛이 어우러진다.

"준비해 엘레나, 내가 다음에 먹을 건 바로," 레오나르도가 내 얼굴에 대고 숨을 쉰다. "당신이니까."

그의 손이 스커트 밑으로 미끄러지더니 밴드스타킹의 가장자리를 지나 곧장 팬티에 닿는다. 고무 밴드 밑으로 슬며시 들어온 손가락이 주저 없이 내 몸 안으로 들어온다.

나는 포크를 떨어뜨린 채 숨도 쉬지 못하고 가만히 있는다. 그의 손가락에 묻었던 고추가 내 다리를 자극해서 불이 난 듯 화끈거린다. 깜짝 놀라 몸을 뒤로 빼려 하지만 레오나르도가 나를 제지한다.

"도망가지 마, 소용없어." 그가 명령한다. 그러더니 팬티를 벗겨 바닥에 던진 뒤 두 손으로 내 무릎을 양쪽으로 밀어 다리를 벌려놓고 내 앞에 무릎을 꿇고 앉는다. 그가 내 성기에 입을 대더니 탐욕스레 입을 맞춘다. 빨고 맛을 보고 핥는다. 이제 고추 때문에 화끈거리는 피부에 뻣뻣한 그의 수염이 닿으면서 까칠한 느낌이 더해진다. 달콤한 고문에 정신이 아득해진 나는 두 손으로 조리대 가장자리를 꽉 잡는다. 레오나르도가 갑자기 고개를 들고 나를 본다. 꼭 자신의 행동으로 인한 결과를 감상하려는 듯이.

"계속해줘, 제발……" 내가 애원한다. 그런 탁월한 방식으로 그가 계속 나를 먹어주길 바란다.

그의 촉촉한 빨간 입술에 순식간에 사악한 미소가 번지더니 다시 내 클리토리스 위에 그의 입술이 닿는다. 그러면서도 그는 내게서 눈을 떼지 않은 채 다시 혀를 움직여 애무를 계속한다. 그의 입은 내 성기에, 손은 내 허벅지에, 눈은 내 눈에 머물러 있다. 욕망의 천국이다. 이런 세계를 내가 알게 되리라고는 상상조차 해보지 못했다. 나는 두 손가락을 입으로 가져가 빨며 신음한다. 더 이상 참지 못하고 온몸을 비튼다. 점점 더 강렬한 불길이 폭발하듯 온몸으로 퍼지며 쾌락의 정점에 도달한다. 나는 고개를 뒤로 젖힌 채 비명을 크게 지른다. 그러고는 조리대 위의 접시와 포크, 나이프 들

사이로 무너져버린다.

레오나르도가 다시 일어나서 혀로 자신의 입술을 닦는다. 나는 오르가슴에서 벗어나며 아직도 뿌연 눈으로 그를 본다. 그 모습이 관능적이면서도 재미있다. 우리는 눈이 마주쳤고 미소를 짓다가 웃음을 터뜨린다. 이런 충만한 느낌과 행복을 선물해준 건 바로 포도주였다. 어리석게 고집을 부리며 포도주를 마시지 않았던 시간들이 아쉽다……. 하지만 단지 포도주 때문만은 아니라고 생각한다. 레오나르도가 나를 품에 안고 입을 맞추고 있는 지금 확실히 그 점을 알게 되었다.

"당신은 아름다워. 웃을 때 훨씬 더 아름다워." 그가 내게 소곤거린다.

순간 속이 울렁거리는 느낌이다. 영원히 그렇게 있고 싶은 욕망이 솟아올라 자제를 하려 애쓴다.

잠시 후 그가 내게서 떨어지며 두 손으로 내 얼굴을 잡는다. "저녁 만찬은 아직 안 끝났어. 후식이 남았는데. 먹고 싶어?"

"응." 나는 그가 뭐라고 묻든 그렇게 대답했을 거다.

레오나르도가 냉장고에서 포도주를 한 병 꺼내 조리대 위에 올려놓는다. 병에 붙은 상표가 보인다. 피콜리트.

"이건 내가 아주 좋아하는 포도주야." 그가 포도주 병을 따며 말한다. "희귀품종 포도에서 생산되지. 포도나무의 성질상 포도 알갱이들이 다 익을 때까지 달려 있는 게 드물어.

포도송이를 보면 알갱이가 몇 개 안 달려 있고 병든 것 같거든. 그걸 보면 맛좋은 포도주가 나오리라고는 상상도 못하지. 하지만 이거 한번 마셔봐." 그가 말을 마치며 포도주를 조금 따른다. 한 모금을 마시자 어찌나 부드럽고 달콤한지 가슴이 터질 것 같은 기분이다.

"맛있어." 내가 말한다.

"이 포도주는 실수와 결함 속에 탁월한 뭔가가 숨겨져 있다는 것을 증명해주지. 그걸 발견하는 데에는 인내심만 있으면 되는 거야."

그가 부드러운 입술을 내 입술에 대더니 바지 주머니에서 실크 스카프를 꺼낸다. 순간 나는 그가 다시 내 눈을 가리려 한다고 생각하지만 그가 서둘러 나를 안심시킨다.

"걱정하지 마, 이번에는 눈에 사용하려는 게 아니야." 그가 저항할 수 없는 목소리로 이렇게 말하며 나를 돌려세우더니 등 뒤에서 손목을 묶는다. 그런 다음 포도주를 한 모금 마시고 내 입술에 잔을 댄다. 나는 세상에서 제일 자연스러운 일인 듯 포도주를 마신다.

그가 냉동고에서 쟁반을 꺼낸다. 거기에 피콜리트를 뿌린 뒤 내 앞으로 가져온다. 자신의 아름다움을 노골적으로 뽐내는 원형의 초콜릿퐁당이다.

"용기를 내. 한번 먹어봐." 그의 얼굴에 장난스러운 미소가 번진다.

나는 몸을 앞으로 숙이고 그것을 핥기 시작한다. 처음에는 천천히, 그러다가 점점 더 탐욕스레. 혀의 온기 밑에서 차가운 초콜릿이 녹는 게 느껴진다. 레오나르도가 등 뒤에서 나를 껴안으며 느릿느릿 움직이는 나와 박자를 맞춘다. 내 엉덩이 뒤에서 단단해지는 그의 성기가 느껴진다. 그가 근육질의 가슴으로 내 등을 누르는 사이 그의 혀가 가볍게 내 목을 핥는다.

그의 몸무게가 느껴지자 갑자기 모든 생각이 사라져버린다. 피콜리토 때문에 취기가 다시 올랐고 레오나르도가 내 욕망에 불을 다시 지폈다.

갑자기 그가 내게서 떨어진다. 곁눈질로 보니 그가 셔츠와 바지를 벗고 있다. 그러더니 차분하게 내 원피스를 벗긴다. 원피스 안에는 이미 아무것도 입고 있지 않았고 이미 흠뻑 젖어 있었다. 그가 내게로 들어올 때 몸을 활짝 열어 그를 맞는다. 내 안에서 레오나르도를 느끼자 하늘로 날아갈 것만 같다. 온 우주를 내 안에 받아들인 기분이다. 탐욕스러운 그의 성기가 나의 성기에 영양을 준다. 나는 벌써 금방이라도 절정에 이르러 폭발할 것만 같고 그것을 애타게 기다린다. 하지만 동시에 지금 이 순간이 영원히 끝나지 않기를 바라기도 한다. 그가 빠른 박자로 내 안으로 들어왔다가 나가곤 하고 내 엉덩이도 그에 맞춰 함께 움직이려 한다. 곧 나는 다시 오르가슴에, 땀과 침과 신음의 황홀경에 빠져든다.

레오나르도는 내게 다시 정신을 차릴 시간을 주지 않는다. 내 손을 풀고 내 몸을 돌린다.

"이제 당신 차례야, 엘레나." 그가 꼿꼿하게 선 자신의 성기에 내 손을 올려놓은 뒤, 조리대에 몸을 기댄다.

나는 잠시 망설이다가 처음에는 천천히, 그러다가 점점 더 빠르게 그것을 애무하기 시작한다. 그의 앞에 무릎을 꿇고 입술과 혀를 침으로 약간 촉촉하게 만든다. 그의 성기가 나를 부르고 있다. 그 끝을 잡고 엄지손가락과 둘째손가락으로 살갗을 편다. 그러면서 나머지 한 손으로는 그의 허벅지 안쪽과 고환을 쓰다듬는다. 성기를 두어 번 빨아 내 침이 성기를 따라 흘러가게 내버려 둔 뒤 그것을 다시 빨기 시작한다.

레오나르도가 부드럽게 내 머리를 쥐더니 내 움직임에 맞춰 천천히 성기가 내 입에 들어왔다 나가게 해준다. 나의 순수한 쾌감을 자극해서 나는 점점 더 흥분한다. 위를 향해 올라가면서 몇 번인가 고개를 약간 비튼다. 그러다가 혀끝을 성기 가장자리에 올려놓고 살짝 눌러 절정에 오르게 하는 데 집중한다.

"그래, 엘레나. 그렇게." 그가 신음한다. "지금 해주는 게 좋아."

그를 바라본다. 눈을 지그시 감고 입을 다물고 있다. 그가 절정에 오르려 하고 있다. 이 남자에게 이렇게 크고 강력한 쾌감을 주고 그의 몸을 쾌락의 덩어리로 만들어놓을 수 있다는 걸 알게 되어 기분이 좋다. 나 자신이 굉장한 영향력을 행사하는 것 같은 기분이 든다.

레오나르도가 크게 신음할 때까지 그 동작을 계속한다. 나는 거의 기절할 것만 같다. 그의 성기는 내 입안에 계속 머문 채 꿈틀대며 그가 쏟아내는 따뜻한 정액을 받는다. 그가 사정을 다 끝내자 나는 부드럽게 그에게서 떨어진다. 그가 내 어깨를 잡고 일으켜 세워 허리를 꽉 잡은 채 나를 바라본다. 내 입에는 아직 정액이 그대로다. 한 번도 해본 적이 없지만 이번에는 삼키는 게 좋을지 속으로 생각해본다. 그래서 더 이상 생각하지 않고 단순하게 행동으로 옮긴다. 들치근하고 점성도 있지만 레오나르도의 모든 부분이 그렇듯 당혹스러운 맛이 담겨 있기도 하다. 이제 알겠다.

나는 내가 아니다. 아니 어쩌면 이게 나일지도 모른다. 나는 나를 발견하는 법을 배워야만 한다. 내 안에서 29년 동안 잠자고 있었던 것 같은 이 엘레나와 타협하는 법을. 그가 놀란 얼굴로 나를 보다가 자신의 이마를 내 이마에 댄다.

"이제 내게 어떤 맛이 나는지도 알게 됐어, 엘레나." 그러더니 그가 내 입술을 빨아들일 듯 키스를 한다.

나는 그의 가슴에 머리를 대고 그의 심장박동 소리를 듣는다. 차분하고 규칙적인 소리다. 몇 시간이고 가만히 듣고 있을 수도 있을 것만 같다.

옷을 다시 입는 동안 레오나르도 없이 보냈던 그 며칠, 거리감이 느껴지던 그의 태도와 지금 우리 사이의 완전한 합일, 자연스러웠던 재회를 다시 생각해본다. 나는 항상 그에게 일종의 당혹감 같은 걸 느낀다. 레오나르도에게 나의 가장 내밀하고 비밀스러운 부분을 맡겼지만 나는 아직 그를 잘 모른다.

그는 이중인격을 지닌 사람 같다. 그가 즐겨 보여주는 밝고 쾌락주의자 같은 면과 치밀하게 감추고 있지만 어쩔 수 없이 그에게 달라붙어 있는 어두운 그늘을 동시에 가지고 있다. 이런 그늘은 그를 잘 모르는 사람에게는 보이지 않는다.

나는 돌아서서 그를 본다. 어깨에 새겨진 이상한 문신이 금방 눈에 띈다. 다가가서 손가락으로 문신을 살짝 만져본다. 거기에 그의 비밀이 숨겨져 있는 게 분명하다. "이거 언제 했어?" 내가 과감하게 물어본다.

그의 얼굴이 금방 어두워지더니 돌처럼 굳어버린다. "얘기하고 싶지 않아." 그가 냉정하고 음울하게 대답한다.

"그렇게 말하면 궁금증만 더 커지는데." 내가 지적한다.

"알아. 그래도 이 문제만은 원하는 대답을 들을 수 없을 거야." 그가 재빨리 셔츠를 입는다. 그러더니 갑자기, 분명하게 밝혀둬야 할 게 있다는 듯이 나를 뚫어지게 본다. "엘레나, 나 혼자 간직하고 싶은 것들이 있어. 우리가 서로에 대해 다 알 필요는 없지."

우리 둘 사이에 성관계는 있을 수 있지만, 나머지 문제는 나와 전혀 상관이 없다. 그는 지금 내게 이렇게 말하는 중이다. 나는 입을 꽉 다문다. 이런 상태를 받아들이기가 쉽지 않다는 걸 그에게 들키고 싶지 않다.

주방이 갑자기 꽁꽁 얼어붙어 버린다.

"가자, 집까지 바래다줄게." 그가 다시 친절하게 말한다. 하지만 서둘러 이 자리를 떠나려 하는 것도 눈에 보인다.

나는 즉시 외투를 입고 앞장서서 빨리 걸어 나간다. 그러나 문을 열기 전에 그가 내 팔을 잡아 자기 쪽으로 끌어당긴다. "들어봐, 엘레나……. 너무 퉁명스레 말해서 미안해." 거의 아플 정도로 그가 나를 꽉 끌어안는다. 나는 깜짝 놀라 그의 얼굴을 올려다본다. 지금까지 한 번도 본 적이 없는 고통스러운 표정이다. "그래도 나한테 약속해줄 게 있어."

"무슨 약속?"

"날 절대 사랑하지 마."

왜 지금 이런 말을 하는 거지? 그에게라기보다 나 자신에게 속으로 묻는다. 나는 눈을 동그랗게 뜬 채 그를 뚫어지게 본다.

"당신을 위해서 하는 말이야……." 레오나르도가 내 팔을 손으로 꽉 누르며 계속 말한다. "난 절대 당신을 사랑하지 않을 테니까. 어느 날 당신이 나와 너무 가까워졌다고 생각되면 모든 게 끝날 거야. 맹세하는데, 내 마음은 절대 바뀌지 않아."

나는 목에 걸려 있는 응어리를 없애보려 침을 삼킨다. 강하고 자유로운 여자의 역할을 맡는다. 나도 자존심이 있다.

"좋아, 처음부터 그렇게 말했잖아." 침착하고 자신 있어 보이길 바라면서 이렇게 말한다.

"그러니까 약속해." 그가 여전히 두 팔을 놓지 않은 채 나를 잡아당긴다.

"그래, 약속해."

마침내 그가 나를 놓아준다. 우리는 함께 밖으로 나간다. 나는 팔을 마사지하며 말없이 그를 따라 골목길을 걷는다. 물론 난 사랑에 빠지지 않을 거야, 속으로 이렇게 말하는 사이 무기력한 분노로 속이 뒤집힌다. 나는 그에 대해 아무것도 모른다. 그는 뭔가 분명치 않고 변덕스럽고 잔인하기까지 하다. 나는 독립적인 여자이니 감정에 완전히 휩쓸리지 않고 성적인 관계를 완벽하게 지속해나갈 수 있다. 조금 더 이런 관계를 이어가다가 처음에 말했듯이 각자 자신의 길로 가게 되리라.

난 그를 사랑하지 않을 거야.

난 그를 사랑하지 않을 거야.

이 말들이 의미가 없어질 때까지, 내 말이 무의미한 기도로 남을 정도로 되뇌고 또 되뇐다.

영화를 보고 집으로 돌아가는 길이다. 조르조네 극장에서 베니스영화제 세 번째 영화인 토르나토레 감독 영화를 상영 중이어서 혼자 영화를 보러 갔다. 토르나토레의 「바아리아」를 함께 보며 두 시간 반을 참을 수 있는 사람은 필리포밖에 없을 텐데 그는 여기에 없다. 이제 그가 점점 더 멀게만 느껴진다. 스카이프를 이용한 랑데부가 요즘은 뜸해졌는데, 그건 바로 나 때문이다. 물리적인 거리가 내 생각에도 영향을 미친다. 얼굴도 희미해지기 시작한 것 같고 목소리는 이제 기억조차 나지 않는다.

지금 내 머릿속을 지배한 생각은 단 하나, 레오나르도다. 모든 게 그에게로 이어진다. 무엇을 하든 그는 항상 나와 함께 있다. 영화관에서 햇빛이 이글거리는 그 풍경들과 바람에 거칠어진 얼굴들을 보며 시칠리아를, 그의 고향을 생각하지 않을 수 없었다. 그의 부모님, 친구들은 무슨 일을 하는 사람들일까, 그가 태어나고 자란 고향은 어떤 곳일까? 언젠가 내가 그곳에 가게 될 거라고 꿈꾸는 이유는 뭘까? 심지어 그와 함께 말이다.

그만. 지금 상상 속에서 여행을 하는 중이다. 좋지 않다. 사랑에 빠진다는 생각에 유혹되어서는 안 된다. 상황을 통제하고 이성적으로 생각하고 마음과 머리와 몸을 분리해야만 한다. 레오나르도와 처음 관계를 한 지 한 달이 더 넘었지만 우리의 관계가 어떻게 끝나게 될지 알 수 없다. 아마 내게 아주 큰 상처가 될지도 모른다. 하지만 난 그를 거부할 생각이 없다. 이 모험을 끝까지 해보고 싶다.

밤 10시다. 날씨가 춥다. 팔라초들을 환하게 밝히는 크리스마스 전등불빛들이 운하에 반사된다. 보름 후면 크리스마스라는 게 믿어지지 않는다. 시간이 말 그대로 쏜살같이 흐른다.

골목에서 휘파람 소리와 남자 목소리가 들린다. "아가씨!" 짓궂게 낄낄대는 소리가 그 뒤에 이어진다. 한눈에 봐도 로마에서 온 게 분명한 청년 둘이 내 옆으로 지나간다. 노골적으로 나를 아래위로 훑어보더니 만족스러운 듯 내게 미소를 짓고 자기들끼리 떠들며 내 등 뒤로 사라진다. 며칠 전에도 거리를 지나던 어떤 남자가 나를 뒤돌아보다가 눈이 마주쳤다. 내게는 익숙하지 않은 정말 깜짝 놀랄 일이다. 레오나르도를 만나기 전에는 이런 일이 이렇게 잦지 않았다. 어쩌면 내가 사람들과 어떤 식으로든 거리를 두고 무의식적으로 피했기 때문일 수도 있다. 나는 더 이상 예전의 내가 아니다. 새롭고도 관능적인 에너지를 지니고 있다. 다른 사람들도 그걸 알아차린 게 분명하다. 다른 시선으로 나를 보는 것 같으니 말이다. 나 자신도 거울을 보면 거기에 비친 내 모습에 만족하곤 한다. 나는 더 이상 예전의 내가 아니지만 지금의 내가 마음에 든다. 이건 분명하다. 벗은 나의 몸이 이제는 피해야 할 대상이 아니라 은밀하고 친근한 어떤 것, 금지나 억압 없이 내가 살고 있는 어떤 풍경이 되었다. 이제 그것을 내보이거나 자극을 위해 사용하는 게 두렵지 않다. 검은 레이스 속옷과 하이힐, 가벼운 화장과 목이 많이 파인 원피스도 이제 더 이상 내게 터부시되지 않는다. 예전에는 내가 신경 쓰지 않았던 여성성을 발견하게 해준 사람은 레오나르도다. 어떤 대가를 치르더라도 그에게 여자가 되고 싶었는데, 그러다 보니 나 자신과 다른 사람에게도 그렇게 되었다.

집으로 돌아가기 전에 살짝 방향을 바꿔서 몇 백 미터 정도 더 돌아가게 되었다. 그저 레오나르도가 가까이 있다는 것을 느껴보고 싶다는 마음 하나로 브란돌리니의 팔라초 뒤쪽으로 천천히 다가갔다. 여기서는 위층에 있는 레오나르도의 방을 볼 수 있다. 그의 방에 불이 켜져 있다. 초인종을 누르고 싶은 유혹을 느끼지만 그러면 우리 계약을 위반하는 것임을 잘 알고 있다. 난 언제고 그가 전화해주기를, 외설적인 제안을 해주기를 기다리고 있다. 늘 그를 보고 싶기 때문에 어떤 순간에는 이런 기다림이 피를 말린다. 나는 그의 방 창문 쪽으로 눈을 들어 물끄러미 바라본다.

레오나르도, 어서, 창가로 나와서 나를 원한다고 말해 줘. 당신을 위해 내가 여기 있어.

어느 순간 유리창 너머로 검은 그림자가 지나가는 게 보였다. 하지만 그의 그림자가 아니다. 여자의 그림자다. 가슴 곡선과 길고 유연한 머리카락으로 그걸 알 수 있다. 아무것도 걸치지 않은 여자……. 바이올리니스트다! 그녀가 분명하다. 심장이 쿵쾅거리고 피가 멎어버린다. 꿈을 꾸고 있는 게 아니라 바로 내 눈앞에서 벌어지는 일이다.

목이 꽉 막히고 다리가 후들거리지만 대운하로 이어지는 골목을 걸어간다. 이제 곧 내가 마주해야 할 놀라운 장면을 미리 그려보면서. 역시 내가 생각한 대로였다. 팔라초 앞 부두에 하얀 모터보트가 정박해 있다. 그 모터보트가.

얼굴 정면을 주먹으로 얻어맞은 기분이다. 손톱이 손바닥에 박힐 정도로 있는 힘껏 주먹을 꽉 쥔다. 울고 싶지만 눈물은 나오지 않는다. 마음속에 따리 튼 분노 덩어리가 목을 막아 숨을 쉬기 힘들다. 내가 만나는 여자는 당신만이 아니야, 엘레나. 당신에게 충실하길 기대하지 마. 레오나르도의 말이 주문처럼 귓가에 맴돈다. 참을 수 없는 말들이다. 그는 내게 미리 알렸고 시작부터 분명하게 말했다. 하지만 그래도 나는 이성을 잃는다. 준비를 하고 있었다고 해서 충격이 완회되는 것은 아니다. 주먹이 날아오는 걸 봤어도 얻어맞으면 아프기는 마찬가지다.

영화에서처럼, 저 나쁜 여자의 모터보트에 휘발유를 뿌리고 성냥불을 집어던져 버리고 싶다. 아니면 초인종을 눌러서 그들의 행복을 깨뜨리고 둘 다에게 욕을 퍼부어주고 싶다. 하지만 나는 그냥 그곳을 떠난다. 상처 입고 무력해진 채, 몸을 추슬러 거기서 벗어난다.

그날 밤보다 훨씬 더 길고 긴 낮과 밤을 보냈다. 레오나르도는 다시 연락을 끊어버렸고 나는 되도록 그가 팔라초에 있는 시간에는 작업을 하러 가지 않는다. 이제 어떻게 생각을 해야 할지 알 수가 없다. 어쩌면 생각을 하지 말아야 하는 건지도 모른다. 복수를 하고 싶다는, 아니면 한층 심하게, 오랜 기간에 걸쳐 형벌을 가하고 싶다는 제어할 수 없는 바람은 이제 깊은 슬픔에 그 자리를 내어주었다. 이런 상황에서도 레오나르도가 그리웠고 그의 부재가 다른 그 어떤 것보다 내게 상처를 주고 있다. 나는 영원히 그를 잃었다고 생각하고 싶지 않다. 그 여자가 내게서 그를 빼앗아갔을지도 모른다는 생각을 받아들일 수가 없다. 그의 검은 눈이 내 꿈속에 나타나리라는 것을 알기에 매일 밤 그를 생각하며 잠이 든다. 그를 증오하지만 그를 잊기는 불가능하다.

그러다가 오늘 아침 이제 모든 희망을 다 내려놓고 있는데 그가 갑자기 다시 나타났다. 거의 정오 무렵으로, 나는 프레스코 벽화 마무리 작업 중이었다. 작업복 주머니에서 아이폰이 한 차례 울렸다. 새로운 문자메시지.

5시에 산 니콜로 데이 멘디콜리 성당에서.
치마를 입고 밴드스타킹을 신고 오면 좋겠어.

레오나르도다. 언제나처럼 자신감에 넘친다. 나는 약간 떨리는 손으로 답장을 보낸다.

기다려. 갈게.

그에게 뭐라고 답장을 할 수 있겠는가? 이제 싫증이 나서 안 만나고 싶다고? 사실이 아니다. 그러므로 나 자신을 속여봐야 아무 쓸모가 없을 것이다.

그래서 당장 그가 게임을 리드하도록 맡기기로 결정한다. 게다가 다른 선택의 여지가 없다. 큰 소리를 내지도 않을 것이고 부질없는 주장을 하지도 않으리라. 다만 그의 눈을 보며 우리 사이의 계약에 뭔가 변화가 생겼는지는 확인할 필요가 있다. 그리고 무엇보다 내가 정말 이런 상태를 받아들일 수 있는지를.

5시가 기의 다 됐다. 주위에는 완전히 어둠이 내렸다. 레오나르도가 왜 하필 시내에서 가장 한적한 곳 중의 하나인 산 니콜로 데이 멘디콜리에서 나를 만나고 싶어 하는지 알 수가 없다. 그 성당을 아는 사람은 별로 없다. 하지만 나는 늘 그곳을 매혹적인 장소로, 나머지 세상과 떨어져 있어서 우리에게 깊은 인상을 남기는 그런 장소 중 하나로 생각해 왔다. 건축학교에 다닐 때 수업을 들으러 가려면 어쩔 수 없이 그곳을 지나야 했다. 여름이 시작될 무렵이면 참을 수 없는 더위를 피하기 위해 가끔 성당에 들어가서 시원한 곳에 앉아, 제단 뒤에서 계속 들려오는 성가를 들으며 책을 읽곤 했다. 내가 알기로 이 성당은 베네치아에서 유일하게 24시간 동안 음반을 틀어놓아 천상의 음악으로 공기를 가득 메우는 곳이다. 하지만 난 아직도 레오나르도가 데이 멘디콜리 광장을 약속 장소로 정한 이유를 알 수가 없다. 어쩌면 정확한 이유가 없을지도 모르지만. 다만 이런 차림으로 오래 버틸 수 없을 테니 그가 제각에 와주기만을 바란다. 밴드스타킹은 이미 겨울로 접어든 이런 날씨에 절대 어울리지 않는다. 발까지 닿는 긴 외투로 몸을 감싸기는 했지만 아무것도 걸치지 않은 기분이다. 습기 어린 추운 공기가 다리를 타고 올라와 등에 소름이 돋는다.

5시도 안 되어 레오나르도가 도착했다. 「매트릭스」의 키아누 리브스처럼 긴 외투를 입은 그는 수평선 너머를 보고 있다. 나를 보자마자 내 쪽으로 달려와 포옹과 걱정적인 키스로 인사를 대신한다.

"점점 더 아름다워지는데……. 매번 다른 여자를 만나는 기분이 든다니까." 그가 머리에서 발끝까지 엑스레이를 찍기라도 하듯 나를 샅샅이 훑어보더니 이렇게 말한다.

나는 그를 본다. 그의 눈에서는 항상 똑같이 심장 주변의 얼음을 녹일 정도로 따뜻한 빛이 발산된다. 다시 그의 품에 안겨 있으니 집에 돌아간 기분이다.

"왜 여기서 만나는 거지?" 그에게서 눈길을 돌려, 5시를 알리는 종이 울리는 종탑을 보며 내가 묻는다.

"내가 좋아하는 곳이어서. 며칠 전에 산타 마르타 부두에 물품을 받으러 가다가 우연히 발견했어." 그가 두 손으로 내 얼굴을 녹이며 주위를 둘러본다. "멋진 곳이야. 세상 밖에 있는 기분도 들고."

"맞아." 우리 둘의 생각이 일치한다. 내가 뭘 걱정해야 하는 거지? 나는 두 손을 그의 손 위에 올려놓고 잠시 그의 방 창가에서 본 알몸의 여자를 잊는다. 최근 며칠간의 우울한 생각과 매일 밤마다 나를 괴롭힌 악몽들을 잠시 잊는다. 그가 내게 키스했을 때 내가 알게 된 것은 단 하나다. 그가 아직 나를 원하며 나 역시 그를 원한다는 사실.

우리는 잠시 모퉁이에 서서 키스를 하다가 몇 미터 앞쪽에 있는 와인 바에 들어간다. 난 포도주를 마시고 싶은 생각이 없었으나 레오나르도가 들어가자고 우겼다. 내 등에 손을 얹고 있던 그가 재빨리 엉덩이로 손을 움직여 나를 계산대 쪽으로 민다. 바에는 손님이 거의 없어서 우리가 계산대 앞의 의자에 앉는 동안 주인이 호기심 어린 눈으로 바라본다. 나는 마음속으로 질투심에 불타기는 했지만 레오나르도의 관심을, 내 머리를 쓰다듬는 그의 손길을, 내 다리와 뒤얽힌 그의 다리가 주는 느낌을 즐긴다. 우리는 함께 메뉴판을 본 뒤 피노 그리지오를 선택한다. 레오나르도가 계산을 한 뒤 우리는 포도주 잔을 들고 밖으로 나온다. 운하를 따라 길게 이어지는 얕은 담을, 베네치아식으로 잔을 내려놓을 테이블 로 사용한다.

이제 마음이 한층 편안해졌지만 우리 앞으로 지나가는 여자를 레오나르도가 조금만 오래 바라보아도 질투심이 되 살아나서 내 피가 끓어오른다. 여기 올 때 그에게 아무 말도 하지 않겠다는 결심을 했고 내 결심대로 할 수 있으리라 굳게 믿었으나 정말 힘이 든다. 포도주를 한 잔 마시고 잔을 담 위에 올려놓은 뒤 다른 쪽 해변을 바라본다. 내 얼굴은 딱딱하게 굳었고 그가 그것을 금방 알아차린다.

"왜 그래?" 레오나르도가 고개를 저으며 묻는다.

"그 여자를 봤어……." 가슴에 응어리져 있던 분노가 순식간에 녹아서 그 씁쓸함이 위를 뒤덮는다.

그가 깜짝 놀란다. "누굴 봤다고?"

"됐어, 그만해. 우리 사이에 거짓말할 필요 없잖아, 안 그래?" 나는 질투에 불타는 눈으로 그를 돌아본다. "당신 애인, 봤다고. 며칠 전 당신 방에서."

나는 길게 한숨을 쉬며 몇 발짝 뒤로 물러선다.

레오나르도의 눈이 휘둥그레지더니 차분하고 느긋하던 표정이 금방 되살아난다. "그러니까 나를 염탐하고 있었군그래." 그가 웃는다. "그러다 들킬 수 있으니 조심해, 엘레나." 그러더니 둘째손가락으로 내 코를 어루만진다.

나는 그의 손을 잡고 거칠게 뿌리친다. "그 여자가 누구 인지만이라도 말해줘, 당신에게 어떤 의미가 있는 여자인 지……"

"그 여자 이름은 아리나야." 그가 설명한다.

"……아리나인지 뭔지, 이름이 중요한 게 아니야!" 그 여 자의 모습이 눈앞에 나타나자 나 자신이 더할 나위 없이 작 게 느껴지고 열패감이 되살아난다. 최근 나는 자신감을 얻 었다고 생각했는데 눈 깜짝할 사이에 그것이 사라져버린다. "나랑 만나면서 계속 그 여자를 만났던 거야?" 내가 묻는다.

"당연히 계속 만났지, 내 친구니까. 우리가 같이 잔 건 두 번뿐이야." 그가 약을 올리는 듯한 목소리로 차분하게 말 을 하는데, 이런 그의 태도에 나는 머리끝까지 화가 치민다.

너무 쉽게 내가 원하던 답을 듣게 되자 어안이 벙벙해진 다. 레오나르도는 그래야 할 필요가 전혀 없기 때문에 아무것도 숨기지 않는다. 이게 요점이다.

　내 눈이 잠시 반짝이더니 필사적으로 참아왔던 분노의 눈물이 뜨겁게 흐른다. 그가 내 허리를 잡아 자기 쪽으로 끌어당긴다. 그러고는 한 손으로 내 얼굴을 잡는다. "엘레나, 이러지 마. 그 여자가 내게 어떤 의미인지 알고 싶어? 다른 여자들이 그렇듯이, 모험이고 여행이야……."

　"그럼 나는? 나도 다른 여자들과 똑같은 건가?"

　"아니, 그렇지 않아." 그가 내 눈을 똑바로 본다. "여행은 다 다르니까. 모든 여행은 저마다 다 아름다우니까."

　"하지만 당신은 나만으로 만족하지 못하잖아." 내가 직설적으로 말한다.

　"왜 그렇게 생각하는 거지? 왜 그런 결론을 내렸는지 이해할 수가 없어……. 당신에게 나 말고 다른 애인이 있다면 당신의 행복을 위해 축하해줄 거야. 이러쿵저러쿵하지 않을걸." 내 완고한 태도 때문에 그가 변한 듯하다. "질투는 다른 사람을 소유할 수 있다는 착각을 불어넣어 주고 당신을 가둬버리는 우리에 불과해. 하지만 욕망을 가둘 수는 없어." 그는 이렇게 단호하게 말하며 자신의 품 안에 나를 가둬버린다.

　나는 벗어나고 싶어서 그를 주먹으로 때린다. 그를, 그의 자유를 증오하는 동시에 질투를 느낀다. 나도 그처럼 자유로운 영혼을 갖고 싶지만, 내 사고방식에 맞게, 내면화된 모델에 맞게 형성된 틀에서 벗어나 자유로워지는 게 쉽지 않다.

한편으로는 지금 그가 앞으로 내게 성실하겠다는 대단한 약속을 한다 해도 그를 완전히 믿을 수는 없을 것이다. 현실을 직시해야만 한다. 레오나르도는 나 혼자만의 남자가 되지 않을 테고 그를 내 울타리에 가둘 수 없으리라. 다만 그가 유랑을 하다가 계속 내게로 다시 돌아오기만을 바랄 뿐이다.

우리는 산탄젤로 광장 쪽으로 걸어간다. 나는 아무 말 없이 그와 약간 떨어져서 걷는다. 레오나르도가 내 허리에 팔을 두르며 내 화가 풀리기를 기다린다. 갑자기 눈을 들었는데 몇 미터 떨어진 지점에서 친숙한 모습이 나타난다. 야코포 브란돌리니다. 그가 우리 쪽으로 오고 있다. 내가 재빨리 레오나르도의 팔에서 벗어나자마자 백작이 우리를 알아본다. 오 세상에, 우리 둘이 여기서 뭘 하고 있는지 묻겠지. 그럴듯한 핑곗거리를 꾸며낼 시간조차 없다!

"안녕하세요, 야코포!" 레오나르도가 평상시처럼 침착하게 인사한다.

"오, 안녕하세요." 브란돌리니가 우리 둘 모두에게 인사한다. 그의 시선이 비스듬히 내 얼굴을 쳐다보는 게 느껴진다. "이쪽엔 웬일들입니까?" 그가 가죽가방을 다른 쪽 어깨로 옮겨 메며 깜짝 놀란 듯 우리를 보고 웃는다.

나도 긴장된 얼굴로 웃는다. "당신은요?" 내가 묻는다. 조금이라도 시간을 벌려는 필사적인 시도다. 나는 상상할 수도 없을 정도로 긴장하고 있다. 정말 난감한 상황이다.

"양복점에 가는 길이에요. 유일하게 이 도시에 남아 있는 솜씨 좋은 장인의 상점이죠. 셔츠를 맞춰 입곤 하거든요." 실제로 지금 생각해보니, 그가 입은 셔츠에는 모두 손목 부분에 'JB'라는 이니셜이 새겨져 있었다.

맙소사, 오른쪽 다리가 계속 떨린다. 나는 너무 흥분해 있다. 진정해, 엘레나. 우리가 껴안고 있는 걸 브란돌리니는 보지 못했어. 숨을 쉬어.

"산타마리아에서 돌아가는 길이에요. 물건이 도착했는지 확인하러 갔었습니다." 레오나르도가 말한다. 그는 상황을 완벽하게 제어한다. "성당 앞에서 엘레나를 만났어요……."

"산 니콜로 데이 멘디콜리 성당이요……." 내가 재빨리 끼어든다. "신부님이 복원전문가를 찾고 계셔서요." 그런데 미니스커트에 밴드스타킹, 굽 높은 부츠를 신고 왔다는 거야? 생각을 좀 해라, 엘레나. 외투를 잘 여민다. "아시다시피, 팔라초 벽화 작업이 크리스마스에 끝날 것 같아서요……."

"그래요, 프레스코 벽화 복원이 정말 잘되었더군요. 최고예요, 엘레나." 브란돌리니가 눈에 띄게 만족스러워하며 내 말에 답한다.

"고마워요." 그 자리를 뜨기 위해 뭐라고 덧붙이려는 찰나 그가 더 빨리 말한다.

"다 같이 차 한잔 할까요?" 그가 우리 등 뒤의 바를 가리키며 묻는다.

나는 알아들을 수 없게 뭐라고 더듬더듬 웅얼거린다. 그리고 도움을 청하는 눈길로 레오나르도를 바라본다.

"고맙지만 빨리 레스토랑에 가봐야 해서요." 그가 능숙하고도 정확하게 그 상황에서 벗어난다. "다음에 기회가 되면 하죠."

나도 용기를 내서 곤란한 상황을 벗어나 보려 한다.

"저도 같이 차 한잔 하고 싶은데 아직 크리스마스 쇼핑을 못 해서요, 미안해요." 제일 먼저 생각난 핑계다. 레오나르도가 나를 끔찍한 거짓말쟁이로 만들고 있다.

"알았어요. 그럼 팔라초에서 봅시다." 악수를 한 뒤 그가 우리를 떠난다. 아직도 백작이 가이아를 어떻게 침대로 데려갔는지 이해가 안 가고, 내가 두 사람의 관계를 다 안다는 걸 짐작할 텐데도 어떻게 저렇게 예의 바른 태도를 유지할 수 있는지 의아하다.

"다음에 뵙죠." 우리도 그에게 인사한다. 그가 길 건너편 양복점으로 들어갈 때까지 그를 지켜본다. 내가 안도의 한숨을 내쉰다.

"이게 무슨 우연의 일치인지……." 레오나르도가 말한다.

"베네치아가 좁다니까." 그에게서 떨어진 채 내가 말한다. "이제 당신도 알게 됐을걸."

그가 나를 자기 쪽으로 끌어당겨 재빨리 뺨에 입을 맞춘다. 이런 작은 연극을 함께 하고 나자 어쩔 수 없이 그와 공범자가 된 기분이 든다. 이제 그는 나와의 거리를 없애버릴 수 있는 권한을 얻은 듯 보였다. 나는 브란돌리니가 혹시 아직 근방에 있는 게 아닌지 확인하려 뒤를 돌아본다. 레오나르도가 나의 조심스러운 태도를 보고 웃음을 터뜨린다.

"갔어. 안심해도 돼……. 어쨌든 우리를 봤다 해도 뭐 안 될 게 있어?"

"사실 안 될 건 없지. 하지만 브란돌리니가 날 당신의 수많은 애인 중 하나로 생각하는 건 싫어." 나는 다시 기분 나쁜 표정을 지으며 이렇게 말하고 걷기 시작한다. 곁눈으로 보니 그가 고개를 저으며 체념한 듯도 하고 재미있어하는 것 같기도 한 표정으로 내 뒤를 따라오고 있다. 거기에 약간 희망을 걸어본다.

우리는 아직 약간 거리를 둔 채 나란히 걷고 있다. 곧 아보가리아 골목에 도착한다. 벽에 '탱고 학원'이라는 간판이 있다.

예전에 필리포와 한 번 이곳에 온 적이 있다. 우리는 카를로스 가르델(아르헨티나의 탱고 가수, 작곡가—옮긴이)의 음악에 맞춰 춤을 추었다. 끔찍한 밤이었다. 스텝을 밟느라 발을 혹사시키고 난 뒤 우리는 탱고에 전혀 맞지 않는 사람들이라는 것을 깨달았다.

레오나르도가 나를 추월한다. 그리고 내 앞에서 우스꽝스러운 자세로 뒤로 걷기 시작한다. 이상하다, 어떻게 보면 이것도 탱고다. "아직도 얼마나 더 화를 내야 분이 풀릴까?" 그가 나와 눈을 맞추려 애쓴다.

"몰라." 내가 뿌루퉁하게 대답한다.

"당신 어린애 같은 거 알아?" 그가 갑자기 걸음을 멈춰서 나는 그의 가슴에 부딪히고 만다. 레오나르도가 두 팔로 나를 꽉 껴안는다. 함정이다.

"나한테 키스하고 화해하자." 그가 웃으면서 명령한다.

웃음이 살짝 나오려 하지만 억지로 참는다. "싫어." 사실 그에게 키스하고 싶어 죽을 지경이다.

"그럼 내가 해야지."

그가 내 이에 자신의 입술을 대고 누르지만 나는 항의의 표시로 어금니를 꽉 문다. 낙심하지 않고 그가 나를 벽 쪽으로 밀더니 한 손을 스웨터 속으로 넣어 가슴을 쓰다듬는다.

"하지 마." 나는 그다지 강하지 않게 말한다.

"싫어."

그의 손가락이 내 맨살을 스쳐 지나고, 그의 손길이 닿을 때마다 난 예민한 악기처럼 떨린다. 그의 혀가 내 목을 훑으며 위로 올라오더니 귀 부근에서 동심원을 그리며 애무한다. 느릿하고 기분 좋은 고문 속에서 서서히 긴장이 풀려가며 모든 것을 다 잊게 된다. 마침내 항복을 하고 입을 벌려 그의 혀가 들어오게 한다. 한 손으로는 그의 목을 쓰다듬고 다른 손은 성기 쪽으로 내려간다. 그가 나를 원하고 있다. 바지 위로도 그걸 느낄 수 있다.

"집에 가자." 내가 그의 귀에 대고 속삭인다.

하지만 그는 내 손을 잡고 골목 한쪽의 주랑까지 나를 끌고 간다. 그곳은 문이 닫힌 채 깊은 침묵에 잠긴 안뜰로 이어지는 주랑으로, 자그마한 아케이드 같다. 레오나르도는 그 지역을 잘 아는 사람처럼 자신 있게 움직인다. 주랑 안쪽의 벽에 낡고 커다란 문이 하나 있다. 레오나르도가 그 나무 문 쪽으로 나를 민다. 그러더니 내 엉덩이를 잡고 자신의 것으로 누르는데, 그가 얼마나 흥분했는지를 느낄 수 있다.

"어떻게 하려고 그래?" 어떤 대답이 나올지 두려워하며 내가 묻는다.

"당신도 하고 싶어 하는 것." 그가 내 목을 깨물며 대답한다.

"여기서?"

"왜, 안 되나?"

갑자기 내 휴대전화가 울린다. 외투 주머니에서 전화기를 꺼내 그게 누구든 전화를 받지 않겠다고 스스로 약속하며 발신자를 확인할 정도만 겨우 본다. 오 세상에, 브란돌리니다. 어떻게 해야 할지 몰라 레오나르도를 본다.

"받아." 그가 태연하게 말한다.

나는 약간 걱정이 되었지만 그 말에 따른다. "여보세요?" 되도록 자연스럽게 보이려고 애쓰며 응답한다.

"엘레나, 나예요." 백작은 평상시처럼 평온한 목소리다. 그사이 레오나르도가 한 손을 내 치마 속으로 집어넣는다. "아까 깜빡 잊고 말을 못 했는데 멘디콜리 성당 복원작업을 위해 돈 마르코 신부님께 제출할 추천서가 필요하면 내가 도와줄 수 있어요. 신부님을 잘 알거든요."

무슨 말인지 제대로 알아들었는지 나도 모르겠다. 신부님에게 날 추천해주고 싶은 건가? 레오나르도가 한 손으로는 내 팬티를 가볍게 만지고 다른 한 손으로는 왼쪽 가슴을 꽉 잡는다. 나는 신음이 새어 나오지 않게 이를 악문다. "아, 감사해요." 내 목소리가 욕정으로 갈라져버렸다.

"기꺼이 그렇게 해줄 수 있어요. 이제 당신을 신뢰하니까요."

"정말 친절하세요. 하지만 그냥 기다려볼래요. 아직 그 작업에 대한 확신이 없어서……. 죄송해요, 그런데 잘 안 들리네요……." 난 수신이 잘 안 되는 척한다. 사실 그의 말이 잘 들리지 않는다. 이제 레오나르도의 손이 팬티의 레이스를 지나 축축하게 젖은 내 성기로 들어오려 하고 있다. "죄송하지만 전화를 끊어야 할 것 같아요."

"알았어요, 엘레나." 브란돌리니가 말을 맺는다. "며칠 내로 봅시다."

"그래요, 안녕히 계세요."

"정말 잘했어." 레오나르도가 내 입술을 찾으며, 손가락은 계속 내 안으로 밀어 넣으며 속삭인다.

나는 휴대전화를 꺼서 외투 주머니에 밀어 넣는다. 그사이 그의 혀가 가슴 사이로 와 깊게 파인 블라우스의 한가운데를 애무한다. 그러다가 검은 브래지어의 한쪽 컵을 벗겨내고 유두를 빤다.

"제발 이러지 마. 누가 보면 어떡해……." 나는 저항하려 해본다.

그러다가 이 모든 게 그가 계획한 일, 그의 시험 중의 하나라는 것을 알아차린다. 그의 또 다른 시도, 즉 나로 하여금 내 수치심에 도전하게 하려고 나를 이곳에 데려온 것이다.

이제 상황은 완전히 내가 통제할 수 없는 상태가 되었다. 레오나르도는 이미 충분히 짧은 내 스커트를 조금 들어 올리고 양손으로 팬티의 가장자리를 찢어 벗겨내 버린다. 이제 내 하체에는 아무것도 없다. 누군가 나를 볼지도 모른다는 어리석은 공포에 사로잡힌다. 하지만 바로 그 때문에 흥분이 되기도 한다. 레오나르도가 바지 단추를 풀고 단단하게 부풀어 오른 성기를 꺼낸다. 그가 나무문과 대리석 문설주 사이의 모퉁이로 나를 밀고 가서 내 한쪽 다리를 들어 올린다. 두 손으로 내 엉덩이를 잡고 순식간에 들어온다. 그의 넓은 외투가 우리 두 사람 모두를 가려준다. 레오나르도는 자신의 욕망을 내게 맛보이기라도 하려는 듯, 잠시 꿈쩍도 하지 않고 있다가 천천히, 앞뒤로 움직이기 시작한다.

너무 좋아서 죽을 것만 같다. 절대 끝내고 싶지 않은 극도의 고통, 내 안에서 천천히 열리며 등을 타고 머리까지 전해지는 무언가와 같다. 나는 터져 나오는 기쁨의 탄성을 억누를 수가 없어 신음한다.

그는 계속 내 입과 목에 키스를 한다. 얼음같이 찬 공기 속에 반라의 상태이지만 그의 몸이 내 몸을 향해 무한한 열기를 발산하고 있다.

그때 사람들의 목소리가 점점 가깝게 들려와서 우리는 급히 동작을 멈춘다. 레오나르도는 여전히 내 속에서 나가지 않은 채 다시 조금 더 나를 벽 쪽으로 민다. 우리는 천천히 숨을 내쉰다. 우리는 얼굴을 맞대고 있고, 그의 가슴과 맞닿은 내 심장이 미친 듯이 뛴다. 두 남자가 골목을 통과해, 우리를 발견하지 못한 채 주랑을 지나간다. 나는 겁에 질려 레오나르도를 보았지만 그는 전혀 창피해하지 않으며 웃는다. 발소리가 멀어지자마자 그가 내 다른 쪽 다리도 들어 나를 자신의 두 팔로 안고 더욱 힘 있게 움직이기 시작한다.

"지금 우리가 뭐 하고 있는 거지, 엘레나?" 그가 나를 자극한다. "저 사람들이 우리를 봤더라면, 당신같이 얌전한 아가씨가……" 그가 악마처럼 내게 소곤거린다.

이 모든 게 미친 짓 같고 사악하게 느껴지면서도 한없이 흥분된다. 이제 아무것도 알 수가 없다. 내가 지금 쾌감을 즐기고 있다는 것밖에는. 게다가 이제 내게는 중요한 게 전혀 없다. 그의 허리를 내 다리로 조이고 삐져나온 그의 머리를 잡은 채 그의 눈을 보며 신음한다.

"나쁜 자식."

그가 더욱 거칠게 내 안으로 들어온다. 나는 아까보다 더 크게 신음한다.

깜짝 놀랄 정도의 깊은 충격과 함께 새롭고 부드러운 고통이 내 안에서 커진다. 격렬하고 통제 불가능한 오르가슴의 순간이 점점 다가오는 것을 느낀다. 나 자신을 통제하지 못해 거친 비명을 크게 지르고 말자 레오나르도가 당장 힘센 손으로 내 입을 막는다. 그의 손바닥에 막혀 있지만 주위를 신경 쓰지 않은 채 계속 소리를 지르는 사이 시야가 뿌예지고 뜨거운 눈물 한 방울이 눈 가장자리에서 흘러내린다. 레오나르도도 갑자기 절정에 올라 불분명한 신음을 내뱉으며 내 몸속에 가라앉는다. 그가 내 목덜미에 머리를 기댄다.

걸터앉은 것 같은 그 자세로 우리는 잠시 가만히 있는다. 그가 감은 내 두 눈에 입을 맞춰주며 움직이지 않고 잠시 머뭇거린다. 우리들의 가쁜 숨소리가 차츰차츰 귀에 들리는 도시의 소음과 뒤섞인다. 멀리서는 바포레토 엔진 소리가, 어디선가 창문 닫는 소리와 근처 광장에서 사람들이 떠드는 소리가 들린다. 황홀한 꿈에서 깨어나고 있을 때 레오나르도가 천천히 내 몸 밖으로 나가며 내가 땅에 발을 디딜 수 있게 도와준다. 뜨거운 열기가 우리 주변으로 흩어져 습기 많은 한 겨울의 대기 속으로 사라진다.

우리는 서둘러 옷매무새를 다듬는다. 그는 레스토랑으로 가야 하고 나는 집으로 돌아갈 예정이다. 치마를 내리다가 찢긴 내 팬티가 바닥에 뒹구는 것을 본다. 어찌 해야 할지 망설이며 그것을 바라보기만 할 뿐 주워 들 용기가 나지 않는다.

레오나르도가 내 대신 그것을 주워서 주머니에 넣고 내 손을 잡아 나를 주랑 밖으로 데리고 간다.

"이걸 안 입는 게 더 좋을걸." 그가 내게 윙크를 하며 말한다. 그러더니 키스를 하고 그 끝에 살짝 내 입술을 깨문다.

그에게 대답할 힘도 없다. 이 남자는 매번 나를 무장해제시킨다. 나는 성기에서 나는 냄새 이외에는 아무것도 없는 아랫도리로 걸어갈 수밖에 없다.

좋아, 레오나르도. 이번에도 당신이 이겼어.

두 시간 전에 잠이 깼다. 편안하게 아침 식사를 했다. 지금까지 거의 없었던 일이다. 맛있는 커피를 준비하고 제철 과일도 조금 깎고 구운 식빵 두 장에 누텔라(초콜릿 헤이즐넛 스프레드—옮긴이)를 발랐다. 만족스럽다.

이제 맥북 앞에 앉았다. 누군가 내가 할 일을 말해주면 좋겠다. 창밖을 바라본다. 산 비오 광장의 나무들이 빨간 리본으로 장식되어 있다. 밤이면 노란 불빛으로 눈부시게 빛난다. 광장에 있는 피자집 입구에는 '메리 크리스마스'라는 글씨가 약간 키치스럽게 적힌 별이 반짝이고 있다. 시간이 눈 깜짝할 사이에 흘러 이제 크리스마스가 닷새밖에 남지 않았다. 나 역시 매년 사용하던 장식품을 꺼냈고 환경 친화적인 크리스마스트리를 만들었다. 그런데 올해는 새로운 게 하나 더 추가되었다. 이케아에서 산 유리공에 몇몇 유명한 시인들의 시를 적어넣은 것이다. 답답한 내 마음을 조금이나마 풀어준 낭만적인 크리스마스트리다.

다시 컴퓨터를 본다. 지금 컴퓨터를 컨 가장 큰 이유는 단 하나, 필리포 때문이다. 필리포가 보낸 마지막 이메일에 답장을 하지 않았다. 할 수가 없었다. 그가 여러 차례 메일을 보내 점점 더 집요하게, 주말에 뭘 하며 지내는지 묻고 로마에 와달라고 초대를 했기 때문에 상황은 더욱 좋지 않았다. 필리포를 배신한 기분이다. 그가 내 애인도 아니고, 둘 다 동의해서 함께 지내지 않기로 결정했지만 필리포가 생각날 때마다 죄책감이 내 목을 조른다.

이제 결심했다. 그에게 메일을 쓴다. 하얀 화면이 내 앞에 펼쳐진다. 생각들이 제 마음대로 자유롭게 떠돌아다니게 내버려 두고 고분고분 그 생각에 따라 자판을 두드린다.

보내는 사람: 엘레나 볼페
받는 사람: 필리포 데 나르디
제목: 진심으로

나의 소중한 필,
오랫동안 소식을 전하지 못하다가 드디어 편지를 쓰게 됐어.
그동안의 시간들이 내게는 쉽지 않았어. 여러 가지 변명을 할 수 있겠지만 너를 속일 필요는 없을 것 같아. 사실 네가 당연히 알아야 해서 솔직하게 모두 말해야 하지만 그러자니 용기가 필요했어. 필, 내가 어떤 남자를 알게 되었는데 이제 그 사람 없이는 살 수가 없어. 나 자신에게도 다른 사람들에게도 잘 설명할 수 없지만 한번 시도를 해보려고 해. 우리는 사귀는 게 아니야. 우리 사이에는 본능적인 육체관계만 있어. 그는 나를 가졌고 내 삶을 뒤흔들어놓았어. 그는 나를 가로막았던 장애물과 내 한계 들을 뛰어넘게 도와주려고 작정했고 난 그것을 허락했어. 이전에 한 번도 경험해보지 못한 방법으로 즐기는 법을 배웠어. 내 감각이 다 살아나서 지금 필사적으로 그를 원하고 있어. 그는 어떤 면에서는 나를 자유롭게 해주었지만 지금은 다시 그 이전으로 돌아갈 수 없어. 일종의 강박관념이 되어버렸어. 하루 온종일 매 순간 그를 생각하고 그를 만나면서도 다시 만나고 싶다는 욕망이 점점 커져만 가.

날 이해해달라고 할 수는 없어. 이 모든 게 얼마나 어리석어 보이는지 잘 알거든.

정말 미안해. 하지만 우리 사이가 사이이니만큼, 아니 우리가 어떤 사이라고 상상해왔기 때문에 로마에서 만나는 건 단순한 휴가 이상의 의미를 가지리라 생각해. 어떤 관계의 시작이 될 수도 있어. 내가 원했으나 이제는 상상도 할 수 없는 관계의 시작. 난 갈 수 없어, 필. 정말 그럴 수 없어.

날 증오하겠지, 알아. 날 절대 다시 보고 싶지 않겠지. 나는 그런 대접받아 마땅해. 그게 맞아. 절대 반박할 수 없어. 나는 이제 다만 그와의 관계가 어떤 결과를 가져오든 끝까지 가보고 싶어.

이 편지 이후에 다시 답장을 못 하더라도 나를 용서해줘.

비비.

뭔가에 홀린 듯이 순식간에 메일을 썼다. 거의 내 의지와 반대로 쓴 이 편지에 나의 솔직한 심정이 다 담겨 있다. 이 편지는 그가 아니라 나를 위해서 쓴 게 분명하다.

나는 메일을 두 번 더 읽어본 뒤, 거리를 두고 그 메일을 보고 싶어 거실을 서성거린다. 다시 자리에 앉는다. 내 손가락이 자판 위에서 머뭇거린다. '발송'이라는 말이 그렇게 두려운 건 처음이다. 정말 필리포가 이 편지를 읽게 되면 상처를 받겠지만 적어도 진실은 알게 될 것이다. 갑자기 스카이프 접속 알림 표시가 뜬다. 잠시 후 메시지가 도착한다.

비비, 접속했어? 통화해도 돼?

도둑질을 하다가 들킨 사람처럼 당황한다. 그렇다고 대답하고 그와 영상통화를 시작한다.

화면에 비친 모습으로 보아 집이 아니다. 그것을 보는 즉시 내가 잘 아는 로마의 어떤 장소가 떠오른다.

"잘 있었어, 비비! 바빙톤(바빙톤 티룸. 1893년 스페인 광장 계단 옆에 문을 연 영국식 찻집―옮긴이)으로 차 마시러 와라." 심장을 쿵 내려앉게 하는 그 미소와 함께 그가 제일 먼저 한 말이다. 그의 초록색 눈이 햇빛에 반짝인다. 이 백마 탄 왕자에게 대체 무슨 용기로 상처를 줄 수 있단 말인가.

"그러고 싶어, 필!" 약간 불편해서, 자세를 고쳐 앉는다. "지금 스페인 광장이야?"

"응, 계단에 앉아 있어." 필리포가 화면을 돌리자 트리니타 데이 몬티 성당이 눈부신 모습 그대로 내 눈앞에 선명하게 드러난다. 그는 자신이 감독한 영화 속에 있는 것 같다. "봤지?"

"굉장해! 변함없이 아름다워……." 대학교 3학년 현장학습 때 그와 가본 게 마지막이었다.

"그래, 언제 오기로 결정했어?"

드디어 이 문제다. 그가 물어올 거라고 짐작은 했으나 대답할 수가 없다.

"조만간……." 나는 괴로운 마음을 미소로 숨기며 대답한다.

"벽화 작업은 끝났어?"

"응, 오늘이 마지막 날이야." 내가 한숨을 쉰다.

"그러면 크리스마스에 와, 응?"

"그런데 넌 왜 안 와?" 내가 도리어 묻는다. 다시 문제를 회피하고 시간을 벌려는 초라한 수법이다.

"유감스럽게도 27일에 일해야 해." 그가 어깨를 으쓱하며 깊게 한숨을 내쉰다. "응? 비비, 와라. 보고 싶어. 날 이렇게 내버려 두면 안 돼……."

세상에, 그와 눈을 똑바로 마주 볼 수가 없다. 나도 네가 보고 싶어, 필. 그렇지만 너와 똑같은 감정은 아니야. 네가 떠난 뒤로 너무 많은 변화가 있었어.

"필, 크리스마스에는 안 돼." 목에 뭐가 걸린 것 같지만 아직은 말할 수 있다. "크리스마스이브에 가족들이 다 모여서 저녁 식사를 하거든……." 안타까워하는 듯한 표정으로 그를 설득해보려 한다. "우리 부모님들 어떤지 잘 알잖아. 게다가 자주 찾아뵙지도 못하는데……."

"알았어……. 크리스마스는 너희 부모님과……." 그가 체념의 미소를 지으며 말한다. "난 가족모임에도 참석하지 않는 형편없는 외아들이야."

"너 형편없지 않아."

"정말?"

"그럼." 형편없는 사람은 여기 있는 나뿐이야.

그가 의기양양한 미소를 짓는다. 그러다가 무엇인가를, 아니 누군가를 본 듯 갑자기 뒤를 돌아본다. "이제 가봐야겠다. 렌초 피아노의 조수가 프로젝트 관련해서 의논하려고 오고 있어." 그러더니 내게 손 키스를 보낸다.

"오케이, 그럼 일 잘해."

"고마워, 너도." 그가 뭔가를 읽어내려는 듯 내 눈을 똑바로 본다. 아니 어쩌면 그저 양심의 가책 때문에 모든 걸 편집중적으로 생각하는지도 모른다. "크리스마스 때 다시 통화하자⋯⋯. 어쨌든 난 포기하지 않는다. 되도록 빨리 널 보고 싶어." 그가 말을 마친다.

"나도." 나 역시 손으로 키스를 보낸다. 그의 얼굴이 사라져간다.

스카이프를 끄자 맑은 하늘에 뜬 위협적인 시커먼 구름처럼 맥북의 화면에 편지가 나타난다. 이제 그런 편지를 쓴게 완전히 미친 짓인 것만 같다. 대체 무슨 생각을 했던 거지? 난 내 인생에서 필리포를 몰아낼 수 없다. 적어도 이런식으로, 이런 차가운 메일로는 안 된다. 이렇게 해서는 안 된다. '삭제'로 커서를 움직인다. 주저 없이, 의심 없이 클릭한다. 그렇다, 이 메일을 삭제하고 싶다. 죄책감을, 불안감과 나를 짓누르는 너무나 무거운 도덕적 의무를 제거하고 싶다. 내가 위선자이자 이기주의자일지도 모르지만 마음 한구석에 필리포가 있다는 것을, 아니 있다고 믿고 싶다는 것을 알아야 한다. 우리 두 사람 사이에는 아직 주고받을 게 있다는 것을. 분명 그에게 작별 인사를 해야 하지만 지금은 아니다. 이런 식으로는.

욕망을 우리에 가두지 말라고 했던 레오나르도의 말이 생각난다. 우리의 외부에는 감정의 혼란만이 있을 뿐이라는 사실을 깨닫지만 이미 난 밖으로 나왔고 되돌아갈 수 없다.

이른 오후에 외출 준비를 한다. 머리를 감고 중요한 약속이 있는 사람처럼 정성들여 옷을 입는다. 사실 중요한 약속이 있기는 하다. 프레스코 벽화의 복원작업이 다 끝나서 팔라초에 열쇠를 돌려주러 가야 한다. 통장에 찍힌, 계약했던 액수보다 훨씬 많은 금액으로 보아 브란돌리니가 내 작업에 아주 만족한 게 틀림없다. 이는 대학을 졸업한 뒤 처음으로 마침내 돈 걱정 없이 크리스마스 선물을 고를 수 있다는 뜻이기도 하다…… 정말 흐뭇하다.

출입문을 지나 재빨리 계단을 올라가 현관으로 간다. 생기 있고 눈부신 색깔이 조화를 이룬 벽화가 나를 맞는다. 조용히 미소를 지으며 몇 발짝 가까이 다가가서 자세히 살펴본다. 이름 없는 화가가 내 앞에 나타나 감사의 표시로 내게 석류알 몇 개를 선물하는 공상에 빠져든다. 그 부분 때문에 얼마나 많은 시련과 좌절의 나날을 보냈던지! 아마 레오나르도가 도와주지 않았다면 적절한 색을 찾지 못했으리라. 레오나르도 덕에 내 눈이 다양한 변화를 경험하고, 석류만이 아니라 다른 방식으로 온 세상을 보는 법을 배웠다. 이 벽화는 내 삶의 몇 달을, 나의 변화를 함께 지켜보았고 분명 내게 어떤 영향을 주었다. 이제 이 벽화와 헤어져야 한다. 다음에는 이 팔라초에 벽화가 아니라 레오나르도 때문에 오게 될 것이다. 혹시 오게 된다면 말이다.

잠시 머리에 떠올리기만 했는데 무슨 마법처럼 실제로 그가 현관에 나타나 심장이 터지는 줄 알았다. 우리의 만남은 늘 이렇다.

"차오." 내가 인사한다. "지금 당신에 대해 생각하고 있었는데."

"아, 정말? 어떤 생각 했는데?" 그가 다가와서 벽화로 눈을 돌린다.

"이 복원작업을 하지 않았더라면 우리가 만나지 않았겠지?" 나는 살짝 몸을 돌려 그의 검은 눈을 본다. 입가의 잔주름이 그가 나를 보고 웃고 있다는 것을 말해준다.

그에게 키스하고 싶지만 언제나처럼 그가 먼저 행동해주길 기다린다.

"당신 진짜 훌륭해, 엘레나. 벽화 정말 아름다워."

"우리 축하 파티 해야 해." 내가 참지 못하고 돌아선다. 그의 입에 내 입술을 가져가려고 까치발을 하자마자 그가 내게서 떨어진다. 나는 너무 놀라 할 말을 잊는다.

"내가 돌아오면 파티해." 그가 차분하고 단호하게 말한다.

"당신이 돌아오면?" 내 눈이 휘둥그레진다. 그의 거부를 마음속으로 아직 다 삭히지 못했다. "지금 떠나는 거야?"

"오늘 밤에, 시칠리아로."

"얼마나 있을 건데?"

"몰라, 가봐야 알 것 같아." 그의 눈빛이 흐려진다. 아니 거의 침울하다고 하는 게 맞을 듯하다.

"그럼 레스토랑은?" 내가 용기를 내서 물어본다.

"다른 셰프가 대신해주기로 했어." 그가 어깨를 으쓱한다. "조수들이 나 없어도 이제 잘하니까."

이 소식에 나는 당황한다. 벌써 크리스마스 휴가를 어떻게 보낼지 수천 가지 생각을 해보았다. 아니 공상이라고 하는 게 더 맞겠지. 레오나르도와 이 시간을 온전히 함께 보내고 싶어서 필리포에게도 로마에 갈 수 없다고 했다. 그런데……

"꼭 가야 해?" 내가 실망을 숨기려 애쓰며 묻는다.

"그러고 싶어." 그가 결연한 눈으로 대답한다. "1년에 한 번 정도는 내가 이 세상 어디에 있든 시칠리아로 꼭 돌아가거든."

"거기 당신이 사랑하는 사람들이 있지?"

"내 과거가 있어."

그에게 더 물어보고 싶지만 혀를 깨문다. 레오나르도는 자신의 사생활에 관여하는 것을 극도로 싫어한다. 바로 이 때문에 그의 고향과의 관계는 완전히 은밀하고 침범할 수 없는 영역에 속해 있다.

"나 없이도 재미있게 지내봐." 그가 한 손으로 내 턱을 잡고 애써 미소를 지어보려 한다. 마치 화제를 다른 곳으로 돌리고 싶은 듯이.

가지 말라고, 아니면 나도 데려가 달라고 말하고 싶다. 그렇게 오랫동안 그와 떨어져 있어야 한다고 생각하니 참을 수가 없다.

"전화는 해줄 거지?" 겨우 용기를 내서 한 말은 이게 전부다.

그가 고개를 젓는다. "아니, 엘레나. 내가 여기 없을 때는 통화 안 하고 싶어."

"왜?" 내가 그의 팔을 잡는다. 고집을 부리면 안 된다는 걸 알지만 설명을 듣고 싶다.

"좀 떨어져서 혼자 있어야 해서 그래. 내 삶은 내가 여기서 만들어가는 이게 전부야. 내 삶이 다른 여러 가지 일들과 뒤섞이는 걸 원치 않아." 반론을 허용하지 않는 단호한 눈길이다. "돌아오는 대로 전화할게." 그가 마지막으로 나를 쓰다듬은 뒤 뒤도 돌아보지 않고 계단으로 향한다.

나는 할 말을 잃을 정도로 놀란다. 그는 변명도 핑계도 대지 않고 떠났다. 두 팔을 축 늘어뜨린 채 끝도 없는 슬픔을 삼키는 나를 여기 놔두고.

됐다. 당장 여기서 나가야 한다. 나는 관리인을 찾아 그에게 열쇠 꾸러미를 건넨다.

"안녕히 계세요, 프랑코. 메리 크리스마스." 형식적인 인사말을 길게 늘어놓지 않고 그에게 서둘러 인사한다.

"엘레나도 메리 크리스마스." 프랑코가 습관대로 고개를 반쯤 숙이며 인사한다. "잘 지내세요."

나는 눈을 들어 레오나르도 방의 창문을 마지막으로 올려다본다. 그러고는 빠른 걸음으로 골목에 들어선다.

안녕, 프레스코 벽화. 안녕, 레오나르도.

크리스마스이브다. 레오나르도에게 그런 식으로 버려진 뒤 모두들 행복해하는 크리스마스 휴가 기간에 살아남으려니 초인적인 노력이 필요했다. 상점을 순례하며 꼭 필요한 물건인지 확신도 없으면서 선물을 사고, 행복해하는 수많은 사람들을 바라보노라니 끝없는 우울 속에 빠져들게 된다. 지금까지는 크리스마스를 좋아했는데 이제는 내 온몸으로 증오한다.

하지만 어쨌든 그 나흘 동안 난 살아남았다. 최악의 상황이 닥치리라 예감하긴 했지만. 저녁 8시. 한 시간 내에 부모님 집에 마련된 친척들과의 저녁 식사 모임에 참석해야 한다. 우리 집안의 전통이다. 이 모임에서 살아남으면 아마 거의 무사히 크리스마스를 보냈다고 할 수 있을 것이다.

9시 15분에 바포레토를 놓쳐서 어쩔 수 없이 새로 산 부츠 굽이 반쯤 닳을 걸 감수하고, 걸어서 우리 집 앞에 도착했다. 양손에 잔뜩 선물 꾸러미를 들고 있어 겨우 초인종을 누른다.

선홍색 정장을 한 엄마가 문을 열어주는데 약간 걱정스러운 얼굴이다. "엘레나! 안 오는 줄 알았잖니! 너만 오면 돼서 기다리고 있었어." 크리스마스 때면 틀어놓는 머라이어 캐리의 캐롤과 떠들썩한 친척들의 목소리가 배경음으로 들린다.

"미안해요, 엄마. 바포레토를 놓쳤어요."

엄마는 일사분란하게 내 볼에 입 맞추면서 외투를 벗겨 옷걸이에 걸어주고 내 머리를 매만져주며 죄의식을 느끼게 한다. "엘레나, 치마가 너무 짧은 거 아니야?" 레오나르도와 그의 레스토랑 주방에서 저녁을 먹던 날 밤 입었던 나의 레이스 원피스를 당황스러운 눈으로 쳐다보며 엄마가 묻는다.

"별로 안 짧은 것 같은데요." 내가 태연하게 대답한다. "언제는 치마 안 입는다고 뭐라 하시더니……. 자, 오늘은 엄마 소원대로 입었잖아요."

식당으로 들어서는 순간 달아나버리고 싶다는 생각이 머리를 스친다. 내 앞의 테이블에 친척들이 전투 대형으로 앉아 일주일은 굶은 사람들처럼 음식을 먹거나 포크와 나이프를 허공에서 흔든다. 나는 고개를 흔들어 그런 생각을 떨쳐버린다. 엘레나, 다 잘할 수 있어, 넌 해낼 수 있어.

한 사람도 빠지지 않았다. 할머니, 고모들, 사촌들. 엄마는 어떻게 했는지 심지어 게이 친구들과 세계를 떠돌아다니는 브루노 삼촌까지 참석시켰다. 모두에게 인사를 하자 오른쪽 왼쪽에서 미소로 나를 맞아준다. 서둘러 내 자리로 간다. 사촌 도나텔라 옆에 마련해놨을 게 분명하다. 도나텔라는 내 또래지만 나이 말고는 모든 면에서 비슷한 데가 하나도 없다. 그녀는 스물다섯 살에 플라비오 브리아토레(이탈리아의 사업가. 세계적인 자동차 경주대회인 '르노 포뮬러 원'의 구단주—옮긴이)의 베네치아판인 움베르토와 결혼했고, 1년 뒤 안젤리카를 낳았다. 안젤리카는 지금 일곱 살로 바비 인형의 미니어처 같다. 그 애가 지금 내 왼쪽에 앉아 한 손을 흔들며 인사한다.

"안녕하세요, 이모!"

아이의 머리를 쓰다듬어 주고 가식적으로 윙크를 하며 웃는다.

"엘레나, 정말 예쁘다." 도나텔라가 내 양쪽 볼에 입을 맞추며 말한다. 아이리스 향수 냄새가 구토가 날 정도로 확 풍겨온다.

"고마워, 언니도 멋진데."

"그런 말 마. 살이 5킬로나 쪘어." 도나텔라는 절망적인 표정을 지으며 치마를 들어 올려 허벅지를 살짝 보여준다. "봐, 살이 전부 여기 있어."

이런, 이제 시작했다. 매년 같은 대화지만 올해는 정말 시시한 이야기를 듣고 있을 기분이 아니다. 최근 개발된 셀룰라이트 제거 크림 이야기가 나오기 전에 얼른 이 화제에서 벗어나야만 한다.

"산타 할아버지에게 선물 뭐 받았어?" 화제를 돌리려고 안젤리카에게 묻는다.

"새 휴대전화요." 아이는 이렇게 대답하면서 최근 출시된 아이폰을 자랑스레 보여준다.

"멋지구나⋯⋯." 이 어린아이에게 휴대전화가 왜 필요한지, 솔직히 난 모르겠다.

"이모 것도 보여줄래요?" 너랑 잘 아는 사이도 아닌데 이모라고 부르지 좀 마라, 꼬마야.

나는 가방에서 아이폰을 꺼낸다. 안젤리카가 조그만 두 손으로 그걸 받더니 깜짝 놀라는 얼굴을 한다.

"이거 아이폰 포잖아요! 파이브 나온 거 몰라요?" 아이는 충격이라는 듯이 내게 묻는다.

버릇없고 역겨운 응석꾸러기. 잠깐 어린아이로 돌아가 저 애의 머리카락을 쥐어뜯고 싶은 욕구를 누를 길이 없다.

나는 다시 의례적인 미소를 지으며 그 애를 무시하기로 작정하고 방금 부엌에서 나온 안티파스토(이탈리아 코스 요리 중 전채요리. '파스타 전에'라는 뜻이다──옮긴이)로 관심을 돌린다. 물론 볼페 집안의 전통에 따라 크리스마스에는 육식을 하지 않기 때문에 모든 요리의 기본은 생선이다. 바칼라 만테카토(베네치아의 전통요리로 물에 불린 대구에 올리브와 우유를 넣고 곱게 갈아낸 크림 형태의 요리―옮긴이), 가리비 그라탕과 연어 카나페다.

엄마는 친척들의 칭찬을 들으면 한없이 좋아한다.

이런 모임 때 엄마는 내가 배고플까 봐 일부러 나만을 위해 채소 요리를 준비한다. 물론 엄마는 최근 내가 고기를 먹게 되었다는 것을 모르고 있다. 이것저것 물어볼까 봐, 그리고 엄마의 배려가 무용지물이 되지 않도록 그냥 아무 말도 하지 않기로 한다.

"고마워요, 엄마. 엄만 정말 소중한 분이에요." 나는 그리시니(밀가루에 물과 소금, 이스트를 함께 반죽하여 속이 거의 빈 형태로 빚은 뒤 가늘고 긴 연필 모양으로 구운 이탈리아 빵―옮긴이)를 씹으며 말한다. 그런 다음 엄마가 어린 딸을 위해 사랑으로 요리한 붉은 라디키오(이탈리아 치커리. 백색의 잎줄기와 둥글고 붉은 잎을 가지고 있다―옮긴이) 리소토를 조금 덜어놓는다.

친척들을 한 사람씩 관찰한다. 내 눈에는 전혀 모르는 사람들끼리 모여 앉아 있는 것 같다. 여기 있고 싶지 않고 내 삶으로, 최소한 최근 두 달 동안의 생활로 돌아가고 싶다. 레오나르도 없이 보내는 하루하루는 무의미해 보이기만 한다. 예쁜 포도주 잔에 프로세코 포도주를 따른다. 어쩌면 이걸로 기분이 좀 좋아질지도 모르지.

엄마가 갑자기 내 몸이 비늘에 뒤덮이기라도 한 듯 놀란 눈으로 나를 본다. "엘레나, 뭐 하는 거야?" 엄마가 공포에 질린 사람처럼 묻는다.

"왜? 이제 술 마시는 거 금지됐어요?" 나는 순진한 눈으로 엄마를 보며 다시 잔을 채운다.

"언제부터 포도주 마신 거야?" 엄마는 그냥 넘어가지 않는다. 이런 집요함에 화가 난다. 엄마는 무슨 일이든 자신의 통제를 벗어나거나 동의를 얻지 않는 걸 못 견뎌 한다.

"지금부터요, 엄마는 맘에 안 드실지 몰라도." 내가 냉랭하게 대답한다.

"솔직히 말하면 조금 그래……."

"나 좀 내버려 둬, 엄마." 나는 퉁명스레 엄마의 말을 가로막아버린다. 엄마가 믿기지 않는다는 눈으로 나를 본다. 아버지도 마찬가지다. 갑자기 식탁에 무거운 침묵이 흐른다. 귀가 잘 들리지 않는 할머니가 무슨 일이냐고 사촌들에게 물으시고, 고모는 헛기침을 하며 무릎 위의 냅킨을 바르게 놓는다. 나는 약간 후회되는 얼굴로 주위를 둘러본다. 내가 지나쳤다. 대개 나는 이런 식으로 대답해본 적이 없다. 항상 착하고 말 잘 듣는 고분고분한 딸이었으니까. 이제 낯선 사람은 그들이 아니라, 다른 사람으로 변해버린 나 자신이라는 것을 알게 된다.

다행히 브루노 삼촌이 내 편을 들어준다. "괜찮아요, 베

타. 포도주는 혈관에 좋아요." 삼촌이 엄마의 팔을 살짝 꼬집으며 말한다. "그리고 크리스마스니까 축배를 들어야 하고!" 삼촌이 포도주 잔을 들더니 내 잔에 건배를 하며 윙크를 보낸다.

"네 말이 맞다, 건강을 위하여!" 아버지도 잔을 들고 말씀하신다. 나를 흘깃 보는 아버지의 눈길에서 이미 나를 용서하셨다는 걸 알아차린다.

저녁은 그 뒤 별다른 문제없이 이어져 파네토네(천연 효모로 발효시킨 밀가루 반죽에 버터, 달걀, 설탕, 건포도나 당절임한 과일 등을 넣어 만든 달콤하고 부드러운 이탈리아 빵으로 크리스마스에 먹는다─옮긴이)를 먹고 서로 크리스마스 인사와 선물을 나누었다. 나는 엄마가 만든 패치워크 쿠션─작년에 선물 받은 담요와 잘 어울릴 게 분명하다─과 양모 베레모, 손으로 뜬 양말 두 켤레, 캐시미어 목도리를 선물 받았다. 내가 추위를 많이 타는 것처럼 보인 게 분명하다. 하지만 지금 내가 느끼는 추위에는 양모도 아무 소용이 없다.

기회가 오자마자 나는 엄마를 달래는 입맞춤을 한 뒤 친척들에게 인사를 하고 집을 빠져 나온다. 급히 의식을 마치고 마침내 혼자가 되어 행복하다.

1시가 가까워져 온다. 베네치아의 종탑들에서 들리는 유쾌한 종소리가 크리스마스 미사가 끝났음을 알리는 사이 아직까지 일을 하던 곤돌라 사공들이 서둘러 마지막 손님들

을 육지에 내려놓는다. 나는 숨을 쉴 때마다 나오는 작은 입
김에 집중하며 걸음을 재촉한다. 생각을 하고 싶지 않다. 하
지만 현관문을 열기 전에 하늘로 눈을 들어 별을 본다. 레오
나르도도 저 별을 보고 있을지도 모르니까.

크리스마스 날 늦은 오후에 가이아에게 간다. 그녀는 비
엔날레 공원 근처의 건물 맨 위층에 산다. 가끔 가이아 방 창
문에서 보면, 아래쪽 공원에 최근 브라질 예술가가 만든 토
템상 같은 이상한 설치물들의 끝부분이 보인다. 그 토템폴
(북아메리카 인디언들 사이에서 쓰이는 토템상을 세우기 위한 기
둥─옮긴이)은 하얀 플라스틱으로 만들어졌는데 밤이면 야
광 불빛으로 환히 빛난다. 토템상이라기보다는 우스꽝스러
운 눈사람에 가까워서, 조각가가 그런 의도로 만들었을 거라
고는 생각하지 않지만 크리스마스에 아주 잘 어울린다. 반짝
이는 포장지에 싼 작은 상자를 가이아에게 선물로 주려고 가
져왔다. 그 안에는 랑콤 볼륨 마스카라와 슈에무라 아이래
시컬러가 들어 있다. 그녀는 이런 것들을 몹시 좋아하니 분
명 마음에 들어 할 것이다.

가이아는 문을 열자마자 벽에 걸어놓은 메릴린 먼로 포
스터 밑으로 나를 거의 떠밀다시피 하더니 예의 그 에너지 넘
치는 포옹으로 으스러지게 껴안는다.

"메리 크리스마스." 그녀가 내게 행복하게 인사한다. 그

런 다음 슬리퍼를 끌며 나를 거실로 안내한다. 그녀는 집에서만 하이힐을 벗는다.

"너도, 가이아!" 내가 외투를 벗으며 대답한다.

"이리 와, 소파에 편히 앉자." 이렇게 말하고 그녀가 텔레비전을 끈다.

고가의 하얀 가죽 소파에 앉을 때마다 가이아가 애인들과 했을 충격적인 행동들을 생각하지 않을 수가 없다.

"혹시 네 희한한 병이 다 나았으면 벨리니 한 잔 괜찮을까?" 가이아가 묻는다.

"좋아."

"훌륭해, 한 잔 마시자!" 내가 술을 마시기로 하자 그녀가 깜짝 놀라 반기며 나를 본다.

가이아가 부엌으로 사라졌다가 접시와 잔을 가지고 돌아올 때 네 번째 손가락에 낀 다이아몬드 반지가 눈에 띈다.

"그건 뭐야?" 내가 즉시 묻는다.

"야코포에게 선물 받았어." 내 얼굴에 반지를 가까이 가져다 대며 그녀가 말한다.

"약혼반지야?" 내 눈이 휘둥그레진다.

"아, 그냥 반지."

"가이아, 시치미 떼지 마." 내가 비난의 눈초리를 보낸다.

"오케이, 인정할게. 야코포는 진지한 관계를 원하고 있어."

"그런데 너는 아니지." 내가 가이아의 생각을 대신 말해준다.

"너무 빠른 것 같아서, 안 그래?" 그녀가 동의를 구하며 나를 본다. 생각이 많아 보인다. 가이아가 야코포를 정말 사랑하지 않는다는 것을 얼굴에서 읽을 수 있다. 그녀의 이전 실적이 별로 좋지 않았기에 지금 야코포의 이런 행동이 기적같아 보인다.

"그러면 왜 이런 의미심장한 선물을 받았어?"

"미안하지만, 그럼 내가 어떻게 했어야 해?" 그녀가 변명을 한다. "돌려줘야 해? 크리스마스 날?"

"모르겠어, 가이아. 하지만 두 사람이 이제 그 문제를 이야기하는 게 좋지 않을까?"

"있지, 난 정말 야코포 좋아해." 그녀가 벨리니를 홀짝이며 말한다.

"그렇겠지. 그렇지만 연락도 없는 다른 누군가를 더 좋아하잖아……."

내가 정곡을 찔렀다. "봐." 그녀가 블랙베리를 내게 내밀며 말한다. 벨로티에게서 최근에 온 문자메시지다.

메리 크리스마스, 꼬맹이. 곧 만나러 갈게.

이제 가이아의 눈이 하트로 변한다. 다른 때였다면 난 그녀에게 훈계를 하고 늘 그렇듯이 가이아를 현실로 데려와서 올바르게 행동하는 게 어떤 건지를 가르치는 진지하고 약간은 위선적인 친구 역할을 맡았을 것이다. 하지만 지금은 다른 어느 때보다 가이아를 이해한다. 그래서 그녀를 비난할 생각이 전혀 들지 않는다.

"그런데 정말 널 만나러 올까?" 내가 묻는다.

"누가 알겠어?" 그녀가 희망에 부푼 얼굴로 대답한다. 가여운 백작에 대한 죄책감 같은 건 보이지 않는다. 자기 때문에 누군가 괴로울 수 있다는 사실을 그녀는 대수롭지 않게 생각한다. 가이아는 오로지 자신의 행복에만 관심이 있다. 가능하다면 벨로티와 함께할 행복.

어떤 끌어당김의 법칙 때문이었는지 그 순간 내 아이폰도 울린다. 마음속에는 단 하나의 희망뿐이다. 하느님, 제발 레오나르도이기를.

"누구야? 누구야?" 가이아가 궁금해하며 소리친다.

난 문자메시지를 읽으며 실망감을 감추려 애쓴다. "아, 필리포야. 크리스마스 잘 보내라고."

"그런데 왜 그렇게 말해?" 아마 내가 제대로 숨기지 못했나 보다.

"왜, 그럼 어떻게 말해야 해?"

"조금 더 열광적으로 말해야지, 엘레!" 그녀가 다정하게 내 어깨를 흔든다. "무슨 일이야? 필리포에게 이제 확신이 없어?"

"아니야, 무슨 소리야." 내가 급히 덧붙인다. "조금 보고 싶기는 한데……."

그녀가 당황한 얼굴로 나를 본다. "겨우 조금? 필은 똑똑한 남자야. 내가 보기엔 너에게 딱이야."

오 세상에, 가이아. 너까지 내 인생을 복잡하게 만들지 마! 그렇지 않아도 머릿속이 복잡한데…… 필리포가 나한테 딱 맞는 남자지만 지금 내가 원하는 건 그가 아니야.

"두고봐야지……." 난 이렇게만 말한다.

"당장 답장해." 그녀가 명령한다. "그사이에 네 선물 가져올게."

나는 약간 냉랭하고 형식적인 문자를 보낸다. 그러나 문자를 보내고 나서야 그 사실을 깨달았다. 눈을 들어보니 가이아가 다시 의기양양한 미소를 지으며 거실에 나타난다.

"여기 있어." 그녀가 내게 선물상자를 건네고 나도 똑같이 한다.

물론 가이아는 번개처럼 바로 포장지를 뜯어낸다. 그녀의 표정으로 보아 내 예상이 적중했다. 가이아는 선물을 마음에 들어 했다. 하지만 나는 한참 뜸을 들였다가 선물을 풀어보는 그런 타입이다. 천천히 포장을 뜯으며 선물을 보았을 때의 기쁨을 조금씩 맛보는 걸 좋아한다.

상자를 살짝 흔들어보고 바디오일이거나 향수가 아닐까 짐작해본다. 유리병에서 나는 소리 같다.

"알아맞혀 보려고 해도 소용없어. 절대 모를걸⋯⋯." 가이아가 몹시 흥분해서 말한다.

드디어 상자를 열어본 나는 얼굴이 홍당무가 된다.

"바이브레이터?! 그것도 크리스털?!"

"정확히 말하자면 가짜 크리스털이야."

나는 그것을 한 손에 든다. 화를 내야 하는 건지, 재미있어해야 할지, 절망해야 할지 알 수가 없다. 결국 난 웃고 만다. 달리 어쩔 도리가 없다. 가이아도 나를 따라 웃는다. 자신이 원하던 결과를 얻어낸 것이다.

「섹스 앤 더 시티」의 한 장면 같다.

"너한테 없는 게 분명한데 절대 네 손으로 사진 않을 테니 내가 대신 산 거야." 그녀가 윙크를 하며 능숙하게 스위치를 누른다. "작동하면 환상적일 거라고 하던데⋯⋯."

"글쎄, 아주 멋있어 보이기는 한다." 벽 위로 빛을 반사하는 기계를 보며 나는 고개를 젓는다. "내가 이걸 사용하지 않아도 기분 안 나쁘지, 그렇지?"

"절대 사용하지 않는다는 말은 절대 하지 마. 어쨌든 하나 가지고 있으면 좋아⋯⋯." 그녀가 확신에 차서 대답한다.

"어쨌든 흔한 스타킹 선물은 아니네." 나는 일부러 차분하게 말한다.

우리는 다시 웃는다. 이렇게 크리스마스 오후를 같이 보낼 사람은 가이아밖에 없다고 마음속으로 생각하면서.

그러나 집으로 돌아오자마자 나는 다시 슬퍼졌다. 원하는 것을 가질 수 없을 때 느끼는 그런 무력감도 함께 느꼈다. 떠올리지 않으려 애를 써도 집요하게 내 생각을 지배하는 것은 레오나르도다. 그는 왜 그렇게 경직되어 있는 걸까? 왜 그렇게 항상 수수께끼 같고 어둠과 신비에 둘러싸여 있을까? 순간적으로 그에게 전화를 하거나 문자메시지를 보낼 뻔했다. 하지만 곧 그런 유혹을 피하기 위해 휴대전화를 꺼버린다.

가이아의 선물이 든 가방을 책상에 올려놓는다. 상자에서 바이브레이터를 꺼내 얼른 욕실에 숨겨둔다. 이걸 내가 어디에 쓰겠는가?

난 레오나르도를 원한다. 이것은 다른 무엇으로도 충족될 수 없는 욕망이다.

힐튼호텔에서 열릴 송년 파티를 위해 나 자신을 완벽하게 단장하는 일이 지금 내가 육체적, 정신적으로 감당해야 할 마지막 일이다. 나를 그 파티에 초대한 사람은 가이아와 브란돌리니다. 온갖 방법을 동원해 초대를 거절해보려 했으나 소용이 없었다. 내 친구와 그 '애인'에게 감사해야 마땅한 일이지만 원치 않는 파티에서 저녁 내내 꿔다 놓은 보릿자루 신세가 되어야 한다고 생각하니 울적하다. 나는 레오나르도 없이 혼자, 파티를 즐기는 행복한 사람들에게 에워싸여 있겠지. 나 자신이 까다롭고 사교성이 없다는 생각이 든다. 아마 약간은 기후병 때문일 수도 있다. 지금 무시무시한 납빛 하늘이 창문에서 나를 위협하고 있다.

오늘 밤은 잠옷 바람에 패치워크 담요를 두르고 혼자 집에 있고 싶다. 8시 이후의 식사로 당뇨와 소화불량의 위험이 있기는 하지만.

나는 지금 거울 앞에서 전투를 벌이고 있다. 머리를 빗고 잔털들을 제모하고 가슴과 허벅지에 토닝크림을 바른다. 빨간 란제리를 입고 뺨에 블러셔로 생기를 주고 눈꺼풀에는 무지갯빛 아이섀도를, 입술에는 지속력이 강한 립스틱을 바른다. 레오나르도를 위해, 그의 눈에 매력적으로 보이려고 치장을 하는 건 의미가 있지만 지금은 완전히 부질없는 일 같기만 하다. 그가 지금 뭘 하고 있고 누구와 같이 있는지 대체 누가 알겠는가! 그와 단절되어 있는 나는 마약 중독자처럼 물불을 가리지 않고 점점 더 그를 원하기 시작한다. 이 순간 마약 밀매상이 내게 마약을 제공해줄 수 없다는 게 안타까울 뿐이다.

초인종이 울린다. 자신들의 유쾌한 송년 파티에 나를 억지로 끌고 가려고 정각에 찾아온 가이아와 야코포가 틀림없다.

"금방 내려갈게." 나는 인터폰에 대고 마지못해 말한다.

"오케이, 서둘러." 가이아가 벌써 기분이 들떠서 대답한다.

마지막으로 거울을 보며 삐져나온 머리카락을 정리한다. 이제 정말 이 단발머리 스타일을 바꿔야 할 때다. 외투에 발이 걸리지 않게 조심하며 급히 계단을 내려간다.

문을 열자 가이아와 야코포가 손을 잡고 서 있다. "우산을 가져가야 하는 거 아닐까?" 내가 묻는다. 그러고는 하늘을 올려다본다. 두 사람 뒤의 어둠 속에서 친숙한 그림자가 눈에 띈다.

"우산은 무슨, 별이 보이는데." 독특한 목소리가 예기치 않았던 애무처럼 내게 들려온다.

가이아가 윙크를 하고 브란돌리니는 그가 지나갈 수 있게 비켜선다.

필리포가 그의 초록 버버리 코트를 입고 여기, 내 앞에 있다. 나는 믿을 수가 없어 잠시 꿈인지 생시인지 구별 못하는 얼굴을 하고 서 있다. "필! 여긴 웬일이야?"

"돌아왔어." 그가 예의 그 눈부신 미소를 지으며 말한다.

상반되는 감정이 마음속에서 다투며 예상치 못한, 그리고 흥분되는 혼란을 만들어낸다. 하지만 무한한 애정이 이런 모든 감정들을 눌러버린다. 갑자기 필리포와 포옹을 하고 싶다. 그렇지만 난 두 팔을 늘어뜨린 채 말뚝처럼 서 있다. 이런 상황에서 다들 어떻게 하나? 키스? 몇 달 전의 키스는 뜨거운 작별의 키스였다. 하지만 그사이 너무 많은 일들이 일어나서 이제 어떻게 해야 할지 알 수가 없다……. 이렇게 우물쭈물하고 있는 상황에서 필리포가 먼저 행동한다. 내게 다가와서 가이아가 지켜보는 가운데 내 입술에 살짝 가벼운 키스를 한다. 이제 됐다. 나는 난파된 사람처럼 필사적으로 그와 포옹한다. 필리포가 여기 있어줘서 고맙고 이렇게 깜짝 선물을 해준 가이아가 고맙다. 이 모든 게 그녀의 각본임이 분명하다.

가이아와 야코포가 우리보다 몇 미터 정도 앞서서 걸어간다. 나는 필리포가 내민 팔을 잡고 그의 따뜻한 체온을 즐긴다.

"네가 여기 있어서 행복해." 내가 말한다.

"나도."

"그런데 언제 온 거야?"

"사실은 두 시간 전에."

희미한 가로등불 밑에서 그를 자세히 본다. 수염을 깎은 얼굴이 약간 수척하고 밤을 새워 일한 흔적들이 남아 있으나 두 눈은 어느 때보다 반짝인다.

"로마에서 할 일이 있는 줄 알았어."

"응, 그래도 이틀 정도는 시간을 낼 수 있었어." 그러더니 그가 나를 보며 미소를 짓는다. "네가 너무 보고 싶었거든."

나도 그가 보고 싶었다. 하지만 이제야 만날 수 있게 되었다. 지금까지 나는 다른 사람 생각에 정신없이 빠져 있었다.

"겨우 이틀?" 내가 묻는다.

"아쉽지만 그래. 이틀 뒤에는 다시 일을 해야 해. 그 사람들은 노예상인이야. 난 자발적으로 노예가 된 거고."

그가 걸음을 늦추더니 잠시 내 팔을 떼어놓고 내 눈을 똑바로 본다. "정말 나 만나서 기쁜 거야? 조금 전 네 얼굴을 봤을 때 별로 안 그런 것 같아서……."

필리포는 정신의 미묘한 변화를 알아차릴 정도로 예리하다. 그것을 잊고 있었다.

"당연히 기쁘지." 내가 억지로 미소를 지어내며 말한다.

"생각지도 못한 일이어서……."

갑자기 등이 서늘해진다. 겨울바람 때문이 아니다. 나는 진실을 말하고 있지 않다. 너를 만나서 반가워, 필. 하지만 네가 떠나 있을 때 나는 다른 남자 때문에 병이 들었어. 지금 네가 그 병을 낫게 해줄지 잘 모르겠어.

우리는 다시 걷기 시작한다. 나는 계속 그의 팔을 꼭 잡고 있다. 몇 시간만이라도 레오나르도를 잊고 이 순간을 차분하게 보내자고 나 자신과 조용히 약속한다. 그 메일을 필리포에게 보내지 않아 다행이다. 만약 보냈더라면 이런 일은 일어나지 않았겠지. 그리고 이렇게 된 걸 보면 적어도 오늘 밤만은 운명이 우리 편이라는 뜻이다.

우리 넷은 자테레에서 모터보트를 탔다. 2분 만에 주데카 운하를 가로질러 힐튼호텔 입구에 도착한다. 여기서 도시를 바라보니 이상하다. 마치 도시를 뒤집어놓은 것 같은 광경이다. 우리는 붉은 벨벳 위로 우아하게 걸어간다. 브란돌리니 덕에 거만한 경호원들이 엄중하게 지키고 있는 입구를 쉽게 통과한다. 이 호텔에는 한 번도 와본 적이 없다. 예상보다 훨씬 더 고급스럽고 화려한 호텔이다. 더할 나위 없이 우아한 종업원들은 짜증스러울 정도로 공손하고 예의 바르다.

잠시 휴대품보관소에 들렀다가 칵테일을 한 잔 들고 브란돌리니와 친분이 있는 몇몇 사람들을 뒤따라 우리 테이블로 간다. 넓은 파티장은 아름답게 장식되어 있다. 테이블이 못해도 오십 개는 되는 듯하다. 손님들은 모두 행복한 얼굴이지만 굉장히 세련된 체 행동하는 사람들이다. 마치 감시카메라가 계속 작동하고 있기라도 하듯 행동 하나하나에 신경을 쓴다.

"가이아가 상류층 사람들과 어울리기 시작했구나." 필리포가 내 귀에 대고 말한다. 그 역시 나처럼 이렇게 화려한 곳에는 익숙하지 않다.

"아냐, 상류층 사람들이 가이아와 어울리기 시작한 거지……." 내가 대답한다. 우리는 공범자처럼 함께 웃는다.

저녁 만찬이 물 흐르듯 기분 좋게 이어진다. 백작의 지인들은 내가 생각했던 것처럼 그렇게 거만하지 않다. 가이아 말이 맞다. 나는 어차피 이건 하루저녁이면 끝나는 일이라고 속으로 되뇌며, 억지로 이 사람 저 사람에게 미소를 짓고 너무 깊이 생각하지 않으려 한다. 내 곁에 필리포가 있다고 생각하면 왠지 안전한 기분이다. 시간이 흐르면 흐를수록 예전과 다름없이 그와 더욱더 공감하게 되는 듯하다. 어느 순간 필리포의 시선이 푹 파인 내 목덜미로 옮겨가는 게 느껴진다. 지금 생각해보니 이브닝드레스 입은 모습을 그에게 한 번도 보여준 적이 없었다. 이렇게 우아한 자리에 함께 참석해보기도 처음이다. 이 생각을 하자 즐겁다. 평상시처럼 몸을 가리려 하지 않고 그가 쳐다보는 대로 가만히 있는다.

"이 옷 마음에 들어?" 내가 묻는다.

그는 약간 당황한 채 대답한다. "아주 잘 어울려……. 다만 네가 입던 스타일이 아니라서. 너 달라졌어, 비비. 피어나는 꽃송이 같아."

"그럼 우리 긍정적인 변화를 위해 건배하자." 내가 잔을 들어 그의 잔에 부딪치며 말한다.

필리포 역시 내가 술 마시는 걸 한 번도 본 적이 없었다. 그가 깜짝 놀란다. "이제 술도 마셔?"

"아, 물론. 우리의 엘레나가 아주 살짝 알코올 중독인 걸……. 더 일찍 마셨어야 하는데!" 가이아가 우리와 건배를 하며 끼어든다.

필리포는 약간 혼란스러운 듯 미소를 짓는다. "술 못 마시는 줄 알았어." 그가 이상하다는 얼굴로 나를 본다. "너 졸업식 날도 건배조차 하지 않았잖아."

"나도 그렇게 생각했지." 나는 어깨를 으쓱하며 포도주를 천천히 한 모금 마신다. "아마 내가 잘못 알고 있었나 봐." 다른 여러 가지 일들과 마찬가지로.

"오케이, 그럼 새로운 소식들을 위하여." 그도 자기 포도주를 마신다.

우리가 카나페와 볼로방(vol-au-vent. 크림소스에 고기·생선 등을 넣어 조그맣게 만든 파이—옮긴이)을 먹으며 유쾌하게 포도주를 마시는 동안 나는 주위에서 시끄럽게 들리는 시시한 대화들이 흥미로운 척하며 잇따라 자꾸 웃어댄다. 알코올이 그 효과를 발휘하기 시작해서 한층 마음이 가볍고 긴장도 풀린다. 바로 내가 원하던 상태다. 그러나 어느 순간 실수로 포도주 병을 쳐서 내 앞에 앉은 여자의 옷에 포도주가 쏟아진다. 종업원이 달려와 급히 수습한다. 다행히 나와 같은 테이블에 앉아 있던 사람들은 당황하는 내게 별 신경을 쓰지 않고 이 일을 핑계로 다시 건배를 한다. 여자 역시 그리 불쾌한 것 같지는 않다. 하지만 순간 나를 쏘아본다.

"괜찮아, 비비? 너무 많이 마신 거 아냐?" 필리포가 걱정스레 소곤거린다.

"조금 그런 것 같아……." 나는 한 손으로 관자놀이를 누르면서 대답한다. 술에 취했을까 봐 겁이 난다. 어쩌면 생각보다 내가 포도주에 약할지도 모른다. "나 사고뭉치지, 응?"

"예쁜 사고뭉치야." 필리포가 윙크를 한다. "그리고 저 여자 어쨌든 별로인걸."

여기 필리포가 있어서 진짜 좋아, 알코올에 취한 채 이렇게 생각한다. 사고를 냈을 때도 날 위로해주고 진가를 인정해주는 사람이 있어 얼마나 좋은지. 이런 기분을 느끼게 해주는 사람은 필리포밖에 없다.

그사이 가이아가 일어나서 우리 테이블의 다른 사람들과 함께 홀 한가운데로 간다. 디제이가 데이비드 게타(프랑스의 작곡가, 프로듀서, 디제이—옮긴이)의 곡인지 다른 곡인지 모를 댄스곡을 방금 틀었다. 내가 알기로 그녀가 아주 좋아하는 노래다. 내 친구는 자신의 몸을 완전히 자유자재로 이용해 요염하고 우아하게 움직인다. 스팽클이 달린 미니 시폰 드레스를 입은 그녀의 몸이 댄스 플로어 불빛에 눈부시게 반짝인다. 컬이 들어간 머리는 땀에 약간 젖었고 발그레한 두 뺨은 진주처럼 빛난다. 평소 절대 춤을 추지 않던 나도 춤을 추고 싶어진다. 필리포가 싫다고 하는데도 억지로 그를 끌고 나간다.

"고집부리지 마!" 그의 소매를 잡아끌며 내가 명령투로 말한다.

서로 발만 밟고 끝나버렸던 탱고 학원의 잊지 못할 그날 밤이 떠오른다. 필리포 역시 플로어에서 뻣뻣하게 다리를 움직이며 계속 날 보고 웃고 있지만 그 생각을 하고 있다는 걸 안다. 나는 크게 웃음을 터뜨린다. 이제 정말 나 자신을 통제할 수 없다. 필리포가 왜 웃느냐고 묻지만 대답할 수가 없다. 갑자기, 이유 없이, 미친 사람처럼 웃음이 난다. 가이아도 눈치를 챈다. 그녀가 재미있어하며 다가와 내 양 손목을 잡는다.

"너 벌써 취했어, 엘레?"

"그런가 봐." 내가 눈물을 닦으며 대답한다. 하지만 이게 행복의 눈물인지, 절망의 눈물인지도 알 수가 없다.

자정이 되기 몇 분 전에 우리는 모두 불꽃놀이를 구경하

러 테라스로 올라간다. 나는 불꽃놀이를 굉장히 좋아하는
데, 보는 것뿐만 아니라 직접 터뜨리는 것도 좋아한다. 어릴
때 연말이 되면 분홍색 돼지저금통에 든 돈을 바람개비와
폭죽 사는 데 몽땅 써버리곤 했다. 그러고는 아빠와 함께 하
늘을 향해 폭죽을 터뜨리며 미친 사람들처럼 즐거워했다. 내
친구들은 그게 여자들의 놀이가 아니라고 말했지만 아버지
는 그런 것에 신경을 쓰시지 않는 듯했고 나는 그런 순간을
아버지와 함께 즐길 수 있어서 행복했다.

깜깜한 밤하늘이 불꽃들 때문에 잠시 밝아졌고 별도 몇
개 언뜻 보인다. 테라스 위의 전망은 그야말로 장관이다. 별
들이 물과 땅과 하늘 사이에 떠 있는 작은 점 같다. 카운트다
운을 시작하는 중요하면서도 지루한 순간이 되었다. 가이아
와 야코포가 우리 앞에, 첨탑 뒤에 섰고 나와 필리포는 그 뒤
쪽, 조금 떨어져 있는 모퉁이에 그대로 서 있다.

"다섯."

필리포가 내 허리를 힘껏 껴안는다.

"넷."

내가 그에게 바짝 다가간다.

"셋."

그가 나를 바라본다.

"둘."

내가 턱을 든다.

"하나."

그의 입이 내 얼굴과 몇 센티 떨어지지 않은 곳에 있다.

"해피 뉴이어!" 우리는 서로의 눈을 보며 말한다. 그러고 는 서로의 입술을 찾는다.

오늘 밤 처음으로 필리포와 진짜 키스를 한다. 그동안 내가 잊고 있던 다정하고 부드러운 키스. 필리포가 손에 들 고 있던 모에 에 샹동을 따서 같이 병째로 몇 모금 마시는 동 안 불꽃들이 각양각색으로 도시와 우리 발아래의 운하를 환히 밝힌다. 우리는 말없이 몇 분 동안 그 광경을 감탄의 눈 으로 바라본다.

"소원을 빌 때가 됐어." 갑자기 필리포가 내게 속삭인다.

"오케이." 생각에 집중하기 위해 눈을 감는다. 그와 함께 하는 이 순간이 한없이 아름답기는 해도, 다른 생각을 해보 려 아무리 애를 써도 내 머릿속에서 바라는 사람은 한 사람 뿐이다. 레오나르도. 눈을 다시 뜨자 울고 싶어진다.

"했어?" 필리포가 내게 묻는다.

나는 고개를 끄덕이고 얼른 그의 시선을 피한다. 그의 손에서 병을 빼앗아 샴페인을 한 모금 더 마신다.

"너는? 빌었어?" 억지로 미소를 지으며 그에게 묻는다.

"빌 필요도 없어. 내 소원은 벌써 여기서 이뤄졌으니까." 그가 나를 껴안고 다시 키스를 하며 말한다.

죽을 것만 같다. 나는 이 세상에서 가장 구역질 나는 인간이다. 이 키스에 나 자신을 모두 던진다. 필리포에게 용서를 구하고 싶은 마음에 있는 힘껏 키스를 쏟아 붓는다.

필리포가 나를 끌어당겨 자신의 가슴에 안는다. 우리는 얼마 동안인지 모르지만 한참을 그렇게 서 있었다. 긴 여행에서 이제 돌아온 기분이다. 불꽃놀이가 끝나자 대부분의 사람들이 아래로 내려갔고 몇몇 사람들만 아직도 테라스에서 미적거리고 있다. 옷을 사이에 두고 우리의 몸이 밀착되어 필리포의 체온이 나의 체온과 뒤섞이는 기분이다. 혈관의 피가 뜨겁게 끓어오른다. 술기운이 확 올라와서 그럴 수도 있는데 갑자기 미친 듯이 필리포와 자고 싶어진다. 욕망 때문인지 분노 때문인지, 기뻐서인지 절망스러워서인지 나도 모른다. 다만 오늘 밤만은 모든 걸 다 잊고 다시 한 번 그의 여자가 되고 싶다. 그 결과는 내일 생각하자.

그래서 두 손으로 그의 얼굴을 잡고 뜨겁게 키스를 시작한다. 그의 입안에 혀를 다 집어넣고 한 손을 그의 다리 사이에 올려놓는다.

그런데 갑자기 필리포가 내게서 떨어지더니 당혹스러운 얼굴로 나를 쳐다본다.

"왜 그래? 싫어?" 내가 묻는다.

"좋기는 한데……" 그가 주위를 둘러보며 대답한다.

"그런데?" 그를 테라스에서 제일 어두운 구석으로 밀며 내가 속삭인다.

"비비, 사람들이 우리를 보잖아." 그는 나를 원한다. 그걸 알 수 있다. 하지만 너무 당황스러워 어쩔 줄을 몰라 한다.

"그럼 보라고 해." 나는 그의 한 손을 잡아 내 가슴에 올려놓는다.

"오늘 너 왜 이러는 거야?" 그가 말한다. 그의 초록색 눈이 지금까지 한 번도 본 적 없는 이상한 빛으로 번득인다.

"내가 원해서 이러는 거야." 나는 도발적으로 말하고 가슴이 드러날 정도로 드레스의 어깨끈을 내린다.

"대체 뭐 하는 짓이야? 얼른 제대로 해." 그가 질겁하며 화를 낸다. 그러고는 서둘러 드레스의 끈을 다시 올려준다.

"너 왜 이렇게 경직되어 있어?" 나도 짜증이 나고 굴욕스럽다. 레오나르도였다면 날 제지하지 않았겠지. 레오나르도였다면 이런 식으로 말하지 않았겠지. 레오나르도, 레오나르도, 당신밖에 생각나지 않아, 빌어먹을! '그를 잊을 수 있게 뭐든 해줄 수 없어?' 필리포에게 소리치고 싶었다.

"너 정말 완전히 취했구나." 그가 이마에 내려온 머리카락을 쓸어 넘기며 말한다. 필리포는 화를 낼 때 훨씬 섹시하다……. 각진 턱의 윤곽이 더욱 뚜렷하다.

이제 그를 원하는 마음이 거의 심술로 변한다. 그의 거절이 내 몸을 더 뜨겁게 만든다. 그를 분노하게 만들고 이제 그의 것이 아니라 다른 남자의 것이 된 새로운 엘레나를 그의 눈앞에 내던져야 할 필요를 느낀다. 성급하게 그의 벨트를 푼다.

"어서, 필! 날 원하는 거야, 아니야?"

그 순간 필리포가 내 손목을 꽉 쥐며 나를 제지한다. "그만해, 엘레나. 너 지금 너무 막 나가고 있어." 그가 나지막이 말한다. 그는 한 번도 나를 엘레나라고 부른 적이 없다. 몹시 마음이 상한 게 틀림없다.

"그러면 같이 막 나가보자고!" 나는 화가 나서 그의 말을 따라 한다. "한 번 정도도 그럴 수 없는 거야?"

"그만하라고 했다."

"뭘, 넌 뭘 생각해봐야 하는데? 이걸 하려고 시간을 내서 날 만나고 싶어 한 거 아냐?" 이제 나도 분노하며 한층 심술 궂어진다. 입에서 나오는 독설을 멈출 수가 없다. "네 열정은 어디로 간 거지, 필? 한 번이라도 생각하지 않고 잘난 결정을 내릴 수는 없는 거야? 우리 사이에 한 번쯤은 미친 짓을 해볼 수도 있지 않아? 항상 언제나 그렇게 계획적이어야 해?"

그에게 말했다. 울부짖었다. 그리고 벌써 후회한다. 필리포가 믿을 수 없다는 듯 나를 바라본다.

"난 널 만나려고 여섯 시간이나 차를 타고 왔어." 그가 창백해진 얼굴로 이를 악물고 말한다. "하지만 난 우리가 호텔 테라스에서 빌어먹을 섹스나 하는 것 이상의 사이라고 생각했어."

나는 두 손으로 얼굴을 감싼다. 이제는 부끄러워 죽고

싶은 마음뿐이다.

그가 풀이 죽은 눈으로 몇 발짝 뒤로 물러난다. 그는 이제 나와의 신체 접촉을 원치 않는다.

"요 몇 달 동안 너한테 무슨 일이 있었는지 난 몰라, 엘레나. 그렇지만 난 네가 어떤 사람인지 모르겠어. 오늘 밤 내게 보인 모습…… 난 싫어."

그가 떠나려고 하지만 내가 한 팔을 잡아 세운다. "미안해, 이러려는 게 아니었는데……."

그가 팔을 뺀다. "아니, 네가 원했던 거야." 그가 주먹을 꽉 쥔 채 차가운 눈으로 나를 본다. "네 생각을 다 말했잖아. 너무 분명하게. 해피 뉴 이어." 그러더니 급히 출구로 이어지는 계단을 내려간다.

그를 잡을 수가 없다. 시도조차 할 수가 없다. 나는 기운이 다 빠져서 벽에 등을 댄 채 주저앉는다. 머리가 빙빙 돌고 구토가 올라온다. 그러나 다행히 참을 수 있다. 숨을 깊게 쉬고 침착하게 다시 일어나서 휘청거리는 걸음으로 실내로, 우리 자리로 간다. 나도 가야 한다. 여기 있는 게 아무 의미도 없다. 핸드백을 들고 가이아와 브란돌리니에게 아무런 설명도 하지 않은 채 서둘러 인사를 한다. 천만다행으로 가이아는 나보다 더 취해서 필리포가 가버린 것도, 내 꼴이 처참한 것도 눈치 채지 못한다. 가이아는 다시 "해피 뉴 이어"라고 말하고 내 엉덩이를 살짝 꼬집은 뒤 나를 놔준다.

1월 1일 새벽 3시에, 나는 지금 여기, 혼자 사는 내 아파트에 있다. 금방이라도 토할 것만 같고 머리는 한시도 쉬지 않고 빙글빙글 돈다. 한 해의 시작이 굉장하다. 레오나르도도 없이. 그리고 이제 필리포도 없다. 내가 무슨 짓을 했다고 이런 대가를 치러야 하지? 피곤하고 기운이 하나도 없다. 난 이미 선택을 했지만 운명은 날 모욕하길 즐긴다. 난 내가 가질 수 없는 걸 원한다.

겨우 일어나서 비틀비틀 부엌 쪽으로 걸어간다. 속을 휘젓는 알코올을 흡수해줄 만한 것을 찾아본다. 약간의 빵밖에 없어서 그게 언제부터 있던 건지 생각해보지도 않고 입에 밀어 넣는다. 그리고 욕실로 가서 욕조 수도를 튼 뒤 에센셜 오일 몇 방울을 따른다. 너무 많이 따랐지만 신경 쓰지 않는다. 거실로 돌아와 욕조에 물이 다 받아지길 기다린다. 아직 불이 켜져 있는 크리스마스트리가 내 시선을 빼앗는다. 나는 바닥에 앉아 가만히 트리를 본다. 작은 공에 내가 직접 써넣은 시의 한 구절을 읽는다.

나는 증오하고 사랑한다. 당신은 어찌 그럴 수 있느냐고 묻는다.
나도 모른다. 그러나 그럴 수 있고 그래서 고통스럽다.

카툴루스(고대 로마의 서정시인. 사랑과 실연의 감정을 노

래한 시로 연애시의 선구자가 되었다—옮긴이)

눈물이 날 것 같다. 목에 걸린 응어리가 풀린다. 나는 울어서 눈이 충혈된 감상적인 멍청이다. 어른 놀이를 하다가 말썽만 피운 어린 여자아이다.

거추장스러운 옷과 빨간 레이스가 달린 섹시한 란제리를 벗어 바닥에 그냥 놔둔 채 욕실로 다시 간다. 그러고는 물이 가득 찬 욕조에 천천히 들어가서 얼굴을 물속에 담가 눈물을 지워버린다.

새로운 엘레나가 여기 있다. 혼란과 죄의식에 빠진 외로운 엘레나. 스스로에게 희생된 사람이자 스스로를 죽이는 사람.

마침내 휴가가 끝났다. 나는 감사의 마음으로 후회 없이 묵은해를 뒤로했다. 끔찍하게 새해를 시작하긴 했지만 그래도 앞을 바라봐야 한다. 예전처럼 멋진 새해 계획을 세우지는 않았지만 올해는 용기 있는 선택의 해로 만들겠다고 다짐했다.

무엇보다 먼저 일을 다시 시작하고 싶다. 몇 번 면담을 했지만 지금으로서는 베네치아에서 흥미로운 기회는 전혀 없는 것 같다. 그래서 지금도 내가 속해 있는 복원연구소의 소장인 보라치니 교수님께 연락을 했다. 교수님은 내게 파도바 프로젝트에 참여해보는 게 어떻겠느냐고 제안하셨다. 교수님이 지도하는 팀과 함께 카펠라 델리 스크로베니 복원작업에 참가하는 것이다. 경력을 쌓기에도 좋은 귀중한 작업이지만 매일 기차를 타고 출퇴근을 해야 한다. 그래서 면담을 한 후에 좀 더 생각해보려 한다.

그리고 헬스클럽에 등록했다. 솔직히 이런 용기가 어디

서 나왔는지 모르겠다. 화요일에는 필라테스를 하고 월요일과 목요일에는 줌바 강습을 받는다. 물론 필라테스가 훨씬 내게 맞는다. 제자리에서 스트레칭하는 것 외에 달리 크게 몸을 움직이지 않기 때문인지도 모른다. 당연히 내 몸은 뻣뻣하지만 적어도 손가락 끝이 발가락 끝에 닿기는 한다. 하지만 줌바에 대해서는 세세히 다 말하고 싶지 않다. 가이아가 날 설득했는데, 좋다고 승낙한 그날을 저주한다. 트레이너는 미친 여자 같다. 게다가 강습실에서 거울을 보지 않을 수가 없는데, 정신없이 빠른 박자에 맞춰 엉덩이를 흔들고 온몸을 뒤흔드는 여자들 틈에 섞여 있는 내 모습이 우스꽝스럽게만 느껴진다. 더군다나 난 늘 반 박자 정도 늦게 동작을 한다. 매번 강습이 끝날 때마다 투덜거리지만, 결국 몸이 가벼워지고 긍정적인 의미에서 피곤하며 어리바리한 나 자신이 재미있다는 사실은 인정하지 않을 수 없다.

하지만 감정적인 면에서의 상황은 변함이 없다.

새해맞이 날 밤의 끔찍한 일이 있고 난 뒤로 필리포는 내게 다시 연락을 하지 않는다. 가이아는 계속 우리가 헤어진 이유를 물어오지만 나는 애매모호하게 말을 피한다. 그녀에게 내가 엄청난 일을 저질렀고, 이 관계를 끝낸 게 바로 나라는 말을 하지 않은 채 이제 서로 연락하지 않기로 했다고 대답한다. 나는 정말 필리포에게 용서받을 수 없는 짓을 했다. 다만 무의식적으로 그와 멀어지고 싶었기 때문에, 그가 나를 증오하게 만들고 싶었기 때문에 그런 말을 했다고 생각한다. 결국 성공했다. 하지만 우리 사이가 시작도 하기 전에 끝났다고 생각하면 씁쓸하다. 행복해질 수 있는 기회를 놓친 건 아닐까 하는 의구심이 남아 마음을 괴롭힌다. 그렇다 해도 내 마음이 이제 다른 방향으로 가고 있으니 어쩔 도리가 없다.

내 마음은 언제나 레오나르도에게로 돌아간다. 그에게 전화하고 싶은 미칠 것 같은 욕망을 어떻게 눌러야 할지 알 수가 없지만, 그것을 이겨내는 게 그를 다시 만날 수 있는 유일한 방법이다. 그와 나를 갈라놓은 시간이 가끔 견딜 수 없어 보이기는 하나 난 믿고 있다. 이제 신년휴가가 끝난 지 꽤 되었으니 곧 그가 다시 나타날 것이다. 그와 다시 함께할 수 있다. 어떤 식이 될지는 모르지만. 하지만 어떻게 보면 어떤 일들은 정확히 알지 못하는 게 더 나을 때도 있다.

헬스클럽에서 방금 돌아왔는데 날아갈 것 같다. 가이아까지도 쓰러뜨릴 만큼 강도 높은 훈련을 하고 나니 내 몸속에 쌓여 있던 모든 독소들이 다 날아가 버렸다. 오늘 밤은 심하게 죄책감을 느끼지 않으며 맘껏 먹을 수 있다. 루콜라와 브레사올라—그렇다, 이제 이런 걸 먹어도 아무 문제 없다—를 넣은 샌드위치, 브리 치즈와 견과를 넣은 샌드위치와 고르곤졸라 치즈와 아티초크를 넣은 샌드위치를 만드는 중이다. 각각 두 개씩 만든다. 전 세계에서 가장 맛있는 샌드위치를 파는 베네치아의 바, 알라 톨레타의 것처럼 믿을 수 없을 정도로 속이 두툼하게 만드는 중이다.

8시가 거의 다 되어갈 때 초인종이 울린다. 누굴까? 올 사람이 아무도 없다. 브리 치즈가 묻은 칼을 접시에 내려놓고 손가락을 핥으며 인터폰을 받으러 문 쪽으로 간다.

"누구세요?" 내가 묻는다.

"레오나르도야." 단호하고 힘센 목소리. 그의 목소리다.

오, 맙소사. 속이 울렁거린다. 본능적으로 벽에 걸린 거울을 본다. 꼴이 말이 아니다. 찢어진 청바지에 메리노 울 슬리퍼를 신고 집에서 주로 입는 후줄근한 아디다스 후드 티셔츠를 입고 있다. 이 티셔츠는 고등학생 때부터 입던 옷이다. 북극곰이 그려진 플리스 잠옷을 입고 있지 않은 게 그나마 다행이라고 할까.

"레오나르도라고?!" 꿈이 아니라는 것을 확인하기 위해 내가 묻는다.

"그래. 문 안 열어줄 거야?"

옷 갈아입게 잠깐만 기다려줘. 아니, 두 시간만. 그러면 제대로 꾸밀 수 있어.

"올라와." 내가 버튼을 누른다. 그가 올라오는 동안 욕실로 달려가서 뺨에 콤팩트를 두어 번 두드린다. 머리 상태는 가이아가 망설임 없이 더 이상 봐주기 어렵다고 말할 정도다. 하지만 시간이 없다. 대충 포니테일 스타일로 머리를 묶는다.

그가 계단을 올라오고 있다.

전화로 알리지도 않고 이렇게 오리라고는 생각도 못했다. 나는 준비가 되지 않았다. 가슴이 터질 것만 같고 다리가 후들후들 떨린다. 하지만 자신 있고 편안한 모습을 보여줘야 한다. 그가 이미 짐작하고 있어서 숨기려 해봤자 소용이 없다 해도, 내가 그를 얼마나 그리워했는지 알리고 싶지 않다.

적당히 놀라는 표정을 지으려 애쓰며 문을 연다. "놀랐잖아……."

"기대하고 있었던 거 아냐." 그는 이런 대답으로 내 노력을 모두 물거품으로 만들어버린다. 며칠은 깎지 않은 것 같은 수염에 헝클어진 머리, 보통 때보다 약간 더 검게 탄 피부, 너무나 섹시하다.

"들어와." 나는 고개를 옆으로 살짝 기울이며 그를 안으로 들인다. 그에게 달려가 두 팔로 목을 껴안고 싶은 마음을 간신히 누르면서.

레오나르도는 거실 쪽으로 몇 발짝 나가다가 군용 가방 같은 초록색 가방을 바닥에 내려놓는다. 그가 내 뺨에 대충 입을 맞춘 뒤, 주위를 둘러본다.

"나 없는 동안 어떻게 지냈어?"

"잘 지냈지."

"거짓말."

그가 나를 끌어당기더니 여러 번 키스를 한다. 목에도 키스를 한 뒤 두 손으로 내 얼굴을 힘 있게 잡고 부엌 선반 쪽으로 밀더니 내 입에 혀를 넣는다. 레오나르도는 왜 다른 사람에게 잡히려 하지 않는 걸까, 왜 내 남자가 되려 하지 않을까? 탐욕스러운 그 입술, 힘 있는 그 팔, 앰버향이 나는 이 몸, 이 허리를 내가 얼마나 그리워했는지……. 그런데 왜 그리울 때마다 그걸 알릴 수 없는 걸까?

나는 참을 수가 없어 똑같이 격정적으로 답한다.

"이렇게 먹는 거야?" 식탁의 빵 도마 위에 놓인, 브리 치즈를 바른 빵 한 조각을 보더니 그가 갑자기 내게서 떨어지며 묻는다.

"응, 베네치아식으로 만든 샌드위치 좋아하거든."

레오나르도가 무시하듯 슬쩍 웃으며 고개를 젓는다. 그가 일류 요리사일지는 몰라도 그 누구도 내 샌드위치를 과소평가할 수 없다.

"믿어봐, 정말 맛있다니까……." 나는 자신 있게 다시 말한다.

내가 무슨 터무니없는 말이라도 한 듯이 레오나르도가 웃어댄다. "정말 맛있는지 먹어보자." 그가 내 말을 흉내 내며 나지막이 말한다. 그러더니 브리 치즈와 견과를 넣은 샌드위치를 한입 베어 먹고 천천히 맛을 본다.

평가를 받는 기분이다. 평가에 따라 곧 방송에서 쫓겨날 「마스터 셰프」 참가자가 된 것 같다. 다만 차이가 있다면 레오나르도가 프로그램의 평가자들처럼 엄격하면서도 또 한편으로는 그들과 달리 가슴이 떨릴 정도로 섹시하다는 거다. 이 때문에 나는 더 당황스럽다.

나를 쳐다보는 그의 눈길에서 긍정적인 신호는 하나도 찾아볼 수 없다. 잠시 후 그가 길게 숨을 내쉬며 내 허리를 잡아 자기 쪽으로 끌어당긴다. "훌륭해." 그가 입술을 핥으며 평가한다. "내 조수로 써도 손색이 없겠어."

"고마워, 하지만 난 내 일이 있거든." 내가 대답한다. 그가 내 엉덩이를 툭 친다.

"어쨌든 배고프면 다른 샌드위치도 있으니까……." 내가 도마를 가리키며 말한다.

"오케이." 그가 가죽점퍼를 벗으며 대답한다. 우리는 소파로 간다. 그는 아주 편안하게 행동하는 반면 나는 그가 여기 내 집에 있다는 게 약간 이상하다. 레오나르도가 집에 온건 처음이다. 수위가 높아졌던 날 함께 왔던 길을 기억하고 있던 게 틀림없다.

그가 루콜라와 브레사올라 샌드위치를 집자 나는 고르곤졸라와 아티초크 샌드위치를 집어 귀퉁이를 베어 문다. 갑자기 식욕이 사라져서 마지못해 빵을 씹는다. 나는 그를 원한다.

"더 안 먹어?" 그가 묻는다.

"물론 더 먹지." 난 주저 없이 거짓말을 한다. 그러다가 갑자기 좋은 수를 생각해낸다. "가서 마실 것 좀 가져올까? 저기 돔 페리뇽 한 병 있는데……."

"언제부터 냉장고에 포도주를 넣어둔 거야? 본인을 잘 대접하고 계시는군요, 아가씨……." 그가 고개를 끄덕이며 말한다.

소파에서 일어나서 부엌으로 간다는 핑계로 재빨리 욕실로 가서 얼른 팬티를 내리고 상태를 확인해본다. 안도의 한숨을 쉰다. 가슴이 평상시보다 부풀었기 때문에 곧 생리가 시작될 게 분명하다. 하지만 그게 바로 오늘 밤이라면 얼마나 안타까울지……. 거울 앞에서 머리를 잘 묶어본다. 아니 적어도 그렇게 해보려고 한다. 그다음 샴페인을 가지고 거실로 간다.

"여기 있어." 돔 페리뇽을 거실 탁자에 올려놓고 잔을 찾는다. 샴페인 병을 따는 동안 그가 내게서 눈을 떼지 않는다.

"다 괜찮은 거야?" 내가 잔을 내밀자 그가 묻는다.

"응." 나는 다시 소파에 앉으면서 대답한다. 내가 정신없는 게 그렇게 눈에 띄나? 최근 몇 주 동안 무심해지기 위해 집중 훈련을 해왔는데 그게 별 효과를 내지 못한 게 틀림없다. 그로 인해 생기는 감정들을 숨기는 건 불가능하다.

"뭘 위해 건배할까?" 내가 묻는다.

"우리를 위하여." 그가 내 눈을 똑바로 보며, 쨍그랑 소리가 나게 내 잔에 자신의 잔을 부딪치며 말한다. 그러더니 일어나서 가방에서 하얀 꾸러미를 꺼낸다.

"이건 당신 주려고 시칠리아에서 직접 가져온 거야." 그가 말한다.

선물. 이거야말로 정말 기대도 하지 않았다.

"고마워." 나는 약간 당황스러워하며 우물거린다. "난 아무것도 준비하지 못했는데……."

"어서, 열어봐." 레오나르도가 내 말을 가로막는다.

조심스레 포장지를 벗긴다. 뭔가 부드러운 게 들어 있는 것 같다. "여행은 어땠어?" 포장지를 풀며 내가 묻는다.

"아주 좋았어." 그가 간단하게 대답한다. 그의 시선이 허공으로 사라지는데, 내가 잘못 본 게 아니라면 왠지 우울해 보인다. 뭔가 중요한 것 때문에 그가 고향과 연결되어 있는 게 분명하다. 나에게는 알릴 수 없는 뭔가가.

두 번째 포장지를 풀자 매끄러운 천 가장자리가 내 손가락 밑으로 삐져나온다. 포스터를 펼칠 때처럼 그것을 가슴에 대고 풀어본다. 나는 가슴 쪽을 내려다보며 감탄하지 않을 수 없다. 검은 실크로 된 놀라운 망토다. 가장자리를 새틴으로 장식한 모자도 달려 있다.

"아르무쉬누라고 해." 내가 뭐라 묻기도 전에 레오나르도가 설명한다. "전부 손으로 만든 거야. 예전에 시칠리아 여인들은 외출할 때 그걸 꼭 두르고 다녔지만 지금은 쉽게 찾아보기 힘들어."

"정말 아름다워." 이렇게 말하며 망토를 가슴에 꼭 껴안는다. 귀한 물건이 틀림없다. 나는 잠시 토르나토레 감독 영화의 정지화면들 속으로 빠져든다. 시칠리아에는 한 번도 가본 적이 없다. 그래서 내가 상상의 날개를 펼 수 있게 도와주는 건 그런 영화의 장면들이다.

"두 가지 방식으로 이용할 수 있어." 레오나르도가 망토를 내 어깨에 걸친다. "급한 일을 보러 갈 때는 모자를 뒤로 젖히면 돼. 아니면," 그가 모자를 씌워준다. "교회에 가거나 중요한 사람을 만나러 갈 때는 모자를 쓰고."

내가 미소를 짓는다. 이런 망토를 걸치고 있자니 마치 러시아 인형이 된 것 같다. 「말레나」의 모니카 벨루치 같기도 하고!

레오나르도가 자신의 모델의 의상을 준비해주는 스타일리스트처럼 이리저리 망토를 손봐준다. 그도 즐거워하며 감탄의 눈으로 나를 본다. "안녕하십니까, 돈나(귀부인을 칭하는 이탈리아어—옮긴이) 엘레나. 아주 잘 어울려."

어떻게 대답해야 할지 몰라 살짝 목례를 한다. 그가 다가와서 망토의 가장자리를 잡는다. "속에 아무것도 입지 않고 걸치면 더 잘 어울릴 것 같아……"

그가 망토를 벗기고 그다음에는 후드 티셔츠와 면 티셔츠를 벗긴다. 그가 내 맨가슴을 향해 부드럽게 숨을 내쉬자

유두가 금방 단단해진다. 그는 소파에 앉아 있다. 내 몸을 돌려 자신의 다리 사이에 세운다. 능숙한 그의 손길에 나를 맡긴다. 그의 손가락이 부드럽게 목까지 올라왔다가 척추를 따라 수없이 작은 원들을 그리며 허리까지 내려가는 게 느껴진다. 그러더니 부드럽게 내 가슴을 만진다. 부드러운 떨림이 내 온몸을 관통한다.

"당신 체취가 너무 좋아. 너무 달콤하고." 그의 코가 뜨거운 혀와 함께 쇄골을 스친다.

"보고 싶었어, 엘레나." 레오나르도가 천천히, 계속 속삭인다.

그가 내 목에 키스를 하고 가까이 다가와 가슴과 뺨과 입을 내 등에 밀착시킨다. 내게 몸을 맡기고 잠시 휴식을 한다. 곧 내가 몸을 돌린다. 난 그의 입의 유혹에 저항할 수가 없다. 그의 셔츠를 벗기고 그의 몸에 걸터앉아 계속 키스를 하자 그가 나를 쓰러뜨리고 내 위로 올라온다. 그가 두 손으로 내 허벅지를 잡고 순식간에 다시 내 몸에 입술을 댄다. 레오나르도가 청바지 속의 내 성기를 미친 듯이 깨무는 동안 내 손가락들은 그의 머리카락과 뒤얽힌다. 내가 신음한다. 그러자 저항할 수 없는 쾌감이 온몸으로 퍼진다.

갑자기 그가 나를 들어 올리더니 자루처럼 그의 어깨에 거꾸로 둘러멘다. 내 머리가 바닥을 향해 있다. 나는 떨어지지 않으려고 두 손으로 그의 청바지 주머니를 꽉 잡는다. 하지만 그의 튼튼한 두 팔에 안겨 있으니 조금도 걱정되지 않는다.

"어디로 데려가려고?" 내가 웃으면서 묻는다.

그는 아주 오래전부터 우리 집을 잘 알고 있는 사람처럼 자신 있게 복도로 들어선다.

"당신 방을 보고 싶어서."

레오나르도는 반쯤 열려 있는 문으로 들어가서 나를 침대에 던진다. "예쁜데. 마음에 들어." 그가 주위를 둘러보며 내 젖꼭지를 만지작거린다.

심장이 쿵 내려앉는다. 욕망이 쏜살같이 내 마음을 스치며 나를 뒤흔든다. 그가 바지와 팬티를 벗기고 천천히 내 성기의 아래서부터 위로, 클리토리스를 향해 핥아 올라온다. 나를 이렇게 뜨겁게 원하는 남자는 레오나르도가 처음이다. 그가 얼마나 나를 원하는지는 지칠 줄 모르는 능숙한 그의 입술이 말해준다.

"맛있어, 엘레나. 따뜻한 빵 같아. 그리고 안쪽은 소금 맛이고." 그의 혀가 만족할 줄 모르고 더 깊숙이 들어온다.

나 자신이 허공으로 사라지는 기분이 든다. 내 몸에 남아 있는 부분은 쾌감으로 진동하고 떨리는 내 성기밖에 없는 듯하다.

갑자기 그가 일어선다. 그의 눈은 욕망으로 이글거리고 가슴 근육은 팽팽하게 긴장되어 있다. 그가 재빨리 옷을 벗더니 내 위로 몸을 던지고 두 손으로 내 손목을 잡아 움직이지 못하게 만든다. 그러더니 욕정에 가득 차서 성급하게 내 속으로 들어와 숨을 헐떡이며 빠른 박자로 움직이기 시작한다.

화학적 변형을 하는 분자처럼 나는 또 다른 차원으로 도약하고 있다. 하나가 된 우리 둘의 몸은 방향감각을 상실할 정도로 그렇게 강력한 에너지를 발산한다. 떨어져 있던 시간들이 욕망을 더욱 부채질해서 저항할 수 없고, 당혹스럽고, 폭력적인 무엇인가를 우리에게 경험시키는 듯하다.

이제 레오나르도가 내 몸을 돌린다. 나는 그가 원하는 대로 하면서 침대 머리판을 잡는다. 나는 쉬지 않고 신음하며 그를 만나러 가려고 움직인다. 엉덩이 밑에서 그의 손이, 내 몸속에서 그의 성기가 느껴진다. 그는 진이 빠질 정도로 몹시 빠르게 움직이지만 나는 그에게 맞출 수 있다.

소리를 지르지 않을 수가 없다. 그사이 침대 머리판이 벽에 부딪힌다. 회오리 같은 오르가슴 속으로 빨려 들어가고 있다. 온 근육이 떨리는 게 느껴진다. 피가 거꾸로 솟는 것 같고 머리가 빙글빙글 돈다. 레오나르도가 나를 꽉 껴안으며 절정에 오른다. 우리는 함께 침대 위로 무너져 내린다. 그가 나를 품에 끌어안고 꼼짝 못하게 한다.

살짝 웅크린 채 그의 가슴에 몸을 기대고 가만히 있는다. 취할 것 같은 그의 체취를 맡으며 감탄의 눈으로 그의 몸을 본다. 나는 그의 품 안에서, 그 때문에 완전히 정신을 잃은 기분이다.

"클레리아가 들었을 거야……." 내가 중얼거린다.

"클레리아가 누군데?"

"옆집 여자." 발정한 그 암고양이들보다 내가 더 크게 소리를 질렀어, 이런 생각을 하며 혼자 웃는다.

"클레리아가 어떻게 생각하는지 모르겠지만 절정에 오른 당신 소리 들으니 좋았어." 그가 한 손가락으로 내 코를 쓰다듬으며 흡족한 눈으로 나를 바라본다.

그렇게 보지 마, 껴안고 싶어지니까……. 다정한 그에게 너무 빨려 들어가면 안 되니까. 그의 가슴에 난 털 사이로 손가락을 이리저리 움직여본다.

"따뜻한 물로 샤워할래?" 갑자기 이런 생각이 나서 그에게 묻는다.

"좋지……."

내가 움직이려고 하자 그가 나를 막는다. "여기 그냥 있어. 내가 가서 욕조에 물 받을게." 레오나르도가 일어나고 난 눈으로 조각 같은 그의 몸을 애무한다. 그가 먼저 움직여줘서 좋다. 그가 여기 있어서 좋다. 그의 모든 게 좋다. 절대 내 남자가 될 수 없다는 사실만 빼고.

아직 달콤하고 무력한 상태에 빠져 있을 때 레오나르도가 장난스럽고 즐거운 얼굴로 방으로 돌아온다. "이게 뭐야?"

맙소사, 바이브레이터다! 바디샴푸를 넣어두는 욕실 장 안에서 찾아낸 것이다. 안 돼애애! 창피해서 시트 밑에 숨어버리고 싶다.

"가이아에게 선물 받았어, 크리스마스에." 나는 변명을 해본다.

레오나르도가 웃으면서 고개를 젓는다. "그래, 사용해봤어?" 그가 침대로 다가온다. 그의 손에 들려 있는 차가운 그 물건이 놀랄 만큼 외설적으로 보인다.

"사실은 안 해봤어."

"왜 안 해봤지?"

"몰라. 별로 좋지 않을 것 같아서."

"같아서라고?" 그가 의미심장한 눈으로 나를 보면서 침대 위 내 옆으로 올라온다.

난 아직 조금 전의 오르가슴에서 정신을 차리지도 못했다. 이 남자가 나를 죽이려나 보다! 스위치를 올렸다 내렸다 하듯이 그가 손가락으로 내 다리 한가운데를 오르락내리락하며 쓰다듬는다. 아직도 만족하지 못한 내 성기가 다시 활짝 열린다. 갑자기 유리 질감의 뭔가가 성기를 꽉 채우는 느낌을 받는다. 매끄럽고 차가운 그것이 내가 신음소리를 낼 때까지 빠르게 움직인다.

레오나르도가 더 깊숙이 집어넣는다. 안과 밖에서 그것을 움직이다가 진동을 하게 만든다. 그와 섹스할 때와 똑같이 새롭고, 강력하고, 흥분되는 느낌이 전달된다. 눈을 뜨고 그를 본다. 스탠드 불빛에 바이브레이터가 반짝인다. 살아 있는 내 몸속에 들어왔던 생명 없는 그 물건을 보자 이질감이 느껴졌지만 왠지 모르게 좋다.

레오나르도가 그것을 내 몸 밖으로 미끄러져 나오게 하더니 내 손에 올려놓는다. "계속해, 엘레나." 그가 자신의 성기를 두 손에 쥐고 내게 말한다. "당신이 그걸로 하는 걸 보고 싶어." 그의 눈에 다시 욕정이 넘친다.

나는 최면에 걸린 사람처럼 그대로 한다. 저항할 힘이 없다. 크리스털 바이브레이터는 내게 관능적인 쾌감을 선물하는데 나를 바라보는 레오나르도의 시선 때문에 그 쾌감이 증폭된다. 이제 난 아무것도 알 수 없다. 무기력하다. 머리가 빙빙 돌고 손에 힘이 없다. 그가 잠시 나를 보고 있더니 내 손에 든 바이브레이터를 가져간다. 그런 다음 내 허벅지를 잡고 단번에 내 안으로 밀고 들어온다. 나는 처음보다 훨씬 크게 신음한다.

"이게, 더 좋지, 안 그래?" 그가 속삭인다.

내 입에서 의미심장한 신음소리가 나온다.

그가 내게서 나가더니 나를 안고 욕실로 간다. 물이 욕조에서 넘실거린다. 그가 몸을 숙여 수도꼭지를 잠그고 파출리 버블 오일을 그 안에 몇 방울 떨어뜨린다. 오일이 물에 섞이며 향기로운 작은 거품들로 변한다. 멋져, 레오나르도. 당신은 항상 내가 좋아하는 일을 해주지.

　나는 숨을 깊이 들이쉬고 먼저 거품 속으로 미끄러져 들어가 물에 잠긴다. 그가 육감적인 눈으로 나를 집어삼킬 듯이 바라보며 내 앞으로 들어오자 욕조의 물이 밖으로 흘러넘친다. 욕조가 작아서 우리의 몸이 쉽게 맞닿고 두 다리가 뒤얽힌다.

　레오나르도가 욕정에 불타는 눈으로 내게 키스를 하려내 얼굴에 자신의 얼굴을 가져다 댄다. 그가 두 손으로 내 얼굴을 잡고 내 입술을 자신의 것으로 만든다. "이리 와." 그가 웅얼거리며 나를 자기 몸 위에 걸터앉게 만든다. 내 가슴에난 작은 점을 쓰다듬으며 나를 보고 웃는다. "당신을 생각할 때마다 이 점도 생각나."

　이제 나도 그를 느낀다. 그가 다시 촉촉하게 젖은 내 불길 속으로 들어온다. 나는 천천히 그의 몸 위에 앉아, 그가내게 깊숙이 들어와 다시 내 온몸을 꽉 채울 때마다 등을 구부리며 신음한다. 그리고 그의 머리를 잡아 가슴에 꼭 끌어안고 단단해진 유두를 그의 입에 넣는다. 내 몸에서 그의 입술을 느끼고 싶다. 내 욕망이 그의 욕망보다 훨씬 강렬하다는 것을 그에게 알리고 싶다.

　좁은 욕조 안에서 우리 둘은 한 몸이 되어 움직인다. 우리의 피부는 물에 젖어 미끄럽고 두 눈은 쾌락으로 촉촉하며 뜨거운 입은 탐욕스레 서로를 찾는다. 물이 우리 주위에서 넘실댄다.

새로운 오르가슴이 몸속으로 퍼져 내 영혼과 육체를 삼켜버린다. 나는 내 감각들에 압도당했고, 레오나르도 역시 자제력을 잃어가고 있다는 것을 느낀다. 우리는 키스를 하면서 함께 절정에 오른다.

나는 그의 것이다. 그도 적어도 오늘 밤만은 나의 것이다.

욕실은 이제 수증기로 뿌옇다. 물에서 거품이 사라지고 서서히 다시 맑아지기 시작한다. 우리는 아직도 물속에 있다. 나는 포근한 요람이라도 되듯 그의 다리 사이에 앉아 가슴에 등을 기대고 천장을 보고 누워 있다.

"당신 변했어, 엘레나. 그거 알아?" 그가 내 머리카락을 가지고 장난을 치며 말한다.

"무슨 말이야?"

"다른 식으로 섹스를 해. 훨씬 자유롭고 훨씬 감각적으로 변했어."

"날 변화시킨 건 당신이야."

"어쩌면 그럴 수도. 부분적으로. 나는 당신이 이미 가지고 있던 것을 밖으로 끌어내기만 한 건데 뭐."

기대하지 않았던 칭찬을 듣자 자랑스러운 기분으로 뿌듯해지고 마음도 따뜻해진다. 어떻게 대꾸해야 할지 알 수 없어 빈정거리는 말투로 나를 위장한다. "그럼 6월에 진급할 수 있나요, 선생님?"

대답 대신 그가 내 머리를 한 손으로 눌러 나를 물속에 빠뜨린다. 나는 비명을 지르며 얼굴을 들고 그에게 달려들어 그의 팔뚝을 깨문다. 우리는 함께 웃는다.

잠시 후 그가 나를 살짝 일으켜 세우고 스펀지로 등을 문질러준다. 그는 마음이 내키면 말할 수 없이 부드럽다. 나는 눈을 감고 천천히 물속으로 떨어지는 수증기 소리와 애무하는 그의 손길을 즐긴다.

"자고 갈래?" 나도 모르게 이 말이 입 밖으로 튀어나오고 만다. 큰 실수를 했을까 봐 겁난다. 레오나르도 같은 남자에게 해서는 안 될 질문이다.

"그래."

나는 깜짝 놀라 눈이 휘둥그레진다. 이런 대답은 기대도 하지 않았다. 대개 애인들은 잠을 자고 가지 않는다. 진짜인지 확인하기 위해 그를 돌아본다.

"당신이 괜찮으면 나도 좋아." 물론이다. 보통 다른 사람들이 중요하다고 생각하는 게 레오나르도에게는 아무 의미가 없다.

나는 그에게 열정적으로 키스한다. 지금까지 한 번도 그에게 키스해본 적이 없는 사람처럼, 그가 내 남자이고 내가 그의 여자라도 되듯이, 우리를 만나게 하고 헤어지게 하는 그 빌어먹을 계약은 존재조차 하지 않는다는 듯이.

난 그를 사랑하면 안 된다. 잘 알고 있다. 하지만 이 짧은 행복의 순간을 부질없는 생각들에 빠져 망치고 싶지는 않다. 지금 이 순간을 살고 싶다.

한참 동안 목욕을 해서 온몸이 따뜻해지고 향긋한 냄새가 밴 채로 잠자리에 든다. 레오나르도가 여기, 내 침대에 누워 있다. 나를 위해 여기 있다. 내일 아침에도 그가 여기 있을 거라고 생각하니 행복해진다. 이불 속에서 그를 끌어안는다.

우리는 금방 잠이 들지 못한다. 이불 속에서 여러 번 뒤척이다가 끝없이 키스를 하고 꼭 껴안기도 한다. 그러다가 나는 계속 이어지는 나른한 상태를 이기지 못하고 곧 깊은 잠에 빠져든다.

6시 45분에 요란하게 울리는 짜증스러운 전화벨 소리가 달콤한 휴식을 방해한다. 눈을 뜨고 전화기를 집으며 정신을 차린다. 빌어먹을, 보라치니 교수와의 면담! 세 시간 뒤에 파도바에 있어야 한다. 꼭 일찍 일어나야 할 일이 있을 때면 늘 그랬듯이 엄마에게 내가 진짜 일어났는지 확인 전화를 해달라고 부탁했다.

레오나르도에게 들리지 않게 하려고 조그맣게 전화를 받는다. "네, 엄마." 잠에 취한 목소리로 웅얼거린다. 살금살금 거실로 나온다.

"왜 그렇게 조그맣게 말해?" 엄마가 날카롭게 묻는다.

"연결 상태가 안 좋은 거 아닐까." 휴대전화가 아니라 집

전화로 통화 중이라는 것을 잊어버리고 말한다. 다행히 엄마는 그런 세세한 부분에 신경 쓰지 않는다.

"그럼 일어난 거지? 기차는 몇 시에 타야 해?"

몰라요, 엄마. 내가 지금 어떤 세상에 있는지도 잘 모르겠는걸요. "8시." 대충 짐작으로 대답한다.

"탈 수 있어?"

"그럼요. 정각에 갈 수 있어요." 적어도 그렇게 되길 바란다.

"부탁이야. 자연스럽게 행동하고 네가 가진 걸 다 보여주렴, 항상 그랬지만……. 행운을 빈다, 내 딸!"

"잘할게요. 차오."

다시 방으로 들어간다. 찬 바닥을 맨발로 돌아다닌 데다 아침의 찬 공기가 아직 따뜻한 내 살을 스치자 온몸이 떨린다. 오버사이즈 스웨터를 걸친다.

레오나르도가 잠시 눈을 떴다가 창문으로 들어오는 햇살에 눈이 부신지 곧 다시 감는다. "전화 오지 않았어? 지금 몇 시야?" 그가 잠에서 깨며 묻는다. 부스스한 모습이지만 그래도 멋지다. 하지만 나는 뒤엉킨 머리에 진한 다크서클로 괴물 같아 보일 게 틀림없다.

"아직 이른 시간이야. 그런데 나, 가볼 데가 있어. 일 때문에 약속이 있거든. 당신은 그냥 더 자." 이 말을 채 마치기도 전에 뭔가가 배를 콕콕 찌르는 느낌이 들었다. 몇 달 전 필리포와도 지금과 똑같은 상황이었던 게 기억난다. 다만 지금은 집을 나서야 하는 게 나일 뿐이다.

레오나르도가 다시 잠에 빠져드는 사이 이런 쓸데없는 생각을 떨쳐버리고 옷장 문을 연다. 서둘러 옷을 골라 들고 욕실로 살그머니 빠져나간다. 몸에 딱 붙는 하얀 에르메스 셔츠에 검정 시가렛 팬츠(담배와 같이 가느다란 팬츠─옮긴이), 차콜색 카디건을 입고 3센티 굽의 검은 부츠를 신는다. 컨실러로 다크서클을 가리고 블러셔를 살짝 하고 립글로스를 바른 뒤 머리를 목덜미쯤에서 묶는다. 완벽한 모범생 스타일이다. 잘했어, 엘레나. 이제 모범생이 뭔지 기억조차 나지 않긴 하지만……

가방과 외투를 가지러 방으로 돌아온다. 레오나르도가 팔베개를 하고 눈을 크게 뜬 채 나를 보고 있다는 걸 알아차린다.

"몇 시에 돌아올지 모르겠어." 그에게 다가가서 설명한다. "그래도 여기 있고 싶을 때까지 있어."

"나도 조금 있다가 가야 해." 약간 거친 목소리로 그가 중얼거린다. 그러더니 내 손을 잡아 침대에 앉힌다.

"문을 닫을 때 살짝 닫으면 저절로 잠겨." 내가 다시 말한다.

"이른 아침에도 항상 이렇게 아름다운 거야?" 그가 내 말은 듣지도 않고 나를 자기 입 쪽으로 끌어당기며 말한다.

레오나르도의 입술에 립글로스가 묻어 갑자기 그의 모습이 우스꽝스러워진다. 이런 모습은 지금까지 한 번도 본

적이 없다. "차오." 그의 귀에 대고 속삭인 뒤 평소처럼 뭔가에 걸려 넘어지거나 부딪히지 않으려고 조심하며 급히 방을 나선다.

"차오." 그도 똑같이 인사한다. "좋은 하루."

1시 반경에 파도바에서 돌아왔다. 제안받은 그 임무를 맡을지 아직 잘 모르겠지만 나는 행복에 겨워 세상을 향해 웃고 싶다. 세상 사람들이 모두 나의 행복을 알아차렸다. 심지어 못생긴 보라치니 교수까지도 말이다. 그녀는 오늘 아침 나를 보자 "잘 있었어, 엘레나? 정말 좋아 보이는군"이라고 진심으로 다정하게 인사를 했다. 레오나르도와 나눈 사랑이 이런 효과를 선물로 준 게 분명하다. 그 어떤 비타민보다, 영양크림보다 훨씬 낫다.

희망에 부풀어 급히 집으로 향한다. 머릿속에서는 레오나르도가 주인공인 로맨틱하고 멋진 영화가 상영된다. 나는 계단을 두 칸씩 올라가다가 층계참에서 만난 클레리아의 시선을 조심스레 피한다. 천천히 문을 열고 주위를 둘러본다. 레오나르도의 흔적은 없다.

방으로 들어간다. 오늘 아침 헤어졌을 때와 똑같이 침대에 누워 나를 기다리고 있었으면 좋았을 텐데. 난 아직도 그를, 그의 살을, 그의 체취를, 그의 힘을 원한다. 그는 여기 없지만 방 안에 그의 향기가 남아 있다. 침대는 정성스레 정리

되어 있고 그 위에 실크 망토가 가지런히 개켜져 있다. 베개
위에 반으로 접은 종이가 한 장 눈에 띈다.

　종이를 펼쳐서 읽는다.

　어제 이미 오늘이 좋은 날이라는 것을 알았다면
　오늘은 틀림없이 눈부시게 아름다운 날이 되겠지.
　곧 만나.

　레오

며칠 전부터 베네치아는 가면 카니발(매년 1월 말과 2월 사이에 시작해 사순절 전날까지 10여 일 동안 열리는 카니발. 부활절을 기준으로 매년 시작 날짜가 바뀐다―옮긴이)의 광기에 휩싸여 있다. 장인들의 공방과 양장점들이 들끓고 시내에는 각양각색의 가면과 모자와 가발 들을 파는 가판대들로 발 디딜 틈이 없다. 전 세계에서 관광객들이 모여들었다. 관광객들이 무리를 지어 돌아다닐 때는 골목을 지나기도, 바포레토로 이동하기도 말할 수 없이 힘들고 속도도 낼 수 없다. 인내심으로 무장을 하고 다녀야 하고 목적지가 어디든 아무리 일찍 출발한다 해도 늦게 도착하는 걸 당연하게 받아들여야 한다.

오늘은 기름진 화요일(참회의 화요일. 재의 수요일 전의 화요일. 사순절이 시작되기 전날―옮긴이)로 나는 레오나르도에게 가는 길이다. 최근 그를 만나러 팔라초를 자주 찾아가곤 했다. 그럴 때마다 프레스코 벽화가 친숙한 얼굴처럼 나를 맞이해줘서 기분이 좋다. 이제 그것은 우리 사이의 일상, 서로를 구속하지 않고 연결해주는 일종의 작은 습관들이 되었다. 예를 들어 우리의 만남을 위해 그가 이따금 보내는 짧은 문자들은 쾌락의 유혹과도 같다. "5시쯤 우리 집에 와." 어제 그가 말했다. "우아한 옷을 입고 망토를 둘러. 비공개 파티에 갈 거야."

내가 가면을 마지막으로 쓴 건 열두 살 때였다. 그때 피에로 의상을 입고 분장을 했는데 더 이상 어린아이도 아니고 아직 여자도 아닌 여자아이의 어정쩡함이 있었다. 나는 결코 입어본 적이 없는 그런 우스꽝스러운 옷을 입고 있는 게 약간 부끄러웠다. 그런 옷을 입었다는 것을 잊어버렸을 때만 정말 즐길 수 있었던 기억이 난다.

하지만 오늘 밤 파티를 위해서는 파란 실크 드레스를 입고 레오나르도에게 선물 받은 아르무쉬누를 어깨에 둘렀다. 어서 그와 함께 이렇게 사람을 취하게 하고 수많은 약속들이 넘치는 카니발 분위기에 흠뻑 빠지고 싶다. 베네치아 카니발 기간 동안 몇몇 팔라초에서 열리는 비공개 파티에서는 온갖 일이 다 벌어진다고들 한다. 나는 한 번도 그런 파티에 참석해본 적이 없어서 한편으로는 약간 겁이 나기도 하지만 그와 함께 있을 거라고 생각하니 안심이 된다.

프레스코 벽화에 인사를 하고 레오나르도의 방으로 올라간다. 그는 준비를 막 끝내고 있었다. 문설주에 기대서 그를 바라본다. 그는 윤기 나는 우아한 검은 턱시도를 입었고 그 위에 내 망토와 흡사한 진초록 실크 망토를 둘렀다. 이런 차림이 신비한 그의 아름다움에 특별한 분위기를 더해준다.

그가 내 쪽으로 와서 키스로 인사를 한다.

"완벽해." 나를 감탄의 눈으로 바라보며 그가 말한다. "그런데 아직 뭔가 하나가 빠졌는걸." 그러더니 옷장에서 눈부시게 아름다운 콜롬비나 스타일 가면(눈, 코와 턱 윗부분만 가리는 반쪽 가면—옮긴이) 하나를 꺼내 내 얼굴에 씌워준다.

"아름다워." 내가 거울을 보며 말한다. 가면은 내 눈과 뺨 대부분을 가려 입만 보인다.

"니콜라오 가게에서 샀어. 특별히 당신을 위해서."

이게 얼마나 비쌀지 상상도 할 수 없다. 파피에 마세(젖은 종이에 아교나 풀을 섞어 이겨놓은 것—옮긴이)를 이용해 직접 손으로 만든 진짜 베네치아 가면이다. 하얀색의 고급 벨벳에 아라베스크 무늬를 수놓았다. 왼쪽 광대 부위에 하얀 실크로 만든 장미와 은색의 부드러운 깃털이 꽂혀 있다.

레오나르도가 내 목뒤에서 가면의 끈을 묶어준 뒤 자신도 가면을 쓴다. 그의 가면은 18세기 바우타 스타일(얼굴 전체를 덮는 가면으로 코, 이마와 눈 사이의 굴곡, 깎아지른 턱선을 강조하는 것이 특징이며, 입은 없는 대신 부리를 연상시키는 턱이 가면을 쓴 채 먹고 말할 수 있도록 고안됐다—옮긴이)의, 장식이 전혀 없는 하얀 가면이다. 가면은 그의 얼굴을 다 덮고 입 부분에서 넓어진다.

이제 우리는 더 이상 우리가 아니다. 새로운 얼굴로 세상에 나갈 준비가 되었다.

습기가 많은 잿빛 저녁으로 아마 비가 올지도 모른다. 어쨌든 우리에게 태양은 필요 없다. 끝없는 행복이 내 마음을 온통 차지해버렸으므로 머리가 젖는 것 정도는 아무 일도 아니다. 사람들 속으로 뛰어들어 카니발이 한창인 시내를 가로지르며, 음악과 화려한 색깔들과 깃털과 베일과 종소리와 함성들의 축제 속에서 길을 잃는다. 미술 아카데미 학생들이 즉석에서 분장 가판대를 만들어 사람들의 얼굴에 이리저리 능숙하게 브러시를 사용하고 무지개색 파우더 구름으로 얼굴을 뒤덮으며 다양하게 변신시킨다. 사방에서 폭발할 듯한 혼란과 행복이 넘친다.

레오나르도와 나는 한 노점에 잠시 멈춰서 호박 튀김을 먹는다. 베네치아 튀김은 믿을 수 없을 정도로 맛있다. 아무리 먹어도 질리지 않고 입에서 곧장 가슴으로 전해지는 그런 맛의 튀김이다. 우리는 목적 없이 걷다가 행복한 사람들의 물결에 떠밀려 가기도 하고 그냥 순간순간 떠오르는 생각대로 움직인다.

산 마르코 광장에 도착한 뒤 마리아 행렬을 만나게 되었다. 해마다 카니발 전주에 베네치아에서는 기름진 화요일 행진에서 자신의 아름다움을 뽐낼 열두 명의 마리아를 선발하는, 일종의 지역 미인대회가 열린다. 몇 시간 뒷면 '올해의 마리아'가 공식적으로 발표될 것이고 그 대상자는 상당한 액수의 상금을 받게 된다. 좋은 위치에서 행진할 수 있게 선발되려고 베네치아 여자들끼리 치열한 경쟁을 벌인다. 작년까지 가이아도 경쟁을 했다. 영양가 많은 인간관계 덕에 항상 마지막 열두 명에 들어갈 수는 있었지만 한 번도 '올해의 마리아'로 선발되지는 못했다. 심사위원들이 흑갈색 머리를 좋아하기 때문일 수도 있다. 가이아는 이제 연령 제한에 걸려 더이상 참가하지 못하게 되었을 때도 엄청난 충격을 받았다. 다행히 어리바리한 나에게 미인대회 참가는 그 생각만으로도 불편했다. 사실 자신 없는 내 성격으로 인해 나는 온갖 형태의 경연과는 거리를 두고 있다.

탄식의 다리를 지나 우리는 눈에 잘 띄지 않는 골목으로 접어든다. 얼마 지나지 않아 팔라초 소란초 입구에 도착한다.

"파티 장소가 여기야?" 내가 눈 위에서 가면을 고쳐 쓰며 묻는다.

"응." 레오나르도가 사악하게 웃으며 대답한다.

흑사병 치료 의사처럼 차려입고, 황새 부리같이 코가 긴 가면을 쓴 약간 독특해 보이는 집사가 우리에게 문을 열어주고 은색 색종이 조각을 뿌리며 안으로 들어오라고 권한다. 전혀 다른 세계로 들어가는 기분이다. 심지어 색종이 조각마저도 밖의 것과 다르다.

우리는 퍼걸러(뜰이나 편평한 지붕 위에 나무를 가로와 세로로 얹어 놓고 등나무 따위의 덩굴성 식물을 올려 만든 서양식 정자나 길—옮긴이) 밑을 지나 정원을 가로질러 간다. 벽은 잎이 넓은 담쟁이덩굴에 뒤덮여 있는데, 그것들은 미묘하게 차이 나는 노란색과 빨간색으로 물들어 있다. 가면을 쓴 몇몇 사람이 정원 가장자리에 서 있다. 이끼에 뒤덮인 석상들 사이에서 숨바꼭질을 하는 사람들도 있었다. 웃고 떠드는 사람들과, 큐피드 조각상들로 장식된 분수 주변에서 숨바꼭질을 하는 사람들도 있었다. 모든 게 마법 같고 황홀하며 매혹적이다.

우리는 팔라초 안으로 들어갔고 곧 광적일 정도로 음란한 분위기에 휩싸였다. 하지만 이 실내에서는 그것이 세상 그 어떤 일보다 자연스러워 보인다. 사람들이 북적이고, 떠들썩한 목소리와 음악으로 귀가 먹먹하다. 거의 모두가 가면을 쓰고 있고 다들 들떠 있다. 여자 가면을 쓴 남자들에게 키스하는 남자들도 있고 부끄러워하지 않고 당당히 가슴과 엉덩이를 드러낸 여자들이며 테이블이나 벨벳 소파 위에 올라가 춤을 추는 사람들, 어두컴컴한 구석에 따로 떨어져 붙어 있는 연인들도 있다. 포도주를 병째 마시는 입들과 서로를 찾는 혀와 탐색하는 손들이 보인다. 카니발이다. 금지도 없고 경계도 없다. 일탈만이 유일하게 허용된다. 나도 할 수 있을지 누가 알겠는가! 아무 제약이 없는 이런 전반적인 분위기에 약간 끌린다는 걸 인정하기는 하지만 내가 불청객 같기도 하다.

우리는 넋을 잃은 채 몇 개의 방을 지나 중앙 홀에 도착한다. 환각적인 불빛이 환히 비치는 중이층에는 디제이 테이블이 마련되어 있다. 디제이는 내가 아는 사람이다. '토미 비'라는 예명으로 알려진 톰마소 비아넬로다. 고등학교에 다닐 때—내가 1학년 때 톰마소는 4학년이었다—우리는 학교까지 같이 가곤 했다. 난 미치도록 그를 좋아했다. 그래도 그에게 말 한마디 건네볼 용기가 없었다. 손을 흔들어 인사를 하자 그가 윙크로 답례를 한다. 하지만 지금 생각하니, 가면을 쓴 나를 알아봤을 리가 없다. 그는 지금 자신의 대표작, 론도 베네치아노(베네치아 출신들로 결성된 실내악단으로 바로크 음악을 팝과 록에 결합시켰다. 18세기 복장을 하고 연주한다—옮긴이)의 리믹스 버전을 튼다. 가이아가 좋아하는 음악이지만 나도 싫지 않다. 박자를 맞춰 한시도 몸을 가만히 놔둘 수 없게 하는 매력적인 곡이다. 사람들이 흥분을 하며 몸놀림이 점점 더 격렬해진다.

홀 한가운데 무리를 지어 있던, 짧은 드레스의 여자들이 관능적인 춤을 도발적으로 추어 손님들의 시선을 사로잡는다. 곧 사람들이 그녀들 주위로 둥글게 원을 그리며 모여든다. 모여들어 또다시 둥글게 원을 그린다. 모두들 즉석에서 그들을 구경하는 관객이 된다. 레오나르도가 뒤에서 내 허리에 팔을 두른다. 그런 다음 가면을 들어 올리고 내 얼굴에 자신의 얼굴을 대더니 품에 안긴 나와 함께 박자에 맞춰 움직인다. 춤을 추는 여자들에게서 눈을 뗄 수가 없다. 넋을 잃고 바라본다. 어쩌면 진짜 안무에 따라 춤을 추는지도 모른다. 그 여자들 중 특히 한 여자가 두드러졌는데, 그녀에게서 눈을 뗄 수가 없었다. 천사 같기도 하고 하녀 같기도 한 이상한 매력을 지닌 여자로, 놀랄 만큼 완벽한 몸매를 지닌 현대판 살로메였다. 속이 거의 비치는 아주 짧은 하얀 망사 원피스를 입고 금발 머리를 목덜미 부근에서 묶었는데, 이마 위의 큰 보석에 연결된 가느다란 라인스톤 체인이 머리에 늘어뜨려져 있었다. 그녀는 우아하게 발끝으로 서서 가볍게 빙글빙글 돈다. 그녀의 모든 게 부드럽고 자유롭다. 동작 하나하나가 매혹적으로 사람을 사로잡는다.

갑자기 그녀가 가면을 벗자 현기증 날 정도로 아름다운 초록 눈, 화려한 화장으로 강조한 눈이 나타난다. 모두의 시선이 그녀에게로 향하고 그녀를 따라간다. 다른 여자들이 반원을 그리며 그녀가 무대 중앙으로 갈 수 있게 해준다. 살로메는 거만하다. 자신의 몸을 거리낌 없이 드러내고 움직이고 음악에 도전하며 음악을 따라간다. 그녀가 우리 앞을 지날 때 나와 시선이 마주쳤고 레오나르도에게 윙크를 한다. 돌아보니 그가 그녀를 보고 웃고 있다. 질투가 나지 않는다. 나도 그녀에게 미소를 짓고 싶을 정도로 너무나 아름답다.

"아는 여자야?" 내가 묻는다.

"클라우디아야." 사악함이 묻어나지 않는 무심한 말투다. "레스토랑에서 가끔 봤어."

그들의 만남에 대해 좀 더 알고 싶지만 레오나르도는 내게 말할 시간을 주지 않고 나의 관심을 다시 그녀에게로 돌리게 한다. 클라우디아가 홀 구석에 있는 무어인 조각상으로 간다. 조각상이 진짜 남자라도 되듯 엉덩이를 현란하게 움직이며 유혹하기 시작한다. 그러더니 조각상의 목을 잡고 발끝으로 점프를 해서 그 어깨에 우아하게 올라앉는다. 마치 왕좌에 앉은 여왕 같다.

음악이 끝나자 구경하던 사람들에게서 함성과 함께 박수갈채가 터져 나온다. 살로메가 무어인 조각상에서 내려와 빙그르르 두 바퀴 돌더니 그 자리에 있던 사람들에게 인사를 한다. 그사이 아를레키노(이탈리아의 즉흥 희극 「콤메디아 델라르테」에 등장하는 익살스러운 광대. 흔히 검정 가면을 쓰고 마름모꼴 무늬의 옷을 입는다—옮긴이)로 변장한 사람이 빨간 장미로 그녀의 얼굴을 살짝 건드린다. 그녀가 거만하게 이로 장미를 물고 웃으면서 멀어져간다.

오, 세상에, 저 여자는 내가 보기에도 치명적인 매력이 있다. 그러니 남자들은 어떨지 상상조차 할 수 없다. 나는 넋이 나가버린 듯 그녀에게서 눈을 뗄 수가 없다…… 이제 그녀가 레오나르도에게 미소를 지으며 사뿐사뿐 우리 쪽으로 오고 있다.

"잘 왔어, 레오." 그녀가 매혹적인 미소를 지으며 그의 뺨에 입술을 살짝 갖다 댄다. 아직 숨이 약간 가쁜 듯하고 작은 땀방울이 온몸에서 반짝인다. 그러더니 그녀가 나를 본다. "당신도 잘 오셨어요……. 그런데 성함이?" 내가 쭈뼛거리고 있다는 걸 알아차린다.

"반가워요, 엘레나예요." 그녀와 악수하며 내가 대답한다.

"오늘 밤 두 분 즐거운 시간 보내세요……." 그녀가 나를 자세히 보며 말한다. 두 눈이 이상하게 빛난다.

"그럼요." 내가 약간 당황해서 말한다. "조금 전에 춤추는 거 봤어요……. 눈부시게 아름다웠어요……. 그러니까 내 말은 눈부시게 아름다워요."

"고마워요." 그녀는 칭찬에 익숙한 사람이다. 그녀가 내 가면을 벗기더니 호기심 어린 눈으로 나를 본다. "당신 같은 여자가 그런 말을 해주면 훨씬 더 기쁘답니다." 그녀의 말을 듣자 뭐라 표현할 수 없게 당황스럽고 혼란스럽다.

"우린 취향이 같은데, 레오. 음식 취향만이 아니라." 레오나르도에게 눈짓을 하며 그녀가 계속 말한다.

그녀의 말을 내가 제대로 이해했는지 알 수가 없지만 레오나르도가 웃는 게 보인다. 그는 나와 달리 그게 무슨 말인지 다 알아들은 듯하다. "엘레나와 나는 뭘 좀 피우려고 하는데. 당신도 좋으면 합류해도 돼."

엘레나와 나? 뭘 피워? 정말 한마디도 알아들을 수가 없어서 놀란 눈으로 레오나르도를 보지만 그는 못 본 척한다.

"지금은 아직 할 일이 하나 있어." 클라우디아가 대답하는데 레오나르도의 말에 끌린 듯하다. "그래도 금방 올게. 어디로 가버리면 안 돼⋯⋯." 그러더니 그녀는 마지막으로 우리를 향해 음탕해 보이는 미소를 지은 뒤 사람들 속으로 다시 뛰어든다.

나는 설명을 들으려 레오나르도를 본다.

"당신 애인 중의 하나야?" 내가 불시에 묻는다. 그가 눈을 치켜뜨는데, 재미있어하는 눈빛이다.

"아니, 적어도 오늘 밤까지는 아직⋯⋯."

"어떻게 할 생각인데?" 내가 놀라서 묻는다.

"언제나 그랬듯이 당신 상상력을 만족시켜 주려고." 그는 우리 안에 갇힌 호랑이처럼 온순한 분위기다. "아까 당신이 저 여자를 어떤 눈으로 보는지 봤어."

"내가 어떤 눈으로 봤는데?"

"나를 바라볼 때와 같은 눈빛으로."

나는 홍당무가 된다. "너무 아름다워서 그랬어, 안 돼? 당신도 그런 눈으로 봤던 것 같은데, 내가 잘못 봤나?" 내가 변명하듯 말한다.

"여자하고 키스해봤어?" 그의 눈이 가느다란 바늘처럼

나를 찌른다.

"전혀, 안 해봤어."

"해보고 싶지 않았어?" 그가 내게 도전적으로 묻는다.

"아니……."

"……적어도 오늘 밤까지는 아직." 그가 내 말을 대신한다.

"이제 됐어." 내가 한 손가락으로 그를 찌르며 말한다. "당장 그만둬."

그가 내 위협에는 신경도 쓰지 않은 채 크게 웃는다. 그러더니 내 손을 잡고 바 쪽으로 가서 샴페인 두 잔을 주문한다. 나는 그 여자에 대해 곰곰이 생각하며 샴페인을 마신다. 솔직히 그 여자로 인해 당황했던 건 인정해야만 한다. 그러고서 레오나르도를 보며 정말 나를 그 여자 품으로 밀어 넣을 계획인지 의심해본다. 아니, 절대 그런 일을 하게 내버려두지 않을 거야. 하지만 곧 주변의 행복한 분위기에 전염되어 오늘 밤 하루 정도는 무슨 일이 일어나도 괜찮지 않을까 생각한다.

레오나르도와 나는 미궁 같은 팔라초 안을 조금 돌아다니다가 어둑어둑한 작은 거실로 들어갔다. 거나하게 취한 게 분명한 몇몇 사람들이 어떤 주제에 대해 열을 올리고 있었는데 무슨 이야기인지 알아듣기 어려웠다. 그들 목소리가 사방에 퍼지는 음악과 뒤섞인다. 그들은 우리가 들어온 걸 알아차리지 못한다. 우리는 그들의 등 뒤에 있는 소파에 앉는다. 우리는 둘 다 가면을 벗고 레오나르도가 주머니에서 마리화나 담배를 꺼내 불을 붙인다. 나선을 그리며 공중으로 퍼지는 담배연기에서 나는 씁쓸한 냄새가 내 코를 자극한다. 건초 타는 냄새가 난다. 레오나르도가 한입을 빨고 내게 건넨다. 나는 망설이며 그를 본다. 지금까지 그냥 담배도 한 대 피워본 적 없는데, 마리화나라니……

"어서." 그가 나를 격려한다. "조금만 빨아봐. 그리고 숨을 들이마셨다가 내쉬어."

오케이, 나는 시도해본다. 물론 첫 번째 시도는 순조롭지 않다. 연기가 목에 걸렸다가 날카로운 칼처럼 폐를 찌른다. 재미있어하는 레오나르도 앞에서 눈물이 날 정도로 기침을 한다. 다시 시도해본다. 두 번째는 조금 낫다. 세 번째 시도를 할 때는 벌써 전문가가 다 되었다. 눈을 감고 입술에 마리화나를 물고 천천히 빨아들인다. 2초 동안 숨을 참으며 금지된 맛을 즐기다가 삼킨다. 진한 연기가 내 얼굴 앞에서 흩어진다. 이 냄새가 좋다. 머리가 빙빙 돌고 근육이 이완된다. 소파 등받이에 등을 기대고 편안히 앉아서 나른하고 무기력한 느낌에 부드럽게 나를 맡긴다. 담배를 레오나르도에게 건넨다. 그가 그것을 가운뎃손가락과 넷째손가락 사이에 끼우더니 주먹을 쥐고 깊이 빨아들인다. 갑자기 내 주위의 세상이 멀게 느껴진다. 머리가 가볍다. 내 입술에 행복의 미소가 번지는 것 같다. 현실 감각을 잃어버린다. 기분이 좋다. 갑자기 돌아보니 클라우디아가 옆에 와 있다.

"차오." 나는 약간 놀라서 말한다.

"차오." 그녀가 부드럽게 대답하면서 레오나르도가 내 코앞에서 건네준 마리화나를 받아든다. 나는 필터를 빨다가 조금 벌리고 가느다란 연기를 뿜어내는 클라우디아의 입술을 바라본다. 육감적인 입술이다. 그 입술에 내 입술을 대어보고 싶다.

"당신에게 나타난 효과를 보니 좋은 식물인 게 틀림없어요." 그녀가 머리카락 한 가닥을 내 귀 뒤로 넘겨준다.

"글쎄요, 처음 피워봐서요……. 잘 모르겠어요. 어쨌든 좋아요." 내가 그녀에게 대답한다. 이런 말을 하는 사이 온갖 망설임과 당혹감이 내 몸에서 빠져나가는 게 느껴진다.

클라우디아가 재미있다는 듯이 레오나르도를 본다. "당신 여자친구 사랑스러운데." 그러더니 우리 둘을 뚫어지게 바라본다. "둘 다 너무 아름다워서 누굴 선택해야 할지 모르겠어."

"선택하지 않아도 돼……." 레오나르도가 간단하게 대답한다. 이 대답의 의미를 확실히 이해하기도 전에 내 목에 와 닿는 입술이 느껴진다. 레오나르도의 입술이 아니다. 그러나 그의 입술처럼 부드럽고 육감적이어서 순간적으로 피해야 한다는 본능조차 느껴지지 않는다. 지금 뭔가가 일어나고 있음을 느낀다. 어떤 파도가 나를 덮쳐 뒤흔들어놓고 있는데 그걸 멈추고 싶은 생각이 전혀 없다. 클라우디아 쪽으로 돌아선 나는 그녀의 나른한 시선과 부딪힌다. 그녀가 마리화나를 한 모금 빨아들이더니 내 입술에 자기 입술을 대고 뿜어낸다. 연기가 가슴 깊숙이 들어와 내 몸속 어딘가로 사라진다. 이제 남은 건 내 입안에서 움직이는 그녀의 작고 육감적인 입술이다. 이 키스가 아주 좋다. 다른 키스와는 느낌이 다르다. 레오나르도가 나를 뒤에서 껴안을 때 이것도 그의 선물이라는 것을 알게 된다. 그와 함께했던 다른 일이 다 그랬듯이 지금도 모든 게 자연스럽지만, 내가 이런 일을 하리라고는 꿈에도 생각하지 못했다.

클라우디아가 내게서 떨어지더니 이제 레오나르도를 찾는다. 두 사람이 바로 내 눈앞에서 미친 듯이 키스를 하지만 왠지 모르게 전혀 질투가 나지 않는다. 난 흥분한 그들에게 넋을 잃었고 이전까지 의미 있던 모든 것들, 가령 말이나 생각이나 원칙 같은 게 이제는 사라져버린 듯하다.

"좀 조용한 장소로 가는 게 어때?" 그녀가 갑자기 제안한다. 대답을 기다릴 것도 없이 소파에서 일어나 내 손을 잡는다. 나는 곧 레오나르도를 바라본다. 그러자 그가 나의 다른 손을 잡는다. 우리는 완전히 공범 같은 미소를 지으며 클라우디아를 따라간다. 나는 이제 나 자신을 통제할 수 있다. 지금 무슨 일이 일어나려는지 알고 있다.

우리는 위층으로 올라가서 전등불이 희미한 긴 복도로 들어간다. 복도에는 여러 개의 방문들이 나 있다. 클라우디아는 어디로 가야 할지 알고 있다. 그것들 중 하나를 열고 우리가 들어갈 수 있게 해준다.

방은 어둑어둑해서 사물의 윤곽들이 지금 내 마음속에서 요동치는 감정들처럼 뚜렷하지 않고 뒤섞여 있는 듯하다. 방 한가운데에는 캐노피 침대가 놓여 있고 한쪽 구석의 촛대에서 피라미드 형태의 거대한 검은 초가 타올라 진한 향내가 방 안으로 퍼졌다. 클라우디아가 우리 쪽으로 돌아선다. 그녀는 눈부시게 아름답다. 꼭 고대 그리스의 대리석 석상 같다. 그녀가 내 목을 살짝 어루만지며 나를 레오나르도 쪽으로 밀더니 키스를 하라고 권한다. 그사이 그녀의 한 손이 내 어깨를 애무하며 천천히 가슴 쪽으로 내려온다. 그녀의 손이 내 몸 위에서 가볍게 움직인다. 그 손은 다르다. 따뜻하고 부드럽다. 나는 레오나르도에게서 떨어져 그녀를 본다. 그녀의 초록색 눈이 나를 사로잡고 자석처럼 끌어당긴다. 뜻밖에도 내 마음속에서 불길이 훨훨 타오르며 억압되고 금지되어 있던 모든 것을 다 녹여버린다. 통제할 수 없는 내 입술이 클라우디아의 입술 위에 수줍게 놓인다. 촉촉한 우리 둘의 입술이 뒤섞이고 우리의 혀가 서로 얽힌다. 그러는 동안 레오나르도의 힘 있는 손이 우리의 뜨거운 몸 위로 지나며 우리를 껴안는다.

나는 여자에게 키스를 하는 중이다.

낯선 여자에게.

그리고 내 남자가 여기서 내 몸과 그녀의 몸을 만진다.

예전 엘레나의 흔적은 그 어디에도 없다. 지금은 없다.

갑자기 클라우디아가 몸을 뗀다. 내 손을 잡고 레오나르도에게 키스를 하고 다시 내게 돌아온다. 그들의 침이 욕정으로 메마른 내 입속에서 뒤섞인다. 그사이 레오나르도가 그녀의 가슴을 두 손으로 쓰다듬으며 어느새 그녀가 입은 짧은 드레스의 앞 단추를 풀고 있다. 클라우디아의 몸은 매끄럽고 유연하고 우아하다. 그녀의 몸이 서서히 우리 눈앞에 드러난다. 그가 그녀의 옷을 벗기고 나서 곧 그녀가 내 옷을 벗긴다. 그다음에는 클라우디아와 내가 그의 옷을 벗긴다.

이제 우리 셋은 완전히 알몸이 되었다. 너무나 다른 이 두 육체, 너무나 가까이 있고 너무나 생생한 두 육체를 보자 고통스러울 정도로 흥분이 된다. 아래층 홀의 함성과 음악 소리가 아득하게 들린다. 이 방에서 유일하게 들리는 소리라고는 우리의 숨소리뿐이다. 우리는 다마스크 천의 휘장을 걷고 침대에 눕는다. 세 연인이, 세 욕망이 만난다. 오로지 쾌락만을 위해.

클라우디아가 내게로 와서 대담한 행동을 권한다. 그녀는 몸의 언어를 이용해 나를 버리고 그녀의 것이 되라고 요구하고 있다. 따뜻하고 단단한 그녀의 다리를 내 앞에서 벌린다. 그녀의 살이 내 살에 닿는다. 젖어 있다. 그녀가 내 가슴을 애무하며 자신의 성기로 내 성기를 마찰하고 레오나르도는 내 옆에 누워 내게 키스한다. 그러더니 자세를 바꿔서 이제 내가 그녀 위에 있다. 그녀의 가슴을 맛보고 싶은 욕구를 누를 수가 없다. 그러는 동안 레오나르도의 손이 길을 만들고 내 속으로 부드럽게 들어온다. 준엄해 보이기도 하고 사악해 보이기도 하는 그의 눈이 내게 쾌락을 느낄 수 있을지 물어본다. 게임을 할 수 있을지. 이제 그의 손이 나가고 클라우디아의 손이 그 자리를 차지한다. 클라우디아는 능숙하게, 거의 내 몸을 잘 아는 사람처럼 두 손으로 애무를 한다. 레오나르도는 내 한 손을 잡아 그녀의 두 다리 사이로 가져간다. 거기 따뜻하고 매끄럽고 매혹적인 틈이 있다. 나는 망설이며 그녀의 젖은 성기에 내 손가락들을 넣고 탐색한다. 근육이 이완되며 정신은 자유로워진다. 마침내 내가 그녀를 소유하고 그녀가 나를 소유하게 내버려 둔다.

처음 있는 일이다. 이게 나의 밤이다. 하지만 우리의 행동을 안내하고 우리의 쾌락을 적절하게 조절하는 사람은 레오나르도다. 우리가 땀에 젖어 숨을 헐떡이며 절정에 도달하기 전에 그가 우리를 떼어놓고 우리의 가슴에 차례로 키스한다. 그러더니 클라우디아를 밀어서 내 성기에 키스를 하게 하고 그는 뒤에서 그녀에게 삽입한다. 쾌락이 커질수록 그녀가 내 젖꼭지를 점점 더 세게 무는 게 느껴진다. 그녀가 곧 내게로 쓰러져 내 가슴에 얼굴을 묻는다. 나는 그녀의 머리를 꽉 쥐며 그녀의 오르가슴을 함께 즐기다가 레오나르도의 욕정에 가득 찬 위압적인 시선과 마주친다.

내 가슴에서 고개를 들고 일어난 클라우디아의 두 눈이 반짝이고 뺨은 빨갛게 상기되어 아까보다 훨씬 더 아름답다. 욕망을 충족시킨 그녀는 침대에 쓰러져 다시 우리의 손을 찾는다.

"이제 두 사람 차례야." 그녀가 우리 두 사람을 보며 말한다. 그녀는 다정하게 내 머리 밑에 베개 두 개를 받치더니 자기 드레스의 가장자리를 찢어서 그것으로 나를 쇠로 된 침대 머리판에 묶는다. 레오나르도는 흡족한 얼굴로 그녀의 행동을 지켜본다.

그녀는 부드럽게 움직이며 나를 유혹하고 원한다. 나를 바라보는 그녀의 모습은 여신 같다. 그 사이 그녀가 소리 없이 내 다리 사이로 얼굴을 집어넣는다. 내 하반신은 이제 살이 찢기는 것 같은 무시무시한 쾌락을 맞을 준비를 한다. 이제 더 이상 엘레나는 없다. 내 감각들만, 그녀의 혀와 그녀의 손과 레오나르도의 손만이 있을 뿐이다. 나는 그것들을 받아들이는 육체이고 말하고 듣는 살덩어리다.

바로 그때 레오나르도가 눈으로 자신을, 욕정으로 부푼 윤기 나는 자신의 성기를 핥으라고 얘기한다. 이제 그가 내 위에, 내 입안에 있다.

클라우디아가 잠시 내 성기 안에 혀를 대고 있다가 레오나르도가 그의 팽창한 성기로, 친숙하고 격렬한 그의 움직임으로 나를 채워주도록 자리를 넘긴다. 굶주린 우리의 몸이 뒤섞인다. 클라우디아의 외설스러운 시선 앞에서 서로를 찾고 소유한다. 이제 그녀가 내게 키스를 하며 내 가슴을 따라 손으로 애무하다가 아직 레오나르도가 피스톤 운동을 하는 내 성기에 도착한다. 그녀는 우리 두 사람 모두의 성기를 애무하며 우리와 함께, 우리를 위해 쾌락을 즐긴다. 쾌락을 즐기는 그녀가 우리의 절정을 무한대로 확장시킨다.

곧 오르가슴의 순간이 찾아와 쾌락이 불어난 강물처럼 넘쳐흐르며 내 눈 밖으로 튀어나오고 내 입술을 빨갛게 물들이고 내 목을 불태운다. 오르가슴은 내 폐에 공급되는 새로운 산소이고 내 혈관의 새로운 수액이며 새로운 감동이다. 레오나르도가 나와 함께 있다. 그 역시 절정에 올랐고 그 역시 지금 뒤얽혀 있는 육체에 굴복한다.

우리는 진이 빠진 채 침대에 누워 공범자들처럼 다시 포옹을 한다.

팔라초에서 나왔을 때 난 완전히 방향감각을 상실했다. 상황을 판단할 기준점을 잃어버린 것 같다. 그래서 바깥세상을 알아보는 데 약간 시간이 걸렸다. 우리는 밤 여행을 같이한 우리의 동료, 클라우디아에게 인사를 한다. 당혹스러움 같은 건 느껴지지 않는다. 폭풍이 지나가고 난 후와 같이 기분 좋은 평온함을 느낄 뿐이다. 레오나르도와 나는 우리 집 쪽으로 걸어간다. 곧 동이 틀 것이다. 희미한 햇빛이 우리 위의 하늘을 뿌옇게 밝히기 시작한다. 하지만 어둠은 아직도 대지를 감싸고 있다.

우리는 전투가 끝난 뒤와 같은 도시를 천천히 걸어간다. 거리마다 카니발의 잔해들에 뒤덮여 있다. 쓰레기와 병과 휴지 들이 산을 이루고 술 취해 비틀거리는 사람들까지 셀 수도 없다. 지난밤 세상이 뒤집어져서 이제 다시 제자리로 돌아오기가 아주 힘들다. 우리는 동시에 얼굴을 돌리고 서로를 본다. 그리고 각자의 얼굴에서 자신을 발견한다. 이제 가면은 쓰지 않았다. 잊어버리고 팔라초에 놓아두고 왔다. 나는 미소를 짓는다. 삶에, 소멸해가는 밤에, 흩어져가는 광기에, 내가 벗어던진 모든 가면들에, 내가 맛보았던 여인의 육체에 미소를 짓는다. 레오나르도에게도 감사의 미소를 짓는다. 그가 없었다면 이런 일은 절대 일어나지 않았을 테니.

아침 9시 30분에 피아찰레 로마는 사람들과, 떠나고 도
착하는 자동차와 버스와 오토바이 들로 대혼란이다. 그곳은
운하로 이루어진 베네치아와 아스팔트로 된 지방의 경계에
있는 지점이다. 레오나르도가 자동차를 렌트해 나를 트레비
소 근교 언덕으로 데려가기로 해서 지금 여기에 와 있다. 어
디로 가는 건지 정확히 모른다. 내가 아는 건 그가 포도주 생
산자를 만나러 가기로 했다는 것뿐이다. "일 때문에 가는 건
데 나랑 같이 가주면 좋을 것 같아서." 우리가 침대에 누워
있던 어느 날 밤 그가 내게 말했다. 당연히 뛸 듯이 기뻤지만
되도록 그런 모습을 보이지 않으려 애썼다. 그를 알게 된 뒤
로 단 한 번도 같이 교외로 나간 적이 없다. 뿐만 아니라 하
루를 전부 함께 보내본 적도.

한 시간 전에 주차 구역에 도착한 나는 레오나르도가 어
느 쪽에서 올지 몰라서 계속 주위를 두리번거렸다. 그러나
주위가 워낙 복잡해서 2미터 반경 너머를 볼 수가 없다. 갑자

기 빠르게 클랙슨이 울려서 돌아본다. 레오나르도다. 빛이
나는 매끈한 하얀색 BMW X6에 그가 타고 있다. 레오나르
도가 비상등을 켜고 다가온다. 자동차에서 내리지 않고 몸
을 쭉 펴서 문을 열어준 뒤 내게 타라고 한다.

"준비 됐어?" 그가 내 입에 재빨리 부드럽게 키스를 하고
일단 기어를 넣는다.

"응." 나는 가죽의자에 등을 기대고 안전벨트를 맨다.

레오나르도는 검은색 레이밴 선글라스를 끼고 액셀러레
이터를 최고로 밟아 베네치아와 육지를 연결하는 폰테 델라
리베르타 다리로 들어선다. 2월의 힘없는 햇살이 석호 위에
서 반짝이고 떼를 지어 날아다니는 갈매기들은 하얀 하늘의
점 같다.

자동차 계기판의 바늘이 벌써 100을 지나고 있는 게 보
인다.

"벌금 안 물려면 조심해……." 사실은 좀 천천히 가게 하
려고 한 말일 뿐이다. 속도는 항상 불안감을 준다.

레오나르도가 웃음을 터뜨리더니 안심을 시키려고 내
허벅지를 쓰다듬는다. 그러더니 손가락을 움직여 라디오를
켠다. "음악 좀 듣자, 그러면 긴장이 풀릴 거야." 그는 자유자
재로 자신 있게 운전한다. 다른 모든 일에서처럼.

뮤즈의 〈Starlight〉다. 잠시 우리는 아무 말 없이 음악을
듣는다. 그러다가 후렴구에서 레오나르도가 박자에 맞춰 고

개를 끄덕이고, 핸들이 드럼이라도 되듯 손가락으로 툭툭 치며 노래를 흥얼거린다.

"박자는 맞네⋯⋯." 내가 빈정거리듯 말한다.

그가 눈을 흘긴다. "지금 나 놀리는 거야?"

"응."

"첫 번째 휴게소에서 내려놓고 간다. 강아지처럼 버려버릴 거야⋯⋯." 그가 트레비소로 가는 고속도로로 들어서면서 나를 협박한다. 그러고는 내 머리를 헝클어놓는다.

"지금 정확히 어디로 가는 중이야?" 내가 손으로 머리를 매만지며 묻는다.

"프로세코 지역에 있는 발돕비아데네로 가는 거야. 자넌은 레스토랑의 중요 포도주 공급자야. 놀라운 포도주 저장고를 가지고 있지." 그가 한 손가락으로 자신의 눈을 가리는 머리카락을 옆으로 넘긴다.

자넌. 이 성이 기억난다. 그들도 레스토랑 개업식에 참석했었다. 그때는 레오나르도가 내 마음속에 크게 자리 잡지 않았었는데. 그 날 이후로 꿈만 같은 일들이 벌어져서 지금 그와 함께 자동차 안에 있다는 게 믿기지 않을 지경이다.

"레스토랑에서 쓸 포도주를 구입해야 하는 거야?" 내가 차창으로 흘러가는 풍경을 보며 묻는다.

"응. 우리 고객들에게 특별한 포도주를 제공하고 싶어서. 최고급 카르티체 프로세코 포도주 말이야."

"이런 일은 당신 조수들이 담당한다고 생각했어." 몇 개월 전 레스토랑에서 봤던 일을 떠올리며 말한다.

"오늘은 아니야. 오늘은 내가 맡았어." 그가 자신 있는 목소리로 대답한다. "당신과 교외로 드라이브하고 싶어서."

오늘은 치러야 할 시험도, 도전도 없다. 그와 하루 종일 함께할 수 있다. 무엇보다 정상적인 남녀 관계에서 즐길 수 있는 정상적인 순간이며, 성관계와 짧은 만남으로만 이루어진 우리의 일상에 예외적인 순간이다. 그래서 난 한없이 기쁘다. 레오나르도는 지금 내게 우리가 진짜 연인이 될 수도 있다는 환상을 주고 있다.

그가 내비게이션에 정확한 주소를 입력한다. "15분 후면 도착할 거야."

나는 그를 본다. 그러자 정신이 완전히 아득해진다. 불안도 욕망도 기다림도 없다. 이 순간이 완벽해 보인다. "레오?"

"응……." 그가 깜짝 놀라며 내 쪽으로 얼굴을 돌린다. 내가 그를 그렇게 부른 건 처음이다.

"나 행복해." 더 많은 말을 하고 싶지만 용기가 나지 않는다.

그가 약간 망설이듯 나를 본다. 내 말에 깜짝 놀란 것이다. "당신이 행복하면 나도 행복해." 그가 살짝 웃으며 말한다. 눈부신 검은 눈동자 옆의 잔주름들도 웃고 있다. 그가 운전에 다시 집중한다. 됐다. 더 이상 말할 필요가 없다. 나는 알게 되었다.

자닌네 방문은 유쾌했다. 오전을 다 이 방문에 바친다. 영국 귀족처럼 단정하고 우아한 60대 남자인 그는 우리에게 자신이 소유한 포도원과 과수원을 보여준다. 그리고 포도 재배 방식을 설명하면서 우리를 포도주 저장고로 안내한다. 그와 레오나르도가 주석산염이며 이차발효, 발효와 페를라주(perlage. 샴페인과 발포성 포도주의 기포—옮긴이)—나는 그저 막연하게밖에 모르는—이야기를 나누는 동안 나는 거대한 복부 같아 보이는, 발효 중인 포도주 통들 사이를 거닌다. 마지막으로 자닌이 우리에게 포도주 병들이 빼곡한 벽을 자랑스레 보여준다. 아직 따지 않은 프로세코 한 병이 거기 있었는데, 그가 빵과 그 지역 특산 살라미 소시지를 곁들여 우리에게 고급 포도주들을 시음할 기회를 준다.

조금 뒤 내가 그 집에서 기르는 사냥개인 포인터 암놈과 새끼 두 마리와 친해지는 동안 레오나르도는 계약을 마무리한다. 우리는 자닌에게 인사를 하고 떠난다.

자동차를 타고 다시 아름다운 풍경이 펼쳐진 언덕들 사이를 지난다. 아직 2월인데도 이른 오후의 기온은 따뜻해서 야외로 나오라고 우리를 유혹한다.

"산책을 좀 하는 게 어떨까?" 레오나르도가 내게 묻는다. 내가 묻고 싶었던 말이다.

우리는 조그만 공터에 차를 세워놓고 포도나무들이 양

쪽으로 늘어선 좁은 자갈길로 들어선다. 베네치아에 산다는
건 단단하고 움직이지 않는 땅, 넓은 땅이 이 세상에 존재한
다는 것을, 운하 위의 다리 말고도 진짜 걸을 수 있는 길들이
있다는 사실을 잊어버리는 걸 의미한다. 언덕의 능선이 부
드럽다. 언덕은 계곡 쪽으로 완만하게 경사져 내려가서 길게
늘어선 키 큰 사이프러스 나무들과 만난다. 매혹적인 풍경
으로 마음이 평화로워지고 생각도 여유로워진다. 우리는 손
을 잡고 조용히 그 풍경 속을 가로지른다. 풀과 축축한 흙 냄
새를 맡으며 가슴 가득 숨을 들이쉰다. 갑자기 차가운 물방
울 하나가 뺨에 떨어진다.

"비가 오네." 하늘을 올려다본다. 지평선 쪽이 시커멓다.
"비 한 방울 맞았어……."

레오나르도가 손바닥을 하늘로 향해서 들어 올린다.
"또 한 방울." 꿈을 꾸는 게 아니라는 걸 확인시켜주려는 듯
머리에 떨어진다. "혹시 나만 맞았나?"

"나도 맞았어." 그가 빗물이 떨어진 손을 오므리며 말한다.

불과 몇 분 사이에 먹구름이 하늘을 완전히 뒤덮더니 장
대비가 쏟아지기 시작한다. 봄을 알리는 비, 3월에 갑자기
쏟아지는 소나기 같은 비다.

"이제 어쩌지?" 내가 실망하며 묻는다. 우리의 산책이
이렇게 끝나게 돼서 아쉽다. 이런 기회가 드물기 때문에, 아
니 어쩌면 이게 마지막일 수도 있다는 걸 알기에 더욱 아쉽

다…….

레오나르도가 자신의 가죽점퍼로 내 머리를 가려준다. "자동차 있는 데서 너무 멀리 왔어." 그가 해결책을 찾으려 주위를 둘러본다. "가자. 저기까지 달려가자." 그가 멀리 있는 건물, 세상에서 멀리 떨어진 계곡 한가운데 서 있는 빨간 색의 외딴집을 가리키며 말한다. 우리는 손을 잡고 쏟아지는 빗속을 백여 미터 정도 달린다. 사방에 빗물밖에 보이지 않아서 마치 물의 세상에서 달리는 기분이 든다. 원치 않았지만 이 갑작스러운 폭우 때문에 왠지 모험을 하는 기분이다.

우리는 농가 바깥쪽의 주랑에 도착해서 비를 피한다. 나는 흠뻑 젖은 채 숨을 몰아쉰다. 비에 젖은 레오나르도의 셔츠가 몸에 딱 달라붙어 가슴의 윤곽이 그대로 드러난다. 붉은 머리와 수염에서 물이 뚝뚝 떨어진다. 그를 보자 웃고 싶어지지만 갑자기 등줄기로 한기가 느껴지며 온몸이 떨려 두 팔로 가슴을 껴안는다. 레오나르도가 나를 껴안고 자신의 체온을 전해주려 한다.

"이 집에 사람이 사는 것 같아." 그가 집 안에 불이 켜져 있는 것을 보고 말한다. "초인종을 눌러볼까?"

"모르겠어……. 정말 사람이 있을까?"

그때 키가 크고 마른 노인이 농가 옆의 건초장 같은 곳에서 나오더니 붉은 라디키오를 한 바구니 들고서 우리 쪽으로 달려온다. 이 집 주인이 분명하다. 노인이 놀라기 전에 레오나르도가 한 손을 들어 인사한다.

"안녕하십니까. 죄송하지만 저희가 이 주랑에서 비를 피하고 있었습니다……."

"이 밑에서 어떻게 하려고요? 자, 안으로 들어와요." 노인이 즉시 반박할 수 없는 단호한 어투로 말한다. 우리는 서로 그러자고 눈짓을 한 뒤 노인의 말을 따른다. "따뜻한 데로 들어와요, 안 그랬다가는 감기에 걸리고 말 테니까." 그가 농가의 문을 열고 우리에게 들어오라고 권한다.

기본 스타일의 가구로 장식된 집 안은 쾌적하고 아늑하다. 가구들은 모두 다른 시대에서 옮겨놓은 것 같다. 시골 농가에서 전형적으로 맡을 수 있는 허브 냄새와 나무 냄새 같은 좋은 향이 난다. 구석구석에 관상용 식물과 싱싱한 꽃들이 있다.

우리를 맞이해준 이름 모를 주인이 레오나르도와 나를 부엌으로 안내한다. 부엌에서는 70대가량의 할머니가 가스레인지 앞에서 요리를 하는 중이다.

"아델레, 손님이 오셨어." 노인이 바구니를 식탁에 내려놓으며 큰 소리로 말한다. 할머니가 돌아서서 호기심 어린 눈으로 우리를 맞는다. "안녕하세요."

"비를 잔뜩 맞고 주랑 밑에서 비를 피하고 있더라고. 가엾어라." 노인이 물이 뚝뚝 떨어지는 우리 옷을 가리키며 말한다.

아델레가 장작불이 활활 타오르는 큰 벽난로 앞에 우리를 앉게 한다. "이리 와요. 여기 앉아요, 따뜻하게." 그녀의 목소리는 주름 많은 깨끗한 손처럼 부드럽다. 평생을 일해온 사람의 손이다.

"고맙습니다." 우리가 동시에 대답한다.

나는 너무 친절한 두 노인에게 감동받았다. 나라면 지나가는 사람을 이렇게 쉽게 집에 받아줬을까. 하지만 무엇보다 여기서 느껴지는 평온하고 아늑한 분위기가 내 마음을 사로잡았다.

"위층에 혹시 뭐 입을 만한 옷이 있는지 보고 올게요." 아델레는 이렇게 말하며 느릿느릿 계단 쪽으로 간다.

"걱정하지 마세요, 할머니……." 내가 말려보려 한다. "두 분 너무 친절하세요!"

"그래요, 아델레. 가서 찾아봐." 남편이 아내를 재촉한다. "이렇게 젖은 채로 있을 수는 없어."

할머니가 위층으로 사라지자 노인이 우리 옆에 앉아 난로 불길에 손을 녹이면서 우리의 이름을 묻는다. 그러고는 자기소개를 한다.

"나는 세바스티아노요. 하지만 여기서는 다들 타네라고 부르지."

그는 우리가 어디서 왔는지, 어쩌다 여기까지 왔는지를 물어본다. 우리가 여기 있어서 기분 좋은 게 분명하다. 그는 삶을 통해 타인의 말을 듣는 법을 배운 진실한 사람의 눈으로 우리를 관찰한다.

잠시 후 아델레가 깨끗하고 소박하며 약간 구식인 옷이 걸린 옷걸이 두 개를 가지고 돌아온다. "받아요, 우리 아들들 옷이라오. 그나마 제일 괜찮은 옷이라서 가져왔어요." 그녀가 우리에게 옷을 내밀며 말한다. "두 분 옷은 불 옆에 널어놓아도 괜찮으면……. 금방 마를 거예요."

만난 지 30분도 채 안 되었지만 난 벌써 아델레를 껴안고 싶어진다.

"욕실을 써야 하면 저 뒤에 있어요." 그녀가 복도 쪽 문을 가리키며 말한다.

"감사합니다, 아델레. 금방 갈아입고 오겠습니다." 레오나르도가 대답하며 내 손을 잡고 방을 나간다.

우리는 서둘러 옷을 갈아입는다. 나는 통이 넓은 청바지에 낡은 베네통 줄무늬 티셔츠를, 레오나르도는 양모 스웨터에 코르덴바지를 입는다. 그가 따뜻한 눈으로 나를 바라보더니 이마에 부드럽게 키스를 해주며 내 모습이 괜찮다고 안심시켜준다. 욕실에서 나가기 전 우리는 잠깐 거울 앞에 나란히 서서 새롭게 변신한 우리 모습을 보고 웃는다.

다시 부엌으로 돌아와서 젖은 옷을 벽난로 앞의 의자에 걸쳐 놓는다. 아델레가 우리에게 멀드 와인(레드 와인에 설탕, 레몬 껍질, 향신료 등을 넣어 가열시킨 것—옮긴이)과 사과 파이

한 조각을 권한다.

"같이 안 드십니까?" 레오나르도가 세바스티아노에게
묻는다.

세바스티아노가 고개를 젓는다. "내가 당뇨라오. 여기
이 독재자가 먹을 걸 조금밖에 안 줘요." 그러면서 손으로 아
내를 찾는다. 아델레는 그에게 손을 맡긴 채 웃는다. 서로를
바라보는 눈길이 한없이 따뜻하다. 두 사람이 운명처럼 받
아들였을, 굳건하고 무조건적인 사랑이 담겨 있다. 레오나르
도와 나는 순간 마주 보며 웃는다. 어쩌면 우리 둘 다 똑같은
생각을 하고 있을지도 모른다. 아델레와 세바스티아노의 이
런 모습은 보기 드문 광경이고 손을 잡고 있는 두 사람에게
서 무한한 애정이 솟아나고 있다고. 하지만 레오나르도가 두
사람을 보며 부러움을 느끼고 있는지, 혹시 나처럼 우리의
미래 모습이 저렇지 않을지 자문해보는지는 알 수 없다.

"결혼하신 지는 얼마나 되셨어요?" 내가 묻는다.

"52년." 둘이 동시에 대답한다.

"그런데 아가씨는 언제 애인하고 결혼할 생각인가요?"
뜻밖에 아델레가 이렇게 묻는다. "미안해요. 그런데 내가 보
니 반지를 끼지 않아서……. 혹시 그냥 애인을 놓치고 싶은
건 아니겠지?" 그녀가 온화하게 나를 비난한다.

나는 아니라고, 잘못 아셨다고, 사실 우리는 애인 사이
가 아니라고 대답하려고 했다. 하지만 내가 대답을 하기도

전에 세바스티아노가 앞질러 말한다. "당신 일이나 신경 써요, 여보. 젊은이들 당황스럽게 만들지 말고……. 멀리서 봐도 서로 얼마나 사랑하는지 알겠던데."

심장이 쿵 내려앉는다. 아주 단순해 보이는 말인데 폭탄이 터진 것처럼 파괴적인 효과를 가지고 있다. 이 이방인의 눈에는 우리가 절대 보고 싶어 하지 않는 게 분명해 보인 것이다. 그의 말이 우리가 항상 불가능하다고 생각했던 일을 결정적인 현실로 바꿔놓아 버렸다. 나는 레오나르도 쪽으로 눈을 돌릴 수도 없지만 그가 이미 벌떡 일어나서 마치 달아나듯이 벽난로에서 멀어지는 걸 본다. 그는 사진들이 몇 개 놓인 장식장으로 가서 우리에게 등을 돌린 채 그것들을 구경하기 시작한다.

"두 분의 자제분들이신가요?" 그가 액자를 하나 들고 이렇게 물으며 자연스레 화제를 바꿔보려 한다. 하지만 내가 보기에 이번에는 감정을 제대로 숨길 수 없는 듯하다.

아델레가 설명을 해주러 그에게로 간다. "이 애는 장남, 마르코, 독일에서 일해요. 얘는 프란체스카인데 남편과 파도바에 살죠."

"이제 여기 언덕에는 젊은 사람들이 없다오." 세바스티아노가 체념한 듯 나를 보고 말한다. 나는 아직도 당황스러운 마음을 수습하지 못해서 대화를 이어갈 적절한 말이 하나도 생각나지 않는다.

대신 아델레가 다른 사진들을 보여주며 자식 이야기를 계속한다. "이거 좀 봐요, 이 아이들, 아직 초등학교에 다닐 땐데……" 나는 그쪽으로 눈을 들었다가 뜻밖에도 레오나르도와 시선이 마주친다. 그는 액자를 손에 들고 있지만 나를 보고 있었던 것이다. 그의 눈빛에서, 지금까지 한 번도 보지 못한 무언가를, 광적인 욕망, 절망적인 욕구, 끝없는 애정을 발견한다. 사랑이다. 찰나였지만 나는 확신한다.

하지만 순간이었을 뿐이다. 곧 그의 시선이 나를 피해 다른 곳으로 향한다. 그러고 나자 이제 아무런 확신도 없다. 그리고 나는 이제 그에게는 지금 이 상태만으로는 충분하지 않다는 걸 마음속으로 확실히 알게 된다.

이제 오후 5시다. 마침내 비가 그쳤다. 친절한 두 노인이 더 있다 가라고 잡았지만 옷이 다 말라서 우리는 출발하기로 결정한다. 옷을 갈아입고 두 노인과 따뜻하게 인사한다.

"이 근방에 오면 꼭 다시 놀러와요." 세바스티아노가 우리 손을 잡으며 말한다.

"앞일은 아무도 모르니까요……." 레오나르도가 대답한다. 하지만 벌써 그의 마음은 멀리 가 있다.

농가에서 나오자 마치 시간여행에서 돌아온 기분이다. 밖은 깜깜했고 세상은 우리가 떠났던 때와 다르다. 어둠과 추위가 사방에, 레오나르도에게까지 내려앉았다. 그의 눈에서 빛이 사라지고 얼굴은 딱딱하게 굳어 이제 겁이 난다. 그가 내 손을 잡고 한마디 말도 없이 나를 자동차로 데려간다. 지금 무슨 생각을 하는지도 차마 겁이 나서 물어볼 수가 없다. 이렇게 무거운 침묵을 방해할 용기가 나지 않는다.

잠시지만 지금 뭔가 끔찍한 일이 벌어지려 한다는 걸 분명하게 느낄 수 있다. 하지만 가볍게 고개를 저으며 이런 생각을 떨쳐보려 한다.

우리는 다시 차를 타고 달린다. 집으로 돌아오는 내내 레오나르도는 무슨 생각에 깊이 빠진 사람처럼 아무 말도 하지 않는다. 거리감이 느껴진다. 이따금 눈이 마주치면 다정하게 나를 쓰다듬으며 안심시키려 애쓴다. 하지만 그의 애무는 차갑다. 그걸 피부로 느낀다. 이 남자는 스스로에게서 구원되어야 할 필요가 있는 사람 같다는 이상한 느낌이 든다.

"그래, 대체 무슨 일인지 좀 알 수 있을까? 왜 그렇게 무거운 얼굴이야?" 렌트한 차를 반납한 뒤 집으로 걸어가면서 나는 화를 내고 만다.

그가 깊게 숨을 내쉬더니 갑자기 걸음을 멈추고 나를 가로막는다. 우리 집 근처, 바로 몇 달 전 수위가 높아진 탓에—아니 그 덕분에—그가 나를 업어다 주었던 바로 그 지점이다.

"오늘이 우리 마지막 날이야, 엘레나." 그가 내 눈을 똑바로 보면서 말한다. 반박을 허용하지 않는 간단명료한 선언이다.

피가 얼어붙었다가 그 얼음이 산산이 깨지는 기분이다.

"왜? 난 이해를 못하겠는데……." 나는 당황스러워서 말을 더듬는다.

"이 순간을 미뤄봐야 아무 의미가 없어. 이미 얼마 전부터 그걸 알게 되었지만 바보같이 계속 기다리고 싶었어, 나 자신을 속이면서……. 우린 계약을 했고 이제 그 계약이 끝난 것 같아."

"무슨 말이야?" 나는 완전히 어안이 벙벙해졌다. 가쁜 숨을 가슴으로부터 씁쓸하게 내뱉는다. "왜 지금 계약 이야기를 하는 거지?"

"우리가 처음 말했던 게 아직도 내게는 유효하니까. 당신을 여기까지 안내해왔고 이제 우리 여행은 끝났어." 그는 확고하다. 그의 마음을 돌이킬 수 있다는 희망이 전혀 없다.

"그런데 왜 지금처럼 지낼 수 없는 거야?" 내가 고집을 부린다. "항상 그랬듯이 계속 만날 수 없을까?"

레오나르도가 고개를 젓는다. "우리는 서로 줄 수 있는 걸 다 줬어, 엘레나. 그리고 아름다웠어. 하지만 지금은 헤어질 시간이야. 쾌락이 습관으로, 혹은 필요로 변해버리기 전에." 이런 말을 하는 그의 이마에 깊은 주름 하나가 생긴다. 그는 자신과 싸우고 있는 것 같다.

사실일 리 없다. 오늘 같은 날, 둘이 함께 보낸 이런 아름다운 날 레오나르도가 결심을 했다는 게 사실일 리 없다. 하지만 어쩌면 바로 이게 이유일지도 모른다. 오늘 느낀 감정들에 그가 놀랐는지도 모른다.

"왜 그러는 건데? 내가 당신을 사랑하는 게 두려워? 아니면 혹시 그 반대가?" 화가 나서 그에게 소리 지른다. 나는 자제력을 잃어버렸다. 확신 때문이라기보다는 도발을 위해 한 말이었지만 급소를 찔렀길 바란다. 레오나르도는 망연자실하게 서 있다. 어쩌면 내가 그렇게 대담하게 나오리라 예상하지 못했을지도 모른다.

그가 빈정거리는 웃음으로 자신을 무장한다. "내가 한 번도 진지하게 고려해보지 않은 생각을 어떻게 두려워할 수 있겠어?"

내게 상처를 준 것은 그의 말보다는 갑자기 차가워진 그의 태도와 거리감이었다.

"엘레나, 우리 사이에는 성관계가 있었어. 공모관계와 가벼움이 있었지. 그러나 사랑은 절대 아니야……."

"난 당신이 부러워, 알아?" 내가 씁쓸하게 그의 말을 가로막는다. "나도 당신 같은 자신감을 갖고 싶어. 당신처럼 어떤 게 사랑인지 아닌지 정확히 알고 싶어." 그러고 나서 꼿꼿하게, 눈물을 흘리지 않고 가만히 있고 싶었다. 하지만 이미 눈물이 고였던 게 틀림없다. 레오나르도가 더 이상 내 얼굴을 보지 못하는 걸로 보아.

"제발, 일을 복잡하게 만들지 마." 그가 침을 삼키면서 나를 자기 쪽으로 끌어당긴다. 그가 나에게 주고 있는 고통으로부터 보호해주기라도 하려는 듯 나를 꽉 껴안는다. 그의 체온은 가슴이 터질 듯이 익숙하다. 그와 헤어져야 한다는 사실을 견딜 수가 없다.

"내가 당신이랑 같이 있으면 당신은 더 상처받게 될 거야. 그러니 내 말 믿어. 이게 내가 마지막으로 원하는 거야." 레오나르도는 나를 떼어놓고 내 뺨의 눈물을 닦아준다. "처음에, 당신을 알게 되었을 때 당신이 내게 도전이 될 거라고, 하나의 게임이라고 확신했어. 당신은 내가 충격을 주고 도발할 수 있는 어린 아가씨일 거라고 생각했는데, 난 그 이상의 것을 발견했어. 당신이 내 눈앞에서 변하고 꽃피어가는 걸 봤지. 당신은 눈부신 여인이야, 엘레나. 자유롭고 강해. 이제 내가 필요 없어."

"그렇지만 아직 당신을 원해." 나는 이미 그를 잃었다는 것을 고통스럽게 자각하면서 말했다.

레오나르도가 잠시 눈을 감는다. 그의 얼굴에 무수한 감정이 스쳐 지나는 것을 본다. 그가 다시 눈을 떴을 때 그의 눈은 이곳에 있지 않고 허공으로 사라져간다. "용서해줘, 엘레나. 난 가야 해." 마치 급한 일이라도 있는 듯이 그가 말한다. 그러고는 내 이마에 키스를 하더니 절대 듣고 싶지 않았던 말을 한다. "잘 있어."

레오나르도가 안고 있던 나를 놔주며 나의 일부분을 가져가 버린다. 나는 팔이 잘린 사람처럼, 두 팔이 없는 듯한 고통스러운 느낌으로 가만히 서 있다. 눈물이 고인다. 눈물 속에서 내가 볼 수 있는 것이라고는 멀어져가는 그의 뒷모습밖에 없다. 내가 본 레오나르도의 처음 모습이자 내게 남은 그의 마지막 모습이다.

오늘 두 시간 내내 울었다. 아픈 마음 때문에 끊임없이 눈물이 흘러내려 참아보려는 시도조차 할 수 없었다. 또 다른 고통의 하루가 전날에 더해진다. 나흘 전부터 집에서 꼼짝도 하지 않고 있다. 가슴을 무겁게 누르며 숨이 막힐 정도로 메스껍게 만드는, 풀리지 않는 응어리를 간직한 채. 레오나르도 생각밖에 할 수가 없다. 가끔 뭐라도 먹어야 한다는 생각이 나긴 하지만 굶어죽지 않을 정도로 겨우 몇 숟가락 넘길 수 있을 뿐이다. 위가 줄어버렸고 몸은 허약해졌다. 머리는 무겁고 가슴에는 분노가 응어리져 있다. 그런 식으로 나를 떠난 레오나르도를 증오한다. 다른 식으로 이 관계가 끝날 거라고 착각한 나 자신을 증오한다. 이보다 더 어리석을 수 있을까? 사랑에 빠지지 않았다고 수도 없이 되풀이해 말해봤자 아무 소용이 없다. 결국 난 감정의 함정에 빠져버렸다. 내 스스로에게 뭘 기대할 수 있었을까? 훨씬 강하고 독립적이고 용감한 여자가 되기를 기대할 수 있었을까? 내가 생각했던 자주적인 여자도 될 수 없었다. 모든 게 다만 눈부신 환영에 불과했다. 나는 아프다. 힘을 모두 빼앗아가고 영혼을 고통으로 가득 채우는 병에 걸려 있다.

전화를 받지 않는다. 가이아가 요 며칠 사이 여러 차례 전화를 했으나 한 번도 받지 않았다. 엄마 전화조차 받지 않았다. 지금쯤 엄마는 「이 사람을 보셨나요?」(『Chi l'ha visto?』. 이탈리아 국영방송에서 방영되는 프로그램으로, 실종자를 찾아주고 미제 사건들을 파헤친다—옮긴이) 프로그램에 전화를 하려할지도 모른다. 난 혼자 있고 싶고 외로움과 슬픔에 가만히 잠겨 있고 싶다. 어떤 순간에는 움직이기도 힘들 정도로 그렇게 축 늘어져 있다. 겨우 침대에서 소파까지 내 몸을 끌고 가는 것조차 크나큰 모험처럼 보일 정도다. 그러다가 또 주체할 수 없는 분노에 사로잡혀 내 손에 닿는 건 뭐든 다 파괴해버리고 싶을 때도 있다. 조금 전에는 비스킷 한 봉지를 주먹으로 쳐서 가루로 만들어버렸다. 그리고 창밖으로 모두 던져버렸다. 레오나르도에게 버림받은 뒤 내가 이렇게 변하리라고는 상상도 하지 못했다. 다시 기운을 차리려면 얼마의 시간이 더 필요할지 짐작조차 할 수 없다.

주위를 둘러본다. 내 아파트가 이렇게 엉망진창인 적은 한 번도 없었다. 바닥은 먼지와 과자 부스러기들로 뒤덮였고 설거지 그릇들은 개수대에 수북하며 벗어던진 옷들은 정리하지 않은 침대에 되는 대로 흩어져 있다. 그 침대에서는 아직도 레오나르도의, 우리의 향기가 난다. 시트에는 우리 몸의 형체가 흐릿하게 그려져 있다. 다시 침대에 레오나르도와 함께 누워 가까이에서 그를 느끼고 싶다.

양모 슬리퍼를 벗고 이불 속으로 들어간다. 아직도 북극곰이 그려진 플리스 잠옷을 입고 있다. 오후 3시다. 침대 끝으로 미끄러져 가서 가장자리에 발을 대고 온몸으로 그를 느껴본다. 그의 얼굴을 보고 그의 땀 냄새를 맡고 내 몸에 닿던 그의 손길과 입술을 느낀다. 가슴이 찢어질 듯하다. 어떻게 할 수가 없다. 하지만 그와 동시에 한순간에 모든 기억이 사라져버렸으면 좋겠다.

밖에는 무시무시한 시로코(아프리카의 사막지대에서 불어오는 더운 열풍—옮긴이) 바람이 불고 있다. 창문의 유리가 덜컹거리고 덧창 사이로 으스스한 소리를 내며 바람이 방 안으로 스며든다. 참을 수 없는 불안감이 엄습한다. 예전에 느끼던 두려움들, 제어하기 어려운 그 두려움, 나는 사랑받고 사랑하기에 적합하지 않은 사람일지 모른다는 두려움이 다시 스멀스멀 살아난다.

혼자 지내야 한다는 두려움.

레오나르도의 품에서는 모든 게 놀라웠다. 나는 행복했고 많이 웃었다. 이제는 눈물만 흘릴 뿐이다.

이성을 잃은 순간에는, 대부분의 사람들이 절대 하지 않을 생각들을 떠올린다. 수면제 수십 알을 보드카와 함께 삼키거나 12층 건물에서 뛰어내리는 것 같은. 그런데 베네치아에 그렇게 높은 건물이 있던가? 없는 것 같은데…….

멍청하기는. 하지만 이런 고통 속에서도 아직 웃을 수 있는 순간이 있다는 게 천만다행이다.

보고 싶다고, 돌아와달라고 그에게 문자를 보내는 건 최악이겠지?

그래, 최악이다. 나도 안다. 하지만 따지고 보면 더 이상 잃을 것도 없는데……. 침대 옆 협탁에 두었던 아이폰을 들고 그의 이름을 손가락으로 누른다. 손가락이 떨리고 심장이 쿵쾅거린다. 문자메시지를 몇 줄 적기도 전에 갑자기 휴대전화가 작동을 멈추더니 화면이 검게 변해버린다. 잠시 당황해 어쩔 줄 모르다가 전원을 끈다. 데이터를 다 잃어버렸을까 봐 걱정하며 다시 전원을 켜는데 바탕화면에 아이콘들이 천천히 나타나는 게 보인다. 다행이다.

이건 어떤 신호다. 나는 확신한다. 우주가 내게 메시지를 보내고 있다. 상상력 따윈 필요 없이 내 아이폰을 통해, 절대 레오나르도에게 연락해서는 안 되고 그를 잊어야 한다고 말이다! 그는 나쁜 놈이고 자기중심적이며 이기주의자이자 겁쟁이다. 이걸 머리에 집어넣도록 해, 엘레나. 상처를 더 받고 싶어? 아니, 그러고 싶지 않다.

큰 용기를 내서 그의 전화번호를 지운다. 비참한 기분이지만 다시 유혹에 빠지지 않으려면 이 방법밖에 없다. 앞으로 레오나르도는 내 존재에서 완전히 사라지리라. 나는 바닥을 쳤다. 하지만 나는 스스로에게 상처를 입혀야만 정신을 차리고 상황을 이해하는 그런 부류다. 바로 이 때문에 진실에 눈을 뜨기 위해서는 이런 고통의 시간들이 필요하다. 레오나르도와의 만남은 실수였고 내게 상처를 주었다. 그는 내가 피했어야 할 위험이었고 결국 추락으로 끝나고 만 허공으로의 도약이었다.

이제 됐다고 말할 순간이 온 것이다.

지금 이 순간 베네치아에서, 그리고 전 세계에서 사랑으로 괴로워하고 있는 사람들을 생각해본다. 그러자 외롭다는 생각이 조금 사라진다. 잘해낼 수 있다고, 생각처럼 그렇게 어렵지 않을 거라고 되뇐다. 이제 다시 울지 않을 것이고 필라테스에서 배운 대로 호흡에 집중하려 한다. 들이쉬고 내쉬고. 천천히.

이제 뭘 하지?

서로 연결되지 않는 견디기 힘든 생각들로 머릿속이 어지러울 때 초인종이 울린다. 가이아다. 그녀 말고 다른 사람일 리가 없다. 계속 눌러대는 초인종 소리가 그걸 말해준다. 가이아는 집에 아무도 없다고 생각했는지 단념하는 듯하다. 하지만 그녀는 절대 그리 쉽게 포기할 사람이 아니다. 실제로 몇 초 뒤 다시 더 집요하게 초인종이 울린다. 그러다 다시 조용해진다.

"엘레나!" 텅 빈 방에 울리듯 가이아의 목소리가 내 머릿속에서 울려 퍼진다. "엘레나, 문 열어. 너 때문에 걱정돼 죽겠어!"

나는 입구까지 힘없이 걸어가서 말없이 서 있다.

"너 집에 있는 거 다 알아! 문 안 열면 소방대원 불러서 이 빌어먹을 문짝 떼어내 버릴 거야!" 가이아가 정말 문을 부숴버리기라도 할 듯 주먹으로 두드려대며 소리친다.

결국 문을 열고 그녀를 들어오게 한다.

나를 본 그녀의 눈이 휘둥그레진다. "대체 무슨 일인지 좀 말해줄래?" 가이아가 묻는다. 대답을 기다릴 것도 없이 그녀가 나를 껴안더니 뺨에 입을 맞춘다.

따뜻한 포옹에 내 마음의 문이 활짝 열린다. 마음의 빗장을 푼 채 가이아에게 나를 맡긴다. 어떻게 그녀에게까지 알리지 않고 이 상황을 넘길 생각을 할 수 있었지? 그녀는 내가 믿는, 내 곁에 남은 유일한 친구인데.

그래서 전부 다 말한다. 용기를 내서, 정직하게, 수치스러워하지 않으며. 레오나르도에 대한 씁쓸한 진실이 하나하나 내 입술에서 그녀를 향해 흘러나간다. 팔라초에서의 첫 관계, 악마의 계약, 다양한 시도들, 꺼림칙했던 마음, 나의 파멸을 모두. 가이아는 내 앞쪽 소파에 앉아 말없이 듣다가 여러 번 그건 아니라는 듯 고개를 저으며 내게서 그 큰 눈을 떼지 않는다.

이야기가 다 끝나자 가이아는 충격을 받고 마음 아파한다. 눈물이 그녀의 뺨 위로 흘러내리려 한다. 그러니까 내 이야기에 가이아는 할 말을 잃은 것이다. 그녀에게도 그만큼 희한한 일이기에. 가이아는 아무 말도 하지 않고 나를 꼭 끌어안는다. 이 포옹이 모든 걸 말해준다. 나는 언제나 발이 바닥에 닿아 절대 빠질 염려가 없는 따뜻한 수영장 물에 들어가듯 가이아의 품속에 빠져든다. 변함없이 마음을 편안하게 해주는 진정한 사랑을 몸으로 느낄 수 있다. 그녀가 나를 안아주고 내 뺨에 자신의 뺨을 대는 그 순간, 평화롭고 평온한 느낌이 나를 흠뻑 적신다. 나는 아주 힘들게 그것을 받아들인다. 이제 정말 나는 더 이상 혼자가 아니다.

"왜 진작 말하지 않았어?" 가이아가 믿을 수 없다는 듯이 말하며 내 이마를 덮은 머리를 쓸어 넘겨준다.

"날 나쁘게 생각할까 봐 겁나서."

"내가?!" 그녀가 소리친다. "엘레, 내가 어떻게 널 나쁘게 생각할 수 있겠어?"

나는 바닥을 내려다보다가 눈을 든다. "부끄러웠어." 사실 지금은 그녀에게 거짓말을 했다는 게 부끄럽다. 하지만 가이아의 초록색 눈에는 이미 용서가 가득 담겨 있다.

"무슨 소리야……." 그녀가 내 어깨를 흔들며 속삭인다. "무슨 일이 있든 항상 네 곁에 내가 있다는 거 알잖아."

"알아……." 이런 말을 듣는 게 좋다.

"그래서 지금은? 레오나르도와는 어떻게 하고 싶어?" 그녀가 차분하고 신중하게 묻는다. 내가 알던 가이아에게서 이런 모습은 한 번도 본 적이 없다.

"잊어버리고 싶어. 다 던져버리고 싶어. 마음이 너무 아픈데 그러면서도 화가 치밀어 올라."

가이아가 내 손을 잡는다. 이런 태도에 용기가 생겨 더 말을 하게 된다.

"나 자신에게 더 화가 나. 바보같이 그런 남자를 사랑한 게 바로 나니까!" 나는 흥분한다. "그 사람은 수없이 경고했어. 나는 게임을 잘하고 있다고 생각했는데, 그게 아니라……. 맙소사, 정말 화가 나!" 말이 목에 걸려 제대로 나오지 않는다.

가이아가 고개를 젓는다. "진작 알았더라면 내가 도와줄 수 있었을 텐데. 네가 네 속에 너무 꽁꽁 틀어박혀 있어서…… 난 아무것도 눈치 채지 못했어!" 내 친구가 자책하듯 말한다.

"내 잘못이야……. 내가 저지를 수 있는 실수는 다 저질렀어. 레오나르도 때문에 내 소중한 사람들에게 거짓말을 했어. 끔찍하지, 알아. 미안해."

"아니! 잘못이라는 말 좀 이제 그만해." 그녀는 거의 화가 난 말투로 대답한다. "넌 아무 잘못도 없어. 결과가 좋지 않지만 지금 자책해봐야 아무 소용없어."

"세상에, 가이아……." 나는 절망적으로 그녀의 가슴에 얼굴을 묻는다. 잠시 눈을 감았다가 다시 뜨니 눈물이 줄줄 흘러내린다.

"그만 울어. 넌 실수하지 않았어. 네 마음이 시키는 대로 했던 거야." 가이아가 내 쪽으로 손을 뻗어 두 볼을 잡아 위로 끌어당겨 억지로 웃게 만든다. "잠깐만이라도 웃는 모습 좀 보여줘 봐……." 그녀가 공범자 같은 말투로 나를 자극한다.

눈물을 닦는 동안 나도 모르게 진짜 피식 웃음이 난다.

"그런데 넌 어때?" 내 생각에서 벗어나면서 그녀에게 묻는다. "내 얘기만 했네……."

가이아가 길게 한숨을 쉰다. "새로운 소식이 있어. 그래서 너를 찾아오기도 했고."

"좋은 소식? 나쁜 소식?"

"나도 잘 모르겠어." 그녀가 어깨를 으쓱한다.

"무슨 일인데?"

"야코포와 끝냈어." 가이아의 얼굴이 갑자기 어두워진다.

"안 돼!" 나는 진심으로 안타까워하며 외쳤다. 두 사람이 사귀는 게 정말 좋았다. "무슨 일이 있었어?"

"그가 같이 살자고 했어." 차분하면서도 감정이 묻어나지 않는 목소리로 그녀가 설명한다. "그렇게 중요한 결정을 앞두니 그에게도 나 자신에게도 거짓말을 할 수가 없었어." 평상시 그렇게 충동적이고 가벼웠던 가이아가 자신을 균형 있게 인식하고 있는 게 보인다.

"벨로티와 관련 있어?" 그럴 거라고 확신하며 묻는다.

"엘레, 벨로티를 잊어보려고 해봤어. 그런데 안 되더라."
이 말을 하는 가이아의 눈이 반짝인다. "야코포는 내게 완벽
했어. 관심과 선물을 넘치게 줬고. 그런데 그것만으로는 부
족한가 봐. 계속 그 빌어먹을 놈 생각이 나는 거야."

"둘이 만났어?"

"전화 통화만 했어." 거의 체념한 듯 그녀가 대답한다.
"지금 맹훈련 중이야. 올해가 굉장히 중요하거든. 지난 몇 달
동안의 부진을 회복해야 해서."

"그래서?"

"그래도 상관없다는 거지." 슬픔의 그림자가 그녀의 얼
굴에 짙게 깔린다. "벨로티가 멀리 있어도, 시즌이 끝나야 만
날 수 있을지 몰라도 말이야……. 난 기다릴 거야. 달리 어떻
게 하겠어?"

나는 내가 그녀의 곁에 있고 그녀의 감정을 완전히 이해
했다고 말하듯이 고개를 끄덕인다.

"어쩌면 내가 나중에 진짜 후회할 바보 같은 짓을 했는
지도 모르겠어." 가이아가 한숨을 쉰다. "야코포는 몹시 마
음이 상했어. 날 정말 사랑하고 있거든, 알아?"

"알지. 난 야코포를 지지했는데. 백작부인 친구가 생기
길 얼마나 고대했는데……." 나는 가볍게 말해보려 애쓴다.
그녀의 입술에 슬그머니 미소가 떠오르지만 곧 그녀는 웃지

않으려고 조심하며 웃음기를 지워버린다.

"백작부인 대신 멍텅구리 친구만 남았네."

"아, 그건 우리 둘 다 마찬가진걸."

가이아가 가고 난 뒤 내 머릿속에 쌓여 있던 생각들이 흩어져 사라졌다. 마치 복부를 짓누르던 큰 돌이 갑자기 몸 밖으로 굴러나가 자유롭고 가벼워진 기분이다. 가이아와 대화한 게 아주 좋았다. 진실을 모두 말하고 나자 다른 각도에서, 최대한 거리를 가지고 사실들을 바라보게 되었다.

나는 행복했으나 지금은 그렇지 않다. 그러나 다시 행복해질 수 있다. 내 고통을 객관화해야 하고 레오나르도와의 일을 내 인생에서 겪은, 너무나 아름다웠으나 되풀이할 수 없는 사건으로 생각해야 한다. 미래가 나를 기다리고 있다. 어떤 방향으로 가야 할지를 알기만 하면 된다. 일에 정신없이 뛰어들어도 된다. 가령 아직 너무 늦은 게 아니라면 파도바에서의 일을 수락할 수 있다. 강해지고 이성적이 되고 싶다. 이제 서른 살이 가까웠으니 내 삶은 내가 알아서 하고 중요한 일에 집중하며 이 세상에서 내 자리를 찾고 싶다. 레오나르도의 품에서 행복하고 즐거웠던 엘레나, 그의 모든 몸짓과 말을 신뢰하며 기다렸던 엘레나, 그가 원하기만 하면 무슨 일이든 할 준비가 되어 있던 엘레나는 이제 존재하지 않는다. 그 여자는 내가 아니다. 나는 그가 원했던 여자였다.

이제 레오나르도 없이, 나 자신으로, 엘레나에게만 속한 엘레나로 돌아와야만 한다.

나는 한숨을 쉰다. 말은 쉽지만 행동으로 옮기기는 어렵다. 하지만 작은 일부터 시작해야 한다. 방으로 가서 침대를 정리한다. 그의 체취와 이미지에서 자유로워지기 위해 시트를 새로 갈고 지저분한 시트를 세탁 바구니에 던진다. 그런 다음 창문을 열고 방 안에 고여 있던 냄새를 밖으로 내보낸다. 기억들을 쓸어가 버릴 강한 바람이 필요하다. 이런 일을 하는 동안 얼핏 어떤 생각이 떠오른다. 내가 레오나르도에게 느낀 감정은 사랑이 아니라 금지된 것에 대한 매력, 규율을 깨는 쾌감에 더 가까운 게 아니었을까? 이런 생각이 나를 뒤흔든다. 아주 많이. 하지만 그렇다고 해서 뭐 어떻다는 건가?

이제 됐다, 더 이상 생각하고 싶지 않다.

우리의 정사가 관습을 위반하고 싶은 숨겨진 욕망이었다고 생각하면, 내 모든 것을 다시 생각해볼 수 있는 기회가 되기는 하지만 말이다······.

나는 거실로 가 책장에서 미켈란젤로와 시스티나 예배당 화보가 담긴 아름다운 책을 꺼낸다. 보통 때는 거장들의 작품을 보면 휴식하는 데 도움이 되었다. 소파에 누워 쿠션에 머리를 기대고 책장을 넘기다가 내 관심을 사로잡는 부분은 한참 동안 자세히 살펴본다.

중간 정도 보았을 때 종이 한 장이 책에서 미끄러져 나와 내 가슴에 떨어진다. 필리포가 로마로 떠나기 전날 밤 내게 그려주었던 초상화다. 손상되지 않도록 이 책 속에 끼워넣고는 까맣게 잊고 있었다. 다시 이 스케치를 보니 심장이 쿵 내려앉는다.

너 정말 아름다워.
지난밤, 잘 자더라……

갑자기 필리포가 말할 수 없이 그리워진다. 필, 내가 사랑받아야 할 남자가 바로 너였다는 걸 왜 금방 알지 못했을까. 너와 함께 있으면 정말 보호받는 기분이 드는 걸 왜 몰랐을까. 한계와 결함을 가진 있는 그대로의 나를, 변화하라고 요구하지 않고 받아주었던 사람이 바로 너였다는 걸 왜 몰랐을까. 우리를 연결해준 순수하고 진실한 그 감정을 지키기 위해 난 아무것도 하지 않았다. 어리석은 환영을 좇으면서 그 감정을 함부로 했다. 이제야 내가 뭘 잃었는지 깨닫는다.

눈물이 한 방울 두 방울 천천히 눈에서 계속 흘러내린다. 있는 대로 흘러내리게 가만히 놔둔다. 분노의 눈물도, 고통의 눈물도 아니다. 정말 중요한 사람들, 마음과 육체와 정신을 뛰어넘는 무엇인가로 우리와 연결된 사람들을 위해 간직한 눈물이다. 이 눈물들이 최근 몇 달 동안 내가 느낀 감정들을 모두 씻어주었고, 다 흘리고 나자 기운이 빠져버렸다. 하지만 지금 나는 마음속으로 새롭게 결단을 내리고 새로운 힘을 찾는다. 이제 나는 다시 태어날 준비가 되어 있다. 제일 먼저 할 일은 내 실수로 상처를 입은 사람에게 용서를 구하는 일이다.

머리를 의자에 기대고 두 손은 무릎 위에 올려놓은 채 차창으로 지나가는 풍경을 바라본다. 토스카나의 언덕들을 보면 언제나 마음이 한없이 평화로워진다. 달리는 기차에서 보니 언덕들이 마치 움직이는 듯하다. 붉은색 윤곽의 그 언덕들이 나를 따라오는 것 같다. 나는 꼼짝하지 않고 가만히 앉아 있다. 떠오르는 생각들을 애써 외면하며 주위에서 벌어지는 일들에 주의를 집중한다. 기차 바퀴 소리, 여기저기서 동시에 들리는 목소리, 휴대전화 벨소리, 열렸다 닫히는 출입문 들에.

여기서, 로마로 달리는 이 기차에서 나는 다시 시작한다. 앞으로 두 시간도 채 걸리지 않아서 나는 수도에, 필리포에게 도착할 것이다. 대담한 행동이고 해보지 않은 모험이지만 난 생각을 하고 또 했다. 결국 이게 가장 최선이며 가장 옳은 행동이라는 결론을 얻었다. 난 아무 바람도 없다. 오로지 용서받고 싶은 마음밖에는. 그러나 그걸 기대하지는 않는다. 아마 필리포는 날 다시 보고 싶어 하지 않을지도 모른다. 어쩌면 우리는 지난번 말다툼의 상처를 극복하지 못하고 헤어졌던 그때 그 지점에 머물지도 모른다. 하지만 말이라도 하고 싶다. 미안하다고, 내가 잘못했다는 걸 알게 되었다고 말하고 싶다. 편지를 쓰거나 전화를 할 수도 있었지만 적어도 이 여행이 일종의 작은 속죄의 여정이 되리라고 생각했다. 산 조반니 인 라테라노 대성당 근처의 작은 호텔을 예약했다. 최악의 경우 짧은 휴가를 보내고 가게 되겠지.

오후 3시 무렵에 테르미니 역에 도착했다. 뜨거운 태양이 나를 환영하며 내 얼굴을 자신의 빛으로 흠뻑 물들인다. 즉시 점퍼를 벗었다. 로마의 공기는 미지근하다. 새로움이 심장을 따뜻하게 해준다. 작은 여행 가방을 끌며 역에서 나와 제일 먼저 눈에 띄는 빈 택시를 탄다.

"비알레 델라 무지카로 가주세요." 운전수에게 말한다.

난 건설현장으로 가고 있다. 우리가 마지막으로 통화했을 때 필리포가 그곳 주소를 알려줬었다. 그 통화를 한 뒤로 백 년은 더 지난 것 같다. 그래서 필리포를 만날 수 있을지 자신이 없다. 하지만 시도해보고 싶다. 그곳이 우리가 영상통화를 할 때 알게 된 유일한 장소다.

택시가 차와 소음으로 붐비는 시내를 가로지르고 마침내 웅장한 모습의 에우르(로마 시내 남쪽에 위치한 신도시. 에

우르 즉, EUR은 로마 만국 박람회인 Esposizione Universale di Roma의 약자. 1937년 무솔리니의 주도하에 만국 박람회 개최를 목적으로 조성되었다―옮긴이) 지역이 눈앞에 펼쳐진다.

택시에서 내려 어디로 가야 할지 몰라 몇 미터를 그냥 걸어간다. 멀리 유리와 시멘트로 지어진 거대한 건물이 눈에 띈다. 기중기와 비계가 그 건물을 에워싸고 있다. 나는 그쪽으로 걸어간다. 건물 바로 밑에 도착해서 눈을 들어본다. 건물은 아직 완성되지 않았다. 아직 얼마나 더 시간이 걸릴지 누가 알겠는가. 그래도 이미 조화로운 아름다움, 미래를 겨냥한 세련미를 건물에서 찾아볼 수 있다.

한 손에는 아이폰을 쥐고 다른 손으로는 여행 가방을 끌며 망설이듯 작업장 안으로 들어간다. 약간 겁에 질려 주위를 둘러본다. 몇몇 인부들이 호기심 어린 눈으로 쳐다보지만 불러 세우지는 않는다. 나는 오로지 단 하나의 희망, 그를 다시 만난다는 희망에 부풀어 있다.

저기 있다. 멀리서도 그를 알아볼 수 있다. 안전모를 쓴 필리포가 내 쪽으로 등을 돌리고 있다. 그가 확실하다. 필리포만이 저런 식의 우스꽝스러운 손짓을 한다. 그는 인부들 몇 명과 이야기를 하며 둘째손가락으로 건물의 한쪽 측면을 가리킨다. 동작과 말에 자신이 있어 보인다. 심장박동이 빨라지며 뜨거워진다. 그렇지만 두려워할 필요는 없다. 난 이 여행의 시작과 끝에 뭐가 있는지 잘 안다. 인생이, 사랑이,

지금 이 순간이 있다. 그리고 무슨 일이든 벌어질 거라는 놀라운 확신이 있다.

인부들이 자리를 떴을 때 그에게 전화를 한다. 필리포가 버버리 트렌치코트의 주머니에서 아이폰을 찾는다. 그가 잠시 망설이는 게 보인다. 고개를 젓고 눈을 치켜뜨더니 이상하게 얼굴을 찡그린다. 깜짝 놀란 걸까? 이제 약간 두려워진다. 그는 나와 정말 완전히 끝낸 듯이, 내 전화를 받고 싶어 하지 않는 것 같다.

제발 전화를 받아달라고 잠시 기도를 한다. 바로 그때 그의 목소리가 따스한 바람처럼 내 귀로 들어온다.

"여보세요?"

"돌아봐." 난 이 말만 한다.

그가 돌아보았을 때 우리 눈이 마주친다. 깜짝 놀란 그의 두 눈이 휘둥그레지더니 몸이 굳어 그 자리에서 꼼짝하지 않는다. 잠시 후 그가 안전모를 벗어 쌓아놓은 시멘트 부대 위에 올려놓고 내 쪽으로 천천히 걸어온다. 목에 뭔가 걸린 것 같고 다리에 힘이 없지만 그와 마주할 준비를 한다.

필리포는 나와 50여 미터 정도 떨어진 곳에서 걸음을 멈춘다. 그의 눈빛은 준엄하고 불가해하다. "여기서 뭐 하는 거지?"

"용서를 빌러 왔어." 나는 단숨에 말해버린다. "내가 잘 못했어, 필. 그냥 이 말만은 꼭 하고 싶었어."

"너 미쳤구나……." 그는 이 상황을 믿지 않는다.

"맞아, 그렇지만 너에게 그런 말을 하고 널 그냥 떠나보냈던 그때보다는 아니야. 내가 다 망쳐놨으니 이제 돌이킬 수 없다는 거 알아. 그래도 용서를 구하는 게 내가 할 수 있는 최소한의 일이야. 진심으로 용서를 원해. 네 마음이기는 하지만……."

숨도 쉬지 않고 이런 말을 하는 동안 그의 눈이 부드러워졌고 입술 끝이 올라가며 그의 눈부신 미소가 살아난다.

"이리 와, 비비." 그가 갑자기 나를 잡아당기며 말한다.

오, 이 포옹, 이런 따뜻함이 얼마나 그리웠던지! 마침내 그의 품에 안기자 긴장이 풀렸고 그 오랜 시간이 흐르고 난 뒤 처음으로 마음이 편안하다. 이제 과거는 다만 잊어야 할 환영이고 미래는 희망이 가득 들어 있는 상자 같다.

필리포를 본다. 그가 나를 본다. 그러더니 내 뺨에 자신의 뺨을 댄다. 내 심장에 맞닿은 그의 심장이 빠르게 뛰는 소리가 들린다. 그의 손을 느낀다. 그의 입술이 천천히 내 입술 쪽으로 미끄러져 오는 걸 느낀다. 필리포는 아직 나를 원한다. 나도 그를 원한다.

다른 건 중요하지 않다.

감사합니다,

어머니 첼레스티나에게.

아버지 카를로에게.

남동생 마누엘에게.

낮이고 밤이고 등대가 되어준 카테리나, 미켈레, 스테파노에게.

귀중한 안내를 해준 실비아에게.

1층부터 마지막 층까지 리촐리 출판사에서 일하시는 모든 분들에게.

내 인생의 중요한 존재인 라우라와 알에게.

모든 친구들에게 무조건.

내 마음과 영혼 속의 이모, 디아나와 안나 마리아에게.

필리포 P. 와 귀가할 때 타는 기차에.

2012년 9월 14일 16시 10분에.

베네치아에.

운명에.

이탈리아의 젊은 작가 이레네 카오의 『에로티카』 3부작
은 2013년 5월 출간 즉시 베스트셀러가 되었고, 그해에 현지
에서만 40만 부가 판매되었다. 20여 개국에서 번역되기도 했
다. 이탈리아 독자들에게 생소했던 이레네 카오는 이 첫 작품
으로 인기 작가의 대열에 서게 되었고, 이탈리아 로맨스 소설
을 다채로운 색으로 새롭게 그려낸 작가라는 평가를 받는다.

1979년 이탈리아 북부 포르도네에서 태어난 카오는 베
네치아 대학에서 고전문학을 전공하고 지중해 지역의 역사
와 고고학 연구로 박사학위를 받았다. 이 작품을 발표하기
전까지 고고학 관련 출판 일을 비롯해서 광고, 영화 등 계약
직으로 다양한 일들을 경험했다. 3부작의 초고를 준비해 여
러 출판사에 보냈지만 긍정적인 답변을 얻지 못하다가 대형
출판사인 리촐리로부터 출간 제의를 받았다. 그 당시에 카오
는 향수 전문점에서 점원으로 일하고 있었다고 한다.

3부작은 복원미술가인 엘레나와 세계적인 명성을 누리

는 요리사 레오나르도 사이에서 펼쳐지는 사랑과 욕망을 다룬 로맨스 소설이다. 베네치아의 팔라초에서 벽화 복원작업을 하던 엘레나는 그곳에서 만난 레오나르도에게 금방 빠져든다. 레오나르도 역시 마찬가지여서 그들은 곧 뜨거운 사이로 발전하지만 레오나르도는 두 사람의 만남에서 절대 사랑에 빠지지 말아야 한다는 조건을 건다. 이 때문에 두 사람은 만남과 이별을 반복한다. 어찌 보면 단순하고 흔하디흔한 이야기일 수 있다. 그러나 이레네 카오는 이런 이야기에 활력과 매력을 불어넣는다. 마치 두 주인공이 우리 곁에 있기라도 하듯 사실적이기도 하다.

작가는 이 두 사람의 사랑을 통해 우리 안에 숨겨져 있는 본능과 욕망의 실체를 고스란히 보여준다. 순진한 모범생의 인생을 살아온 엘레나와 자신의 감각과 본능에 충실한 레오나르도의 만남은 처음부터 심상치 않다. 레오나르도는 엘레나에게 우리 몸의 감각들을 탐험하는 여행을 제안한다. 쾌락을 찾는 그 여행에서 엘레나는 지금까지 금기시했던 모든 것들을 경험하고 관습과 도덕의 경계를 뛰어넘어야만 한다. 이러한 감각의 여행은 다양한 섹스를 통해 이루어진다. 관습과 금기에 얽매인 채 평범하고 균형 잡힌 삶을 살던 엘레나의 눈앞에 두렵지만 매력적인 세계가 펼쳐진다. 그녀와 비슷한 인물로 평화로운 연인 관계를 유지하던 대학 동창 필리포와도 결국 레오나르도로 인해 파국을 맞는다. 그러나 마침내 엘레나는 레오나르도를 통해 일상에서만이 아니라 자신의 예술에서도 완전한 자유를 얻게 된다.

이야기가 진행되는 과정에서 섹스 장면들이 많이 등장하는데 작가는 이러한 장면들을 본능적으로, 깊이 있게 그려보고 싶었다고 한다. 그래서 기계적인 행동이 아니라 우리의 존재를 뒤흔드는 행위로 섹스를 표현하며 여성이 가학이나 폭력적 섹스의 대상이 아니라, 섹스를 즐길 수 있는 소중한 존재라는 걸 보여주고 있다. 이 때문에 작가는 자신의 소설이 에로소설로 분류되는 데 유감을 표하기도 한다. 특히 작가는 등장인물들의 심리를 섬세하게 묘사한다. 우유부단하다고 욕먹을 수도 있을 엘레나의 행동들에 공감하게 되는 것도 아마 순간순간 갈등하는 그녀의 마음이 너무나 사실적으로 묘사되었기 때문이리라. 주인공들은 심리적인 갈등을 겪으며 성장하고 자신의 상처뿐만 아니라 서로의 상처까지 치유해준다.

3부작을 더욱 특별하게 만드는 것은 그 안에 고스란히 스며들어 있는 이탈리아 문화와 풍경들, 그리고 우리와 거의 비슷한 정서를 가진 부모님과 친구의 사랑과 우정이리라. 특히 주인공들의 직업 때문에 이탈리아 요리와 예술에 관련된 이야기가 곳곳에 자연스레 녹아 있다. 고고학을 전공한 작가의 예술작품에 대한 해박한 지식과 해석도 틈틈이 엿볼 수 있다.

1~3부는 각각 베네치아, 로마, 그리고 시칠리아의 작
은 섬 스트롬볼리를 배경으로 한다. 1부의 경우 원제인 Io Ti
Guardo('너를 바라본다'라는 뜻. 참고로 2부 Io Ti Sento는 '너를
느낀다', 3부 Io Ti Voglio는 '너를 원한다'는 뜻이다)에서 암시되
듯 엘레나는 눈으로 모든 것을 포착한다. 성적인 쾌락조차
눈으로 느낄 수 있을 정도다. 그래서 레오나르도가 만드는
요리를 눈으로 직접 보고 나자 그에게 빠져들고 만다. 그녀
는 요리와 예술이 추구하는 게 똑같다는 것을 깨닫게 된다.
이런 그녀에게 레오나르도는 다른 감각의 비밀을 알려주어
세상을 보는 시각을 바꿔놓는다.

　　3부에 등장하는 스트롬볼리는 레오나르도의 고향으로
어린 시절의 추억이 살아 있는 때 묻지 않은 공간이다. 실제
부상을 당한 엘레나는 이 섬에서 지내면서 회복하게 되는데
여기서 그녀의 정신적 상처까지 치유가 된다. 그리하여 예전
과 똑같은 일이 벌어져도 한층 성숙하게 그 일과 마주한다.
레오나르도 역시 엘레나를 통해 그동안 갇혀 있던 자신만의
성에서 나와 세상과 소통하게 된다.

　　등장인물뿐만 아니라 도시나 풍경 들이 너무나 생생해
3부작을 번역하면서 베네치아의 운하를 바라보며 커피를 마
시거나 로마의 거리를 걷고 있는 듯한 착각이 들기도 했다.
그러나 한편으로는 엘레나에게 지나치게 감정이 이입되어서
였는지 번역하는 중간중간 많이 힘들었다. 그러면서도 욕망

에 흔들려 이율배반적인 행동을 하는 그녀에게, 어찌 보면 끝 모를 일탈을 하고 있다고도 볼 수 있는 그녀에게 작가가 어떤 희망과 가능성을 보여줄지 궁금하기도 했다. 그래서 마지막에 엘레나가 찾은 자유가 내 것이라도 되는 양 기뻤다. 가슴 설레며 읽을 수 있고 잿빛 일상을 뒤흔들어줄 소설을 원하는 독자들이 이 3부작을 읽어주길 바란다는 작가의 바람을 나 역시 가져본다.

이현경

에로티카
베네치아

초판	1쇄 인쇄 2017년 2월 6일
초판	1쇄 발행 2017년 2월 10일

지은이	이레네 카오
옮긴이	이현경
펴낸이	정상준
편집	이민정 김민채 황유정
디자인	박수연 김인경
관리	김정숙

펴낸곳	그책
출판등록	2008년 7월 2일 제322-22008-0000143호
주소	서울시 마포구 동교로13길 34(04003)
전화번호	02-333-3705
팩스	02-333-3745
	facebook.com/thatbook.kr
	facebook.com/openhouse.kr

ISBN	979-11-87928-07-2 04880
	978-89-94040-34-9 04800 (세트)

그책은 (주)오픈하우스의 문학·예술 브랜드입니다.

「이 도서의 국립중앙도서관 출판예정도서목록(CIP)은 서지정보유통지원시스템 홈페이지
(http://seoji.nl.go.kr)와 국가자료공동목록시스템(http://www.nl.go.kr/kolisnet)에서 이용하실 수
있습니다. (CIP제어번호: 2017001739)」